KB262323

중국 조선족 사회사와 장편소설

중국 조선족 사회사와 장편소설

중국 조선족 사회사와 장편소설

이 해 영

도서출판 역락

나는 늘 중국 조선족으로 태어나, 중국 조선족으로 사는 것을 운명이라고 생각해왔지만 문학연구의 많은 갈래 중에서 하필이면 중국 조선족 문학을 주 전공방향으로, 평생의 연구대상으로 삼게 될 줄은 미처 몰랐었다. 하지만 지금에 와서 곰곰이 돌이켜보면 중국 조선족이라는 내 출신과 마찬가지로 중국 조선족 문학 역시 내게는 뿌리칠 수 없는 운명이었던 것 같다.

1998년 8월말, 나는 중국 연변대학교 조문학부 졸업과 함께 한국 한신대학교 대학원 국어국문과 석사과정에 입학하게 되었는데, 한신대 교수 연구실에서 지도교수님께서 하신 "리해영이가 가장 잘할 수 있고 또 꼭 해야 할 것은 결국은 조선족 문학 아니겠어!"라는 한마디가 곧 그 뒤의 내 인생과 운명을 한꺼번에 결정해버렸다.

그로부터 석사 2년 반, 박사 4년 도합 6년 반이라는 짧지 않은 시간 동안 나는, 내내, 한국에서 배운 한국적인 시각과 내 출신이 결정해준 중국 조선족이라는 벗어날 수 없는 기질로 중국 조선족 문학을 접근해왔다. 그동안 한중 비교문학의 열조가 일기도 했었고 2001년 내가 박사과정에 입학할 무렵에는 한국어교육의 열조가 일기도 했었지만, 그래서 학문적 분야로서 원래도 미미하던 중국 조선족 문학연구가 더욱 위축되고 그 때문에 외롭기도 했으나 나는 외눈 한번 팔지 않고 오로지 중국 조선족 문학 연구에만 모든 것을 걸었다.

그렇게 중국 조선족 문학과 어렵고 질긴 인연을 맺고 있는 동안, 연구자인 나를 끊임없이 갈등하고 흔들리게 했던 두 가지 문제가 있었다. 그 하나는 "나는 구경 누구인가?"라는 정체성의 문제였는데 이는 아직까지 해결되지 않은 문제로 전반 중국 조선족 문학의 밑바탕을 관류하는 영원한 갈등이다. 다른 하나는 한국 근현대 문학이라는 거대한 산맥 속에서 해외 한국 민족문학의 한 갈래로서 중국 조선족 문학이 차지하는 위상과 비중이 극히 미력하고 왜소하다는 것과, 그것과 관련하여 한국 근현대 문학의 미학적 잣대로 적용되는 서구의 현란한 문예이론과 근대 미학 앞에서 중국 조선족 문학이란 어쩔 수 없이 단순성과 도식성으로 떨어지고 마는 무기력함이다. 이러한 단순성과 도식성은 결과적으로는 중국 조선족 문학 연구 자체의 당위성과 필요성 내지는 가치를 송두리째 부정하게 되는 허무주의를 낳게 된다.

그러므로 중국 조선족 문학 연구에서 연구자인 내가 해결해야 할 첫 번째 과제는 바로 중국 조선족 문학의 문학성 내지는 미학성 회복하기, 그리하여 중국 조선족 문학이 연구대상으로서 온전히 그 가치와 의미를 갖게 함으로써 그러한 과장된 허무주의를 경계하는 것이었다. 이를 위하여 나는 통상 '미학 미달' 내지 '미학 초과'로 특징지어지는 기존 논의들의 결론을 출발점으로 하여 "어째서 중국 조선족 문학이 단순성 또는 도식성을 띠게 되는지? 그러한 미학 미달 내지 미학 초과의 원인이 무엇인지?"에 대해 구명하기 즉 중국 조선족 문학의 좌표 찾기부터 시작하였다. 중국 조선족 문학은 중국 조선족 사회에 대한 중국 조선족의 민족적 차원의 대응이라는 맥락에서 출발하여 중국 조선족 문학을 중국 조선족 사회와의 연관 속에서 검토하였다. 서로 다른 수준에 속하는 문학작품과 사회를 연결시키기 위해 문학작품을 의미 있는 구조로 봄으로써 중국 조선족 사회와 중국 조선족 문학작품을 상동성이라는 골드만의 이론으로 긴밀하게 대응시켰다.

이러한 오랜 공부와 각고의 노력 끝에, 1차적으로 중국 조선족 문학

중의 장편소설을 대상으로 쎠어진 것이 바로 나의 박사학위 논문 「중국 조선족 소설 교육 내용 연구」인데, 이 책은 나의 박사학위 논문의 소설 연구 부분을 중심으로 고치고 다듬은 것이다.

여기에 이르기까지 많은 분들의 은혜를 입었다. 우선, 내게 문학연구의 기초적인 틀을 다져주신 연변대학교 조문학부 선생님들께 깊은 감사를 드린다. 그리고 오늘의 나를 있게 해주신, 내 인생에 가장 소중한 두 분 스승님—석사과정 지도교수님이신 한신대학교 유문선 선생님과 박사과정 지도교수님이신 서울대학교 우한용 선생님께 삼가 제자로서의 예와 감사를 드린다. 유문선 선생님은 처음 밟은 한국 땅, 낯선 세계에서 내가 살아갈 수 있는 삶의 지혜와 학문하는 자세를 가르쳐 주셨고 조선족 문학을 사랑하는 마음을 심어주셨다. 우한용 선생님은 서울대학교라는 치열한 학문의 장에서 흔들리고 방황하는 나를 잡아주셨고 국어교육과라는 학과의 학문적 정체성과 조선족 문학 연구라는 내 오랜 학문적 이상 사이의 괴리와 부조화를 조정해주셨다. 인생의 길에서, 학문의 길에서 두 분을 스승으로 모실 수 있었던 것은 내 인생의 가장 크고 벅찬 행운이었다.

또한 내게 따뜻한 정과 함께 넓은 학문의 세계를 열어주셨던 한신대학교 국문과 선생님들과 서울대학교 국어교육과 선생님들께 감사드린다.

같은 민족이면서도 너무나 다른 사상과 의식, 문화의 차이로 가까우면서도 멀기도 했고 그러나 학문의 장에서, 생활에서 내게는 너무나 따뜻하고 친절했던 한신대학교 때의 선후배들과 서울대학교 때의 선후배들께 감사와 미안함을 함께 표시한다. 서로의 차이로 내가 혼란스럽고 힘들었던 만큼 그들에게 나 역시 가끔은 충격이었으리라!

무모한 용기와 열정 하나로 대책 없이 시작했던 유학생활은 늘 춥고 배고팠다. 그런 내게 한국 국제교류재단의 '한국전공 대학원생 장학금'과

재외동포재단의 '모국수학 재외동포 장학금'은 엄동설한의 숯불과 같은 것이었다. 그리고 등록금 전액과 기숙사 비용을 장학금으로 지급했던 한신대학교와 고재식 전 총장님의 배려도 너무나 고마운 것이었다.

모국에서 공부하는 동안 나는 온전히 빚쟁이가 되어버렸다. 유학생인 내게 베풀었던 많은 분들의 따뜻한 관심과 배려에 일일이 감사의 마음을 전할 수 없어 안타까울 뿐이다. 열심히 사는 모습을 보이는 길만이 이분들에 대한 보답이라 생각한다.

공부 한답시고 자식의 도리를 제대로 하지 못하는 나를 이해하고 너그러이 감싸주시는 시부모님과 친정 부모님께 한없이 감사하고 죄송한 마음이다. 함께 시작했던 공부이지만 생활고에 부딪치자 가장의 도리를 해야 한다며 내게 공부의 기회를 양보하고 취직했던 남편, 고맙기만 한 그 남편께 나는 아직도 공부를 핑계로 아내의 도리를 다하지 못하고 있다. 이제 막 한 돌이 되어가는 딸 가령이에게도 다른 엄마들처럼 늘 함께 놀아주지 못해 마음이 아프다. 공부하는 엄마보다는 딸애에게 좋은 엄마가 되고 싶은 마음이다. 이들에게 이 책이 조금이나마 위로가 되었으면 한다.

끝으로, 원고 기일을 약속된 시간보다 많이 넘겨버린 필자의 게으름에도 불구하도 이 책이 이렇게 멋지게 나오도록 배려해주신 도서출판 역락의 이대현 사장님과 직원 여러분께 깊은 감사를 드린다. 중국 조선족 학계에 대한 이대현 사장님의 남다른 사랑과 공헌은 익히 알려져 있거니와 이 분들의 일이 중국 조선족 사회의 학문적 발전에 큰 기여를 하리라 믿는다.

중국 청도에서
2006년 6월
이해영

차　례

차   례

중국 조선족 사회사와 장편소설

제 1 장

중국 조선족과 그 문학

1. 문제 제기

이 글에서는 중국 조선족 소설사에서 대표성을 띠는 여섯 편의 장편소설을 중국 조선족 사회와의 연관 속에서 살펴보고자 한다. 여기서 대표성을 띤다고 함은 해당 작품들이 중국 조선족 소설사의 각 발전단계를 대표함으로 하여, 이들 작품들을 통하여 중국 조선족 소설의 발전개요와 역사적 맥락, 그리고 그 소설사적 전모를 미루어 짐작할 수 있음을 의미한다.

작품을 그 작품이 산생된 시대, 사회배경과의 연관 속에서 검토하는 것은 역사주의자들이 통상 즐겨 사용하는 방법으로서 전적으로 이들 관점에 기대일 때, 이를 역사주의적 연구방법1)이라고 명명하며 주로

---

1) 문학의 역사주의적 연구방법은 작품을 통한 작가의 추정(전기 연구), 작품활동의 무대가 되었던 시대에 대한 면밀한 관찰, 될 수 있는 한 과거의 시대를 재생하려는 노력(역사적 재구성, historical reconstruction), 〈역사적 재구성〉을 위한 비문학적 사실들의 광범한 수집, 문학을 어떤 원인에 의한 결과로 보는 태도, 또 이 결과가 제2의 원인이 되어 제3의 결과를 낳는다고 보는 관점, 민족성, 민족이념 등 문학을 결정하는 요소들의 추구 등을 주요내용으로 하고 있다. 李商燮,『문학 연구의 방법』,

리얼리즘 소설 연구에 많이 적용되어왔다. 중국 조선족 소설은 그 창작 기반으로 되는 역사·철학적 조건의 특수성으로 하여 대개는 리얼리즘의 원칙과 방법에 의해 창작되었으므로[2] 그에 대한 연구 역시 대부분 역사주의적 관점에 이론적 바탕을 두고 진행되었다. 즉 작품을 그 사회 배경과 연관시켜 검토하는 연구방법이 주류를 이루었다. 논의의 전개에 앞서 잠깐 중국 조선족 소설의 역사·철학적 조건으로 표상되는 중국 조선족이라는 범주와 중국 조선족 문학이라는 범주가 내포하는 함의를 우선 살펴볼 필요가 있다.

'중국 조선족', 즉 '조선족'이라는 용어는 현재 국내외를 막론하고 중국 국적에 가입하고 중국 경내에 장기 거주하고 있는 조선인을 가리키는 개념이 되었지만[3] 이는 역사적·정치적으로 변화·형성된 용어로서 우리 민족이 중국 경내에 천입되던 초기에는 '조선족'이라는 용어 대신 '조선인' 또는 '조선사람'이라는 용어가 주로 사용되었다. 천입초기부터 1945년 광복이 될 때까지 근 반세기동안 중국 경내에 유입된 우리 민족은 '조선인', '조선사람' 내지는 '재만 조선인', '만주 조선인' 등으로 불리었으며 '조선족'이라는 용어나 개념은 아예 존재하지 않았다. 광복 직후[4]에도 이 용어와 개념은 존재하지 않았다.

探求堂, 1989, pp. 12-13.
2) 이는 중국문단이 오랫동안 사회주의 리얼리즘 창작방법을 그 정통으로 해왔던 것과 무관하지 않다.
3) 이광일, 『해방 후 조선족 소설문학 연구』, 경인문화사, 2003, pp. 17-20 참조.
4) 중국은 1945년 광복과 함께 일제의 식민지 통치에서 벗어난 뒤, 국공 양당의 이념 상의 대립과 세력상의 대치로 하여 막바로 전국을 통일하는 새로운 정권이 창출되지 못하고 국공 쌍방이 서로의 세력권을 형성하고 대치하는 정권 부재기에 들어간다. 이러한 국공 쌍방의 대치상태는 곧 내전 준비와 함께 내전으로 진입하게 되며 중국 대륙은 내전의 혼란과 함께 정권 부재기의 상태가 지속된다. 이러한 정권 부재기는 1949년 10월, 중국 공산당의 승리로 드디어 내전이 결속되고 중국 대륙에 중국 공산당이 중화인민공화국이라는 새로운 정권을 세울 때까지 지속된다. 여기서는 이러한 정권 부재기 즉 광복으로부터 1949년 새 중국이 건국되기 전까지의 기간을 '광

새 중국이 건국된 후, 중국 공산당은 1952년 2월, '중화인민공화국 민족구역자치강요'를 반포하였고 전국적인 범위에서 민족구역자치제도를 실시하기 시작하였다. 이 제도에 의해 1952년 9월 3일 연변에도 조선족의 구역자치제도가 실시되고 자치구가 성립되었는데 그 전칭(全稱) '연변조선민족자치구'였다. 그러다가 1955년에 길림성인민위원회는 헌법 제2장 제4절의 규정과 연변조선민족자치구의 보고서에 근거해 자치구를 자치주로 명칭을 변경할 데 관한 사항을 국무원에 보고했고 국무원 내무부의 동의를 거쳐 8월 30일에 길인편자(吉人編字)제2085호통지5)를 내보냈다. 곧 이어 12월 20일부터 27일까지 열린 연변조선민족자치구 제1기 인민대표대회 제2차 회의에서 이 통지를 공포했고 '연변조선민족자치구'를 '연변조선족자치주'로 개칭함을 선포하였다.6)

'조선인'이, '조선민족'으로 다시 '조선족'으로 명칭이 바뀌어가는 과정은 중국정부의 강력한 제도개편의 일환으로서 어쩌면 그것은 광복 후, 모종의 원인으로 귀국을 포기하고 중국을 선택한 '만주 조선인'이 중국 국적 가입과 함께 반드시 겪어야 할 예정된 입문 절차 같은 것이었을 것이다. 그 입문 절차가 전적으로 중국 정부의 의지에 의한 것으로서 다분히 정치적 색채를 띠는 것은 그 명칭 변경과 관련하여 내보낸 위의 몇 차례의 통지가 잘 보여주고 있다.

그러나 조선족의 개념에 대한 확정이 막바로 조선족 문학의 시작으로 되는 것은 아니다. 이들이 창조한 문학 역시 '재만 조선인 문학' 내지는 '만주 조선인 문학'으로부터 '중국 조선족 문학'으로 그 성격과 명칭이 바뀌어가는 과정7)을 겪지만 그 변화의 과정이 위의 것과 1대1로

복 직후'라고 지칭한다.
5) 이 통지의 제목은 다음과 같다. "關于將『吉林省延邊朝鮮民族自治區』改爲『吉林省延邊朝鮮族自治州』的通知". 이광일, 위의 책, p. 17 재인용.
6) 연변당사학회 편찬, 『연변40년기사』, 연변인민출판사, 1989, p. 77.

맞대응되지는 않는다. 이는 문학이 현실 자체의 기계적인 모방이나 재현이 아니라 예술 자체의 특수성과 내재적인 법칙성을 갖고 있기 때문이다.

'재만 조선인문학'의 '조선족 문학'으로의 이행은 1945년 광복과 함께 이루어지는데 그 구체적인 이행 양상은 작가층의 교체와 문단의 재조직, 정비 그리고 '연안문예좌담회에서의 강화'의 연장으로 되는 중국공산당의 문예정책의 강력한 지도와 영향 속으로의 편입 등으로 나타난다.

작가층의 교체는 1945년 광복과 함께 이루어졌는데 광복 전, 만주 지역에서 창작활동을 하던 기성문인들 중, 김창걸과 리욱 등 극히 부분적인 작가들을 제외한 나머지 문인들이 막바로 한국이나 조선으로 귀국하였고 그 자리를 중국공산당의 영향 하에 있던 작가들이 메워나갔다. 또한 재만 조선인 문학의 중심지가 신경(장춘)으로부터 연길로 전이되었고 연길을 비롯해 목단강 등 조선인 활동 중심지들은 국민당의 세력범위 밖에 있었다. 국민당과의 결전에 조선인 청년들이 많이 참전했

---

7) 조선족 문학 연구 초기에는 이 '재만 조선인 문학'과 '조선족 문학'이라는 용어가 별도의 구분이 없이 혼용되었으며 그 두 용어가 각각 독립적이고 구분되는 문학 범주를 지칭하는 것으로 두 문학 범주의 성격과 용어의 구분에 대해 보다 상세한 연구와 검토가 이루어진 지금에도 일부 연구들에서는 여전히 두 용어를 혼용하고 있다.

두 용어의 구분에 대해 공식적으로 문제 제기를 한 사람은 윤윤진인데 그는 「중국 조선인문학연구에 나서는 몇 가지 문제」(『문학과예술』 1993년 6기)에서 1949년 전의 문학은 '중국 조선인 문학'이라고 지칭해야 하며 그 후의 문학은 '조선족 문학'이라고 해야 한다고 주장하였다. 그리고 '조선인 문학'은 조선민족 문학의 갈래에서 고찰해야 하며 그 후의 문학은 중국 소수민족 문학의 갈래에서 고찰해야 한다고 주장하였다. 물론 두 문학 범주의 분기점을 중화인민공화국의 건국 년인 1949년으로 하여 중국문학의 시기구분과 일치하게 한 것은 많은 논란의 여지를 안고 있고, 또한 '조선족 문학을 중국 소수민족 문학의 갈래에서 고찰해야 한다'는 주장은 조선족 문학의 민족문학으로서의 성격을 고려하지 않은 데서 나온 주장으로서 납득하기 어렵지만 '조선인 문학'과 '조선족 문학'의 성격과 용어 구분을 제기한 것은 그 뒤의 조선족 문학 연구에서 큰 의의를 가진다.

지만 전쟁터는 조선인 거주지가 아니었다. 즉 1945년 광복과 함께 연변을 비롯한 조선인 거주지는 중국공산당의 세력범위에 속해 있었다.

새롭게 문단의 주체 역량으로 자리를 잡은 작가들 중, 일부는 연안의 팔로군 휘하에서 항전에 참가했던 조선의용군 전사 출신들이었는데 그들은 광복 이후 몇 갈래로 나뉘어 이루어진 조선의용군의 동북 진출[8]과 함께 연변에 자리를 잡았다. 당시의 시대적 분위기와 연변지역에서 중국공산당의 세력장악으로 하여 그들이 연변문단의 지도적 지위와 주도권을 장악할 수 있었음은 미루어 짐작할 수 있는 부분이거니와 그들에 의해 주도된 문예사상이나 문예창작이란 '연안문예좌담회에서의 강화'에 맥이 닿아있는 중국공산당 측의 그것이었음은 자명한 일이다. 그러므로 1945년 광복을 분기점으로 그 전과 그 후는 각각 '재만 조선인 문학'과 '중국 조선족 문학'으로 구분된다. 이 두 범주는 전·후 범주를 모두 아우르며 문학 창작을 지속한 김창걸, 리욱 등 작가에 의해 연속성을 띠기도 하고, 모두 우리 민족의 이주지인 중국 만주라는 동일한 공간을 배경으로 만주의 문학적 공간화로 이루어지나 문학의 담당층,

---

8) 조선의용군의 동북 진출은 일본의 갑작스러운 항복과 함께 중공 팔로군 총사령 朱德의 제6호 명령에 의해 이루어지는데 그 표면에 드러난 구체적인 임무는 "八路軍과 原 東北軍 각 부대를 따라 동북으로 進兵하여 敵僞(일본군과 만주국군)를 소멸하고 동북의 조선 인민을 조직하여 조선 해방의 임무를 달성하는 것"이었다. 이처럼 광복 전야, 조선의용군의 동북 진출은 중국 공산당 측의 명령에 의한 것이며 그들은 실질상 동북에서 중국 공산당의 영향력을 행사하였다. 이는 조선의용군이 1943년에 들어와 이미 독립동맹의 손을 떠나 중공의 사실상의 직할 부대로 되었던 것과도 직결되는 문제이다. "김두봉, 최창익, 한빈 그리고 무정 등 '소수의 노혁명가'들은 1945년 말 압록강을 건너 평양으로 들어왔다. 반면 조선의용군 부대는 박일우, 박효삼, 왕신호(김웅), 이익성, 주덕해, 이상조 등의 지휘 하에 만주에 남아 조선인 보호와 반국민당 전투를 개시하면서 강력한 전투부대로 성장해 나갔다."는 서술에서 보다시피 조선의용군은 몇 갈래로 나뉘어 동북에 진출한 뒤 바로 귀국하지 않고 한동안 머물면서 중국공산당의 노선과 정책을 집행해나갔음을 알 수 있다. 염인호, 『조선의용군의 독립운동』, 나남출판, 2001, pp. 314-327 참조.

지배적인 이데올로기, 지향성 등 측면에서 판이한 양상을 드러냄으로 하여 이질적인 성격을 띠게 된다.

여기에 기초하여 우리는 중국 조선족 문학의 정의를 감히 다음과 같이 내릴 수 있다. 중국 조선족 문학이란9) 1945년 광복이후, 귀국·귀향을 포기하고 이주지 만주에 남아 '조선인'으로부터 중국 속의 한 소수민족으로의 이행과정을 거쳐 중국 역사 속에 편입된 중국 내 우리 민족이, 민족어10)로 그들의 삶의 현장과 역사, 이중적 정체성의 갈등을 형

---

9) 중국 학계와 한국 학계에서 조선족 문학을 보는 시각은 크게 세 가지로 나눌 수 있다. 그 첫 번째의 시각은 속지주의(屬地主義) 원칙에 따라 무릇 중국 경내에서 활동한 적 있는 작가는 죄다 조선족 작가의 범주에 넣고 있다. 김택영, 신정, 신채호의 경우와 같이 만주 조선인 이민사회와의 연계 여부, 문학성격의 여하는 불문하고 중국에서 활동하다가 중국에서 운명한 작가에 대해서는 대서특필하고 있지만 안수길의 경우와 같이 해방 직전에 남하한 작가에 한해서는 그들이 재만 조선인 문단에서 어떤 지위에 있었는지를 막론하고 무조건 조선족 문학사에서 배제하고 있다. 그 결과 조선족 문학사는 그 출발이 19세기 6,70년대에까지 소급된다. 이 견해의 대표자는 권철 교수 등이다.

두 번째의 시각은 한국 학파의 시각인데 이른바 암흑기의 공백을 '간도이민문학'으로 메울 수 있다는 열망 때문에 위만주국 시기 조선인 문학의 이중성을 무시하고 일괄적으로 한국현대문학의 범주에 넣고 있다. 이 견해의 대표자는 오양호, 채훈 등이다.

세 번째는 중국 조선족의 소장파학자들의 견해인데 이들은 광복 전과 광복 후의 중국 조선인의 성격의 근본적인 변화, 작가층의 대대적인 교체, 그리고 해방 전 만주문학과의 연속성, 조선인 문학의 '중국적인 것'과 '조선적인 것'이라는 이중적 성격 등 다방면을 고려하여 중국 조선족 문학을 재만 조선인 문학과 구별시키며 재만 조선인 문학을 중국 조선족 문학의 전(前)단계로 규정한다. 이 견해의 대표자들로는 윤윤진, 김호웅, 리광일 등을 들 수 있다. 그러나 이 세 번째 견해도 조선족 문학의 시작을 광복 직후로 잡을 것인가 아니면 중국 조선족의 개념이 확정된 시점으로부터 잡을 것이냐를 두고 시각이 엇갈린다.

필자는 작가층의 교체와 광복 후의 재만 조선인의 중국 선택이라는 두 가지 이유로 1945년을 중국 조선족 문학의 시작으로 보는 견해에 동조한다.

10) 민족문학의 성립조건에서 형상화의 수단으로서 민족어는 중요한 조건이지만 상황에 따라서 절대적인 것이 아닐 수도 있다. 작가를 둘러싼 창작환경에 외압적인 요소가 작용했는가, 작가의 제1언어가 민족어인가, 거주국 언어인가 등 구체적인 상황에 따라 민족어는 절대적 조건일 수 도 있고 그렇지 않을 수도 있다.

상화한 문학이다. 문학의 성격을 결정하는 데 근원적인 영향력을 행사하는 문학 담당층, 문학의 이념과 지향성에 강력한 통제력을 행사하는 지배적 이데올로기, 형상화의 가장 기본적인 수단인 문학 언어, 문학의 존재기반, 문학적 공간화의 구체적 공간, 독자층 등 요소로 하여 중국 조선족 문학은 한국문학이나 중국의 소수민족 문학이나 어느 한 쪽에 완전히 안주하지 못하고 이중적인 성격을 지니게 된다.11) 또한 중국 조선족 문학은 재미교포문학이나 재일교포문학과 함께 해외 한민족문학의 한 갈래로 자리 잡고 있는데, 이때 이들은 모두 민족문학의 해외에서의 연장이라는 하나의 범주로 분류되지만 이들 사이에는 근본적인 구별이 존재한다. 재미교포문학이나 재일교포문학이 거주국의 이데올로기와는 전혀 별개인 것과는 달리 중국 조선족 문학은 중국 문단에서 공식적으로 중국문학의 일부분으로 승인을 받으며 또한 중국 조선족 문단의 대표 그룹이라 할 수 있는 작가협회는 중국작가협회 연변분회로 그 공식적인 명칭과 조직구도를 갖고 있다.

이러한 역사·철학적 조건의 특수성으로 하여 그동안 중국 조선족 문학 연구에서는 역사주의 비평 방법의 선구자 테느의 '환경 결정론'12) 이 거의 철칙처럼 적용되어왔다. 그럼에도 이 글이 중국 조선족 소설을 검토함에 있어서 중국 조선족 사회와의 연관의 측면을 또다시 문제 삼은 것은 기존의 연구가 안고 있는 경직성, 도식성 내지는 어떤 한계 때문이다.

기존의 연구에서는 테느의 역사주의 비평방법을 적용함에 있어서 "시

---

11) 중국 조선족 문학의 성격을 이중성으로 규정한 논의들로는 아래의 것들이 있다.
   정판룡, 『우리 중국조선족문학의 성격문제』, 목원대학출판부, 1994.
   김동훈, 「중국조선족문학의 이중성격」, 『코리아학연구』 총6기, 민족출판사, 1997.
12) 테느는 환경(milieu)을 문학을 결정하는 3요인의 하나로 확립하였다. 그는 종족, 환경, 시기(race, milieu, moment)가 문학을 결정하는 3요인이 된다고 주장하였다. 李商燮, 위의 책, p. 10.

대배경과 사회배경이 이러하여…… 작품의 주제가 이러하며 그 주제의 표현 형식 역시 이러하다"라는 식의 기계적이고 피상적인 적용에 그침으로 하여 사회배경이나 작가의 생애 등 문학작품의 결정요인들을 외적 자료로 쭉 나열하기만 하고 정작 작품의 내용 및 형식 분석과 연구는 그 배경 자료와의 적절한 접점을 찾지 못하고 평행성을 띤 채, 거의 무관하게 따로 진행되어왔다.[13] 곧 두 가지의 이질적인 수준인 문학작품과 사회배경을 효과적으로 연결하고 매개할 수 있는 적절한 매개항을 찾지 못함으로 하여 작품과 사회배경 사이의 평행성을 극복하지 못하고 사회배경과 작품의 내용·형식 간의 유기적이고도 긴밀한 내적 관계를 구명해내지 못하고 있다. 이런 연구들은 작품의 내용과 형식을 바라보는 시각 역시 이론상으로는 둘의 유기체적 통합과 통일을 지향하는 일원론에 근거를 두고 있다고 주장하나 실제로는 형식을 내용을 표현하기 위한 수단 내지는 기교 정도로 파악함으로써 결과적으로는 내용과 형식의 이원론에 그 근거를 두고 있으며 그리하여 작품의 내용형식, 형식내용에 대한 연구가 거의 이루어지지 못하고 있다. 이는 작품 연구방법의 소박성과 단일성을 초래하며 결과적으로 작품의 소박·단순성이라는 논리로 치달아 마침내는 작품 나아가 전반 조선족 문학 연구의 필요성과 의의 자체에 회의를 갖게 되며 그러한 것들이 송두리째 흔들리게 된다.

　일부에서는 조선족 문학 연구를 문학연구라는 차원을 넘어서 '반드시 행해야 할 하나의 사명'[14]이라는 '사명감'과 '당위론'으로 이를 극복하

---

13) 김학철 문학에 대한 기존 연구 검토에서 강옥이 "김학철의 생애는 많이 알려져왔지만 김학철의 생애와 작품과의 내재적관계의 내밀성을 보여주지 못하고 다만 생애자료의 라렬에 그친 점이 아쉽다"고 그 한계를 지적한 것은 기존의 조선족 문학 연구에서의 역사주의 비평방법의 피상적이고 기계적인 적용의 일례를 지적한 것이라 할 수 있다. 강옥, 「김학철문학연구 검토」, 『조선의용군 최후의 분대장 김학철 2』, 연변인민출판사, p. 537.

고자 한다. 물론 이러한 태도와 자세는 우리 민족문학을 연구함에 있어서 가장 기본적이고도 필요한 불가결의 요소로서 아무리 강조되어도 지나침이 없고 조선족 문학 연구자들 역시 민족문학에 대한 이러한 뜨거운 애정이 없었다면 조선족 문학 연구가 오늘까지 그 맥을 이어오지 못했을 것임은 자명한 일이나 이는 취약하기 그지없는 논리로서 현실적인 대응력과 응전력을 별반 갖고 있지 않다.

일부에서는 참신하고 다양한 문예이론과 방법론의 도입이라는 전제하에 서구의 근대 미학이론을 그대로 적용하여 작품을 재단하기도 하지만 이 경우 대개는 조선족 문학의 존재기반으로 되는 역사·철학적 조건의 특수성을 무시함으로써 작품의 형상화 원리, 내적 원리를 제대로 구명하지 못하고 방법론의 획일적인 적용에 머물게 된다. 그리하여 얻어진 결론이란 대부분 형식 미달이나 형식 초과 내지는 작품의 지나친 소박성, 단순성 등이다.

이러한 문제의식에서 출발하여 이 글은 중국 조선족 문학이라는 특수한 역사·철학적 범주가 형식 미달이나 형식 초과 내지는 지나친 소박성, 단순성으로 표상되는 또는 그렇게 표상될 수밖에 없는 그 나름의 이유가 반드시 있을 것이라는 것을 전제로 하고, '좌표 찾기'부터 하는 것, 즉 작품과 조선족 사회 간의 변증법적이고도 유기적인 내적 연관을 살펴보는 것을 통하여 그 이유를 보다 전면적으로 자세히 구명하는 것을 연구목적으로 한다. 이리하여 기존의 연구들에서 논의의 도달점이나 결론이 되었던 형식 미달이나 형식 초과 내지는 소박성, 단순성이 이 글에서는 논의의 출발점으로 되며 논의를 통하여 그 이유를 철저히 구명함으로써 중국 조선족 문학연구에 새로운 가능성의 지평을 열어주고 조선족 문학의 올바른 읽기에 이르게 하는 데 본 연구의 문학적·사회

---

14) 이광일, 위의 책, p. 4.

적 의의가 있다.

거듭 부언하지만 이 글은 작품론의 차원이 아니라 조선족 소설의 각 발전단계를 대표하는 대표성을 띤 소설들을 전반 소설사적 맥락에서 그 발전단계와 연관 지어 전체적으로 조망하는 것을 목적으로 한다.

2. 연구사 검토

이 글에서 중국 조선족 소설을 사회배경과의 연관 속에서 살피는 데 그 출발점이 되었고 도움과 시사를 받았던 기왕의 주요 업적들을, 편의상 소설사적인 측면, 작가론, 작품론 등에 따라 몇 항목으로 나누어 살펴보면 다음과 같다.

먼저, 항목에 따라 점검하기 전에 총적인 연구 정황을 살펴볼 필요가 있다. 중국 조선족 문학은 중국의 개혁개방이 어느 정도 가시적인 성과를 이룩하기 시작한 80년대 후반을 분기점으로 전시기와 후시기로 나눌 수 있다.

전시기의 조선족 소설문학은 상대적으로 봉폐된 환경 속에서 대환경인 중국문학의 강력한 영향을 받으면서 발전하였다. 건국 초기의 특수한 정치·문화적 환경으로 하여 서방문학과의 교류는 매우 부진한 상황이었는데, 50년대 초 같은 사회주의권 국가인 쏘련(러시아)과 조선(북한)과의 문학교류가 동일 이념의 추구라는 전제 위에 비교적 활발하게 진행되었다. 그러나 이런 교류는 50년대 말부터 중국의 정치적 정세의 변화와 국제관계의 변화에 의해 단절되기 시작하였으며 적대적 국가라는 국가 간의 관계에 의해 남조선(한국)과의 문학교류는 전혀 없었다.

중국문학과의 관계에서 볼 때, 조선족 문학에 대한 중국문학의 영향은 절대적이고 강력한 것이었으나 조선족 문학에 대한 중국(한족)학계의 주목과 연구는 기타 소수민족 문학에 대한 관심과 연구에 비해 극히 적었다. 이는 조선족 문학작품이 중국어로 번역되어 중문잡지에 게재되는 경우가 극히 적고 또한 한족학자들이 조선어를 장악하지 못한 언어적 한계성이 가장 큰 원인이라고 짐작된다. 조선어 창작이 거의 불가능하여 중국어로만 창작을 했던 리근전조차 중국어로 창작된 그의 두 편의 장편소설을 중국어 발표는 뒤로 하고 우선 조선어로 번역하여 발표하였음에야. 이리하여 전시기 조선족 소설문학에 대한 연구는 주로 조선족 학자들에 의해 진행되어왔다.

후시기에 이르면 중국의 개혁개방 정책으로 하여 한국과의 문화교류가 활발히 이루어지는 가운데 해외 민족문학 연구의 일환으로 일부 한국 연구자들에 의한 연구가 부분적으로 이루어지면서 중국 조선족 소설문학에 대한 연구는 한국 연구자들과 중국 조선족 연구자들에 의해 공동으로 이루어진다.

아래에 항목에 따라 구체적으로 그 연구사를 점검하면 다음과 같다.

이 논문이 지향하는 바가 사회배경과의 연관 속에서 전반 조선족 소설의 발전과정 즉 소설사적인 맥락을 살펴보는 일이므로, 우선 중국 조선족 소설사 내지는 문학사적인 성격의 연구들을 들 수 있다.

조선족 문학에 대한 사적인 고찰은 50년대에 연변대학의 권철 교수를 비롯한 연구진에 의해 시작되었는데 이 시기 연구는 주로 자료 수집과 정리의 차원에 머물러 있었고 그 대상도 주요하게는 해방 전의 문학 즉 재만 조선인 문학에 국한되어 있었으므로, 엄밀한 의미에서 조선족 문학에 대한 연구라고 하기는 어렵다.

전반적인 사적인 발전맥락을 고려한 중국 조선족 소설에 대한 본격적인 연구는 70년대 말부터 시작되었으며 주로 중국 경내의 조선족 학자·연구자들에 의해 진행되었다. 이는 50년대 후반부터 70년대 중반까지 지속된 '반우파투쟁', '문혁' 등 중국의 정치적 동란과 사회적 동란의 소용돌이 속에서 민족문학 창작과 연구 모두 위기에 직면하여 정상적인 창작과 제대로 된 연구가 진행될 수 없었기 때문이다. 70년대 말까지 중국 조선족 소설문학에 대한 전면적인 연구는 진행되지 못하였다. 80년대 초부터 전반 문학사적인 측면에 대한 일부 연구논문들이 발표되기 시작하였는데 그 최초의 연구 성과로는 권철과 조성일의 합작으로 된 「중국조선족문학개황」15)이다. 이 논문은 다시 1981년 일본에서 발간된 『삼천리』 27기에 일문으로 게재되기도 하였다. 그 뒤를 이어 권철, 조성일, 김동훈, 현룡순, 임범송 등에 의해 조선족 문학에 대한 사적인 측면에서의 연구 성과들이 발표되었다.16) 이러한 논문들은 그동안 누적되어온 조선족 문학에 대한 사적인 측면에서의 정리와 고찰을 시도함으로써 조선족 문학연구가, 개별 작가론이나 작품론 등의 형태로 지속되어온 기존의 단편적이고 분산적인 연구의 차원을 넘어 문학사적인 체계를 정비하고 갖추어 나가는 데 기여하였으며 중국 조선족 문학사가 씌어지기 위한 준비단계였다는 데 그 의의가 있다.

이런 준비단계를 거쳐 80년대 말에 이르러 조성일, 권철에 의해 『중국조선족문학사』17)가 씌어지면서 조선족 문학 연구가 집대성되는 양상을 보였다. 조성일, 권철은 이 책에서 소설, 시, 극 등 조선족 문학

---

15) 권철·조성일, 「중국조선족문학개황」, 『연변문예』, 1980년 1기, 2기.
16) 권철·조성일, 「조선족 문학의 발전개관」, 『아리랑』 3기, 4기.
　　김동훈, 「건국후 조선족의 소설창작을 론함」, 연변문학예술연구소 편, 『조선족문학예술개관』, 1982.
　　조성일, 「중국조선족당대문학개관」, 『문학과예술』, 1988년 3기.
　　조성일, 「새로운 역사시기의 조선족문학」, 『문학과예술』, 1986년 1기.
　　현룡순, 「조선족 소설문학 개관」, 임범송·권철 편, 『조선족문학연구』, 흑룡강조선민족출판사, 1989.
17) 조성일·권철, 『중국조선족문학사』, 연변인민출판사, 1990.

전반에 대해 검토하였으며 최초로 조선족 문학에 대한 역사적 고찰을 통하여 시대구분을 시도하였다. 이는 문학사적인 시기 구분과 함께 흩어져있던 전반 조선족 문학의 방대한 자료와 성과를 집대성한 최초의 연구로서 그 뒤의 연구를 위한 기초를 닦아놓았다. 그러나 이 책은 조선족 문학의 기점을 우리 민족이 중국 경내에 천입하던 19세기말로 잡고 서술체계를 중국문학사의 서술체계와 동일하게 '근대문학', '현대문학', '당대문학'으로 하였으며 시기구분 역시 서술체계에 따라 중국문학사의 그것과 일치하게 함으로써 문학사 서술이 기계적인 측면을 띠게 하였다. 이리하여 중국에서 우리 민족문학의 같지 않은 발전단계로서 '조선인 문학'과 '조선족 문학'이라는 두 발전단계의 연속성과 구분에 대해 명확히 제기하지 못했다. 또한 중국문학과 구별되는 '조선인 문학' 내지는 '조선족 문학'의 특수성과 개별성의 측면을 뚜렷이 하지 못했다. 하지만 이러한 문제점과 한계에도 불구하고 이 책이 중국 조선족 문학에 대한 최초의 사적인 정리와 연구로서, 이를 바탕으로 오늘날의 많은 연구가 이루어질 수 있었음은 아무리 강조되어도 지나침이 없을 것이다.

90년대에 들어선 후 한국의 일부 학자, 비평가들에 의해 해외 한민족 문학이라는 맥락에서 조선족 문학에 대한 연구가 진행되었는데 이는 조선족 문학을 조선족 사회를 벗어나 전반 민족문학의 틀 속에서 바라볼 수 있게 하는 시각의 확대를 가져왔다. 1997년에 김승찬 등에 의해 출간된 『중국 조선족 문학의 전통과 변혁』18)이 그 대표적인 연구성과라고 할 수 있다. 이 책은 중국 조선족 문학을 중국 사회주의 문화정책과의 연관 속에서 검토함으로써 중국 조선족 문학에 대한 중국 사회주의 문화정책의 지도와 강력한 영향을 살펴보았다. '전통'과 '변혁'이 핵심어로 된 제목에서 드러나듯이 이 연구는 개혁개방을 분기점으로

---

18) 김승찬 외, 『중국 조선족 문학의 전통과 변혁』, 한국 부산대학교출판부, 1997.

그 전과 그 후로 대별되는 중국 공산당의 문예정책의 차이와 변화를 주목하면서 그러한 차이와 변화로 인한 중국 조선족 문학의 변화 양상을 '전통'과 '변혁'이라는 구조 위에서 살펴본다. 이 연구는 민족문학의 한 범주이면서도 한국문학, 북한문학과는 구별되는 중국 조선족 문학의 특수성과 개별성을 드러내려는 노력을 보임으로써 큰 의의를 갖고 있다. 그러나 극히 부분적인 작품들을 대상으로 다루고 있으므로 논의의 객관성이 검증되지 못했고, 대상작품의 취사선택 역시 대표성을 띠지 못하고 자의적이다. 또한 조선족 사회의 지평을 벗어난 한국인 연구자로서의 참신하고 개방적인 시각의 확보는 역으로는 조선족 사회에 대한 체험의 전무와 이해의 부족이라는 측면을 안고 있는 것이므로 그로 인해 작품에 대한 이해와 분석이 자의적인 등 한계를 갖고 있다.

개혁개방을 중국 조선족 소설사의 분기점으로 보고 그것이 조선족 문학의 발전에 지대한 영향력을 행사했음을 전제로 개혁개방 이후, 조선족 문학의 다원화와 다양한 발전을 개혁개방이라는 중대한 사회제도와의 연관 속에서 파악한 연구로는 오상순의 『중국조선족소설사』[19]와 『개혁개방과 중국조선족 소설문학』[20]이 있다. 이 연구는 개혁개방이후, 중국 조선족 소설문학의 획기적인 변화, 발전 양상을 드러냄으로써 중국 조선족 소설문학의 가능성의 지평을 확대하였다는 데 그 의의가 충분히 긍정된다. 그러나 개혁개방의 영향력과 의의를 과도하게 평가한 나머지 그 서술체계를 '개혁개방 전 소설문학'과 '개혁개방 후 소설문학'으로 잡고, 해방 전 조선인 소설문학과 해방 후로부터 개혁개방 이전까지 30년의 소설문학을 '개혁개방 전 소설문학'으로 한데 묶어 서술함으로써 재만 조선인 문학과 조선족 문학의 경계와 구분을 무시하였으며

---

19) 오상순, 『중국조선족소설사』, 료녕민족출판사, 2000.
20) 오상순, 『개혁개방과 중국조선족 소설문학』, 서울 : 월인, 2001.

'중국 조선족 문학'의 개념과 정의를 명확히 드러내는데 소홀히 하였다.

중국 조선족 문학에 대한 위의 사적인 고찰들이 안고 있는 공동한 한계는, 문학사 기술에서 사회배경과 작가의 생애, 작품을 유기적으로 연관시키지 못하고 사회배경과 작가의 생애를 배경자료로 나열하는 데 그쳤으며 주제와 내용 중심으로 작품을 분석하고 작품에 대한 설명과 해석을 나열식으로 서술함으로 하여 '조선인 문학'과 '조선족 문학'의 각 발전단계의 특수성을 밝혀내지 못한 것이다. 이러한 주제 중심, 내용 중심의 작품 분석은 또한 형식을 단지 내용을 표현하기 위한 방법, 기교 내지는 수법의 차원으로 파악함으로 하여 조선족의 사회배경과 유기적이고도 긴밀한 내적 관계를 맺고 있는 '의미 있는 구조'로서의 작품의 형식내용, 내용형식을 파악하는 데 실패했다.

조선족 소설에 대한 연구에서 중국 사회와 조선족 사회의 발전과 조선족 소설의 내적 형식을 연관시켜 살펴봄으로써 일대 전환점을 이룬 연구는 조일남의 『중국조선족장편소설발전개요』 1, 2, 3[21]이다. 이 연구는 조선족 장편소설의 내적 형식의 발전에 주목함으로써 기존의 주제와 내용 중심, 이념 중심 연구의 틀에서 벗어났으며 조선족 소설 연구의 지평을 확대하였다. 그러나 조선족 사회 각 발전단계와 연관되는 소설의 내적 형식을 구명함에 있어서 그 논리를 뒷받침하는 보다 실증적이고 충분한 근거를 제시하지 못하고 있으며 일부 관점은 자의적이고 관념적인 특성을 드러낸다. 또한 논문의 제목에서 드러나듯이 '개요'의 형식으로 씌어졌으므로 소설에 대한 대략적인 분석에 그쳤으며 엄밀한 분석 작업이 결여되었다.

리광일의 「해방 후 조선족소설문학 연구」[22]는 박사학위 논문으로서

---

21) 조일남, 「중국조선족장편소설발전개요」, 『문학과예술』, 2001년, 1기, 2기, 3기.
22) 리광일, 「해방후 조선족소설문학 연구」, 연변대학교 박사논문, 2002.

조선족 소설 전반을 사적인 맥락과 조선족의 문화의식 등 측면에서 살펴보았다. 해방 후의 조선족 소설문학 연구에 초점을 맞추면서도 해방 전 재중 조선인 문학의 의미를 '망명문인의 출현', '이민문학의 출현', '향토작가의 대두' 등 세 가지 측면에서 규정함으로써 해방 전 조선인 문학이 해방 후 조선족 문학의 형성에 대해 가지는 의미를 자리매김 하였다. 이리하여 해방 전 재중 조선인 문학과 해방 후 조선족 문학 사이의 단절을 극복하고 연속성을 회복하였으며 해방 후 조선족 문학의 전통과 뿌리를 해방 전 재중 조선인 문학에서 찾음으로 하여 조선족 문학의 민족 문학적 성격을 분명하게 확인하였다. 또한 서술체계에서 광복을 분기점으로 그 전을 '해방 전 재중 조선인 문학'과 '해방 후 조선족 문학'으로 명확히 구분함으로써 그동안 혼용되기도 했고 논란의 대상이 되기도 했던 '조선인 문학'과 '조선족 문학'의 개념과 정의를 보다 확실하게 하였다.

이 논문은 조선족에게 있어서 '해방'은 중국의 공식 '해방'의 상징으로서 건국의 의미가 아니라 그보다 4년 앞선 광복의 의미를 가지게 됨을 주장23)하며 조선족 문학의 기점 역시 1945년 광복의 시점으로 봄으로써 중국 문학 내지는 중국의 기타 소수민족 문학과는 구별되는 조선족 문학의 특수성을 뚜렷이 하였다. 또한 시대구분의 문제에서 중국 당대 문학사의 시대구분을 기계적으로 따르던 기존 연구의 문제점과 한

---

23) 조선족 자체의 특징으로 보면, 우선, 1945년의 해방과 함께 조선족 사회는 엄청난 변화를 가져왔고 동시에 이 해방은 전반 조선족 사회의 이동, 조합, 정리의 계기였다. 귀국하는 열조와 함께 중국에 남아 있은 사람도 적지 않았다⋯⋯ 연길을 비롯해 목단강 조선족 활동 중심지들은 국민당 세력범위 밖에 있었다. 국민당과의 결전에 조선족 청년들이 많이 참전했지만 전쟁터는 조선족 거주지가 아니었다. 말하자면 1945년 해방부터 연변을 비롯한 조선족 거주지는 중국공산당의 세력범위에 속해있었다. 때문에 조선족에게 있어서 해방의 개념은 응당 1945년의 광복과 같은 의미를 가지게 된다. 리광일, 『해방 후 조선족 소설문학 연구』, 위의 책, pp. 16-17.

계를 제기하고 대 환경으로서의 중국 사회와는 구별되는 조선족 사회 발전의 특수성과 조선족 문학 발전의 특수성을 충분히 고려한 시대구분을 진행하려는 노력을 보여주었다. 연구를 위해 동원된 주변 자료 역시 기존의 연구와는 비길 수 없이 방대하고 전면적이었다.

그러나 주변 자료가 방대한 반면 그 자료 검토와 작품 분석을 유기적으로 연결시키지 못했고 자료를 작품 분석의 합리적이고 충분한 논리적 근거로 뒷받침하지 못했으며 연구의 일관성이 결여되었고 문학 주변 자료의 검토에 치우쳐 정작 중요한 작품을 놓친 아쉬움을 보인다. 그리고 논문은 '서론'에서 작품 분석의 방법론으로 '소설사회학', '문학사회학'의 방법론이 동원되었음을 강조하나 정작 실제 작품 분석에서는 두 가지의 이질적인 수준인 작품과 사회 사이를 유기적이고도 적절하게 연결시키는 효과적인 매개항을 찾는 데 실패하며 문학사회학을 위하여 골드만이 동원했던 여러 가지 개념과 방법론이 효과적으로 적용되지 못하고 피상적인 적용에 그치게 된다. 그리하여 해방 후 조선족 소설문학의 의식세계를 '농민의식', '이원의식', '지역의식', '민족의식'으로 추출함으로써 정작 조선족 소설의 의식세계 자체에는 들어가지 못한 채, 겉에 드러나는 피상적인 요소를 제시하는 것에 머물고 만 한계를 보여준다. 또한 해방 후 조선족 소설의 서사방식에 대한 검토 역시 '서사시간', '서사시점', '서사문체' 등 요소로 나누어 표층에 드러나는 양상을 제시하는 데 그침으로 하여 조선족 소설의 서사방식이 왜 이러한 양상을 띠게 되는지, 그러한 서사적 형식을 관통하는 일관되고 궁극적인 원인이 무엇인지에 대한 해명이 이루어지지 않았다.

개별 작가론, 작품론은 소설사나 문학사가 씌어지기 위한 기초이므로 대표성을 띠는 조선족 장편소설을 그 사적인 발전맥락에 따라 살펴보는 이 글의 연구 역시 해당 작가론이나 작품론의 연구 성과에 많은 도움을 받고 있다. 아래에 그 연구 성과들을 해당 작가의 데뷔 순서, 내지는 작품의 발표순으로 검토하면 다음과 같다.24)

중국 조선족의 제1세대 작가로서 그 창작에서 양적으로나, 질적으로나 가장 큰 성과를 이루었고 중국 조선족 문학의 발전에 중대한 영향력을 행사한 작가로 우선 김학철을 꼽을 수 있다.

김학철은 1952년 10월, 태항산 조선의용군 시절 전우였던 주덕해, 최채의 초청으로 연변에 정착하게 되며 1954년 그의 첫 번째 장편소설이자, 중국 조선족의 첫 번째 장편소설로 되는『해란강아 말하라』를 발표함으로써 중국 조선족의 제1세대 작가로서 조선족 문단에 확실하게 자리를 잡는다. 이에 앞서 김학철의 조선의용군전사, 항일투사로부터 작가로의 변신 내지는 작가적인 출발은 1945년 광복 직후, 서울에서 이루어진다. 사실 김학철은 일찍 서울 보성중학 시절, 이미 작가로서의 지향성을 갖고 있었는데25) 일본 감옥의 독감방에서 총상을 입은 한쪽 다리를 잃음으로 하여 이러한 지향성은 실존적인 위기의식에서 오는 운명적인 선택으로, 필연적인 것의 색채를 띠게 되었고26) 그것이

---

24) 이 작가론, 작품론에 관한 연구사 검토에서 미리 밝혀두어야 할 한 가지가 있다. 그것은 기존 연구 논저들이 성취한 성과 및 그 한계에 대한 평가와 비판적 검토는 이 곳에서 행하지 않았다는 점이다. 필요한 곳에서 적절히 다루도록 하겠다.
25) 김학철,『최후의 분대장』, 문학과지성사, 1995, pp. 84-88.
26) 다리를 잃은 것이 그의 문학 선택에 얼마나 절실하고 직접적인 계기가 되었는지에 대해 김학철은 수필「나의 처녀작」에서 다음과 같이 기록하고 있다.
    "나는 일본의 독감방 속에서 이 궁리 저 궁리, 궁리가 많았다.
    (인제 다리가 한짝 없어졌으니…… 나간대두 군인은 다시 못할 게구. - 어떡헌다?)
    (에라 모르겠다. 문학의 길루나 한번 나가보자 - 해서 안될 일이 있을라구!)
    이래서 나는 - 28살의 젊은 나이였으므로 - 서울에 있는 누이동생에게, 철창 속에서 신음하는 오빠의 처참한 운명을 념려하여 비탄에 잠겨 있는 누이동생에게, 호기스럽게 자신만만하게 편지를 띄웠다.
    (사람의 정의(定義)는 '인력거를 끄는 동물'이 아니다. 다리 한짝쯤 없어도 문제없다. 걱정 말아!)" 김학철,「나의 처녀작」,『김학철 단편집』, 연변인민출판사, 1987, p. 289.

광복 직후, 구체적인 작가 행위로 나타나게 된 것이다.

광복 직후, 일본의 감옥에서 석방되어 서울로 귀국한 김학철은 조선독립동맹 서울시위원회 위원으로 좌익정치활동을 하면서 본격적으로 소설 창작으로 시작하게 되는데 1945년 10월 「이렇게 싸웠다」(『한성시보』 4, 1945.10)와 12월 1일, 처녀작 단편소설 「지네」(『주보 건설』 3, 1945.12)를 발표한 것을 이어 그 이듬해부터 「南江渡日」(『조선주보』 7, 1946.1), 「균열」(『신문학』, 창간호, 1946.4), 「상흔」(『상아탑』 6, 1946.5), 「달걀」(『민성』 7, 1946.6), 「밤에 잡은 부로」(『신천지』 5, 1946.6), 「담배국」(『문학』, 창간호, 1946.7), 「야맹증」(『문학비평』, 창간호, 1947.6) 등 10여 편의 단편소설을 발표하여 해방공간에서 일약 기성문단의 주목을 받게 되었다.

해방공간에서 김학철의 작품에 대한 기성문단의 반응은 대체로 예의적인 것과 경이로움, 그리고 소재의 신선함에 의한 충격 등으로 나타난다. 문학가동맹기관지 『문학』 창간호에 아무런 언급없이 「담배국」을 실은 것은 이러한 노력의 흔적 그러니까 의용군출신의 한 상이용사에 대해 문학측이 갖추어야 했던 예의의 일종으로 볼 것이다.27)

해방공간에서 그의 문학에 대한 논의를 이끌어낸 작품은 1946년 4월, 『신문학』 창간호에 평론과 윤규섭의 추천사와 함께 실린 단편소설 「균열」이다. 윤규섭은 추천문에서 "한번도 면식은 없으나 과거 10년간 조선과 세계를 위하야 적의 탄우(彈雨) 속에서 살았다는 작자가 끝끝내 문학에서 뜻을 버리지 않은 데 경의를 표한다. 우리 문단도 이런 작자를 얻은 것은 큰 기쁨이다"28)라고 의용군출신 상이용사 김학철에 대한 기성문단의 예의와 경이로움, 소재의 신선함 등을 표현하고 있다. 이어

---

27) 김윤식, 「항일 빨치산문학의 기원 – 김학철론」, 『실천문학』, 1988년 겨울, p. 400.
28) 윤규섭, 『신문학』, 창간호, p. 40.

윤규섭은 "첫솜씨 같지 않은 건실한 필치다. 좀 소략할 데는 대담히 소략해서 그 대신 중요한 장면은 더욱 두드러지게 더욱 인상깊게 꾸며나갈 용의가 부족한 탓은 없지 않으나 - 그러나 작자가 보이려는 의도는 넉넉히 드러났다. 더 불필요한 데를 깎고 나갈 훈련이 필요하다고 생각한다. 어쨌든 우리 문학의 신개지역이다."29)고 씀으로써 기교의 미흡함을 지적하고 있으면서도 김학철이라는 신인의 등단에 대해서 일단 긍정적인 반응을 보인다. 이어 문학가동맹 소설부 간담회에서 이 작품에 관한 논의가 있었다. 이태준은 이 작품이 "작가의 손아귀에서 넘어가지 않은 소설" 즉, 르포르타쥬의 일종이라고 보았고, 김남천은 너무 작위적이라고 비판하였다.

그 뒤, 1946년 4월 20일 오후 6시, 翠山莊에서 있은 創作合評會에서 또다시 이 작품에 관한 논의가 진행되었다. 채만식은 「균열」에 대해 "순수문학이니 통속소설이니 하는 일인(日人)의 작품과 꼭 같은 감을 줍디다.", "인간성을 떠난 인간을 그린 것처럼 느껴집니다."고 혹평하였고30) 김남천은 "日人의 아모개가 쓴것이란 생각과 달리 義勇軍의 한사람으로 日人과 싸우다 다리하나가 잘린 채 돌아온 作家를 생각한다면 보는 面이 널버질것입니다. 義勇軍人이 썼다는것이 重大한 問題라고 생각합니다." 고 의용군출신 상이용사에 대한 기성문단의 예의라는 측면에서 그 창작을 바라볼 것을 제기하였다.31) 이에 대해 이원조는 "그것은 작품평이 아닙니다. 작품은 어디까지나 작품을 보고 평가해야할것입니다."고 일단 「균열」의 문학작품으로서의 의의를 인정하였다. 계속하여 이원조는 지난번 문학가동맹 소설부 간담회에서의 이태준과 김남천의 견해를 언급하면서 이태준은 소설의 중점을 앞부분에 두었고 김남

---

29) 위의 글, p. 40.
30) 채만식, 『신문학』 2호, 1946, 6, p. 232-233.
31) 김남천, 『신문학』 2호, 위의 책, p. 232-233.

천은 소설의 중점을 뒷부분에 두었는데 이것을 통일적인 시각의 결여라고 비판하였다. 이원조는 이 작품의 중심이 앞부분도 아니고 뒷부분도 아닌 중간에 있다고 보아 "이 작품의 중점은 두 지대장이 싸우는 것 그리고 균열 속에서 물 나눠먹기에 중점을 두고 평가해야 한다."고 반론을 제기하였다. 그는 또 "소설이란 언제 끝나는지를 모르고 읽을 수 있도록 써야 합니다. 읽다가 싫증이 나서 맨 마지막 장면을 들춰보고 읽게 하는 소설은 좋은 소설이 아닙니다. 나는 이 작품을 언제 끝났는지 모르고 읽었습니다." 고 작품에 대해 긍정적으로 평가하였다.

김남천 역시 이 創作合評會에서 작품에 대한 먼저번의 견해를 수정하고 그 작품성을 인정하는 쪽으로 선회하였다. 그는 "포탄이 터지는 장면은 아름다웠습니다. 마치 내 고향에 포탄이 떨어지는 듯한 느낌"[32]이었다고 하였다. 그러나 해방공간에서 김학철의 전반 창작에 대하여 김남천은 여전히 그다지 긍정적이지 않았는데 『문학』 창간호에 발표된 「창조적 사업의 진전을 위하여」에서 그는 김학철의 창작에 대하여 "새로운 소재의 제공이 아무러한 질적 기여를 가져오지 못한 것"[33]이라고 평가하였다.

이러한 논의를 통해 해방공간에서 김학철의 작품들은 형식과 기교적 측면에서 비록 미숙하고 이야기 차원에 머무는 것이었으나 작가가 항일무장투쟁 경험을 진실하고 생동하게 형상화한 점은 기성문단으로부터 어느 정도 인정을 받았음을 알 수 있다. 또한 해방공간에서 새로운 소재의 영역을 제공하였다는 것도 그 의의를 인정받고 있다.

그러나 이러한 김학철의 창작과 그에 대한 연구는 진일보의 발전을 이루지 못하고 그의 월북과 함께 남한에서 자취를 감추게 되며 그 뒤,

---

32) 김남천, 『신문학』 2호, 위의 책, p. 233.
33) 김남천, 「창조적 사업의 진전을 위하여」, 『문학』 창간호, 1946, 7, p. 142.

거의 반세기 동안 김학철은 한국에서는 망각된 존재로 역사의 어둠 속에 묻혀버렸다.

김학철이 작가로 확고하게 그 입지를 굳힌 것은 1952년 연변에 정착하면서부터인데, 2년 뒤, 1954년 연변에서 첫 번째로 되는 장편소설『해란강아 말하라』를 발표하면서부터 그는 중국 조선족의 제1세대 작가로 자리를 잡게 된다. 그러나 곧 이어 중국 전역을 휩쓴 정치동란의 와중에서 김학철은 1957년 반동분자로 숙청당해 24년 동안 강제노동에 종사하게 되며 창작활동 역시 금지 당하게 되고 그에 대한 연구는 근거 없는 성토와 비판으로 바뀌게 된다. 중국에서 김학철에 대한 연구는 1980년 12월 그가 64세의 나이로 복권되어 그 이듬해, 25년 만에 65세의 나이로 창작 활동을 재개할 때부터 비로소 본격적으로 이루어지기 시작하였다.

김학철 연구에 관한 단행본으로는『김학철론』[34],『김학철문학연구』[35],『조선의용군 최후의 분대장—김학철』1[36],『조선의용군 최후의 분대장—김학철』2[37] 등이 있다.『김학철론』은 초기의 김학철 관련 작가론과 작품론을 종합 · 정리한 단행본으로 모두 9편[38]의 논문이 수록되어

---

[34] 연변문학예술연구소 편,『김학철론』, 흑룡강조선민족출판사, 1990.
[35] 박충록,『김학철문학연구』, 한국 이회문화사, 1996.
[36] 김학철문학연구회 편,『조선의용군 최후의 분대장—김학철』1, 연변인민출판사, 2002, 9.
[37] 김학철문학연구회 편,『조선의용군 최후의 분대장—김학철』2, 연변인민출판사, 2005, 5.
[38] 조성일,「김학철의 삶과 문학」.
　　최삼룡,「김학철의 인격과 풍격」.
　　김성호,「투사와 작가」.
　　리광일,「김학철단편소설에서의 문학적추구」.
　　방룡남,「『해란강아 말하라』의 력사적 진실성」.
　　김호웅,「조선의용군 항일투쟁의 예술적기념비」.
　　장정일,「『격정시대』—숭고한 인생의 뽀에마」.

있다. 이 작가론과 작품론들은 김학철 초기 연구의 양상을 보여주고 앞
으로의 연구를 위한 기초를 마련하였다는데 그 의의가 있다.

　박충록의『김학철문학연구』는 김학철의 생애와 그의 문학관, 그리고
창작단계 및 각 창작단계에서 창작된 작품에 대한 분석을 그 내용으로
하고 있으며 그동안 산발적으로 진행되어오던 김학철과 그의 문학에
대한 연구를 집대성함으로써 김학철의 생애와 그의 창작의 전모를 조
감할 수 있는 거시적인 틀을 제공해주었고 특히 자료적 측면에서 앞으
로의 더욱 깊이 있는 연구를 위한 귀중한 밑바탕이 되었다.

　『조선의용군 최후의 분대장—김학철』1, 2는 김학철이 타계한 후에
나온 연구서로서 보다 완벽하게 정리된 김학철 연보, 세상에 처음으로
공개되는 김학철의 옥중서한들, 우인들과 주고받은 편지, 그의 죽음을
기리어 쓴 문인들과 친우들의 애틋한 추모의 글들, 그리고 김학철 문학
에 대한 한·중 학자들의 연구논문들과 서평들로 구성된 저서이다.

　학술지와 문예지에 발표된 김학철 연구 논문과 평론들을 살펴보면
중국 조선족의 많은 학자와 연구자들이 김학철 연구에 꾸준히 관심을
기울여 오면서 많은 업적을 이룩하였는데 그 중 김호웅의 연구39)가 양

　　전성호, 「『격정시대』와 김학철의 미학적추구」.
　　리상범, 「김학철잡문을 론함」.
39) 김호웅, 「조선의용군 항일투쟁의 예술적 기념비」, 『아리랑』, 1989년 제36기.
　　＿＿＿, 「중국조선족작가—김학철」, 『사회과학연토』 제107기(일본 와세다대학 사
　　회과학연구소편), 1991.
　　＿＿＿, 「외발 의인 김학철」, 『창조문학』 통권 제6호, 1992년 봄.
　　＿＿＿, 「중국조선족문단의 괴한—김학철옹」, 『장백산』, 1997, 4월.
　　＿＿＿, 「우리 민족의 영웅, 우리 문학의 산맥」, 『천지』, 1997, 2월.
　　＿＿＿, 「우리 문단의 어른—김학철선생」, 『장백산』, 1997, 4.
　　＿＿＿, 「불굴의 투혼—김학철옹」, 『장백산』, 1998, 1.
　　＿＿＿, 「저명한 작가 김학철」, 『천지』 한문판, 2001, 2.
　　＿＿＿, 「중국조선족문단의 괴한—외발의인 김학철」, 『동방문학』, 2001, 2.
　　＿＿＿, 「중국조선족문학의 산맥—김학철」, 『민족문학사연구』 21호, 2002, 12.

적으로 가장 많은 비중을 차지한다. 그 외에도 많은 연구 성과40)들이 발표되었는데 이들은 김학철의 생애, 문학관, 창작방법, 그의 초기 단편소설, 그리고 두 편의 장편소설『해란강아 말하라』와『격정시대』, 잡문, 전기『항전별곡』, 그리고 중국 국내에서 발표가 허가되지 않아 한국에서 발표된 장편소설『20세기의 신화』에 이르기까지 전 영역을 아우르고 있다.

학위논문의 경우, 중국과 한국 양측에서 모두 시도되었으나 아직 김학철 문학 전반을 다루었거나 혹은 전문적인 작가론으로서 박사학위논문은 나오지 않았고 모두 석사학위논문들41)이다. 이들은 대개 김학철

---

40) 윤윤진,「주체의식의 확립과 김학철의 후기창작」,『천지』, 1997, 2.
현동언,「김학철소설창작에 표현된 인문정신」,『문학과예술』, 1997, 2.
최삼룡,「김학철의 정신발전궤적이 주는 계시」,『최삼룡작품집-격변기의 문학선택』, 흑룡강조선민족출판사, 1999.
장정일,「김학철산문의 유모아적 풍격」,『조선의용군 최후의 분대장-김학철』1, 연변인민출판사, 2002, 9.
_____,「리성적인테리의 예술적사색」,『문학과예술』, 1997년 제2기.
허룡구,「새시기 김학철수필의 심미적특성」,『문학과예술』, 1989년 제6기.
장학규,「김학철작품의 문체론적 특성」,『문학과예술』, 1993.
이해영,「1940년대 延安 體驗 형상화의 양식적 특징」1,『문학과예술』, 2001년 3기.
_____,「1940년대 延安 體驗 형상화의 양식적 특징」2,『문학과예술』, 2001년 4기.
_____,「『해란강아, 말하라』의 형상화 원리」,『조선의용군 최후의 분대장-김학철』2, 연변인민 출판사, 2005, 5.
박충록,「로신의 잡문과 김학철의 비교연구」,『비교문학연구』, 민족출판사, 2003, 10.
강 옥,「김학철문학연구 검토」,『조선의용군 최후의 분대장-김학철』2, 연변인민출판사, 2005, 5.
41) 허재영,「연변지역 말의 낱말변화에 관한 사회언어학적 연구 : 김학철의 장편소설『격정시대』를 중심으로」, 건국대 석사학위논문, 1989.
이상순,「김학철 소설 연구 -『격정시대』를 중심으로」, 성신여자대학교 석사학위논문, 1997.
최미옥,「김학철 산문 연구」, 연변대학교 석사학위논문, 2000.
이해영,「1940년대 延安 體驗 형상화 연구 -『항전별곡』,『연안행』,『노마만리』를 중심으로」, 한신대학교 석사학위논문, 2000.

창작의 한 방면을 중점적으로 논의한 것들로서 아직 부분적인 논의의 수준에 머물고 있다.

위에서 살펴보다시피 중국에서의 김학철 문학 연구는 그의 생애, 작품 연보 구성, 문학관, 창작방법, 조기단편소설, 장편소설, 잡문 등 전 영역에 거쳐 광범위하게 진행되었다. 이들 논의들은 거개가 조선의용군 출신이라는 김학철의 범상치 않은 경력과 그가 정치적 망명과 박해, 억울한 옥살이 등을 겪으면서 동아시아의 굴곡적인 근현대사를 온 몸으로 체현했다는 데로부터 출발하여 그의 작품들을 그의 생애와, 당시의 사회배경과의 연관 속에서 살펴보고 있다. 그러나 대개는 이러한 배경 자료와 연결하여 그의 작품 속에 드러난 주제의식을 분석하고 표층에 드러난 형식 특징을 분석하는 등 차원에 머무르고 있다. 그러한 주제의식과 형식적 특징을 가능하게 한 김학철의 전 작품과 창작생애를 관통한 내적인 원인의 구명에는 이르지 못하고 있다.

졸고 「『해란강아 말하라』의 창작방법 연구」42), 「1950-1960년대 중국 조선족 장편소설의 두 양상」43)은 김학철 문학 연구에서의 이러한 기존의 한계를 극복하고 그의 창작에 일관된 내적 동력을 구명하는 데 목표를 두었다. 그러나 그의 전 창작에서 극히 일부분에 불과한 그의 초기 장편소설 『해란강아 말하라』에만 논의의 폭을 제한함으로써 그의 창작 전반을 아우르는 데까지는 나아가지 못하고 있다.

한국에서 김학철과 그의 문학에 대한 논의가 재개된 것은 1987년 한국정부의 해금조치가 이루어지면서부터였다. 해금과 함께 『항전별곡』,

---

전 화, 「김학철의 『격정시대』 연구」, 영남대학교 석사학위논문, 2003.
　　전정옥, 「김학철 수필 연구」, 한국정신문화연구원 석사학위논문, 2004.
42) 이해영, 「『해란강아 말하라』의 창작방법 연구」, 『한중인문학연구』 11, 2003, 12.
43) 이해영, 「1950-1960년대 중국 조선족 장편소설의 두 양상」, 『한중인문학연구』 13, 2004, 12.

『격정시대』(상, 중, 하), 『해란강아 말하라』(상, 하), 『최후의 분대장』, 『20 세기의 신화』 등 김학철의 작품들이 육속 출판되기 시작하였고 그에 대한 연구와 논의도 활발하게 이루어지기 시작하였다.

김희민은 『해방3년의 소설문학』44)에서 '제1부 일제하 민족해방운동'이라는 표제 하에 김학철의 두 편의 단편소설 「구열(龜裂)」과 「밤에 잡은 부로(俘虜)」를 소개하고 있으며 책 맨 뒷부분의 〈해설〉45)에서 이 두 편의 단편소설에 대해 해석하고 있는데, 해방공간 즉 소설 발표 당시, 기성 문단의 평가와 크게 어긋나지 않는다.

한국에서 김학철에 대한 본격적인 연구가 시도된 것은 김윤식의 「항일 빨치산문학의 기원 : 김학철론」46)으로부터이다. 김윤식은 이 논의에서 김학철의 창작을 '우리 문학의 낯선 계보 등장'이라고 표현하면서 그의 문학이 한국 문학사에서 빨치산문학의 최초의 전개를 보인 것이라고 그 문학사적 의의를 자리매김하고 있다. 이는 그동안 이데올로기의 대립과 작가의 정치적 망명으로 인하여 한국 문학사에서는 소외되었던 김학철과 그의 문학을 한국 문학사 속으로 복원하고 정당하게 자리매김함으로써 한국에서 김학철 문학연구의 지속적인 발전을 위한 가능성을 열어놓았다. 김윤식은 김학철의 작가되기가 한쪽 다리를 잃은 데서 오는 실존적 위기의식에 의한 것으로서 선택이 생략된 운명적인 선택이라고 분명하게 밝힘으로써 그의 생애와 창작과의 유기적인 내적 연관성과 접점을 찾고 있으며 이를 통하여 작가의 무의식의 영역이라고 할 수 있는 내면풍경에까지 소급해 들어가고 있다. 그리하여 김학철은 그 자신이 체험한 것, 들은 것 외에는 절대로 쓰지 않았는데 이때문에 단조로움을 면치 못했고 작품이 기복이 없는 평면적인 것에 머물렀

---

44) 김희민, 『해방3년의 小說文學』, 世界, 1987.
45) 위의 책.
46) 김윤식, 「항일 빨치산문학의 기원 : 김학철론」, 『실천문학』, 1988년 겨울.

지만 그 체험의 범위 속에서의 진실성은 그 누구도 감히 따를 수 없는 것이라고 말하고 있다. 또한 이 점이 그의 빨치산문학의 최 강점이자 한계라고 지적하고 있다.

그 외에도 많은 성과들47)이 발표되었는데 이들 논의들은 김학철의 작품을 한국 문학과는 다른 시각으로 접근해야 하며, 서양근대미학의 잣대를 획일적으로 적용할 수도, 적용해서도 안 된다는 데로부터 출발하여 김학철 문학에 대한 다양한 접근을 시도하고 있다. 이들 논의들은 중국 조선족 사회에서의 김학철 연구의 틀을 확대하고 보다 다양한 통로와 방법론을 모색하였다는 데 그 의의가 있다. 하지만 김학철 문학의 전 영역을 아우르지 못하고 있는 데 그 한계가 있다.

중국 조선족 문학사에서 김학철과 거의 동시대인으로, 비록 그 경력과 작가적 성향은 판이하나 김학철과 함께 중국 조선족 초기 소설 발전을 주도해온 조선족의 제1세대 작가로는 이론의 여지없이 리근전을 꼽을 수 있다. 그는 1962년 중국 조선족의 두 번째로 되는 장편소설 『범바위』를 발표하고 1982년과 1984년에는 중국 조선족의 첫 번째로 되는 이주 소설 『고난의 년대』 상·하를 발표함으로써 그 작가적 역량을 남김없이 발휘한다. 그러나 이러한 그의 창작적 성과에도 불구하고 그

---

47) 신경림, 「민중생활사의 복원과 혁명적 낙관주의의 뿌리」, 『창작과비평』, 1988년 가을.
　　이동하, 『물음과 믿음사이』, 민음사, 1989.
　　송하춘, 「연변소설개관(1)」, 『한국학연구』, 고려대학교 한국학 연구소, 1991.
　　최원식, 「광복군과 조선의용대」, 『문학과사회』, 1995년 겨울호.
　　홍기삼, 「재외 한국인 문학개관」, 『한국 현대문학 50년』, 민음사, 1995.
　　이상갑, 「한 민족주의자의 인간주의 – 김학철론」, 『한국학연구』, 고려대학교 한국학 연구소, 1999.
　　＿＿＿, 「역사 증언에의 욕구와 형상화 수준 – 김학철론」, 『재외한인작가연구』, 고려대학교 한국학 연구소, 2001.
　　김명인, 「어느 혁명적 낙관주의자의 초상」, 『창작과비평』, 2002년 봄호.

와 그의 작품에 대한 연구와 논의는 그다지 활발한 편이 못되는데 이는 주로 그가 중국어로 글쓰기를 했던 것에 그 원인이 있다. 연구자들에게 는 중국어 창작을 민족문학의 범주 속에서 논할 수 있는가가 큰 부담으로 작용했을 것이다. 그의 중국어 창작에 관한 논의는 뒤로 미루고 그의 작품에 대한 연구사48)를 검토해보면 그와 그의 창작에 대해 두 가지 상반되는 논의가 이루어졌음을 볼 수 있다. 하나는 그의 창작이 중국 조선족의 이주사와 혁명투쟁사를 리얼리즘의 수법으로 잘 그려내었다는 긍정론이고 다른 하나는 그가 중국 조선족의 이주사와 혁명투쟁사를 형상화함에 있어 인물 성격의 개성적 창조에 실패하고 도식화에 떨어졌다는 부정론이다. 이는 리근전과 그의 창작에 대해 총체적인 시각이 결여된 탓이다.

리원길49)과 최홍일50)의 창작에 대한 연구는 위의 두 작가에 비해 상당히 소략한 편인데 이는 그들이 1980년대에 등단한 작가로 창작

---

48) 서일권, 「리근전과 그의 문학」, 『아리랑』 8, 1982.
　　＿＿＿, 「장편소설 『범바위』의 사상예술적 성과」, 『문학평론집』, 중국작가협회 연변분회 · 민족출판사, 1982.
　　김동훈, 「장편력사소설 『고난의 년대』에 대하여」, 『아리랑』 11, 1983.
　　조성일, 「장편력사소설 『고난의 년대』(상)의 사상예술적 특색」, 『연변문예』 4, 1983.
　　김동활, 「『고난의 년대』에 대한 본체론적 사고」, 『문학과예술』, 1988, 5.
　　김 몽, 「력사의 진실한 화폭 － 리근전 소설의 력사적가치」, 『천지』, 1998, 6기.
49) 김종수, 「리원길 소설창작론」, 『아리랑』 47기, 1993, 8.
　　류동호, 「〈한 당원의 자살〉의 차실」, 『문학과예술』, 1986, 5.
　　목 자, 「력사에서 인간을 파내고 있는 리원길」, 『문학과예술』, 1990, 4.
　　윤해연, 「『설야』의 예술적특색에 대하여」, 『문학과예술』, 1993, 5.
　　정판룡, 「리원길의 중편소설에 대하여」, 『문학과예술』, 1992, 6.
　　조일남, 「『설야』가 말해주는 것」, 『문학과예술』, 1990, 4.
　　현동언, 「리원길소설의 민족적색채」, 『문학과예술』, 1985, 1.
50) 윤윤진, 「≪뿌리찾기≫와 『눈물젖은 두만강』」, 『장백산』, 1996, 5.
　　전성호, 「장편소설 『눈물젖은 두만강』(상)이 이룩한 성취」, 『장백산』, 1995, 1.

경력이 불과 20여년 정도이고 그들이 현재 왕성하게 창작활동을 진행하고 있으므로 변수가 심하여 그들의 창작에 대해 어느 한쪽으로 단정지을 수 없기 때문이다.

지금까지 밝힌 대로 중국 조선족 소설에 대한 연구는 주로 중국 조선족 학자들에 의해 이루어져왔으며 중국 조선족 소설 자체의 특수성에 의해 대체로 작품을 사회배경과의 연관 속에서 검토하여왔다. 그러나 이들 기왕의 논의들은 사회배경과 작품을 유기적으로 연관시키지 못하고 사회배경을 그야말로 배경재료로 기계적으로 나열하는데 그쳤으며 작품의 주제의식과 그 주제의식을 표현하기 위한 기교 내지는 수단으로서의 형식적 특징을 추출하는 피상적 연구에 머물렀다. 이는 역으로 조선족 문학의 특수성을 드러내는 데도 부족함이 있었다고 판단된다.

중국 조선족 소설에 대한 한국 측 연구는 매우 소략한 편이다. 뿐더러 주로 김학철과 그의 문학에 대한 연구에만 편향되어 있으며 전반 조선족 소설사나 김학철을 제외한 기타 작가와 그 창작에 대한 연구는 거의 이루어지지 않았다.

이 글은 이같은 미진함을 넘어 사회배경과의 유기적인 연관 속에서 중국 조선족 소설의 특수성을 이루는 내적 원리, 형상화 원리를 가능한 한 전체적으로, 보다 내밀한 정도까지 밝혀보고자 한다.

3. 연구 방법과 연구 대상

조선족 소설은 역사·철학적 범주의 특수성으로 하여 정치·문학 일원론의 원칙에 입각하고 있으며 또한 조선족의 삶에 대한 문학적 대응이기도 하다. 그러므로 중국 조선족 소설이 사회배경과의 연관성 속에서 검토되는 것은 방법론에 대한 선택의 차원이 아니라 작품의 창작과 함께 결정된 것으로서 필연성을 띤 것이다. 이러한 견해를 부정하게 되면, 문학 작품을 그것의 사회·미학적 통일이라는 면에서 보지 못한 채 실천으로서의 작품을 무시하는 관념론적인 입장에 빠져들게 될 것이다. 문제는 중국 조선족 소설에 대한 기존의 논의들이 비록 작품과 사회 사이의 연관성 설정을 시도하였으나 두 가지 이질적인 수준인 작품과 사회를 효과적으로 연결시키고 매개할 수 있는 매개항을 찾는 데 실패함으로 하여 작품과 사회 사이의 평행성과 병렬성을 극복하지 못하고 단일 주제적인 접근 방식이 지닌 한계를 벗어나지 못한 것이다. 이러한 한계를 벗어나기 위해 이 글에서는 골드만이 문학사회학의 주요한 방법론으로 제기한 '발생적 구조주의'의 방법과 이론51)에 기대어 보고자 한다.

골드만은 문학작품을 하나의 구조로 보고 이는 역사 밖의 어떤 영역이 아니라 바로 역사적 주체들에 이어져야 한다고 주장하며 이런 방식으로 한 작품의 사회성(sociality)과 의사 소통력(communicability)이 파악될 수 있다고 본다. 그는 작품의 구조와 작품을 창작하는 데 쓰인 문학적 의미 사이의 상관관계를 세우려고 하였는데 거기서 문학적 의미는 세계관의 수준 즉 사회적 차원의 것이다. 곧 골드만은 두 가지의 이질적인 수준인 문학 작품과 사회 사이를 효과적으로 매개할 수 있는 매개항으로 '의미있는 구조', '초개인적 주체', '상동성' 등 몇 개의 개념을 설정하고 발전시킨다.

'의미있는 구조'는 인문과학을 이해하기 위한 골드만의 제일의 탐색 도구이며 하나의 개념으로서, 초구조적 수준과 구조적 수준(마르크스의

---

51) 뤼시앙 골드만 저, 박영신 외 옮김, 『문학 사회학 방법론』, 현상과인식, 1984, pp. 9-52. 골드만의 '발생적 구조주의' 방법과 이론 및 그와 연관된 몇 개의 개념들은 그의 저서 중, 상술한 부분을 참조하여 정리한 것임을 특히 밝힘.

이론과 실천이라는 양두마차), 모두에서의 인간 실재의 실제적이고 사실적인 경향들에 바탕을 두고 있다. 그는 문학 작품을 하나의 구조로 보지만 구조들보다는 구조화 과정에 더 많은 관심을 보였다.

'초개인적 주체'는 골드만이 "문화 창작의 주체"(subject of cultural creation)라는 논문에서 발전시킨 개념으로서 문화 창작을 구조화하는 개인들과 그들의 정신적 범주들을 통일하는 기능을 한다. 문화적 바탕을 이루는 정신적 범주들의 종합체를 집합적 주체에 의해 설명할 수 있다는 것이다. 곧, 창조적인 사람들은 이 문화적 바탕 위에서 그들의 작품을 만들어낸다. 어떤 주체이든지 어떤 문화 창작이든지 순전히 개인적인 것만은 아니다. 골드만은 "그러나 나는 예술가의 실존을 의심하지 않는다. 나는 단지 예술가 자신이 그의 세계를 창조하는 것이 아니라 그는 사회 안에서 주어진 것 그리고 다른 사람들이 이미 만들어 놓은 것으로부터 그의 세계를 창조해낸다고 말하고 있을 뿐이다"라고 적고 있다. 이런 의미에서 골드만은 문학 작품을 '나'와 '우리'의 만남이라고 부른다.52)

끝으로 위의 이러한 매개항들을 종합하여 그의 모형을 마무리 짓는 개념으로 골드만은 '상동성'(homology)의 개념을 제기하며 이 개념을 이용하여 예술과 사회의 연관성을 하나의 패러다임으로 만들려고 한다. 곧, 그는 한 수준에서 다른 수준으로의 전이를 개념화하려고 한다. 그러나 그 수준들 사이의 관계는 한 문학 작품의 내용이 그것 밖의 역사

---

52) '초개인적 주체'라는 개념은 골드만이 문화 창작의 주체(The Sub-ject of Cultural Creation)라는 논문에서 발전시킨 개념으로 골드만의 발생적 구조주의의 또 하나의 주요한 개념인 '의미있는 구조들'에 대한 최대한의 변증법적 함축을 사회학적으로 설명하고 있는데, 이것은 이 개념이 '의미있는 구조들'을 의식의 수준에만 국한시키지 않기 때문이다. 골드만은 이 개념을 이용하여 구조들에 대한 사회학적인 연구를 진행하고 문학사회학적 방법론을 성공적으로 이끌었다. '초개인적 주체'가 역사 안에서 이해·서술될 수 있기 때문에 골드만은 문화적 실천의 총체적인 파악을 사회적 실천으로 제시할 수 있었다.(뤼시앙 골드만 저, 박영신 외 옮김, 위의 책, p. 30-33. 참조.)

적 사실들에 직접 연결되는 것과 같은 관계가 아니다. 그 대신 그 관계는 한 사회 계급(또는 여러 사회 계급들)의 집합 의식이 어떤 문학 작품의 상징적 구조에 연관되어 있음을 뜻한다. 다시 말해서 상동성은 문학 작품과 사회 사이의 임의적인 관계(병렬이나 평행과 같은 개념에 담겨진 뜻)와는 아무런 관계가 없다. 상동성은 기능적 필연성을 포괄한 변증법적-구성주의적 원리이며 그것을 '의미있는 구조'라는 범주의 시각에서 이해할 때 "상동성은 구조와 기능 사이의 관계에 대한 문제이다." 그러므로 상동성은 방법론적으로 구성된 관계를 서술하는 조작적 개념이며, 이 관계는 발생적 구조주의에 의해 문학 작품에 적용된 설명·이해의 과정에서 나온다.

상술한 이러한 매개항들에 의해 중국 조선족 소설을 구조화하고 그것과 조선족 사회와의 연관성을 설정할 때 중요하게 검토해야 할 범주는 '가치와 이념', '체험과 역사적 현실', '언어적 특성' 등이다. 이는 중국 조선족 소설의 특수성과 조선족 사회의 역사적 현실성에 의해 결정된 범주이다. 이 글에서는 상술한 세 가지 범주를 중심으로 중국 조선족 소설을 그 사회배경과의 연관 속에서 검토하고자 한다.

이를 위하여 이 글에서는 중국 조선족의 각 역사 시기, 중국의 정치 현실에 대한 조선족의 이념적 대응과 민족의식 등을 뚜렷하게 구현한 소설들을 추출하여 대상 작품으로 한다. 여기서 일단 조선족 소설의 개념을 짚고 넘어가야 할 필요가 있다. 조선족 소설이란 엄격한 의미에서 조선족 작가가 조선어로 조선족의 생활을 반영하는 것이다. 그러나 조선족 소설이 중국을 그 창작환경으로 한다는 데로부터 조선족 작가의 중국어 창작은 불가피한 문제로 떠오르며 중국어로 창작되고 조선어로 번역되어 발표된 작품 역시 중국 조선족 소설의 범주에서 논의하기로 한다.

중국 조선족 사회는 1980년대 말까지는 중국의 여러 가지 정치·역사적 변화를 겪으면서도 상대적으로 안정된 민족 공동체에 기반하고 있었다. 그러므로 이 시기 중국 조선족의 작가들은 민족성에 그 뿌리를 두면서도 중국의 제도문화에 대한 수용과 중국의 정치·역사적 변화에 대한 소설적 대응이라는 독특한 글쓰기 방식을 통하여 중국 조선족 문학이라는 하나의 독자적인 특수한 형식적 범주를 산출할 수 있었다. 문화대혁명시기(1966-1976년)라는 전례 없는 특수한 동란의 년대를 제외하면 이때는 현실에 대한 주체적 인식이 전반적으로 가능했던 시기였다고 할 수 있다.

그러나 1990년대에 들어서면서부터 산업화·도시화의 충격과 함께 농촌공동체에 기반하고 있던 조선족 사회의 민족공동체가 뿌리 채 뒤흔들리게 되었다. 민족공동체에 기반하고 있던 기존의 공동체적 윤리와 도덕규범, 위계질서와 가치가 붕괴되고 시장경제에 기초한 새로운 윤리와 위계질서가 대신 자리를 잡아가고 있으며 문화 역시 이질적인 문화의 급작스러운 충격으로 갈등을 겪고 있다. 그러므로 1990년대 이후는 전반 조선족 사회가 위기와 혼란을 거듭하면서 불투명성을 그 특징으로 하고 있으며 조선족 사회의 문화 역시 타문화와의 충격과 갈등 속에서 동화와 거리 두기를 반복하면서 심각한 변질을 겪고 있다. 이런 변화된 환경으로 하여 1990년대 이후 조선족 작가들의 글쓰기는 조선족 문학 특유의 형식적 범주에서 벗어나 다양성과 불명확성을 나타내고 있다.

또한 소설이란 "문제적 개인이 자신을 찾아가는 여행"53)이라고 했을 때 이는 장편소설을 가리키며, 단편소설에서는 외부세계의 객관적이고 총체적인 반영으로서의 장편소설에서와는 달리 작가의 주관성과 기법

---

53) 게오르그 루카치, 반성완 옮김, 『소설의 이론』, 심설당, 1989. p. 103.

이 우위54)를 차지한다.

이 글은 조선족 소설을 사회·역사적 맥락과의 연관성 속에서 검토하는 것을 목표로 하므로 연구대상의 범위를 1980년대 말까지의 장편소설로 한정하며 그 중 김학철의『해란강아 말하라』55)와『격정시대』56), 리근전의『범바위』57)와『고난의 년대』상, 하58), 그리고 리원길의『설야』59), 최홍일의『눈물젖은 두만강』60)등 여섯 편의 장편소설을 그 연구 대상으로 한다. 이 여섯 편의 장편소설은 중국 조선족 각 역사시기의 대표적인 작품이다.

김학철의『해란강아 말하라』와 리근전의『범바위』는 1950-1960년대 중국 조선족 장편소설의 두 양상을 보여주며 초기 중국 조선족 문단의 대표적인 두 편의 장편소설이다. 이 두 편의 장편소설은 광복 후, 이주지 중국을 선택한 중국 조선족이 1950년대에 부딪친 정치적 현실에 대한 이념적 대응이며 조선족이 중국의 소수민족으로 편입되는 과정에 대한 문학적 대응이다. 또한 이 두 편의 작품은 서로 같지 않은 그리고 범상치 않은 경력을 지닌 두 작가가 서로 다른 도경을 거쳐 초기 중국 조선족 문단의 소설가로 자리를 굳힌 뒤 각각 발표한 첫 번째 장편소설이라는 점에서도 큰 의의를 가진다. 이 두 편의 장편소설을 통하여 광복 후, 초기 중국 조선족 사회 형성 시, 조선족의 정치적 이념,

---

54) 찰스 E. 메이, 최상규 역,「미국 단편소설 비평의 개관」,『단편소설의 이론』, 예림, 1997, p. 15.
55) 김학철,『해란강아 말하라』상, 하, 풀빛, 1988.
56) 김학철,『격정시대』상, 중, 하, 풀빛, 1988.
57) 리근전,『범바위』, 연변인민출판사, 1962.
   리근전,『범바위』, 흑룡강조선민족출판사, 1986.
58) 리근전,『고난의 년대』상, 연변인민출판사, 1982.
   리근전,『고난의 년대』하, 연변인민출판사, 1984.
59) 리원길의『설야』, 연변인민출판사, 1989.
60) 최홍일의『눈물젖은 두만강』, 민족출판사, 1999.

민족의식 등에 대해 살펴 볼 수 있으며 그것의 표현 방식에 대해서도 외부세계와의 연관 속에서 살펴볼 수 있다.

같은 맥락에서 리원길의 『설야』와 최홍일의 『눈물젖은 두만강』은 80년대 후반으로부터 90년대에 이르는 중국 조선족 사회 현실에 대한 이념적 대응이며, '문화대혁명'이 끝나고 개혁개방과 시장경제의 충격으로 인간의 주체적 태도가 보다 신장되고 일상적 감각이 보다 확대되었음을 반영한다. 이 두 편의 소설은 위의 두 편의 소설과의 연관 속에서 서로 다른 현실에 대한 조선족의 같지 않은 이념적 대응으로 분석될 수 있다.

김학철의 『격정시대』는 그 자신의 직접적 체험에 기초한 조선의용군 투쟁사의 문학적 복원이다. 리근전의 『고난의 년대』 역시 이주민으로서 그 자신의 성장 체험에 근거한 조선족의 이주의 역사와 정착의 역사에 대한 문학적 복원이며 최홍일의 『눈물젖은 두만강』은 조선족의 초기 이주의 문학적 복원이다. 이 세 편의 소설은 우리 민족의 역사와 조선족의 역사를 이해하는 데 중요한 자료로 된다.

또한 소설의 언어적 측면에서 위의 소설들은 중국어 창작과 번역 발표, 표준어 즉 공식 언어로의 창작, 표준어와 방언의 사용 등 조선족 소설의 언어적 특성을 비교적 포괄적으로 체현하고 있다.

이 글은 위의 여섯 편의 장편소설을 연구대상으로 중국 조선족 소설과 조선족 사회 사이의 연관성을 검토하고 그러한 연관성을 전제로 이루어지는 조선족 소설의 형상화 원리를 구명하는 것을 그 목표로 한다.

현실에 대한 이념적 대응

　문학은 글쓴이의 생각을 표현하며 이때 글쓴이의 생각은 사상, 이념, 이데올로기(ideology), 세계관이라는 이름으로 달리 명명할 수 있다. 물론 이들 용어의 개념들에 조금씩의 차이는 있으나 대체적인 의미는 문학이 표현하고 있는 내용적 속성을 나타내는 것이다.

　바흐찐에 의하면 문학작품은 어떤 특정한 이념 체계를 구현하는 것이며, 이 이념 체계는 문학 작품의 언어, 인물, 행동 등으로 구체화된다. 그리고 이념을 표현하는 장치나 요소를 이념소(理念素, ideologeme)라고 명명한다.[1] 실제로 문학 작품은 각각 다른 이념을 표현하며, 심지어는 한 작품에서도 다른 이념이 다양하게 나타날 수 있다. 문학은 다양한 목소리를 통하여 시대와 현실의 요구를 반영하며, 이것은 문학적 형상화가 다른 언어활동과 구별되는 중요한 특성이기도 하다. 그러므로 문학 작품의 이해와 감상이라는 것 역시 문학에 표현된 이념의 차이를 구별하여 수용하는 것이며 궁극적으로는 독자나 학습자들의 이념

---

[1] 미하일 바흐찐, 전승희 외 옮김, 『장편소설과 민중언어』, 창작과비평사, 1988, p. 64.

실천에 영향을 줄 수 있어야 한다.2)

조선족 문학은 "중국의 특이한 정치적 생태의 영향으로 장기간 이데올로기의 요구에 부응하여 형성되고 발전된 문학으로서 많은 경우 리념화의 경향을 표출시켰"으며3) 정치·문학 일원론의 원칙에 기반하고 있다. 중국 조선족 문학은 중국 공산당의 소수민족 정책에 의해 그 존재 가능성을 획득하고 있는데, 이는 바꾸어 말하면 중국 조선족 문학이 제도권 문학임을 의미하며 중국 사회주의 문예정책의 절대적이고 강력한 지도하에 있음을 의미한다. 중국 조선족 문학의 창작·비평·수용의 전 과정은 대체로 '선 문예정책, 후 문예창작'의 틀 속에서 진행된다. 문예정책이 중국 공산당의 정치적 이념의 한 실현 형태라면 중국 조선족 문학이 언제나 정치와 대단히 민감한 관계에 놓여 있음은 자명하다. 이는 중국의 국가 이념과 정치제도에 의한 것이겠지만 유독 중국 조선족 문학이 중국문학보다도 훨씬 더 정치에 민감한 것은 그 존재 가능성으로서 중국의 소수민족 정책이라는 특수한 정치적 변수를 더 갖고 있기 때문이다. 이때 중국 조선족이 갖고 있는, 기타의 소수민족과는 구별되는 과경·월경4) 민족의 의미 역시 흘려버릴 수 없는 부분이다. 그리하여 중국조선족 문학 즉 중국 조선족 소설은 같지 않은 역사 시기, 중국 공산당의 정치적 이념과 중국의 정치적 현실에서 결코 자유로울

---

2) 김대행 외, 『문학교육원론』, 서울대학교출판부, 2000, p. 209.
3) 조성일, 「세계 조선어문학권에서의 중국조선족문학의 위상」, 『조선족문학개관』, 연변 교육출판사, 2003, p. 146.
4) '과경·월경'이라는 용어는 중국 조선족의 역사성·특수성과 연관된 맥락의 것이다. 과경·월경 민족이라는 뜻은 다른 나라 경내에 살고 있지만 모체문화를 가지고 있다는 것이다. 따라서 이러한 사회는 단순한 민족사회보다 복잡성과 특수성을 나타낸다는 것이다. 중국 조선족은 중국 경내의 기타 소수민족과는 구별되며, 현재 중국 공민으로서 그들이 속한 국가인 중국의 국경 밖에 그들의 모체 문화를 가지고 있다. 김강일, 「중국조선족사회 지위론」, 『중국조선족사회의 문화우세와 발전전략』, 연변 인민출판사, 2001, p. 22 참조.

수 없으며 작가의 의식과 그 갈등의 표출에 있어서 직접적 형식보다는 굴절의 형태를 취하게 된다.

물론 문학이 다른 예술과는 달리 언어로 이루어지기 때문에 언어의 속성 상 모든 문학 작품에서 작가의 의도가 약간의 굴절을 겪게 되는 것은 사실이다. 그것이 정치·문학 일원론의 원칙에 놓여있는 문학일 때, 국가의 이념이나 정책에 의해 강력한 지도와 통제를 받는 문학일 때, 그러한 굴절은 더욱 심해진다. 중국 조선족 문학은 중국의 체제적 특성상 중국문학과 함께 정치·문학 일원론의 원칙에 놓여 있는데, 거기에 과경·월경 민족의 이미지가 정치적 변수로 작용하여 더욱 심한 굴절의 형태를 띤다. 이러한 굴절은 중국의 정치적 이념과 정치적 현실에 대한 중국 조선족의 민족적 대응의 형태를 나타낸다.

이러한 중국 조선족의 민족적 삶의 방식과 이념적 대응은 중국의 정치적 이념과 정치 현실의 변화에 따라 민감한 변화를 겪게 되며 그러한 변화는 소설에서 작가의 정치 감각과 현실 감각으로 나타난다. 그런 의미에서 중국 조선족 소설에서 이념의 표출에 대한 분석과 이해는 바로 굴절에 가려진 소설의 숨은 의미, 감추어진 문제 찾기로서 작가의 정치 감각과 현실 감각을 찾는 과정이다.

1. 조선족의 중국 역사로의 편입

1950년대 초반의 연변은 정치적·민족사적·문학사적으로 역사적인 공간이었다. 여기에는 역사적인 시간 즉 근대사적인 시간의 개념이 녹아있다.

1945년 '8.15'광복과 함께 역사적인 선택5)을 거쳐 중국에 남은 우리 민족에게 있어서 '광복'이란 두 가지 측면에서의 해방을 가리킨다. 그 하나는 일제로부터의 민족 해방을 가리키고 다른 하나는 반제 반봉 건적 생산관계 속에서의 탈출, 즉 생산력의 해방을 가리킨다. 이때 생산력의 해방이란 곧 만주 이주지에서도 조선에서와 마찬가지로 소작농의 위치로 전락해있던 우리 민족이 중국공산당의 토지개혁정책으로 인해 토지를 획득함6)을 의미하며 이는 또한 '만주 조선인'으로 불리던 우리 민족이 '중국 조선족'으로 새롭게 태어남과 직결되는 것이기도 하다.

---

5) "조선족은 해방과 함께 선택을 거쳐 중국에 남은 사람들이었다. 해방직전 200여 만이던 조선인 이주민들 가운데서 해방과 함께 그 절반이 조국을 선택했지만 동시에 나머지 절반은 중국을 선택했다. 중국이라기보다는 이주지를 선택했다." 리광일, 『해방 후 조선족 소설문학 연구』, 위의 책, p. 62.

6) 만주 즉 동북에서의 우리 민족의 토지 소유권과 관련하여 중국 공산당은 집권 훨씬 이전인 1927년부터 큰 관심을 기울여왔고 중국 내 기타 민족과 동등하게 토지소유권을 향유한다고 규정하여 왔다. 구체적으로 그 정책과 문건을 살펴보면 다음과 같다.

　1927년 10월에 거행된 중공만주성위 제1차 대표대회에서 통과된 「우리의 만주에서의 정강」은 동북 조선족에 대하여 기타 형제민족을 대하는 것과 마찬가지로 "동등하게 대우"해야 하며, "일률적으로 토지소유권을 향유한다"고 규정하였다.(「中共滿洲省委臨委關于目前工作計劃決議案」, 1927년 12월 24일.)

　1928년, 「중공만주성위고만주농민서」는 조선족 노동자, 농민이 "일률적으로 토지생산기관 소유권과 혁명정권을 향유한다."고 주장하였다.(중공중앙통전부, 「민족문제문헌회편」, 중공중앙당교출판사, 1991, p. 94.) 중공만주성위는 "만주의 조선농민은 중국의 농민과 같이 일률적으로 토지소유권과 거주권을 향유하며 일률적으로 혁명정권을 향유한다."고 주장하였다.(「만주편」, 제7기, p. 19.)

　이러한 토지소유권에 대한 인정은 광복과 함께 동북이 중국공산당의 세력권에 들어가면서 중국공산당의 주요정책인 토지개혁정책의 실행과 함께 실현가능한 현실적인 정책 대안으로 되었다.

　1947년 12월11일, 중국공산당이 영도하는 동북행정위원회는 「토지법대강」을 실행하는 것과 관련된 보충방법에서 "동북해방구경계내의 소수민족은 한인과 동등하게 땅을 나누어야 하며 소유권도 가져야 한다."고 규정하였다.(『토지개혁운동』)

　1948년 12월, 중국공산당은 "민주정부는 민족평등의 원칙에 따라 조선(족) 인민에게 지권(地權)과 인권, 재산권을 부여하며 인민의 생명과 재산의 안전을 보호 유지한다"고 명확하게 선포하였다.(류준수, 「민족정책의 몇 개 문제에 관하여」, 1948. 12. 9.)

그러나 이때 '중국 조선족'은 역사적 범주이기도 했지만 또한 정치적 개
념이기도 했다. 그것은 광복 후, 선택을 거쳐 중국에 남은 우리 민족이
중국의 한 소수민족인 '조선족'으로 편입되는 과정이 그들 개개인의 충
분한 고려를 거쳐 자원의 원칙에 의해 행해진 것이 아니기 때문이다.[7]
어느 날 갑자기 광복이 왔듯이 어느 날 갑자기 위로부터 내려온 중국
공산당의 결책에 의해 그들은 의혹을 느낄 시간적 여유조차 갖지 못한
채, 조선인으로부터 통일적으로 중국 공민[8]으로 되었으며 '중국 조선

---

7) 국적이나 민족은 일반적으로 역사적인 범주에 속하지만 중국조선족은 단순한 역사
   적 의미보다도 정치적 의의가 더 농후하다. 우선 중국의 한개 소수민족으로 편입될
   때 개개인의 자원의 원칙 아래 법적인 절차를 받고 편입된 것이 아니라 위로부터 내
   려온 규정에 의해 편입된 것이고 편입된 후에도 그 국정사항이 명확치 않았다. 예하
   면 1958-59년 사이 조선에서 복구건설을 위한 인재지원을 요구했을 때 중국에서는
   조선족을 모집해 보내주었고 1960-62년과 1966-69년 사이 조선에 건너간 중국조
   선족에 대해 조선은 자국민과 똑같은 대우를 해주었다. 정인갑, 「한민족공동체와 재
   중동포」, 『한민족공영체』, 1999년 제7호, pp. 159-160 참조.
     위의 조선족의 중국 국적 가입 문제에 대해서는 여러 가지 설이 전해내려 오는데
   그 중 한가지의 유력한 설은 조선족이 중국 공산당의 토지개혁 와중에 토지의 획득
   을 위해 자원으로 중국 국적에 가입하였다는 것이다. 그것은 중국 공민에게만 토지
   소유권이 인정되었기 때문이다. 여기에 대해서는 다음과 같은 설명이 이를 유력하게
   뒷받침해준다.
     "동북지구 특히 연변지구의 토지개혁, 정권건설과 해방전쟁중 중국공산당은 조선족
   의 중국공민 자격을 완전히 인정하였고 그들이 토지를 분배받아 토지의 주인이 될
   수 있도록 하였으며 그들이 지방정권에 참여하고 정권의 주인이 되게 하였다. 이러
   한 과정중 동북의 조선족, 특히 연변의 조선족은 거의 모두 중국 국적에 가입하였
   다. 이렇게 력사적 원인으로 인해 조선족의 중국 소수민족 지위는 승인되었고 조선
   족의 대다수가 중국국적을 취득하지 못했던 문제는 순조롭게 해결되었다."(김병호
   외, 「중국의 소수민족정책과 중국조선족사회의 정치의식 및 민족의식」, 『중국조선족
   사회의 문화우세와 발전전략』, 연변인민출판사, 2001, p. 108.)
8) 조선족의 중국 국적 가입 과정은 다음과 같이 기록되어있다.
     1945년 9월말, 이미 일찍이 조선족의 국적 문제에 유의해온 중공중앙 동북국은
   역사적인 시각에서 객관적으로 중국 조선족의 상황을 분석하고 조선족은 중국의 소
   수민족이며 한족과 마찬가지로 평등한 권리와 의무를 향유한다고 인정하였다. "화북
   항련에 참가한 조선의용군을 제외하고 동북의 조선주민은 일반적으로 중국 경내의

족'으로 되었다. 그 변화의 과정이 변화 수용자의 입장에서 다음과 같이 나타나고 있다.

1948년 12월 1일, 연길시 정부에서 주최한 조선 건국 축하 대표단 귀환보고회의 기록[9]은 다음과 같이 되어 있다.

> 조룡규(연길시 부시장) : 朝鮮民主主義人民共和國 成立 慶祝次로 東北에 있는 朝鮮人 同胞를 代表하여 祖國을 찾아가셨던 延吉市에 계시는 代表 몇분을 歡迎하는 同時에 이분들로부터 祖國의 躍進相을 같이 듣고자 해서……
>
> 문정일(대표단부단장, 연길현 부현장) : 우리는 每個人 惑은 每家庭을 개인별로 訪問했는데 그들이 關心하고 묻는말은 동북에 사는 朝鮮同胞들의 生活이 어떠냐 하는 것이 共通한 發問이었습니다. 그래 우리는 中共의 德으로 土地平分을 받아 잘살게 되었다고 對答하니 모다 安心하는 얼굴 빛이었습니다.(중략) 우리는 東北에 있는 百五十万의 同胞들의 이름으로 祖國의 創建앞에 바치는 紀念品을 金首相께 드렸습니다……
>
> 림민호(연변일보사) : 그리고 마지막으로 이야기해 드릴 것은 金首相께서 우리에게 주신 말씀대로 우리는 나라없는 백성이 아니라 이미 世界를 向해 朝鮮民主主義人民共和國이라는 떳떳한 獨立國家를 가진 民族이라는 자랑을 가지고 東北에서 살기를 바란다고 하신 말씀과 같이 우리는 民族的 자존을 가지고 朝鮮이나 中國에 있는 한줌도 못되는 反動의 무리를 따려부술 覺悟를 가져야 할줄 압니다……

소수민족으로 보는 것으로 인정하였다."(주보중, 「연변조선민족문제(초안)」, 1946, 12.) 중공 길림성위원회는 연변 조선족 문제에 관하여 다음과 같이 명확하게 제기하였다. "1928년 이후 중공 동북의 당조직은 동북, 특히 연변의 조선주민을 동북 소수민족으로 분류하였다.", "비록 당이 현재 새로운 환경하에서 조선족의 소수민족 지위를 명확히 선포하지는 않았지만 실제적으로는 조선인에 대한 소수민족의 평등정책을 집행하였고 또한 이러한 정책은 앞으로 반드시 발전의 방향으로 나아갈 것이다." (『조선족력사발자국 총서5 - 승리』, 민족출판사, 1992, p. 703-704.)

9) 「조선민주주의인민공화국경축 동북조선인대표단(재연길시) 귀환환영보고회」, 『연변문화』, 1기 3호, 1948, 12.

연길시 부시장과 연길현 현장이 모두 스스럼없이 조선을 조국으로 인정하고 있으며 당시는 연변일보사에 있었고 후에는 연변대학 부교장으로 있었던 림민호도 조선을 조국으로 인정하고 있다. 그리고 1949년 9월에 출간된『문화』제3호에서는 조선정부의 구성과 그 성원들을 상세히 소개하고 있다.10) 중국대륙에 아직 중국공산당이 영도하는 새로운 국가가 형성되지 않은 상황에서 조선족들은 조선을 자기의 조국으로 인정하였고 중국에서의 혁명은 조선혁명의 계속으로 인정하였으며 동시에 중국공산당의 혁명과 조선의 혁명은 동일한 목표를 갖고 있다는 일체감을 강하게 부여하고 있다.

그러나 1949년 중화인민공화국이 성립되면서부터 이러한 조국관에는 변화가 생긴다. 1950년 2월에 출간된『문화』제8호에는 연변문예연구회의 규약을 실었는데 거기에는 "모주석의 새 문예방향에 의거한 인민의 문예를 연구하고 창작함"을 운운하고 있다. 1951년 당시 문단에서 일정한 위치를 차지하고 있던 렴호렬의 수필「毛主席께 드리는 편지」11)에서는 이러한 정서적 성향의 변화가 뚜렷이 나타난다.

> 偉大하고 英明하신 毛主席이시여!
> (중략)
> 오늘 延邊에 살고 있는 우리 朝鮮民族의 文化만 하더라도 党의 올바른 民族文化教育政策밑에서 過去에 없던 飛躍的 發展을 하고 있습니다.
> (중략)
> 이 한가지 事實만 보더라도 당신이 계신 새 중국은 온 世界 사람들이 渴望하는 壓迫과 搾取가 없는 쏘련과 같은 그런 幸福한 나라가 되기 위해 적극적 준비를 하고 있고 당신을 모신 우리들은 벌써 世界에서 쏘련人民들처럼 가장 굳세고 文明한 사람들로 되고 있습니다……

---

10) 리광일,「해방후 조선족소설문학 연구」, 연변대학 박사 논문, 2002, p.163.
11)『문화』제3권 4호, 1951. 7. 1.

이미 조선이 조국이란 관념은 사라지고 모택동에 대한 찬사와 감사의 마음 그리고 중국혁명에 대한 긍정이 넘치고 있다. 그리고 "우리 중국인민 만세"라는 구절에서는 조선족을 중국인민이란 개념 속에 포함시키는 성향을 명백히 보여주고 있다. 이는 중국 역사 속으로의 안전하고 원만한 편입을 위한 중국 조선족 사회의 노력이다.

1955년경에 와서는 이미 조선이 조국이란 관념은 완전히 사라지고 중국공산당과 중국인민 그리고 모택동에 대한 긍정적 자세가 문예계의 주류를 차지하였다. 김순기의 「좋은 작품을 많이 쓰자」12)에서는 "문예 창작은 중공 연변지위의 구체적인 령도하에, 모주석께서 지시한 문예방침을 관철하는 데서 군중문예활동과 더불어 커다란 발전을 가져왔다." 고 하면서 중국공산당과 모택동에 대한 긍정 태도를 명시하고 있다. 그리고 중국 건국 6주년을 기념하여 쓴 리홍규의 「빛나는 력사-국경절 6주년을 맞이하여」13)에서는 모택동을 어버이로 모시고 중국을 조국으로 하고 있다.

> 건국-六주년-얼마나 빛나고도 위대한 력사인가!
> 우리의 헌법은 정권은 인민에게 속하며 각 민족은 평등하며 우리의 인민은 아름다운 시대를 창조한다는 것을 력사에 아로새겼다.
> (중략)
> 인민의 시대는 무수한 영웅을 창조하였으며 그래서 우리의 시대는 영웅적 시대이고 그 인민의 영웅은 모주석을 대표로 하기에 우리의 시대는 동시에 또 모택동의 시대이다.
> 중국공산당과 모주석은 새 력사의 문을 열어놓았고 인민의 시대를 창조하였다.
> 해란강 기슭과 백두산밑 만 백성들의 가장 아름다운 노래-그것은 공산당과 모주석에 대한 사랑이며 찬양이다……

---

12) 『연변문예』, 1955, 3기.
13) 『연변문예』, 1955, 10기.

리홍규의 글에서 볼 수 있듯이 김일성, 스딸린 등의 이름은 등장하지 않고 다만 모택동과 중국공산당에 대한 찬송의 노래로만 되어 있다. 단적으로 볼 수 있는 것은 이 시기에 와서 조선과 중국에 대한 조선족들의 정서적 자세가 이미 한 단계 결정되었다는 것이다. 조선을 조국으로 인정하던 조국관이 50년대 중반에 와서 중국을 조국으로 인정하는 조국관으로 변화되었다. 조국관의 변화는 중국에서 살아야 했던 조선족들에게 있어서 중대한 변화이며 동시에 간과할 수 없는 변화였다.14)

광복으로부터 1950년대까지는 중국에 남은 우리 민족이 조선인으로서가 아니라 중국의 한 소수민족의 일원으로 중국사에 편입되는 과정이었다. 갈 자는 가고 남을 자는 남았다. 그것은 자의에 의한 선택이었으나 그것을 거쳐 중국에 남은 이들에게 중국 역사로의 편입의 과정은 타의에 의한 것이었고 다분히 정치적인 것이었다.15)

위로부터의 일방적인 결책에 의한 정치적인 선택이었으므로 정치 현실을 재빨리 수용하고 온 몸으로 그 현실에 적응해야 하는 것이, 정치 현실에 의해 어느 날 갑자기 '중국 조선족'으로 된 우리 민족이 해결해야 할 가장 절실하고 현실적인 과제였다. 이 점에서 땅을 바라고 정착지를 선택한 농민들은 자기 이름의 땅이 생겼다는 기쁨에 젖어 대체로 무감각할 수밖에 없었는데, 그들은 정치적 감각과는 거리가 멀었다.

그러나 중국 공산당의 지도층과 직간접으로 연계되어 있고 또 조선인들의 중국 국적 선택 문제에 직간접으로 작용을 했거나 그 내막을 알고 있던, 중국 공산당 측에서 일하던 조선족의 간부들에게는 이것이야

---

14) 리광일, 위의 학위논문, p. 166.
15) 이때 조선족의 중국 국적 가입이 위로부터의 일방적인 정책에 의한 것이든, 중국 공산당의 토지개혁 와중에 토지 소유권을 획득하기 위해 자원한 것이든 표면에 드러난 형식은 그다지 주요하지 않은데 결정적인 것은 둘의 경우, 모두 환경의 영향을 떠나서 논의할 수 없는 것으로서 순수 그대로와는 거리가 멀다는 것이다.

말로 대단히 민감한 문제임에 틀림없었다. 이때 '민감한 문제'라고 함은 그것이 우리 민족의 '불확실했던 어떤 과거'와 연결되기 때문이며 그 '불확실했던 과거'에 대한 정리는 중국 역사 속에서의 '자기 확인', 위치 정립으로 나타난다. 그러므로 정치 현실에 대한 절대적인 수용과 민활한 적응은 이들 앞에 주어진 최대의 현실적인 과제였다. 이들과 거의 비슷하게 정치 현실의 표정을 재빨리 읽어내고 민감하게 반응하는 또 한 부류가 있었는데 그들이 바로 항전 중에 중국 공산당의 문예정책에 경도되었거나 중국 공산당 편에 섰던 작가들이었다. 그들은 한걸음 더 나아가 이 공간을 "작가의 이상과 현실이 합치되는 시대"라 규정하고 이 기본항의 인식 위에서 문학 행위를 하였다. 그것은 곧 문학적 행위와 정치적 행위의 일치를 가리킴인데 이러한 정치·문학 일원론적 사고는 사회주의 사실주의 문학의 일반적 현상의 두 가지 발현 방식인 정치적 이념의 직접적 표출과 간접적 표출이라는 글쓰기의 두 형식을 산출하였다.

1) 정치적 이념의 직접적 표출

1950년대 초반이라는 정치적인 시점에서, 타의에 의해 어느 날 갑자기 중국 공민으로 된 우리 민족에게 있어서 현실적으로 민족보다는 사회주의 조국—중국이라는 개념과 범주가 우위를 차지했고 그것은 절대적인 것이었다. 그만큼 중국 공민이 되었음을 자각했을 때, 우리 민족에게는 조국으로서의 사회주의 중국의 인정과 개념 정립, 절대적인 지위의 확립이 그 무엇보다도 절박한 문제였다.

조선족은 중국 경내에서 형성된 민족이 아니라 조선반도에서 자기 민족 문화를 가지고 중국에 이주한지 불과 반세기 정도 밖에 되지 않은 이주민족이다. 달리 표현하면 '이방인'이다. 만족과 같이 중국 경내에서 형성되어 중국에서 살고 있는 민족이 아니라 자기 민족의 나라, 민족의 주체가 모두 국경 밖에 엄연히 존재하는 민족이다. 청조, 중화민국으로 부터 '치발역복', '귀화입적'의 강요 또는 권유를 받기도 했고 일본으로 부터 일제의 대륙정책에 '이용'당하기도 했던 불안한 민족이다. 그러므 로 중국 경내의 한 소수민족으로 살게 되었다는 사실이 분명해졌을 때 중국 역사 속에서의 '자기 확인', 위치 정립은 그 무엇보다도 우선하는 문제가 아닐 수 없었다.16)

어쩌면 그것은 중국 공민으로서는 당연한 귀결이었는지도 모른다. 그만큼 그들에겐 현실과 미래의 삶의 터전—제2의 고향의 건설과 확립 이 절실한 문제로 다가섰다. 그들에게는 그것이 더는 제2의 고향이 아 니라 제1의 고향—절대적인 삶의 공간으로서의 현실적인 고향이었다. 한반도라는 고향에로의 회귀는 '8.15'의 선택에서 이미 포기한 부분이 었다. 그들에겐 현재적 삶의 공간과 앞으로의 삶의 터전이 무엇보다 우 선하는 현실적인 문제였고 중요한 문제였다. 이제 그들이 할 수 있는 최선의 선택과 노력은 주어진 정치 현실을 그대로 수용하면서 중국 공 민으로서의 삶을 열심히 살아가는 것이었다.

이러한 타의적이고 정치적인 공간을 중국 조선족의 제1세대 작가들 은 '이상과 현실이 합치되는 시대'로 규정하고 정치·문학 일원론의 원 칙 위에서 글쓰기를 진행하였으며 많은 시와 단편소설17)을 창작하였

---

16) 조일남, 「중국 조선족 장편소설 발전개요」(1), 『문학과예술』, 2001년 제2호, pp. 143-144 참조.

17) "전반적으로 보아 이 시기는 단편소설이 많이 창작되던 시기이며 작품에서 보여주 는 세계는 거창한 사회적 변혁과 정치적 풍운 그 자체가 아니라 그러한 환경 속에 서의 인간들의 정신적인 변화이며 그것도 신구(新舊)사상의 갈등, 공(公)과 사 (私)의, 선진과 낙후의 투쟁을 보여 주었다." 리광일, 『해방 후 조선족 소설문학 연 구』, 위의 책, p. 95.

다. 여기서 주목할 것은 '이상과 현실의 합치'라는 현실 감각이 시와 단편소설로 나타났다는 점이다. "만일 문학을 발생적 범주, 모사적 범주, 기능적 범주로 나누어 설명한다면 단편이란 단연 기능적 범주 곧 교육적 효능 범주에 속할 것이고 그것도 극히 일면적이자 단편적인 수준에 멈출 것이다. 말을 바꾸면 여과되지 않은 선동 작용에 치닫기 십상인바, 이를 직접성이라 할 것이다"18). 실제로 이때의 거의 대부분의 시와 단편소설들은 중국 공산당의 정치적 구호의 문학적 치환으로 되었는바, 이상과 현실의 합치를 지나치게 직접적으로 드러내었다.19) 이러한 사회주의 사실주의 문학의 글쓰기 방식의 한 형태로서의 정치·문학 일원론의 직접성은 정치적 망명가이자 중국 조선족의 제1세대의 작가 김학철에게서 보다 뚜렷이 체현된다. 김학철은 이 시기에 여러 편의 단편 외에 장편소설 쓰기에 들어가는데 그의 첫 장편소설이자 중국 조선족의 첫 장편소설이기도한 『해란강아 말하라』 역시 장편임에도 불구하고 이 직접성의 원칙에서 한 발자국도 벗어나지 못했다. 그만큼 김학철에게는 '이상과 현실의 합치'라는 시대적 인식이 그 어느 작가보다 철저하였던 것이다.

김학철은 교체된 작가층의 새로운 일원으로 1952년, 연변이라는 역사적인 공간에 합류한다. 여기서 잠깐 광복 후, 조선족 문단의 작가층

---

18) 김윤식, 『한국 현대 현실주의 소설 연구』, 문학과지성사, 1990, p. 293.
19) "이 시기 소설문학에 있어서 현실을 긍정적인 자세로 파악하고 반영하는 것이 주류를 차지하였다. 작가는 반드시 인민군중을 위해 성심성의로 복무해야 하며 인민군중과의 연계를 더욱 밀접히 하며 사상과 창작, 연출활동은 진실함으로써 인민군중의 신임과 존경을 받아야 하며 국가의 기율과 사회도덕을 모범적으로 준수하는 고상한 품질로 항상 자기를 무장하는 데 힘써야 했으며(『연변문예』, 1954년 7월호, p. 41), 작품은 근로인민대중의 현실생활을 반영하고 혁명투쟁의 신심을 고무하며 생산건설 중의 영웅적 인민 및 그들의 업적을 묘사할 것을 요구하였다.(『문화』 제12호, 1950년 6월, p. 45.)" 리광일, 『해방 후 조선족 소설문학 연구』, 위의 책, pp. 94-95.

의 교체에 대해 살펴볼 필요가 있다.

1945년 광복과 함께 재중 조선인 문단은 대규모의 변화를 겪게 된다. 재중 조선인 문단의 변동은 재중 조선인의 귀국상황과는 선명한 대조를 이룬다. 귀향의 열기와 함께 작가층의 교체가 이루어졌다. 광복 전 재중 조선인 문단의 성과로 되는 『만주시인집』(1943), 『재만조선인 시인집』(1942), 재만 조선인 소설집인 『싹트는 대지』(1942)에 작품을 실은 시인, 작가 25명 거의 대부분이 광복 후 남과 북으로 귀국하였다. 사실 중국에서 조선반도 문학권으로 민족문학을 하였던 그들로 말하면 그것은 너무나도 자연스러운 귀결이었다. 또 일제의 만주국이 허용하는 지면을 통하여 작품 활동을 하였던 그들로 말하면 새로 세워진 공산당 정권은 그들과 무관한 존재였던 것이다. 일제가 패망하기 전에 만주 지역에서 활동하던 기성 문인들 중 소설가 김창걸과 시인 리욱 두 사람이 만주에 남았을 뿐이고 그 외의 시인, 작가들은 모두 귀국·귀향하였다.

중국 공산당의 당·정 조직이 연길에 서면서 각지에서 활동하던 문인들이 연길에 모이기 시작하였다. 조선의용군 성원으로 연안에서 활동하던 최채, 고철이 부대의 이동과 함께 동북으로 진출했고 후에 연변에 나왔으며, 조선의용군 3지대에서 활동하던 임효원, 백호연과, 목단강, 할빈 등지에서 활동하던 김례삼, 김태희, 리홍규, 최현숙, 황봉룡 등이 건국 전야에 연길로 이동하였다. 조선의용군 1지대에서 활동하던 백남표가 연길에 나왔고, 해방 후 조선에 나갔다가 건국 후 귀국한 김학철, 최정연, 주선우, 정길운 등이 선후로 연길에 자리 잡았다. 이들은 오랫동안 연변에서 문학창작에 정진해온 리욱, 김창걸, 채택룡, 설인, 김창석, 홍성도, 최형동 등 문인들과 역사적인 대 회합을 이루었다.

이런 회합을 거친 후의 조선족 문단의 주요한 문인들을 살펴보면 소설가로는 김창걸, 김학철, 김동구, 백호연(목일성), 백남표, 리근전, 최현숙, 마상욱, 시인으로는 리욱, 주선우, 임효원, 김례삼, 설인, 극작가로는 최정연, 황봉룡, 홍성도, 민간문학가로는 정길운 등이다. 그 외 문단에서 지도자적 역할을 한 이들로는 최채, 배극, 현남극, 김순기, 임호(임효원) 등이다. 그리하여 만주지역에서 활동하던 기성문인들인 김창걸과 리욱을 제외하고는 모두 중국 공산당의 영향 하에 있던 작가들로 초기 중국 조선족 문단이 이루어진다.[20]

중국 공산당의 절대적인 지도와 강력한 영향력을 바탕으로 구성된 초기 중국 조선족 문단에서, 김학철은 단연 독보적인 존재일 수밖에 없었는데 이는 그의 경력과 결코 무관하지 않다. 일찍 1940년에 중국 공산당에 가입, 조선의용군 시절 태항산에서 중국 공산당의 직접적인 영도 하에 무장투쟁과 선전운동을 병행하면서 '연안문예좌담회에서 한 강화'에 기초한 중국 공산당과 모택동의 문예사상의 직접적인 지도 하에 문학 창작을 진행했고, 연변에 정착하기 전인 1951년에는 북경 中央文學硏究所 연구원으로 중국의 저명한 현대 작가 丁玲의 문하에서 문학 수업을 받았던 범상치 않은 경력이 작용한 결과였다. 그가 당시 연변문학예술계련합회 주비위원회 주임으로 활동했고 후에는 연변의 유일한 전업 작가[21]이었다는 점에서도 초기 조선족 문단에서 그의 지위와 영향력을 확인할 수 있다. '전업 작가'라는 일반에서는 이해하기 어려운 특이한 직종에 대해 김학철이 그의 자서전 『최후의 분대장』에서 다음과 같이 쓰고 있어 퍽 인상적이다.

　　이 '전업 작가'란, 봉급은 봉급대로 다 받으면서도 출근은 안하고 제 쓰

---

20) 권철 외, 『중국 조선족 문학사』, 연변인민출판사, 1990, p. 279. 이광일, 「해방후 조선족소설문학 연구」, 연변대학교 박사논문, 2002, pp. 56-57 참조. 조일남, 「중국 조선족 장편소설 발전 개요」, 『문학과예술』, 2001년 제2호, pp. 142-143 참조.
21) 김학철, 『최후의 분대장』, 문학과지성사, 1995, p. 352.

고 싶은 글만 쓰면 되는 국가 공무원, 누구나 다 부러워하는 그늘의 개 팔
자 같은 직종이었다. 중국식 사회주의 제도가 낳은 일종의 '기형아'라고나
할까.
  ……연변 자치주에는 '전업 작가'라는 게 나 하나밖에 없었다.22)

그가 초기 조선족 사회에서 중국식 사회주의 제도에 의해 보장되는
특권을 누리고 있었음을 단적으로 보여주는 실례라 할 수 있다.

그러므로 1950년대 초반의 연변이라는 역사적인 공간이 김학철에게
가지는 의미란 곧 이상과 현실이 합치되는 행복한 공간, 선택이 생략된
운명적인 공간이었다. 여기에 대해서는 김학철 자신이 자서전에서 다음
과 같이 말해놓고 있어 그 전말을 알기가 퍽 손쉬운 일이다.

  유서 깊은 북간도 땅 연변이 우리 민족의 자치주가 됐다는 소식은 나를
크게 고무했다.
  우리 민족이 극히 드물게 살고 있는 북경에서 살자니 사람이 마치 분재
(盆栽)가 돼버린 것 같아서(뿌리가 땅속에 내리지를 못한 것 같아서) 마음
한구석이 늘 비어 있던 터라 나는 그 자치주로 가기로 결정을 했다.
  주덕해를 비롯한 몇몇 옛 전우들이 거기 있어서 반연(攀緣)이 좋은 것도
물론 한 이유였다.
  연길역에 내릴 때 나는 개척자와도 같은 포부로 가슴이 부풀었다. 장장
24년에 걸친 재난―강제 노동과 징역살이가 똬리를 틀고 기다리고 있는 줄
도 모르고.23)

남과 북 어디서도 수용될 수 없었던, 몸 붙일 수 없었던(그것은 곧 그
의 전우들인 의용군 전사들 모두의 역사적·민족사적 운명이기도 했다) 정치적 망
명가 김학철에게 연변은 곧 정치적 망명지 이상의 새로운 고향, 삶의

---

22) 김학철, 『최후의 분대장』, 위의 책, p. 351-352.
23) 위의 책, p. 351.

터전이었다. '8.15'의 선택의 갈등을 겪고 정착을 선택한 사람들과는 다른 차원의, 비교도 되지 않을 만큼의 절실하고 절대적인 선택이었고 유일한 현실적 삶의 공간이자 뿌리박고 살아가야 할 고향의 이미지였다. 남과 북에서 이상과 현실의 괴리로 억눌렸던 정열이 일시에 폭발하였다. 이러한 폭발은 곧바로 왕성한 창작으로 이어지는데 이때의 창작은 우리 민족이 중국 조선족으로 중국 역사에 원만하게 편입하기 위한 염원을 대변하였다. 그것은 또한 중국 공산당 측의 요구이기도 했는데 새 중국 창건 후 통일된 다민족 국가를 건설해야 하는 역사적 과제를 안고 있는 중국 공산당으로 보면 너무나 자연스러운 것이었다. 연변 조선족이 직면한 정치 현실과 중국 공산당의 요구의 합일점의 확보—이것이야말로 1950년대 초반의 연변이라는 역사적인 공간에서 연변의 투쟁사와는 동떨어진 조선의용군 출신의 작가 김학철이 획득한 정치적 감각이었다.

『해란강아 말하라』는 중국이 막 반식민지 반봉건 상태에서 벗어나 새로운 사회를 건설해 나가는 와중인 1950년대 초반, 중국혁명의 한 떳떳한 주체임을 자부하는 간도지방 우리 민족의 자랑스런 반제·반봉건투쟁의 역사를 증언하는, 보다 공적인 작업24)의 특징을 지니고 있다. 우리 민족의 "중국혁명의 한 떳떳한 주체로서의 자부감"이야말로 조선족의 중국 공민으로서의 확실한 자격증의 획득이 아닐 수 없는데 거기에는 '8.15'광복 후 조선족의 중국 선택은 단순히 관념적 수준에서의 이념 선택이 아니라 역사적 필연성에 의한 것이라는 확신이 강하게 자리 잡고 있다.

'만주 조선인'이 '중국 조선족'으로 다시 태어나기, '조선인'이 중국 속의 한 소수민족으로 즉 중국 역사 속으로 편입하기란 그야말로 민감한

---

24) 풀빛 편집부, 「이 책을 읽는 이들에게」, 『해란강아 말하라』(상), 풀빛, 1988.

부분이 아닐 수 없었는데, 그것은 그들이 국경을 사이 두고 자기의 모국과 민족의 주체를 갖고 있음과 결코 무관하지 않다. 이 민감한 부분이 대부분의 조선족 백성들에게는 생리적 수준의 것에 불과했지만 조선족의 지식인들에게는 엄청난 자의식으로 작용하였을 것임에는 틀림없다.

이는 통일된 다민족 국가를 건설해야 하는 역사적 과제를 안고 있는 중국 공산당에게도 중대한 정치적 과제가 아닐 수 없었는데 '만주 조선인'을 '조선 민족'으로, 다시 '조선족'으로 호칭을 바꾸는 과정에서만도 그것에 대한 고도의 반응이 단적으로 보여 진다. '조선민족'을 '조선족'으로 바꾼 이유를 그 공문은 다음과 같이 밝히고 있다. "그 명칭은 중앙민족사무위원회와 내무부의 연구를 거쳐, 전국의 기타 민족자치지역과의 일치함을 기하여 연변조선민족의 '민'자를 생략하고 그 명칭을 '길림성 연변조선족자치주'라고 할 것을 제의한다."[25] 56개 민족의 단합을 상징하는 '중화민족'이란 명분 아래에서 '조선민족'이란 개념은 부합되지 않았고 따라서 기타 민족과의 '일치성'이라는 조건으로 '조선족'이라는 개념이 선택되었다. 명실에 부합되는 중국의 소수민족으로 된 것이다. 이는 결국 정권 수립 이후, 진행된 중국 공산당의 강력한 제도 개편의 일환이었다.[26]

---

25) 원문은 다음과 같다. "其称謂經中央民委与內務部研究, 爲与全國其它民族自治地區一致, 提議將延邊朝鮮民族的「民」字省略, 卽称：「吉林省延邊朝鮮族自治區」."

26) 이와 같이 '조선 민족'을 '조선족'이라고 개칭한 중앙정부의 결정은 그 의미하는 바가 크다. 전반 대륙을 해방하고 새로운 국가를 건국한 상황에서 중앙정부는 주체민족인 한족을 제외한 기타 55개 소수민족의 명칭에 대해 규범화하고 중국공산당의 영도 하에서 56개 민족의 대단결을 추진해야 하였다. 소수민족 인구가 전체 중국인구의 10%도 안 되었지만 전반 국토의 60%를 점하고 있었고 또한 중국 경내에서 소수민족 문제는 중국 공산당이 전부터 줄곧 중시하고 추진해 온 민족정책과 직결되어있었다. 리광일, 『해방 후 조선족 소설문학 연구』, 위의 책, p. 18.

그러므로 연안 시절부터 중국 공산당의 영도와 직접적인 영향 하에 있던 조선의용군 계열의 주덕해, 최채 등이 새로 건설되는 연변 조선민족 자치구의 지도자로 부임함은 당연한 귀결일 것이다. 그들은 연변에서 중국 공산당의 정책을 집행하는 대변인으로서 중국 공산당과 동일한 정치적 감각을 확보해야 했다. 하지만 그들은 기타의 중국 공산당 간부들과 막바로 같아질 수는 없었는데 그 사이에는 '민족간부'라는 이름이 갖고 있는 어떤 이미지와 현실감각이 자리하고 있기 때문이다.

일본의 나가사끼 감옥에서 해방을 맞아 남한으로 귀국하였다 북한을 거쳐 북경에도 머물렀던 김학철은 연변과는 전혀 무관한 존재였지만 전우들의 권고로 또한 주덕해, 최채 등 전우들의 연고로 연변에 정착을 결심한다. 김해양이 정리한 김학철의 연보에는 1952년 즉 그의 나이 36세 때 "주덕해, 최채의 초청으로 연변에 정착"27)이라고 기록되어 있다. 당연히 김학철은 연변의 지도층에 있던 그의 전우들과 동일한 정치감각·현실감각을 확보할 수 있었다. 실제로『해란강아 말하라』는 그와 그의 전우들이 1950년대 초반 연변에서 확보하고 있던 정치감각·현실감각의 문학적 실현 형태이다.

> 중국 공산당은 오늘에 와서 비로서 연변 인민의 생활을 관심하고, 그를 이끌어 번영한 내일을 맞이하게 하는 것이 아니라, 벌써 오랜 예전부터, 쪽박을 차고 고향을 쫓겨난 우리의 선대들이 두만강을 건너서 이 땅에 흘러 들어오던 그때부터 자기의 뜨거운 관심을 의지가지없는 그들에게 기울였던 것입니다.
>
> 그러기에 이 소설에도 기록된 간도 인민의 투쟁의 역사는 즉 중국 공산당의 투쟁의 역사인 것입니다.
>
> 그러기에 이 소설 가운데서 활약하는 인물들은, 우리가 익히 알고 우리

---

27) 김해양, 「김학철 연보」,『조선의용군 최후의 분대장 김학철』, 연변인민출판사, 2002, p. 549.

가 사랑하는 영웅들은 그 모두가 다 중국 공산당에 의하여 배양된 우리의
겨레인 것입니다.28)

중국 공산당은 해방 전부터 연변 인민에 대해 뜨거운 관심을 기울이
고 연변 인민의 투쟁을 지도해 왔다는 것, 그래서 "간도 인민의 투쟁의
역사"는 바로 "중국 공산당의 투쟁의 역사"라는 것, 간도의 해방을 위해
싸운 우리 민족의 영웅들은 모두 "공산당에 의해 배양"되었다는 것 –
이는 역으로 연변의 해방 즉 중국 혁명에 대한 우리 민족의 역사적 공
헌을 확인한 것이다. 여기에서 김학철은 공화국의 창건을 위한 우리 민
족의 피어린 투쟁과 헌신적인 노력이 자발적 차원이 아니라 중국 공산
당의 정확한 영도가 있었기에 가능했던 것이라고 우리 민족과 중국 공
산당의 불가분의 의존관계를 강조함으로써 중국 역사에서 우리 민족의
위치를 확고하게 자리매김하며 나아가 우리 민족 역시 공화국의 떳떳
한 성원임을 강조하고 있다. 이것이 당시 연변의 유일한 전업 작가였던
김학철이 확보한 정치적 감각이자 현실 감각이었다. 이는 또한 정권 수
립과 함께 중국 공산당으로부터 중국에 남은 우리 민족에 대한 지도를
위임 받은 중국 공산당 내 '민족간부'들의 정치적 감각이자 현실 감각이
기도 했고 동시에 중국 공산당 측의 입장이기도 했다.

김학철에 의하면 『해란강아 말하라』는 선전부에서 임무를 맡겨서
쓴"29)것이고 "정치의무감에서 쓴"것인데 자서전 『최후의 분대장』에서
"연변 자치주에 일단 정착을 한 뒤 약 4년 동안에 나는 이른바 '연변의
장편소설 제1호'라는 『해란강(海蘭江)아 말하라』를 비롯해 네댓 권의 책
을 펴냈는데 물론 그것들은 다 당의 정책에 따른 것이었다. 바꾸어 말

---

28) 김학철, 『해란강아 말하라』 상, 「머리말」에서, 풀빛, 1988.
29) 연변문학예술연구소 편, 「김학철선생님과의 문학대화」, 『김학철론』, 흑룡강조선민
    족출판사, 1990, p. 318.

하면 마르크스-레닌주의와 모택동 사상을 지침으로 한 프롤레타리아적 이념의 산물이었다"[30]고 술회하고 있다. 이러한 반성은 물론 '반우파투쟁'과 '문화대혁명'을 겪고 나서의 일이고 그 당시에는 여기에 대해 다른 어떤 회의와 질문이 끼어들 수도 없었다. 특히 이 소설의 창작에서 그의 전우이자 연변의 지도자였던 최채의 도움을 두고 김학철이 『해란강아 말하라』의 머리말에 "그리고 특히 이 소설의 초고를 가지고 수십 차의 토론을 피로한 줄도 모르고 같이 하여 주었고, 많은 의견을 제공하여 주었고, 적절한 비평을 가하여 준 최채 동지의 방조를 나는 잊을 수 없읍니다"[31]라고 적고 있어 퍽 인상적이다.

이러한 정치적 감각이야말로 『해란강아 말하라』가 있게 한 원동력인데, 김학철은 이것을 직접성의 형식으로 파악하고 있다. 즉 그는 이상과 현실 사이에 놓인 무수한 매개항을 몰각한 상태에서 막바로 정치적 근원인 중국 공산당의 영도에로 나아간 것이다. 소설의 주인공 한영수, 임장검, 한영옥 등은 우리 민족이 중국으로의 이주와 정착과정에서 겪는 민족적 비애, 좌절감, 위축감 등에 전혀 무감각하며 민족의식보다는 계급적 각성에 훨씬 투철한 인물들이다. 중국 공산당의 영도를 받아들임에 있어서도 이데올로기로 인한 갈등이나 혼선이 없이 직접성의 성격을 강하게 드러낸다. 이는 김학철이 정치적 망명자로서 이주민 체험의 전무함과 결코 무관하지 않다. 한영수네들이 고향에 대해 갖고 있는 생각과 중국 공산당의 영도를 받게 된 과정은 소설에서 다음과 같은 적은 분량으로 서술되고 있다.

영수 오랍누이는 나중 돌아가신 어머니를 여윈 지도 벌써 4, 5년이지만, 어려서부터 받아온 그들 부모네의 영향으로 줄곧 해마다, "명년에 나간다!

---

30) 김학철, 『최후의 분대장』, p. 356.
31) 김학철, 『해란강아 말하라』(상)의 머리말, 풀빛, 1988.

명년엔 나간다!"를 외느라고 언제나 궁둥이가 반쯤 떠 있어서, 빤빤한 터전에 나무 한그루 심으려 하지 않다가 작년에야 비로소 울타리 밑에 백양나무 다섯 주와 배나무 다섯 주를 떠다 심고, 거기에 자기들도 뿌럭지를 박고 안착할 결심을 내리었다.

하나 그것은 결코 살림이 전보다 나아져서 그런 것이 아니라 (아니, 그것은 도리어 해마다 점점 더 못하여 갔다), 영수의 자라나는 지혜가 정치적 안계를 넓히면서 자기네 부모의 어리석음을 비판할 수 있는 정도에까지 도달한 때문이었다.

그가 묘목을 떠오기 전 여섯 달에, 지하로 자기의 거대한 세포조직을 늘궈 나가던 중국 공산당의 뜨거운 손길이, 이 동네에서 처음으로 그에게—빈한한 젊은 농민인 그에게—뻗어와 닿은 것이다.(김학철, 『해란강아 말하라』상, p. 22.)

여기서 "영수의 자라나는 지혜가 정치적 안계를 넓힘"이 구체적으로 어떤 것인지 나타나 있지 않지만 "중국 공산당의 뜨거운 손길이, 이 동네에서 처음으로 그에게—빈한한 젊은 농민인 그에게—뻗어와 닿은 것이다."로부터 미루어 짐작해보면 그것은 바로 계급적 각성일 것이다. 이러한 계급적 각성에 의해 그들은 민족적 성격에서 탈피하여 그대로 중국인민의 일원으로 되며 그들에게는 민족적 특징이 전혀 구현되지 않는다. 사실 계급적 각성 이전에도 영수 오랍누이에게는 민족적 성격과 민족적 특징이 그다지 뚜렷하게 나타나지 않고 있는데 전편 소설에서 그들의 민족적 갈등이나 민족의식에 관한 부분은 "어려서부터 받아온 그들 부모네의 영향으로 줄곧 해마다, '명년에 나간다! 명년에 나간다!'를 외치느라고 언제나 궁둥이가 반쯤 떠 있어서, 빤빤한 터전에 나무 한그루 심으려 하지 않다가"라는 극히 간략한 서술로 처리되고 있다. 또한 이주민으로서 갖게 되는 귀향인가, 정착인가에 대한 갈등과 그 해결 역시 "거기에 자기들도 뿌럭지를 박고 안착할 결심을 내리었다"라고 간단하게 처리되어 있다.

소설에서는 중국으로 이주한 우리 민족 농민들만이 겪게 되는 원주민과의 갈등, 특유의 민족적 자의식과 이주민으로서의 갈등이 전부 생략된 상태에서 바로 중국 공산당이 영도하는 중국인민의 거대한 반제반봉건 투쟁사가 펼쳐지며 이를 두고 작가는 "이 소설에도 기록된 간도 인민의 투쟁의 역사는 즉 중국 공산당의 투쟁의 역사"32)라고 파악하고 있다. 이것이야말로 정치적 이념의 직접적 표출이 아닐 수 없는데 이는 작가의 문학 외적 발언이 그대로 작품에 직접적으로 연결되는 기능적 범주에 속한다. 그것은 교육적 기능을 무매개 상태로 발휘하게 되며 루카치는 이런 식의 범주를 과학적 반영론이라 규정하였다. 이러한 정치적 이념의 직접적 표출은 작가의 관념적 창작 즉 체험의 결여에 의한 것이다.

김학철의 창작의 절대 대부분이 그의 체험의 힘에 근거하고 있음은 이미 많은 연구자들에 의해 논의되었다. 상해 임시정부를 향한 탈출, 의열단 참가, 조선의용대 대원, 조선의용군전사로서 태항산(太行山) 항일근거지에서의 투쟁, 호가장(胡家庄) 전투에서의 부상과 포로, 일본 나가사끼(長崎) 감옥에서의 수감생활, 그리고 '8.15'를 맞아 석방 등 체험은 김학철에게는 다른 그 어떤 관념과 의식의 침투를 허락하지 않는 절대성을 띤 체험이었다. 김학철에게 있어서 이것은 의식의 기억이 아니라 육체의 기억에 의한 것으로서 그것은 육체의 한부분인 왼쪽 다리와 맞바꾼 것이다. 그 체험은 잘려나간 왼쪽 다리를 만짐으로써 언제든지 떠올릴 수 있는 육체의 한부분과도 같은 범주의 것이었다. 서울에서 상해로, 상해에서 오지의 태항산으로, 다시 일본의 감옥, 그리고 서울, 평양, 연변…… 그의 체험은 그대로 동아시아 근대사와의 격렬한 부딪침이었으며 그것은 개인적 수준의 것을 넘어 민족사적·현대사적인 공

---

32) 김학철, 『해란강아 말하라』(상), 머리말.

적인 범주의 것으로 승화되었다. 체험 자체의 치열함으로 하여 그의 의식은 체험을 쫓아가는 형국으로 되었다. 체험이 의식에 의한 것으로서가 아니라 의식이 체험을 쫓아가기, 이는 그의 체험의 절대성이다.

조선의용군 전사로부터 작가 되기 역시 의식이나 사상의 수준의 것이 아니라 체험적 수준, 생리적 수준의 것이다. 잘려나간 왼쪽 다리의 해골을 눈앞에 두고 그 육체의 훼손으로 어쩔 수 없이 바뀌어져야 할 삶의 방향에 대한 고민, 그 고민의 끝으로서의 작가되기는 자의의 선택이 아니라 운명적인 선택이었으며 생리적인 범주의 것이었다.33) 체험에 의한 것이야말로 김학철 고유의 문학적 범주이며 그의 문학은 체험을 그 원천으로 할 때에야만 거대한 문학적 힘을 발휘할 수 있었다.

그러나 『해란강아 말하라』는 그의 이러한 체험적 문학의 세계에서 동떨어진 작품34)이다. 그것은 태항산과 연변 사이의 거리만큼이나 그의 체험의 세계에서 멀어져있다. 김학철이 연변에 정착한 것은 1952년, "이미 그전에 연변조선족의 해방투쟁사는 종결되었고 그는 조선의용군 출신이라는 또 다른 개인사를 지닌 채 그 역사의 끄트머리에 접합되었던 것이"35)다. 그러므로 이 작품에는 김학철의 개인적 경험이 투사될 여지가 전혀 없었다. 그만큼 태항산에서의 항일투쟁과 만주에서의 항일투쟁은 공동의 적을 향한 투쟁임에도 불구하고 그 성격과 진행 방법상 완연히 다른 모습이었다.

태항산 근거지는 항일전쟁시기 중국 공산당의 수뇌부가 자리하고 있던 연안 해방구에 속해 있었으며 중국 공산당 수뇌부의 직접적인 영도를 받았고 그 대적투쟁의 성격은 표면에 드러난, 전면적인 것이었다.

---

33) 김윤식, 「항일 빨치산문학의 기원 : 김학철론」, 『실천문학』, 1988년 겨울, p. 408.
34) 김명인, 「어느 혁명적 낙관주의자의 초상」, 『창작과비평』, 2002년 봄호, p. 243
    참조.
35) 위의 글, p. 244.

그러나 만주는 적 점령구로서 중국 공산당의 수뇌부와는 멀리 떨어져 있었으며 중국 공산당은 간부를 파견하여 만주의 항일 빨치산 투쟁을 지도하였다. 당연히 만주 항일투쟁은 은폐되고 분산된 투쟁이었고 유격전이었다. 만주에서의 지하당 조직의 건립과 지하투쟁, 추수·춘황 투쟁, 감조감식 투쟁은 태항산 해방구에서는 볼 수 없는 것으로서 조선의 용군 전사 김학철에게는 대단히 생소하고 낯설은 풍경이었다. 『해란강아 말하라』를 집필하기 위한 작가의 취재와 방문 노력에도 불구하고 그것은 한갓 취재의 수준에서 이해될 수밖에 없었으며 관념적 수준에 머무를 수밖에 없었다. 해방된 공간에서 지나간 항일투쟁사에 대한 취재와 그것의 문학적 형상화는 작가의 체험이 전무함으로 하여 소설로서의 예술성을 확보할 수 없었고 이야기의 기록 수준에 머무를 수밖에 없었다. 그것은 작가의 체험보다는 관념과 의식이 훨씬 앞선 형국이라고 할 수 있다.

『해란강아 말하라』의 또 하나의 결정적인 결락은 김학철의 '중국 탈출'의 성격 문제이다. 알다시피 김학철은 비교적 유족한 외가의 도움으로 서울 보성고보 재학 중 광주 학생 운동, 이재유 탈옥사건 등을 접하며 정치의식에 눈을 떠가게 된다. 그는 상해 홍구 공원에서의 윤봉길 의사의 거사 소식을 접하고 상해 임시정부를 찾아가기로 결심한다. 집 식구들을 속이기 위해 유도복 한 벌을 트렁크에 달랑 넣고 학생복 차림으로 기차를 타고 압록강을 넘은 김학철의 탈출은 그러므로 생계를 위해 고향을 등지고 쪽박 차고 눈물로 두만강을 넘었던 이주민들의 '배수진을 친 이주'와는 본질적으로 다른 것이며 이주민들의 삶은 그에게는 취재 수준의 이해로 될 수밖에 없다. 땅을 찾아 두만강을 넘었고 중국 공산당의 토지개혁 정책을 포함한 여러 가지 정책과 민족적 정책으로 인해 중국을 선택한 조선족의 삶의 의미로서의 역사적 현실성을 그는 확보할 수 없었다. 이상과 현실이 합치되는 공간에서는 체험이 결여된 의식만이 무한히 앞서고 있었다.

『해란강아 말하라』가 정치적 이념의 직접적 표출로 하여 형상성과 예술성을 확보할 수 없었던 것은 그러므로 두 가지 측면에서 이유를 찾을 수 있다. 하나는 김학철의 정치적 감각과 현실 감각에 의한 것이고 다른 하나는 작품의 "서사구조 속에 김학철 자신의 경험이 투사될 여지가 없었던"[36] 때문이다.

2) 정치적 이념의 간접적 표출

김학철의 이러한 직접성의 원칙은 같은 제1세대의 작가 리근전의 경우와 비교해보면 한결 뚜렷해진다. 광복을 맞아 심각한 선택의 갈등을 거쳐 제2의 고향이자 유일무이한 삶의 터전이기도 했던 이주지를 선택한 근 반수에 달하는 만주 조선인들과 함께 리근전 역시 광복을 맞아 이주지이자 삶의 터전이기도 했던 중국을 선택하며 만주 조선인으로부터 중국 조선족으로 새롭게 태어나기의 과정을 온 몸으로 겪는다. 당연히 리근전도 이 역사적인 공간을 '이상과 현실이 합치되는' 공간으로 인식하였음에 틀림없다.

그러나 리근전의 경우 그러한 '합치에 대한 인식'이란 역사적 인식에 연결된 것이다. 이것은 김학철이 정치적인 이유로 망명지 중국 연변에 머무를 수밖에 없었던 것과는 달리 리근전은 이주민의 아들이자 유년기에 이주를 몸소 경험한 이주민 1세대로서 선택의 갈등을 거쳐 이주지 중국에 남았던 것과 결코 무관하지 않다. 그러므로 리근전이 광복 이후를 '이상과 현실이 합치되는 시대'로 인식하고 정치·문학 일원론의

---

36) 위의 글, p. 243.

원칙에 의해 글쓰기를 하더라도 그의 글쓰기는 직접성을 벗어난 자리에서 비로소 가능한 것이었다. 그것은 그가 이주민 1세대로서 '만주 조선인의 선택의 갈등'이라는 역사적 감각을 확보하고 있는 것과 무관하지 않으며 그리하여 그의 글쓰기는 직접성을 벗어나 역사적 사실을 매개로 하고 있기 때문이다.

리근전이 가난과 빈궁으로 하여 소학교를 졸업한 채 품팔이와 부역을 하다가 혁명에 뛰어든 것은 1945년 8월, 광복과 함께였다. 이로부터 그가 장편소설 『범바위』를 집필하기 시작한 1958년까지는 무려 13년의 시간이 놓이게 된다. 이 13년이라는 시간은 우리 민족의 한 품팔이꾼 소년이 중국 공산당의 간부로 성장하기 위해 필요한 시간이었고, 또한 『범바위』를 집필하기 위한 작가의 정치적 감각과 현실 감각이 형성되는 시간이었다.

리근전은 중국 공산당의 간부로서 오랫동안 당무사업에 종사해왔으며 조선족 집거 지구인 연변이 아닌 산재지구—길림 지구에서 생활해왔다. 중국 공산당 간부로서의 오랜 당무사업은 리근전으로 하여금 중국 공산당의 입장에서 사고하고 행동하는 정치적 감각을 갖게 하였다. 또한 조선어보다 한어가 더 능하고 문자 생활은 부대에 참가하면서 중국어로부터 시작하여 중국어로의 창작까지 나아갔고, 조선족 집거구가 아닌 길림지구에서 한족들과 함께 생활해온 그에게 중국 역사로의 편입은 이념이나 관념의 수준이 아니라 생리적 수준, 체험적 수준의 것이었다. '만주 조선인'이 중국 공산당의 영도 하에 중국 속의 소수민족으로 거듭 태어나기 즉 중국 인민으로 되기는 다름 아닌 그 자신의 이야기이도도 했다.

이러한 체험에 의한 정치적 감각, 현실 감각을 파악함에 있어서 리근전은 역사적 시각에 초점을 맞춤으로써 직접성의 간접화 방식을 취한다. 선택된 역사적인 공간 즉 '이상과 현실이 합치되는 시대'를 배경으로 한『범바위』가 그 증거이다.『범바위』에서 직접성의 간접화는 그가 정치와 문학 사이의 매개항으로서 '광복의 시점에서 조선인의 선택의 갈등과 그 극복'이라는 역사적 현실성을 확보하였음에서 비로소 가능한 것이다. 광복의 시점에서 그 '선택의 갈등'이란 중국 조선족에게는 가장 근원적인 역사성이었으며 '만주 조선인'이 '중국 조선족'으로 거듭 태어나기 위해서는 반드시 겪어야 하는 '통과제의' 같은 것이었음을 이주민 출신의 중국 공산당 간부 리근전이 민감하게 알아차린 결과일 것이다.

그렇다면 리근전이 우리 민족의 역사적 현실성으로 확보하고 있었던 광복의 시점에서 그 '선택의 갈등'이란 역사 속에서 구체적으로 무엇인가. 그것은 "귀국·귀향인가 아니면 '제2의 고향'이나 다름없는 연변에 그대로 남을 것인가"라는 심각한 선택의 갈림길에 다름 아닌 것으로서 광복이라는 역사적 시점에서 만주라는 근대사적인 공간에 살고 있던 우리 민족 앞에 놓인 최대의 과제임에 틀림없었다. 이 선택의 갈림길 앞에서 광복 직후, 별다른 고민 없이 당연지사로 귀향을 서두른 사람들과 중국 공산당의 이념에 동조할 수 없었던 사람들을 포함하여 근 반에 달하는 사람들이 귀국하였고, 나머지 반에 달하는 사람들은 중국 공산당의 정책에 의해 중국인과 동등하게 토지를 분배받고 새 정권 건설에 참가하며 중화인민공화국의 건립과 함께 중국 국적을 취득한다. 일본 조선인사회, 구쏘련 고려인사회, 미국 한인사회와 달리 중국 조선족 사회의 형성은 토지와 많이 연계되어 있다.37)

이 '만주 조선인의 선택의 갈등'이라는 역사적 현실이『범바위』의 1962년판 초판본에서는 광복 직후, 해방전쟁 전야를 배경으로 중국 조선족

---

37) 조일남,「중국 조선족 장편소설 발전개요」(1),『문학과예술』, 2001년 제2호, p. 142.

이 중국 공산당과 국민당 사이에서 갈등하고 방황하고 있는 것으로 설
정되어 있다. '공산당과 국민당 사이에서의 갈등과 방황'이란 바로 중국
조선족의 이념의 선택과 직결되는 문제이며 이 이념의 선택이란 곧 '무
엇때문에 중국 조선족이 즉 만주 조선인의 근 반에 달하는 수의 조선인
이 광복의 시점에서 중국 즉 이주지를 선택할 수 있었는가 또는 이주지
를 선택할 수밖에 없었는가'에 대한 근원적인 해답과 연결되는 문제이
기도 하다. 『범바위』의 초판본의 첫 부분에는 광복 이후, 정권 부재기
의 혼란한 정국에 중국 조선족이 공산당과 국민당 사이에서 겪는 갈등
과 방황이 다음과 같이 리얼하게 그려져 있다.

　　1945년 9월도 지나 어언간 10월 초순에 잡아 들었다.
　　동란의 세상과는 동떨어진 듯한 이 산간의 서위자 마을도 끝내 그러한
흐름 속에 끌려 들어 가고 말았다. 마을 사람들은 근자에 세상에서 떠도는
풍우란설의 엄습으로 하여 불안과 무서운 공포 속에서 수군덕 대고 있었다.
　　풍우란설은 가지각색이였지만 그것은 또 사람에 따라서 가지각색으로
달랐다. 허나 총체적으로는 시국에 대한 이러저러한 여론이였다. 시국에
대한 여론은 또 시기성을 띠고 사람들의 마음을 이렇게도 저렇게도 변동시
켰다. 일본 놈이 갓 넘어 갔을 땐 해방 맞은 기쁨에 한족 조선족 할 것 없
이 모두 기뻐하였다. 그 후 얼마 안되여서 국민당군이 벌써 산해관을 넘어
서 동북으로 진군하고 있다는 소식이 쫙 퍼졌다. 국민당이 오면 조선족을
모조리 잡아 죽인다는 말에 서위자 마을 사람들은 마음을 걷잡지 못하고
갈팡질팡하였다. 그 바람에 돈푼이나 있는 사람들은 피난을 가고 가난한
사람들은 자다가 길에서 죽느니 보다 차라리 앉아 죽는 편이 낫다고 떠날
념을 하지 않았다. 그 후 얼마 안되여서 사처에서 토비들이 백성들에게 해
를 끼치게 되니 서위자 마을 사람들은 또 밤잠도 제대로 이루지 못하고 조
마조마한 속에서 나날을 보내게　되였다. 그런데 요새는 온다던 국민당은
안오고 서란, 깡요, 밀강 등지에 팔로군이 왔다는 소식이 쫙 퍼지면서 팔로
군에 대한 여론이 자자하였다. 개중에는 팔로군이 좋다는 사람도 있었지만
팔로군을 비방하고 국민당이 좋다는 사람이 더 많았다. 그것은 공산당 팔

로군은 가난한 사람을 위한다는 간판 밑에 남의 재산을 ≪공산≫하고 남의
살림을 파산시키는 것을 업으로 삼는 화적패들이라는 것이였다.(리근전,『범
바위』, 연변인민출판사, 1962, pp. 1-2.)

위의 인용문은 광복 이후 정권 공백기의 혼란 속에서 조선인 마을 서
위자촌 사람들의 불안과 갈등, 방황을 서술자의 입장에서 객관적으로
서술하고 있다. 일제의 패망으로 인한 광복의 흥분과 기쁨 속에 있던
서위자촌 사람들을 불안과 무서운 공포 속에 떨게 한 '풍우란설'은 국민
당과 공산당에 관한 것이었는데 그것은 곧 오게 될 중국의 한차례의 내
전에 대한 막연한 불안과 공포를 동반하고 있었고, 이념의 팽팽한 대결
속에서 삶의 터전인 이주지를 지키기 위해서는 행하지 않으면 안되는
양자택일의 준엄한 시련을 요하고 있었다.

혼란한 정국 속에서 서위자 마을 사람들의 내심의 불안과 공포는 그
들이 중국의 일반 백성들과는 달리 '조선인'이기 때문에 일층 더 가중된
것이었다. "국민당이 오면 조선족을 모조리 잡아죽인다"는 표현은 광복
의 시점에서 중국인 일반과는 구별되는 '만주 조선인'의 특수하고 불안
한 처지를 잘 보여준다. 이러한 불안은 그들의 이익, 운명과 직결되는
데 그것은 개인의 운명과 이익, 위기의식을 넘어 집단과 공동체의 운명
과 이익에 직결된 것으로서 광복 이후 정권 공백기의 혼란 속에서 '만
주 조선인'이라는 이름의 집단의 운명과 이익이 곧 그들 개개인의 운명
과 이익이기도 했던 것이기 때문이다.

여기서 잠깐 '만주 조선인'과 중국 내 기타 소수민족과의 다른 점, 구
별점을 짚고 넘어갈 필요가 있다. '만주 조선인'은 중국 내의 기타 소수
민족과는 달리 조선반도로부터 이주해온 천입민족이다. 1860년대 즉
청조 후기, 10년간에 걸친 육진(함경도)지방의 흉년으로 살길을 찾아
사잇섬 농사로부터 시작된 것이 첫 번째 이주의 물결이다. 주로 함경도

지방의 헐벗은 농민들이 새로운 경작지를 찾아 비교적 사람이 살지 않으면서 땅이 비옥한 청나라 영토의 간도로 이주한 것이 그 시작으로 된다. 1860년대 간도지방의 조선인 인구는 약 77,000명으로 알려져 있다.[38] 이주의 초기에만 하더라도 청정부로부터 갖은 압박과 피해를 받았고 '치발역복', '귀화입적'을 강요당하기도 했다.

1910년대 및 1920년대의 이주가 두 번째 이주의 물결이다. 만주의 조선인 인구는 1915년에 28만 2천명, 1920년에는 46만명으로 급격히 늘어났다. 이러한 한일합방 직후, 특히 1915년-1920년 사이의 급격한 조선인 인구 유입은 한일합방에 따른 정치적 이유로 인한 인구 유입과 경제적인 이유로 인한 인구 유입의 두 가지로 나누어 설명할 수 있다. 전자는 독립운동 집단의 이주가, 후자는 침략 후 경제적 수탈로 인해 호구지책이 어려워진 농민들의 이동이 그 대표적인 것이다. 정치적인 이주는 한일합방이 있었던 1910년과 독립운동이 일어난 1919년에 다른 해보다 많은 수의 조선인이 간도 또는 만주로 유입된 사실로부터 확인할 수 있다.[39] 경제적인 이주는 조선농민의 소작화와, 일본인 지주와 동양척식주식회사 등에 의해 전개된 조선 농민의 체계적인 착취와 궁핍화이다. 1909년 9월에 체결된 중국의 청조와 일본과의 간도협약이 주요한 원인으로 작용했다.[40]

僞滿洲國 건립 이후, 일제의 만주 개척의 구호 하에 진행된 계획적인 이주가 세 번째 이주의 물결이다. 조선총독부는 1931년 만주의 침략과 조선의 파산 농민의 처리를 위해 조선 농민을 대량으로 만주에 이주시

---

38) 한상복·권태환, 『중국 연변의 조선족』, 서울대학교출판부, 1994, p. 25.
　　　20세기 이전의 조선족의 개척 이민에 대해서는 연변조선족략사 편찬조, 『조선족략사』, 1986, pp. 1-13, 참조.
39) 고승제, 『한국이민사연구』, 서울 : 장문각, 1973, p.90.
40) 한상복·권태환, 위의 책, pp. 29-33, 참조.

킬 계획을 세운다. 1930년 60만명을 넘던 만주 조선인 인구는 1940
년에는 145만명으로 배 이상 늘고 있다. 이때는 집단 이주의 형식으로
한 마을 단위로 만주의 예정된 개척지로 이주하였다.41) 일제의 대륙
침략의 이면을 간파하지 못하고 그 도구로 충당되었으며 역시 첫 번째
이주와 마찬가지로 생존을 위한 이주였다. 첫 번째 이주와 구별되는 것
이라면 위만주국이라는 허상을 '보호산'으로 착각한 나머지 만주국의 실
상을 보지 못하고 거기에 유토피아적 환상을 품기도 한 것이다.

광복이 되어 일제의 패망과 함께 위만주국의 허상이 산산조각이 났
을 때 '만주 조선인'은 심각한 선택의 갈림길에 서게 된 것이다. 생존을
위한 이주였던만큼 중국 만주는 이미 이주지의 의미를 초월하여 절대
적인 삶의 공간으로서의 고향이었다. 삶의 터전으로서 고향은 있으나
다시금 무소속 상태, 법의 사각지대로 돌아간 것이다. 공산당이나 국민
당이냐는 광복 이후 중국의 4억 인민 즉 주체민족인 한족을 포함한 기
타의 모든 민족이 직면한 선택의 갈등이었지만 그것이 유독 '만주 조선
인'에게 최대한의 심각한 문제로 다가왔던 것은 다음의 두 가지 원인
때문이었다. 그 하나는 선택의 문제가 곧 그들의 생존 공간의 선택과
확보와 연결되었기 때문이다. 중국 공산당의 토지개혁 정책과 그것을
통한 토지의 획득이란 무엇인가. 그것은 이념의 선택을 통한 이주지에
서의 생존 공간의 확보였다. 다른 하나는 또한 본의 아니게 일제의 대
륙 정책에 이용당하기도 했다는 역사적 낙인과 함께 그들의 나라가 엄
연히 중국과 인접해 있고 그들 민족의 주체가 국경 밖에 존재하고 있었
기 때문이다.

이러한 준엄한 선택의 문제가 1962년판 초판본에서는 '공산당이냐

---

41) 류병호, 「30년대 조선족 이주민」, 『봉화』, 북경 : 민족출판사, 1989, pp. 190-205
　　참조.

국민당이냐'는 양자택일의 문제로 초점화 되어 있고 민족의 운명으로 연결되어 있다. 그러나 여기에 초판본의 결정적인 결락이 있는데 이 '만주 조선인' 즉 민족의 운명을 결정하는 선택의 문제가 민족적 차원에서 너무 미미하게 다루어진 나머지 '광복 이후 중국 인민의 이념 선택'이라는 보편적인 범주와 거의 같은 자리에 놓여있는 것이다. 비록 작가가 '광복의 시점에서의 선택의 갈등'이라는 민족의 가장 절박한 역사적 현실성을 민감하게 포착하였음에도 불구하고 정작 1962년 판 작품에서는 본질적인 것의 정곡을 찌르지 못하고 있으며 '광복 이후 중국 인민의 이념 선택'이라는 보편적인 범주에 가려져 역사적 현실성 자체가 대폭 축소되는 형국을 초래하였다.

　이 역사적 현실성이 1986년판 수정본에서는 전면적으로 확대되며 민족적 차원의 문제로 승화된다. 여기에 이르면 '만주 조선인'의 선택의 문제는 '중국 인민의 이념 선택'이라는 보편적인 범주를 넘어서며 민족의 특수성의 역사적 범주에 이르게 된다. '만주 조선인'의 앞에는 '공산당이냐 국민당이냐'의 두 갈래의 길 외에 '귀국·귀향'이라는 그들 '만주 조선인'만이 선택 가능한 다른 한 갈래의 길이 있었고 실제로 광복 이후 '만주 조선인'의 근 반에 달하는 숫자가 '귀국·귀향'을 택하기도 했다. 그러므로 '만주 조선인'의 '광복 이후의 선택의 갈등'이라는 본질적이고 근원적인 역사적 범주를 파악함에 있어서 '공산당이냐 국민당이냐'의 이념 선택의 문제와 함께 '귀국·귀향'의 길에 대한 포기는 반드시 짚고 넘어가야 할 부분이 아닐 수 없다. 그것은 광복 직후, 중국 만주로부터 한반도로 귀환한 조선인은 이주민 총 인구의 40%인 70만에 달했던 것으로 결코 적은 숫자가 아니었기 때문이다.42) 1962년판 초판본에서 결락되었던 이 부분이 1986년판 수정본에서는 대폭적으로

---

42) 한상복·권태환, 위의 책, p. 35.

수정 보완되었다.

　김치백이는 이튿날아침에 길림시가지에 닿았다. 길거리에는 일본사람이라고는 그림자조차 볼수 없었고 법석 고아대며 오고가는 시위행렬들뿐이였다. 시위행렬에 선 사람들은 저마다 청천백일기를 들었는데 그들은 골목길들에서 나와서는 큰거리로 몰려나가고있었다. 김치백이는 수많은 행렬들속에서 조선사람들로 무어진 대오를 발견하였다. 그들은 저마다 태극기를 흔들고 "무궁화삼천리"를 부르면서 행진해왔다. 옷차림들을 봐서는 거개가 부자들이나 신사들 같았다. 시위행렬속에서는 무시로 "대한민국독립만세!"하는 목갈린 구호소리가 터져나왔다.

　시위행렬이 대통로에 접어들었을 때였다. 갑자기 로동자차림을 한 웬 사나이가 나타나 시위행렬의 선두에 선 인솔자를 눈박아보더니 흠칫 몸을 떠는것이였다. 이어 그 사나이는 주먹을 내두르며 욕설을 퍼부었다.

　"하긴 잘한다! 며칠전까지만 해도 일본놈앞에서 한자리 해먹던 네놈이 갑자기 애국지사가 됐구나?"

　그 말에 인솔자는 저도모르게 게걸음을 치더니만 인차 진정하고 고함을 질렀다.

　"저놈은 한국의 독립을 반대하는 나쁜놈이다. 때려라!"

　그 인솔자의 말이 떨어지기가 바쁘게 뒤따르던 시위자들이 욱 몰려들어 마구 주먹으로 쥐여박고 발길로 걸어차면서 물매를 안기였다.

　……

　김치백이는 이틀동안 길림시가지를 돌며 이궁리저궁리하다가 무거운 마음으로 역전에 나왔다. 널다란 역전광장은 조선사람들로 붐비고있었다. 늙은 부모들과 어린자식들을 이끌고 이사짐들을 이고지고 먼길을 걸어온 사람들이 맥없이 맨봉당에 퍼더버리고 앉아있었다. 한낮의 뗑볕에 땀이 철철 흘러내리는 그네들의 얼굴은 먼지까지 뒤집어써서 때국으로 얼룩졌다. 여기저기에서 갓난애들이 더위를 못이겨 극성스레 울어댔다. 김치백이가 어디로들 가는 길이냐고 물으니 그들은 모두 조선으로 돌아가려고 차를 기다리고있는중이라고 대답했다. 홈에는 화물차가 서있었는데 바곤마다 콩나물시루처럼 사람들로 빼곡하였다. 바곤에 비집고 들어갈수 없는 사람들은 지어 기관차꼭대기에까지 기여올라가 있었다. 하지만 기차는 그 자리에 못박힌 듯 좀체로 움직일줄을 몰랐다. 그래서 차객들은 여기저기에서 악마구리

끓듯 기차가 떠나지 않는다고 욕을 퍼부으면서 고아대고들 있었다……(『범
바위』, 흑룡강조선민족출판사, 1986, pp. 1-4.)

이는 봉황산 공사장에서 갑자기 광복을 맞이한 서위자촌의 조선인
농민 김치백이 길림 시가지에서 목격한 '광복의 풍경'이다. 정권 부재기
즉 정치 공백기의 혼란상이 그대로 나타난다. 광복의 풍경에서 이념은
주로 중국 공산당의 이념, 국민당의 이념, 귀국·귀향 등 세 가지로 나
뉘어 갈등과 혼선을 빚고 있다. 광복을 맞은 길림 시가지에서 청천백일
기를 손에 들고 "무궁화 삼천리"를 부르며 "대한민국 만세!"를 목 터지
게 부르짖는 시위행렬의 대부분 사람들은 거개가 부자들이나 신사들이
었고 그 시위대오의 인솔자는 놀랍게도 며칠 전까지만 해도 일본 놈 앞
에서 한자리 해먹던 친일파였다. 자기의 친일 과거를 알고 있는 노동자
에 대해서는 가차 없이 물매를 가해 반죽음을 만들기도 마다하지 않는
다. 국민당과 공산당에 대한 소문이 무성한 가운데 역전 광장에는 귀
국·귀향을 위한 조선 사람들로 붐비고 있었다. 귀국·귀향이란 '만주
조선인'의 근 반에 달하는 숫자가 광복을 맞아 선택한 또 하나의 길이다.
광복 이후 당연지사로 귀국·귀향을 선택했던 사람들이 돌아가는 길
도 험난했지만 귀국·귀향을 포기하고 이주지를 선택했던 사람들이 직
면했던 현실 역시 험난하기는 매한가지였다. 이주지 중국 만주를 선택
했던 사람들은 또 한번의 선택의 도전에 부딪치게 되는데 그것은 광복
이후 4억 중국 인민이 함께 부딪쳤던 이념 선택의 문제였다. 그러나 그
들은 이 이념 선택의 문제 앞에서 중국의 기타 민족과는 비할 바 없이
복잡하고 심한 갈등과 방황의 과정을 겪게 되는데 그것은 그들이 다름
아닌 '만주 조선인'이었기 때문이다. 광복 이후 귀국·귀향을 포기한
'만주 조선인'의 이름 뒤에는 광복과 함께 일제로부터 독립한 대한민국
이 엄연히 국가적 실체를 지니고 있었다. 그런데 이 대한민국의 존재를

부각시키며 전면에 나선 인물들은 거개가 일제 때의 대지주, 순사 등 친일파들이다. 그런가 하면 이들 친일파들이 '조국'이라고 선전하는 대한민국은 국민당과 밀접한 관계를 가지고 있다.

> "그런 근심은 필요없지요. 중화민국은 우리 대한민국의 우방이고 장개석 선생이 우리 사업을 지지하시니까요. 정일권선생이 장춘에서 조직한 동북 민단도 역시 국민당의 지지를 받고 있습니다."(『범바위』, 1986, p. 7.)

위의 인용문은 광복 직후의 대한민국의 국가적 성격과 이념, 실체를 여실히 보여준다. 광복이 어느 날 갑자기 찾아왔듯이 만주의 많은 조선인 백성들이 미처 알아차리지도 못했고 알아차릴 수도 없었던 대한민국이란 그러나 어느덧 일제 때의 대지주, 순사 등 친일파들에게 '조국'으로 인식되고 있었다. 이들 대지주, 순사 등 친일파들은 '조국'이라는 이름하에 일제 때의 친일 행적들을 변명·해석하며 중국에 남은 조선인 백성들에게 공산당의 정책에 넘어가지 말고 '중립'을 지킬 것을 선동한다.

작가는 이러한 혼란과 갈등을 조선인 마을 서위자촌에 집중시킨다. 작가는 이러한 혼란한 세월을 미리 암시하면서 1장의 제목을 '시름겨운 세월'로 달고 있다. 서위자촌이란 중국인 부재지주 한몽둥이의 조선인 소작농들이 모여사는 마을이다. 마을에는 소작농들과 대립되는 인물로 한몽둥이의 마름이며 조선인 장로인 박화선이 교회에서 예배를 보며 소작농들을 관리하고 있다. 광복과 함께 어느 날 컹컹 개 짖는 소리를 앞세우고 일제의 앞잡이었던 우가 분주소 소장 김달삼과 길창 주식회사 사장 리규동이 박화선이를 찾아온다. 그들은 정일권의 분부를 받들고 대한민국 동북민단 산하 보안대대의 조직을 위하여 박화선을 찾아온다. 이 소위 '대한민국 동북민단의 책임자로서 조선 사람을 위해 큰 일을 하는' 애국자인 정일권 역시 '일본헌병대의 소좌'였다. 김달삼과 이규동은 한편으로는 정일권의 분부를 받고 다른 한편으로는 국민당 련장 장관산과 서위자촌의 중국인 부재지주이며 국민당, 비적들과 은밀히 내통하는 한몽둥이와 밀접한 관계를 갖고 있다. 그들은 한몽둥이의 마름이자 교회 장로인 박화선을 통하여 서위자촌 사람들을 공산당, 팔로군으로부터 격리시키고 자기네 쪽으로 끌어가려 획책한다.

> "우리 백의동포들의 조국은 고통속에서 36년이란 세월을 보냈습니다. 이 기나긴 세월에 우리 백의동포들은 나라없는 설음을 맛볼대로 맛보았습니다. 우린 얼마나 독립자주적인 조국을 되찾을 날을 고대하였습니까! 오늘 우리의 소원은 끝내 실현되었습니다.(『범바위』, 1986, p. 10.)

> "근자에 팔로군에 대한 소문이 많이 떠돕니다. 특히 시골사람들이 이런 소문에 귀가 솔깃해한단말입니다. 조심들해야 하지요. 그자들이 약장수처럼 말은 구수하게 해도 실은 속이 엉큼한 놈들입니다. 인심을 롱락하여 저들편에 끌어넣어 총알받이로 내세우려 꾀하고 있지요. 우린 조선사람이고 대한민국의 백성이기에 그자들의 말을 들어서는 안됩니다. 로인님은 이 도리를 마을사람들한테 많이 선전해주십시오."(『범바위』, 1986, p. 12.)

위의 인용문은 친일파 대지주 리규동이 서위자촌의 연장자인 김치백이를 자기네 쪽으로 회유하려고 한 말이다. 그들이 내세우고 있는 가장 근본적인 이유 역시 '조선사람'이기 때문이고 '대한민국의 백성'이기 때문이다. 이러한 그럴 듯한 회유에 대하여 김치백이를 비롯한 서위자촌 사람들은 그 내막을 똑똑히 알 수가 없었는데 그들의 말을 빌면 "리승만이 어떤 사람이고 정일권이 뭘 하던 사람인지" 그들로서는 "알 도리가 없었"[43]던 것이다. 그러나 치백 영감은 여기에 대하여 별로 복잡한

---

43) 리근전, 『범바위』(1986), p. 10.

자의식이나 갈등 같은 것을 느끼지 않는다. 오히려 그는 아주 간단명료하고 당연하게 리규동이나 김달삼의 회유에 대해 거부 반응을 나타내는데 그 근거는 "눈앞에 앉은 두 사람을 본다면 하나는 백성들을 못살게 굴던 위만경찰나부랭이고 다른 하나는 농민들의 피땀을 빨아먹던 대지주"이며 "이러한 자들이 농민들의 질고를 관심할리는 만무한 일"44)이기 때문이다.

이것이야말로 의식이나 사상적 수준의 판단이 아니라 생리적, 체험적 수준의 본능에 의한 판단으로서 이것만큼 정직한 판단은 없다. 그들이 떠벌이는 '백의동포'나 '대한민국'의 실체에 대해서 잘은 모르나 같은 조선인이지만 친일파 대지주, 순사와 그들의 작인이자 압박받던 농민들이 결코 하나의 이익 집단에 속할 수 없고 같은 이념으로 묶일 수 없다는 그들의 소박한 결론이다.

작가는 친일파 대지주 리규동과 순사 김달삼을 통하여 광복 전의 역사에로 소급해 올라가며 광복 직후 중국에 남은 조선인들의 선택의 갈등이란 다름 아닌 광복 전의 압박과 착취, 봉건적 생산관계의 질곡으로부터 해방 받기 위한 이념의 갈등과 선택이었음을 보여준다. 이는 역으로 무엇 때문에 근 반수에 달하는 '만주 조선인'이 광복의 시점에서 귀국·귀향을 포기하고 이주지를 선택했는가에 대한 해답과도 연결된다. 이 이념의 선택에서 생계를 위해 이주한 농민들은 생계가 이주의 전부가 아닌 지식인들에 비해 훨씬 자유로운데 그것은 단순·소박성의 논리와 함께 삶의 구체성에 연결되는 것이다. 생계가 이주의 전부인 농민들에게 이념이란 이차적인 것으로서 이는 결코 삶의 우위에 놓일 수 없으며 삶의 구체적인 범주와 동떨어진 이념이란 아무런 의의도 가치도 갖지 못한다.

---

44) 앞의 책, p. 10.

그러므로 『범바위』가 1962년판, 1986년판 모두 옹근 한 개 장절의 분량으로 중국 공산당의 토지개혁정책과 중국 공산당의 영도 하에 진행된 서위자촌의 토재개혁운동의 전모를 다룬 것은 결코 우연이 아니다. 토지야말로 농민들에게 있어서 가장 확실한 삶의 구체성으로서 토지를 빼고는 그들의 삶을 논의할 수 없기 때문이다.

> 오후에 마을 사람들은 모두 들에 나가서 토지를 측량했다. 아이 어른 할 것 없이 마을 사람들은 죄다 나왔다. 들에는 사람들이 널렸다. 기뻐서 야단들이다.
> 앞에서 땅을 재면 뒤에서 패말을 박았다.
> 이 날부터 서위자 농민들은 이 땅의 진정한 주인으로 되었다.(『범바위』, 1962, p. 280.)

> 점심밥을 먹고난후부터 사람들은 눈보라를 무릅쓰고 땅을 재였다. 앞에서 나가면서 재면 뒤따르는 사람들이 패말을 박았다. 전야는 땅을 분여받는 사람들의 환호와 기쁨으로 가득찼다.(『범바위』, 1986, p. 610.)

토지의 획득이 얼마나 큰 의미를 갖고 있는지를 잘 보여주는 대목이다. 토지를 분배 받음으로 하여 서위자의 조선인 농민들은 "이 땅의 진정한 주인"으로 되며 광복 전의 역사적 현실로부터의 막연한 선택과 판단은 구체적 현실성을 획득함과 동시에 강력한 논리적 힘을 얻게 된다. 이러한 현실적 기초와 함께 중국 공산당과 팔로군의 정확한 인도와 배려, 사상적 의식적 측면에서의 교양으로 서위자의 조선인 농민들은 자연발생적 수준으로부터 점차 사상적·의식적 수준으로 승화되며 공산당과 팔로군을 믿고 따르려는 의지를 확고히 하게 된다. 공산당과 팔로군 역시 광복 직후 중국에 남은 조선인들을 중국 인민으로 이끌기 위해 정치 사상적 측면에서 심혈을 아끼지 않으며 그들의 민족적 풍속을 존경한다.

> "단합된 힘은 큽니다. 그러나 우리는 나쁜놈들이 우리의 단결을 파괴하
> 는데 대해서 경각성을 높여야 합니다. 지주 한몽둥이가 우리의 단결을 파
> 괴하려 하고 국민당반동파들이 우리의 단결을 파괴하려 하는 것은 무서울
> 것이 없습니다. 그런 것은 얼마든지 대처할수 있으니깐요. 조선사람들속에
> 는 파괴를 일삼는 나쁜놈들이 없겠습니까? 이런 나쁜놈은 조선사람들속에
> 도 있습니다. 대지주 리규동이나 경찰두목 김달삼 같은자들이 바로 이러한
> 나쁜놈들입니다. 허지만 어떤분들은 그런 놈들이야 겉에 환히 드러난 나쁜
> 놈들인데 누가 그자들의 속임수에 들겠는가구 말들을 하지요. 이 말엔 일
> 리가 있습니다. 조금만 눈이 밝은 사람이면 그자들을 한눈에 간파하고 그
> 자들의 말을 듣지 않을겁니다. 허지만 그자들은 언제나 '백의동포'라는 간
> 판을 내걸고있으니깐 그자들의 정체를 모르는 사람들은 쉽게 속임수에 넘
> 어갑니다…… 김달삼이와 리규동이를 제외하고는 조선사람이란 허울을 쓰
> 고 나쁜 짓을 하는놈이 없겠습니까? 이건 누구도 단언할수 없습니다. 우린
> 반드시 경각성을 높여 각 민족의 단결을 강화해야 합니다. 이래야만 최후
> 의 승리를 취득할 수 있습니다."(『범바위』, 1986, pp. 505-506.)

위의 인용문은 류두날 무공대의 대장 왕위민이 서위자촌 조선인 백
성들에게 행한 연설이다. 왕위민의 연설에서와 같이 중국 공산당 역시
광복 이후 중국에 남은 조선인들에 대하여 그들의 역사적 특수성을 충
분히 인식하고 이념 선택에서 그들이 부딪친 특별한 범주의 문제와 그
들의 갈등에 대해 각별히 주의를 돌리고 있다. 그만큼 중국 공산당에게
있어서 중국에 남은 조선인들은 중국의 기타 민족과는 달리 불안한 존
재였다. 중국인 지주 한몽둥이나 국민당 반동파가 두려운 것이 아니라
정작 두려운 것은 '백의동포'라는 간판을 내걸고 있는 "조선사람의 허울
을 쓴 나쁜 짓을 하는 놈"이라는 왕위민의 말은 재삼 음미해볼 필요가
있다. 그것이야말로 중국 공산당이 가장 걱정하는 부분인 동족이라는
범주에 의해 중국에 남은 조선인들이 겪게 될 이념상의 혼선이었을 것

이다. 또한 그것이야말로 중국에 남은 조선인들이 중국 조선족이 되기 위해서 반드시 해결해야 할 역사적 민족사적 과제였을 것이다.

여기에 대하여 리근전은 1986년 흑룡강조선민족출판사에서 출판한 조문판 수정본의 원판인 1982년판 한문판을 사천민족출판사에서 출간하면서 그 수정과 개작과정에 대해 「시대감과 주제사상－장편소설 『범바위』를 수개하면서」에서 비교적 소상히 설명하고 있다. 이 글에서 그는 "이러한 것이 바로 그 당시 길림지구에 거주하고있는 조선족인민들 앞에 놓여진 현실이였다. 이상의 자료들이 조선문판(1962)에서는 반영되지 못했었다. 어느 길로 가는가 하는 문제는 그 당시 누구나를 물론하고 피할래야 피할수 없는 문제였다"[45]라고 쓰고 있거니와, 여기서 '이러한 것'이란 바로 작가가 작품 창작을 위하여 "경험이 많은 로동지들에게 문의도 하고 유관 인원들을 찾아도 보고 길림시 공안국에 가서 적위당안도 들춰보고 유관인원에 대한 처리 재료도 찾아보"면서 수집한 자료들이다.[46]

---

45) 리근전, 「시대감과 주제사상 － 장편소설 『범바위』를 수개하면서」, 『문학과예술』, 1982, 4, p 35.

46) 첫째, 1946년 봄부터 해방될 때까지 심양에 주재하고 있으면서 민족분렬을 일삼고 있던 남조선 반동기구에 대한 다음과 같은 재료를 입수했다.

　　1. 《대한민국》 주화대표단 책임자, 박남파, 김학규.

　　2. 《대한민국》 주화대표단동북판사처 책임자, 리영.

　　3. 《대한민국》 독립당 동북특별당부 책임자, 김학규.

　　4. 《대한민국》 한보사 동북총사 책임자, 허우성.

　　5. 《대한민국》 동북교민총회 책임자, 정XX.

　　6. 국민당중앙훈련단 동북분단 특별 훈련반(즉 동북 《한국》 민족자위군간부양성소) 책임자, 리의태, 모두 580명이였는데 60명은 남조선으로 가고 나머지는 후에 중국인민해방군 166사에 투항했다.

　　두 번째, 정일권에 대한 자료이다.

　　정일권은 룡정사람이다. 그는 일본륙군사관학교를 졸업한 후, 장춘으로 돌아와서 관동군사령관의 임명을 받고 헌병대위가 되었다. '8.15'후에 그는 장춘에서 동북조선족인민의 수령으로 자칭하면서 《동북조선민단》을 조직함과 아울러 사람을 길림

이러한 선택의 문제, 즉 역사적 현실성이 우리 민족에게 얼마나 근원적이고 운명적인 것이었는지를 1982년 한문판과 1986년 조선문판은 피난을 떠났던 삼분이네가 패가망신하여 삼분이 어머니 혼자 마을로 돌아온 사실을 통해 재삼 확인하고 있다. 1962년 초판본에서는 작품의 앞부분에서 피난을 떠났던 삼분이네가 다시 등장하지 않지만 1982년 한문판과 1986년 조선문판에서는 떠날 때는 네 명이었던 삼분이네가 돌아올 때는 잡혀가고 죽고 뿔뿔이 흩어져 삼분이 어머니 혼자 마을로 돌아옴으로써 가난한 농민들이 선택한 귀국·귀향이란 허울뿐인 것으로 그들이 공산당 편의 이념이 아닌 다른 이념을 수용한 것이 얼마나 잘못된 선택이었는가를 단적으로 잘 보여주고 있다.

"삼분 어머니, 어머닌 이처럼 큰 대가를 치르고야 침통한 교훈을 얻었습

할빈 등지로 파견하여 청년들을 끌어모아 ≪동북 조선민단보안대대≫를 조직했다. 1946년 여름 정일권은 ≪보안대대≫ 성원들을 거느리고 대련항에서 배를 타고 남조선으로 갔다.

셋째, 리사명(명종우)에 대한 자료이다.

정일권이 남조선으로 간 후 리사명이 길림에 왔다. 그의 공개직무는 국민당 동북보안사령부 제2구 상좌군사전원이었지만 실제 직무는 국민당 국방부 2청 88조 공작원, 동북책반위원회 제5책반조 상좌 조장이다. 그는 1949년 4월 북경에서 체포되어 1953년 9월12일 길림감옥 형장에서 처단되었다.

리사명은 길림에 오자 ≪한국교민회≫와 ≪한교청년단≫을 조직하고 본인은 ≪길림성한국교민회≫ 회장과 ≪동북한국교민회≫ 총무부장직무를 겸임했다. 국민당이 강점하고 있는 지구에 호구부를 들고 다니며 사람마다 입회시키고 년령에 해당한 청년은 강압적으로 ≪한교청년단≫에 끌어들였다. 그리고 리사명은 ≪한교민회≫와 ≪한교청년단≫은 자기들의 교화 사업을 해방구에까지 삼입시켜야 한다고 떠벌이면서 정재봉, 조암, 김태현 등 10여 명 요원을 조양진, 화전, 우가, 천강, 할빈, 연길 등지에 파견하여 분열활동을 계속하였다. 리사명은 국민당 길림 ≪장백일보≫에 〈공군조선장사들에게 고하는 글〉을 발표하여 "국공전쟁은 조선사람에겐 하등 관계 없는 일이므로 어서 빨리 부모처자의 신변으로 돌아가라"고 선동했다.

리근전, 「시대감과 주제사상 – 장편소설 『범바위』를 수개하면서」, 『문학과예술』, 1982, 4, pp. 34-35.

니다. 리규동이나 정일권이 같은자들이 백의동포들을 관심한다는건 죄다 새빨간 거짓말입니다. 위만때도 바로 이런자들이 우리 조선사람들을 도탄 속에 밀어넣었댔고 지금도 이자들이 우릴 불구뎅이속에 끌어넣으려 하고 있습니다. 그자들은 민족의 찌꺼기들이고 우리의 철천지 원쑤이고 국민당 못지 않게 나쁜놈들입니다……"(『범바위』, 1986, p. 619.)

중국 공산당의 영도를 받아들여 팔로군 무공대의 한 전사로, 무공대의 대장으로, 민족간부로 성장한 김근택의 이 말은 '만주 조선인'에 대한 중국 공산당의 입장 표명에 다름 아닌데 그것이 보통의 중국 공산당 간부나 팔로군 전사가 아닌 바로 조선인 김근택의 입에서 나옴으로 하여 보다 큰 사실적 힘과 함께 강한 설득력을 획득하고 있으며 구체적인 현실성을 획득하고 있다.

그럼에도 불구하고 작가가 작품에 등장하는 김치백이를 비롯한 조선 인들을, 원작과 수정본에서 모두 이주민1세대가 아니라 그들의 후대들 로서 중국 땅에서 태어난 것으로 설정하고 있음은 의미심장한 것이 아 닐 수 없다. 소설에서 김치백은 '대한민국'과 '조국'을 부르짖는 리규동 을 향하여 "난 중국에서 잔뼈가 굵은 사람이웨다. 그래서 고국이라는게 어떻게 생겼는지 모르웨다"고 응대한다. 시간적으로 김치백이는 완전히 이주민 1세대로 고향이 조선반도인 것으로 설정할 수도 있다. 그런데 작가 자신이 9살 되던 해 아버지를 따라 조선반도로부터 중국 길림성 서란현 북대촌으로 이주한 이주민 1세대로서의 경험을 갖고 있고 그 이주와 정착의 과정을 뚜렷이 기억하고 있음에도 불구하고 광복의 시 점에서 이미 반백이 넘은 치백 영감을 굳이 중국 땅에서 태어난 이주민 2세대로 설정한 것은 그러므로 작가의 의도적인 설정과 연관된 부분이 아닐 수 없다.

이는 중국 공산당 당간부 리근전의 날카로운 정치적 감각과 민감한 현실 감각을 남김없이 보여준다. 이러한 정치적 감각과 현실 감각은 해방전쟁과 항미원조라는[47] 더욱 큰 역사적 현실성을 획득함으로써, 반우파투쟁과 문혁이라는 전대미문의 정치적 동란을 겪고 나서야 비로소 1986년판 수정본의 장대한 『범바위』의 세계를 이룬다. 리근전의 역사적 현실주의의 뿌리는 조선인 이주민의 중국 선택이라는 문제 위에 놓여있으며 이는 중국 조선족의 가장 본질적인 것으로 역사적 현실성을 획득한다.

그러나 이러한 우리 민족의 가장 본질적인 역사적 범주는 1962년판 초판본에서는 민족사적 특수성의 범주로 승화되지 못하고 광복 이후 중국 인민의 이념의 선택이라는 보편적인 범주에서 벗어나지 못한다. "우리 조선족인민이 중국공산당의 령도밑에서 민족내부에 숨어있는 반동분자들의 분렬활동을 분쇄하고 민족단결을 강화하여 각 민족의 공동의 적-국민당반동파를 타도하고 자신의 철저한 해방을 맞이하는 것"[48] 이라는 동일한 주제를 표현함에 있어서 원작과 수정본의 이러한 차이란 곧 무엇인가. 그것은 곧 62년으로부터 86년에 이르는 근 20년이라는 시간과 공간의 차이이며 역사적·민족사적 현실의 차이이다. 또한 62년으로부터 86년에 이르기까지 작가 리근전의 정치적 감각과 현실 감각의 점진적인 드러냄이기도 하다. 이 시공간적 거리에 대해 리근전은 1982년 한문판 수정본을 출간하면서 그 수정과 개작 원인에 대해 다음과 같이 쓰고 있다.

수개를 가한 것은 원작에 착오가 있어서가 아니라 시대감을 선명히 하고

---

47) 리근전, 「『고난의 년대』를 쓰게 된 동기와 경과」, 『문학과예술』, 1983년 1기, p. 50.
48) 리근전, 「시대감과 주제사상-장편소설 『범바위』를 수개하면서」, 『문학과예술』, 1982년 4기, p. 34.

주제를 심화시키기 위해서였다.

　이 소설에 취급된 사건과 소재들은 내 본신이 친히 보고 느끼고 경험한 것이다. 허지만 그 당시 자신의 제한된 지식과 창작경험의 부족으로 말미암아 시대상을 선명하게 재현시킬수 없었고 따라서 주제를 심화시킬수 없었던 것이다.49)

위의 인용문에 의하면 수정과 개작의 원인은 "시대감을 선명히 하"고 "주제를 심화시키기" 위해서다. '시대감'이란 구체적으로 우리 민족이 부딪친 시대적 상황에 대한 정확하고도 전면적인 포착이며 우리 민족의 가장 본질적인 역사적 범주인 '광복 직후 만주 조선인의 선택의 갈등'이라는 역사적 현실에 대한 포착이다. 1962년판 원작이 역사적 현실성을 제대로 드러내지 못한데 대해 작가는 1982년 한문판 수정본 출간 이후 "지식의 부족과 묘사능력이 따라가지못한데서 빚어진 결함이기도 하지만 그보다 더욱 주요하게는 소재가 많지 못한 탓"50)이라고 쓰고 있다. 그러나 1986년 조문판 수정본 재판 후기에는 "그때 당시 극좌사상의 영향으로 하여 써넣고는 싶었으나 감히 써넣지 못했던 것들을 많이 보태여 넣었다"고 씀으로써 원작과 수정본의 차이가 결정적으로 작가의 정치 감각과 현실 감각의 변화와 확대에 의한 것임을 보여준다.

이러한 작가의 정치 감각과 현실 감각의 변화와 확대는 작가의 대표작으로서 두 편의 장편소설 『범바위』와 『고난의 년대』의 집필 순서에서도 볼 수 있다. 리근전에 의하면 중국 조선족의 이주의 역사를 다룬 『고난의 년대』는 그가 신문사업을 시작한 1953년부터 구상하기 시작한 것이다.

---

49) 위의 글, p. 34.
50) 위의 글, p. 34.

　　『고난의 년대』를 쓰게 된 준비는 하루아침에 된 것이 아니라 내가 신문
사업을 시작한 1953년부터 벌써 이 작품을 구상하기 시작하였고 한걸음
한걸음 그 준비에 들어갔던 것이다. 그때 나는 신문기자 신분으로 각지에
다니면서 각 계층의 인물들을 많이 접촉했다. 한번은 서란에 갔을 때이다.
어떤 소학교선생이 나에게 "우리 조선 사람이 소수민족으로 된 력사는 얼
마나 깁니까? 우리 민족의 력사가운데는 어떤 이야기들이 있습니까?"하고
묻는것이였다. 그 선생은 학생들에게 향토교양을 진행하는데 퍽 필요하다
고 하면서 이런 말을 묻는것이였다. 그땐 나도 아는 것이 없으니만큼 함구
무언으로 고비를 넘길 수밖에 없었다. 이런 일이 있었는가 하면 때론 조선
족이 걸어온 력사가 이러니 저러니 하는 말을 듣게 되여도 그것이 참인지
아닌지를 나로서는 판단하기 어려웠던 것이다. 왜냐하면 력사에 대한 지식
이 너무도 짧았기 때문이다. 이에 나는 안타까움을 참을수 없었다. 그래서
조선족인민이 걸어온 력사를 쓴 소책자라도 있었으면 얼마나 좋으랴 하는
생각이 났었다.51)

　　위의 인용문은 리근전이 『고난의 년대』를 구상하게 된 첫 동기이다.
그러나 리근전은 막바로 조선족의 전반 이주사를 다룬 『고난의 년대』
의 집필에 들어가지 않는다. 그는 1958년부터 『범바위』를 집필하기 시
작하는데 "언제든지 조선족인민의 력사의 발자취를 기록하는 장편소설
을 써보겠다"고 조선족의 가장 본질적인 범주의 하나인 이주의 역사에
대한 문학적 재현은 뒤로 미룬다. 여기에 대해서는 다음과 같은 지적이
있어 퍽 인상적이다.

　　리근전의 두 장편소설이 19세기말부터 20세기중반에 이르는 우리 민족
의 수난사와 투쟁사를 집대성했다는 점에서 볼 때 『고난의 년대』는 19세기
말부터 20세기 30년대에 이르는 사실을 묘사했고 『범바위』를 먼저 쓰지
않고 후에 쓰고 작중인물들도 『고난의 년대』의 인물들이 계속 등장했더라
면(이 경우 『범바위』는 『고난의 년대』 제3부로 되어야 할 것이다.) 더욱

---

51) 리근전, 「『고난의 년대』를 쓰게 된 동기와 경과」, 『문학과예술』, 1983, 1, p. 50.

완정한 대하소설로 될 수 있었으리라는 생각이 든다.52)

이미 썩 이전인 1953년부터 중국 조선족의 역사 즉 "조선 사람이 소수민족으로 된 력사"에 깊은 관심을 갖고 작품을 구상하여 왔던 리근전이 이 점을 고려하지 않았을 리가 없다. 리근전이 『범바위』를 집필하기 시작한 1958년과 연변인민출판사에서 출간한 1962년이란 시점은 어떠한 시점인가. 리근전이 집필을 시작하기 1년 전인 1957년에 전례 없는 반우파투쟁의 확대화가 있었고 집필을 시작한 1958년에는 "대약진"53)운동과 농촌인민공사화운동, 1959년에는 "반우경"투쟁과 지방민족주의를 반대하는 정풍운동54)이 있었고 1963부터 1965년까지는 계급투쟁의 확대화와 절대화 등 정치운동과 동란의 연속이었다. 문예계의 동란은 한층 더 강도가 높은 것이었는데 그 혼란한 와중에 조선족 문단은 '민족문제'라는 요인이 더 첨가되어 그야말로 존망의 엄중한 시련에 직면하였다. 1959년의 지방 민족주의를 반대하는 민족정풍운동이란 무엇인가. 그것이야말로 과경·월경 민족으로서 중국 조선족이 갖고 있는 어떤 한계와 불확실성, '모호성'에 대한 정면적인 도전이자 분명한 선긋기와 모종의 철저함에 대한 의도된 확인이 아니었을까.

그러므로 리근전이 그 시점에서 "조선 사람이 소수민족으로 된 력사"의 전체 부분보다는 "이념의 선택과 갈등"의 부분을 선택하여 다루었고, 1962년의 원작에서 그 문제가 제기되면서도 그것이 민족의 가장 본질적인 역사적 범주로 제대로 승화되지 못한 것은 어쩌면 당연한 귀결일

---

52) 김몽, 「력사의 진실한 화폭―리근전소설의 력사적가치」, 『천지』, 1998, 6, pp. 281-282.
53) 중국에서 1958년에 일으켰던 '국민경제대약진'의 줄임말.
54) 본래 정풍운동이란 중국공산당이 1942년 섬서성의 연안에서 행한 '정삼풍(整三風)', 즉 학풍(學風), 당풍(黨風), 문풍(文風)을 바로 잡는 것임을 말하나 여기에서의 정풍운동은 당의 기풍을 바로잡는 것만을 가리키는 말이다.

것이다. 또한 그것이야말로 당 간부 리근전이 시대적 현실로부터 요청되는 정치적 감각과 현실 감각의 날카로움 속에 애써 간직하고, 강요된 시대적 한계 속에서 최대한 눈치 보기를 하면서 보여주려고 했던 과경·월경 민족의 작가의 한 사람으로서 어쩔 수 없이 갖고 있는 소박한 민족의식이었을 것이다.

　1962년의 시점과 1986년의 시점은 작가에게 분명 서로 다른 정치적 감각과 현실 감각을 요구했을 것이고 근20년이라는 시공간을 통과하면서 작가는 자기의 정치적 감각과 현실 감각을 수정·확대해 나가는 것을 배웠을 것이다. 또한 그 수정과 확대의 과정이 바로 또 하나의 정치적 감각과 현실 감각을 획득하는 과정이었을 것이다.

　광복의 시점에서의 선택의 갈등과 이념의 갈등, 해방전쟁 등에 이르는 역사적 현실의 묘사란 바로 '이상과 현실의 합일'이란 명제의 간접성이며 이것은 그 직접성과는 현격한 차이를 보여준다. 김학철과 리근전 두 조선족의 제1세대의 문학적 궤적은 이처럼 직접성과 간접성의 차이를 빚어놓았다. 리근전의 간접성은 김학철의 직접성의 한계를 극복하고 스스로의 정치적 감각과 현실 감각의 수정·확대를 통함으로써만 비로소 가능한 것이었으며 이는 또한 관념에 대한 체험의 절박함이기도 하다. 이러한 직접성과 간접성의 차이는 현실에 대한 이념적 대응의 차이이다.

2. 주체적 태도의 확립

　정치적 동란의 결속은 중국 조선족의 글쓰기의 사회·문화적 환경에 두 가지의 의미를 가져다준다. 하나는 정치적인 이유와 환경으로 인한 조급함과 초조함 때문에 놓쳐버렸던 민족의 가장 본질적인 부분에 대한 확인과 역사에 대한 반성과 성찰로서의 글쓰기이다. 다른 하나는 민족의 과거로부터 오는 어떤 부담감에서 벗어남으로써 더욱 확대된 글쓰기이다.

이 과거에 대한 확인과 정리 및 그것을 통한 과거에서 벗어나기에 결정적인 힘과 가능성을 실어준 것은 동란이 결속 된 뒤 1979년 11월에 열린 중국 공산당의 11기 3차전원회이다. 이를 기점으로 하여 전반 중국문학은 새시기 문학으로 들어가는데 조선족 문학도 예외가 아니다. 새시기는 중국이 "장기간의 좌경로선을 전면적으로 시정하고 경제건설을 중심으로 한 새로운 력사시기에 들어선 력사적전환의 시기, 변혁의 시기이며 작가들의 창작자유가 실제적으로 보장되고 있는 시기이다."[55] 여기서 새시기 문학과 전시기 문학의 가장 뚜렷한 구별점과 특징은 "작가들의 창작자유가 실제로 보장된"다는 것이다.

"작가들의 창작자유가 실제로 보장된"다는 새시기 문학의 특징은 작가들의 주체적 태도의 확립을 의미하는데, 이는 조선족의 작가들에게는 보편적인 수준에서의 사상 해방보다는 좀 더 특별한 차원의 의미로 다가온다. 오랫동안 중국 조선족의 사상과 수족을 속박하던 "민족문화혈통론"이 드디어 인정받은 것이다. 만주 조선인의 이주 역사, 조선반도, 조선 민족과의 연원관계가 사실 그대로 인정받음으로써 민족 문화에 대한 보존과 계승 자체가 민족분열의 경향으로 오해되었던 과거의 어두운 그림자에서 벗어나게 되었으며 중국 조선족은 "이제 최후로 자기의 정신적인 질고에서 벗어난"[56] 것이다. 과거의 부담에서의 철저한 해탈─이것이야말로 중국 조선족 작가들의 주체적 태도의 전면적인 확

---

55) 임윤덕, 「새시기 소설문학의 발전과 그 전망」, 『장백산』, 1993, 4, p. 158.
56) 조일남, 「중국 조선족 장편소설 발전 개요(2)」, 위의 글, p. 87.

립이며, 중국 조선족의 글쓰기가 철칙처럼 지키지 않으면 안 되었던 정치·문학 일원론의 원칙에서 벗어날 수 있는 무한한 가능성이었다.

1) 일상적 감각의 확대

창작에서 작가의 주체적 태도의 확립은 정치·문학 일원론의 원칙에서 벗어나기를 그 특징으로 한다. 그것은 정치적 행위와 문학적 행위의 일치함이라는 기본항에서 벗어나기를 가리킴인데 이 경우 정치적 이념의 수립이라는 부담 때문에 기피되거나 가려져 있던 생활의 많은 부분들이 제 모습을 드러내게 된다. 이념의 지나친 확장과 수립 때문에 상대적으로 위축되었던 일상적 감각과 삶의 진실이 확대되고 이념의 딱딱한 외피에 쌓여 이념형의 인간으로 굳어져 있던 인물들이 서서히 생활의 감각을 찾아간다. 이제 이념은 소설을 마음대로 조종하던 인형 조종사의 위치에서 일상적 감각 속으로 흩어져버렸다.

리원길이 1989년에 발표한 장편소설 『설야』가 "세상에서는 어쩐지 몰라도 우리 문단에서는 어찌어찌 하던 것이 이것의 출현으로 하여 80년대를 고이 넘기게 되는 안도감을 가지게 되었"[57]다고 할 정도로 일약 조선족 문단의 주목을 받는 거작으로 될 수 있었던 것은 바로 전시기와 뚜렷이 구별되는 문화적 환경의 다원화의 특징을 전면적으로 구현했기 때문이다.

『설야』에서 정치·문학 일원론의 원칙에서 벗어나기는 소재 찾기와 생활 감각의 확대 두 측면을 통하여 이루어진다. 먼저 소재 찾기를 살펴보기로 하자. 『설야』는 1989년의 시점에서 10년 전, 1979년말부터 시작되었던 중국의 획기적인 대 변혁인 '호도거리' 즉 '개인영농'에 대해

---

57) 조일남, 「『설야』가 말해주는 것」, 『문학과예술』, 1990, 4, p. 19.

다루고 있다. 조선족의 장편소설이 불과 10년 전의 일을 그것도 초기에 많은 논란을 안고 있던 중국 공산당의 중요한 결책에 대해 전면적으로 다룰 수 있었다는 것은 그 소재의 신선함의 정도를 넘어 작가의 정치적 감각과 현실 감각의 드러냄의 수준을 잘 보여주는 것이라 하겠다. 우리와 동시대의 일을 다루었다고 하여 중국 조선족의 학계에서는 이를 '현실제재' 장편소설로 명명하고 그 전의 소설들을 이와 구분하여 '역사제재' 장편소설로 한다. 그런데 여기서 정작 '현실제재'냐 '역사제재'냐는 그다지 중요하지 않다. 중요한 것은 중국 조선족 장편소설이 드디어 그 지긋지긋한 과거 매달리기에서 벗어날 수 있었다는 것이다. 1950년대, 1960년대의 조선족 소설이 주체민족인 한족 소설과는 달리 토지개혁을 외면했던 것과는 판이하게 대조된다.

1950년대, 1960년대 중국 조선족 문학과 중국 주체민족으로서 한족 문학의 가장 표층에 떠오른 차이는 소재의 차이었다. 중국에서 해방이란 '8.15'를 통한 민족해방만이 아니다. 그것은 반제반봉건사회에서의 탈출을 의미하는바 그 속에는 생산력의 해방이 중요한 의미로 포괄된다. 중국은 당시 전근대적인 낙후한 농업국이었으므로 생산력의 해방은 곧 토지의 재분배 즉 토지 개혁과 직결되는 것이었다. 해방전쟁 중에 중국공산당이 토지개혁을 병행한 점을 놓고 봐도 당시의 중국에서 토지의 중요성을 알 수 있다. 실제로 토지문제는 시종여일하게 민주주의혁명을 수행하는 과정에 결의된 중국공산당의 각종 정책의 중심부에 자리하고 있었다. 당연히 한족 문학의 주된 소재는 토지였다. 이와는 반대로 당시의 조선족 문학에는 토지의 문제가 중요한 관심사로 부각되지 않고 있다. 간도의 비옥한 땅을 바라고 그 무시무시한 월강도 목숨 걸고 한 우리 민족에게 땅이 소중하지 않았을 수는 없다. 어쩌면 땅에 대한 기대가 중국의 다른 민족에 비해 더 절실했는지도 모른다. 신중한 검토를 거쳐야 하겠지만 귀향을 포기하고 연변에 정착한 중요한 이유 중의 하나가 어쩌면 중국 공산당의 토지 개혁 정책이 아니었을까. 그런데도 조선족 문학이 토지 문제를 외면했다는 것은 토지보다 더 절박한 문제가 있었음을 말해주는 단적인 증거일 터다. 그 토지보다 절박한 문제란 다름 아닌 중국 역사에로의 안전하고 원만한 편입의 일환으로 진행된 '자기 확인'이었을 터이다.

'호도거리'는 사회주의 중국의 역사에서 하나의 천지개벽의 대사건임에 틀림이 없다. 그것은 1950년대의 중국 공산당의 토지개혁과 맞먹는 큰 사건이다. 10년이라는 시간적 거리도 채 두지 않은 상황에서 중국 공산당의 현실정치의 대 변혁이라는 거대하고도 민감한 소재를 막바로 문학 속으로 끌고 들어옴은 작가의 주체 의식의 절대적인 신장에 의한 것이며, 역으로 문화적 환경의 변화를 보여주는 것이다.

정치·문학 일원론의 원칙에서 벗어나기의 다른 한 측면은 생활 감각의 확대이다. '호도거리' 즉 '개인영농'은 중화인민공화국 창건 후 30여 년 동안 "호조조→농업생산합작사→인민공사"로 줄곧 집단화의 길을 고집해온 사회주의 중국의 역사에서 그야말로 심각한 일대 변혁 그 자체였다.

보증서

  1. 호도거리하는 이 비밀을 엄수하여 절대 남에게 루설하지 않는다.

  2. 탈곡하여 국가에 바치는 몫은 국가에 바쳐야 하고 집체에 바치는 몫은 집체에 바쳐야 한다. 량식을 많이 거두게 되면 나라에다 더 많은 기여를 해야 한다. 그 누구도 이런데서 좀스럽게 놀지 않는다.

  3. 호도거리하다가 봉변을 당해 촌간부들이 잘못되면 촌간부들의 아이들은 온 마을이 도와 18세까지 부양해준다.

1978년 11월 24일[58)

이 "보증서"는 1978년 안휘성 리원(梨園)공사 소강(小崗) 생산대의 열여덟호 농민들이 생산대장 엄홍창과 더불어 비밀리에 맺었던 호도거리 서약이며 지금 중국혁명박물관에 보존되어있다. 사회주의 중국에서 토지 사용권의 개인화는 그야말로 엄청난 변혁인데 장편소설 『설야』는 "새시기 농촌개혁의 시기를 작품의 배경으로 하면서 토지사용권의 개인화라는 엄청난 시대적, 사회적 문제에 혼인이라는 세속적, 풍속적 문제와 간통이라는 륜리도덕적 문제를 관통시키면서 긴내천이라는 조선족 농촌마을의 거대한 변화를 전시화"[59] 하였다.

전시기 장편소설의 가장 중심 부분이었고 기본적인 갈등의 근원이었던 이념이 『설야』에서는 일상의 생활 속으로, 일상적 감각 속으로 흩어진다. 거기에는 긴내천 농민들의 땅에 대한 욕심과 잘 살아보고픈 욕심, 그리고 인간의 각종 욕망과 잡다한 인간사가 그대로 펼쳐진다. 조선족의 전시기 장편소설들은 "인물진영이 보통 계급진영으로 갈리고 생활사건들은 정치사건들로, 정치사건들은 력사사건들로 각색되었"었는데 『설야』에서는 "그 인간무리들의 계급진영은 더 말말고 인물진영도 하나의 심각한 력사변혁―농촌개혁에 대비하면 거의 유야무야한 상태고 력사사건(긴내천의 개혁)은 오히려 정치사건이란 그런 환절도 생략한 채 무수한 생활사건에로 급급히 돌아가는 상황"[60]인 것이다. 이념의 퇴색과 생활 감각의 무한한 확대―이것이야말로 『설야』를 있게 한 원천인데 "『설야』는 그 무수한 생활사건들로 중국 조선족문화의 정체성을 시도"[61]한다. 『설야』에서의 일상적 감각의 확대는 같은 '호도거리'를 소재로 다루었으며 그보다 2년 먼저 발표된 류원무의 『봄물』과 비교해보

58) 리원길, 『춘정』, 연변인민출판사, 1992, p. 135.
59) 리광일, 「해방후 조선족소설문학 연구」, 연변대학 석사논문, 2002, p. 112.
60) 조일남, 「『설야』가 말해주는 것」, 『문학과예술』, 1990, 4, p. 20.
61) 조일남, 「중국 조선족 장편소설 발전개요」(2), 『문학과예술』, 2001, 3, p. 92.

면 확연히 드러난다. 『봄물』에서는 "그 작품 후반부에서 로선투쟁으로 우리 관습적인 '계급투쟁'을 보여주기는 하나 보통인간들이 사는 마을인 수리봉 마을이 장편소설규모로는 그래도 드러나기"시작한다.

　『봄물』은 '호도거리' 즉 '개인영농'을 둘러싼 수리봉 마을의 갈등을 첨예한 이념 대결로 다루고 있다. 생산대의 빚을 물고 인간의 존엄을 되찾기 위해 따로 나와 개인 농사를 짓겠다는 억석이에 대하여 대대 당지부서기 백성호를 비롯한 수리봉 마을 사람들은 이해를 할 수가 없다. 오랫동안 집단화의 사상과 이념으로 교육 받아온 그들에게 억석이가 가는 길은 사회주의를 반대하고 자본주의로 나아가는 것이었다. 문화혁명 때부터 억석이와 척을 짓고 있던 대대회계 남재운이는 이 일을 문화혁명 때 반란하던 식으로 아예 노선투쟁과 계급투쟁으로까지 끌어올린다. 그런가하면 억석이네의 가난을 동정하고 도와주던 당지부서기 백성호 역시 "허리띠를 졸라매며 20여년 합작화를 하구 공사화를 한 그 사회주의가 어떻게 되겠나? 제가 건설한 사회주의를 제가 허물어서야 되겠어?"[62]라고 질책하면서 개인 농사를 반대한다. 서로 연모하는 사이인 억석이와 옥실이 사이에 오가는 대화 역시 호도거리를 둘러싼 이념의 대결이다.

　　"상숙 오빠, 난 숨기지 않겠어요. 상숙 오빠를 보라고 세귀전에 청년전을 푼것두 사실이예요. 공산주의사상의 빛발을 보라구말이예요. 그게 옥실이의 마음인줄 알아주세요. 내 맘이 얼마나 안타까우면 이렇게 했겠어요. 난 상숙 오빠가 청년전을 이렇게 다루었으면 얼마나 좋으랴 한두번만 생각한게 아니였어요."(『봄물』, p. 449.)

　연모하는 청년남녀 사이에 오고가는 살뜰한 대화라기보다는 서로 다

---

62) 류원무, 『봄물』, 연변인민출판사, 1987, p. 188.

른 입장을 가진 사람들 사이의 사상과 이념의 대결이다. 호도거리에 대한 찬성과 반대는 맨 먼저 개인 농사를 주장하며 물의를 일으켰던 억석이네를 빼고는 모두 실제적인 생활과 개인 형편에 의한 것이 아니라 당중앙의 지시에 대한 눈치 보기에 지나지 않는다. 이념의 대결이 최고조를 이룬 것은 그 사이 당중앙의 정책에 어느 정도 이해를 가진 수리봉 대대 당지부 서기 백성호와 공사 서기 강혁이가 벌인 농촌에서의 사회주의 건설에 대한 논쟁이며, 억석이 잡혀가는 소설의 결말 부분이다. 『봄물』은 호도거리를 둘러싼 수리봉 마을 사람들의 첨예한 사상적·이념적 갈등을 쓰고 있으며 그러한 갈등과 대결의 근거를 당중앙의 지시에 두고 있다.

이에 비하여 2년 늦게 발표된 『설야』 역시 호도거리를 둘러싼 갈등과 대결을 다루고 있으나, 그것은 더는 이념의 갈등과 대결이 아니다. 거기에서는 이념이 풍부한 생활 속으로 흩어져버리며, 일상적 감각이 무한히 확대된다. 작가 리원길에게 있어서 관심이 있는 것은 "우리 백성 우리 생활의 숨결이며 자취이며 빛발"이기 때문이다. 리원길은 "이 나라 이 백성들 속에 살며 숨쉬면서 백성들의 고통과 원망, 모대김과 안간힘, 희열과 희망, 그리고 이것들로 인하여 지펴지고 타번지는 제 심장속의 '숯불'의 열도와 빛발을 적어보려고 여윈 가슴을 쥐어뜯으며 애를 태웠기"63) 때문이다.

호도거리를 둘러싼 갈등과 대결은 우선 호도거리 찬성파와 호도거리 반대파 사이의 갈등과 대결로 나뉜다. 그런데 호도거리 찬성파나 반대파 모두 그 기본적인 출발점이 무슨 당의 정책이나 사회주의 이념과 같은 원리원칙이 아니라 어떻게 하면 지금보다 좀 더 잘 살 수 있느냐는 실제 생활의 수요에 의한 것이다. 호도거리를 찬성하는 사람들 역시 호

---

63) 리원길, 「고백」, 『문학과예술』, 1987, 2, p. 62.

도거리 하면 잘 살 수 있다는 기본적인 출발점과 동기는 같으나, 그 구체적인 생각과 세부적인 상황에 들어가서는 지극히 사적이고 은밀한 그들만의 사정과 이유가 있다. 우선 대대 당지부 성원들 중 호도거리를 찬성하는 장일봉, 전치복, 최홍성, 황보석은 호도거리를 찬성하는 면에서는 일치하나 그 출발점은 그들 개인의 사정에 따라서 각이하다.

앞장서서 호도거리를 찬성하는 장일봉은 생산대 대장을 하면서 집체 농사의 폐단을 누구보다도 잘 알게 되며 호도거리를 해야 사람들의 생산 적극성을 높이고 효율을 높일 수 있다고 생각한다. 그의 이런 생각은 처삼촌네 집에 갔다가 본 일들로 하여 더 그 쪽으로 굳어지게 된다. 대대당지부서기였던 처삼촌은 '쥐암손'인 자기의 처지를 미리 잘 예견하고 당지부서기를 그만두고 대대의 상점을 도맡아 꾸린다. 처삼촌네 이웃대대인 한족 대대에서는 생산조 도거리를 실시하였는데 평소에 말 많고 일 잘 안하던 당원들과 한조를 묶겠다는 사람들이 없어서 그들은 당원들이 '황당생산조(黃党生産組)'를 묶었는데 사원들한테 본때를 보이기 위해 악을 쓰고 일한다. 그리하여 옛날 같으면 공짜로 가질 참외, 물고기 등을 모두 돈을 내고 가져가게 하고 관리도 엄하게 한다. 처삼촌은 "도거리라는게 사람새끼들을 무엇으로 만들어놓는줄 알아?"[64]라고 불만을 토하기도 하지만 장일봉은 정말 "씨원하게" 잘한 일이라고 생각한다.

> 장일봉이도 처음 대장으로 났을 때는 긴내천 1대를 대단한 생산대로 만들어보려고 생각했다. 지탁준의 말도 잘 들었다. 장일봉이는 지탁준이가 다른 것은 몰라도 농사 하나는 잘 틀어쥔다는 것을 감복하고있었다. 그러나 실천은 생각대로 되지를 않았다. 관건은 사원들이 말을 안들어주는 것이다. 지탁준의 지시가 아무리 옳고 상세하다고 한들 장일봉이의 타산이

---

64) 리원길, 『설야』, 연변인민출판사, 1989, p. 499.

아무리 정확하고 주밀하다 한들 사원들이 제대로 안해주는데야 무슨 뾰족
한 수가 있는가? 장일봉이는 아래로는 군중들과 밤낮 쌈싸우듯하고 우로는
지탁준이에게 대장질 못해먹겠다고 해마다 투덜거리였다. 장일봉이는 뱁나
는대로 하면 인민공사 땅을 가가호호에 싹 다 떼주어 제 밥벌이를 제가 해
먹게 했으면 시원하겠다는 생각도 때로는 해보았다…(『설야』, pp. 495-
496.)

장일봉이가 "대장질을 하면서 그 직성스러운 성미 때문에 아글타글하
다가 오히려 사람들과 등지기만 하고 그래서 이렇게 모아붙어 일하기
만 하다가는 긴내천이 언제가야 그저 그 본새겠으니 아예 탁 털어 제가
끔 제 벌어먹게 하는 것이 낫겠다"고 생각했다면 전치복은 "말썽 많은
2대에서 그만하면 말썽 적게 이리저리 둘러맞춰가면서 그래도 2대는
전치복이가 있어야 한다는 소리를 들어가면서"도 "장일봉이와는 좀 다
른 각도에서 호도거리를 주장"65)하게 되었다. "꾀바르고 매끄럽고 날
래고 바지런하고 그런가 하면 담은 또 작아 조심 많은" 전치복이 생기
는게 크게 없는 가난한 생산대의 대장을 그냥 하는 것도 자기의 이해타
산 때문이다. 대장을 하면서 조금이라도 얻을 수 있는 액외 이득을 챙
겨 식구 많은 가정을 살리기 위해서이기도 하지만 2대는 자기가 대장
나야 "1대보다 돈 한푼이라도 더 돌고 쌀 한알이라도 더 나눠먹는다"는
생각 때문이다. 그러나 전치복 역시 "이 근래 대장질하기가 점점 더 힘
들어간다"66)는 것을 느끼게 되었으며 민심이 호도거리쪽으로 쏠려가고
있음을 느끼게 되었다. 전치복은 호도거리를 하면 자기에게 얼마나 이
로울지 이해타산을 이미 다 해놓은 상태다. 식구가 많아 땅을 많이 타
게 될 것이고 농사일에 미립이 튼 사람이니 손쉽게 다수확을 따낼 자신
이 있는 것이다. 그리고 자기 아버지가 기력이 있을 때 검봉진 같은데

---

65) 앞의 책, pp. 566-567.
66) 위의 책, pp. 569-571.

다가 개장집을 꾸려 50년대 자기 아버지가 꾸렸던 "전대룡 개고기집"의 전성시대를 되찾아 오는 것이다. 전치복은 호도거리가 2대 대다수 사람들의 민심에 순응하는 일일뿐만 아니라 자기 자신에게도 이로운 일이라고 생각하였다. "대장질을 몇해 더 할려도 이 조류에 발맞춰야 하거니와 대장자리를 내놓는다고 해도 호도거리하면 집안살릴 구멍수가 얼마든지 있게 된다"[67]는 것이 전치복의 약삭빠른 계산이다. 대대회계 최홍성은 호도거리를 하면 검봉진에 되돌아가 국수집을 꾸려 50년대 소문이 뜨르르했던 자기 아버지가 꾸리던 "최상철 국수집"의 명예를 되찾으려고 한다.

보다시피 긴내천 대대 당지부 위원들이 호도거리를 주장하는 이유와 각오는 지극히 개인적이고 생활적인 타산에 의한 것으로서 거기에는 일말의 원칙이나 이념이 끼어들 자리가 없다. 그들은 사회주의 사상이나 이념과 같은 원리원칙에는 전혀 관심이 없으며 어떻게 하면 자기가 잘 살 수 있을까 하는 이해타산과 자기 안속 차리기에만 바쁘다.

호도거리 반대파 역시 호도거리를 반대하는 이유와 근거를 당의 정책이나 이념적인 차원에서 찾는 것이 아니라 역시 잘 살아야 한다는 지극히 생활적인 측면에서 찾고 있다. 그 근본적인 차이는 한쪽은 개인으로 일해야 잘 살 수 있다는 것이고 다른 한 쪽은 집단으로 일해야 잘 살 수 있다는 것이다. 집단으로 일해야 잘 살 수 있다는 호도거리 반대파의 대표적 인물은 긴내천 대대 당지부서기 지탁준이다. 그가 호도거리를 반대하는 이유 역시 잘 살아야 한다는 생활적인 이유인데 앞의 당원들과의 근본적인 구별점은 그들이 극히 개인적인 타산에서 출발하는데 비해 지탁준은 긴내천 전체 사원들의 입장에서 출발하는 것이다.

---

67) 위의 책, p. 571.

그러면 긴내천대대가 검봉진에서부터 이 긴내천가로 집단이주를 하여
나온 일과 더불어 규격포전을 만들던 일, 대통하강반의 황무지를 얻어오던
일, 련합탈곡기칸을 만들고 비닐박막온실육모를 도입하던 일 등 근년에 뜻
대로 밀고나온 일들과 계획대로 밀고나가야 할 일들이 피뜩피뜩 스쳐지나
갔다……이러한 자신심과 자부심은 지탁준이 긴내천을 떠밀고나가는 하나
의 힘이였댔다. 긴내천마을 수백만총의 생계를 떠맡고있는 주인으로서의
지탁준은 자기는 응당 다른 누구보다도 몇걸음 더 멀리 더 넓게 앞을 내다
보아야 하며 또 그렇게 내다본다고 자신을 긍정하고있었다. 이런 남다른
원견이 있기에 지탁준은 남이 못한 일들을 하여놓았으며 또 그렇기에 긴내
천사람들이 자기에게 복종하고있지 않는가? 지탁준은 이렇게 자긍하는 심
정으로 자기 사상의 체현물이며 자기 노력의 성과물인 그리고 자기 희망의
실현물인 긴내천마을을 사랑많은 집주인의 눈길로 바라보군 하였으며 그러
면 그동안 시끄럽고 말썽많은 일들로 생겨났던 주저와 동요, 번뇌와 고통
대신 새로운 흥분과 결심과 주견, 계획과 방법이 나타났던 것이다.(『설야』,
pp. 256-257.)

지탁준은 긴내천 대대가 검봉진으로부터 집단이주를 하여 오던 때부
터 긴내천과 역사를 같이 하며 스스로 긴내천의 주인이라고 자부하고
긴내천에 강한 책임 의식을 갖고 살아온다. 긴내천이 검봉진 서관거리
에 흩어져 있던 데로부터 긴내천가 농토 곁으로 새 집을 짓고 집단이주
를 할 수 있었던 것은 지탁준의 노력 때문이었다. 지탁준은 농토에서
멀리 떨어진 시내에 살면서 힘들게 농사짓는 그의 부모님들의 노고를
눈물겹게 보았고 학교를 졸업하고 긴내천에 돌아와 농사를 지으면서도
이 문제 때문에 골머리를 앓는다. 그러다가 끝내는 박장길 부현장을 찾
아가 청원을 하며 그의 전격적인 지지와 도움으로 현의 자금 지원을 받
아 지금의 긴내천가 농토 곁으로 집단이주를 하여 올 수 있었다. 그러
므로 긴내천 새마을의 역사는 곧 지탁준의 역사이기도 하다. 그러므로
그는 누구보다도 긴내천을 위하며 긴내천을 사랑한다. 지탁준이가 보건
대 호도거리는 째지게 가난한 산골 대대에서 생산을 춰세우기 위해 하

는 임시방편이고 긴내천과 같은 괜찮은 기반을 가지고 있는 대대들은 그들과는 정황이 다르기 때문에 필요가 없다.

> 긴내천이라고 문화혁명의 피해를 아니 받은 것은 아니나 그래도 생산은 그냥 견지를 하였고 수입도 해마다 나아지고 있다. 특히 이 이태 비닐박막 육모온실을 도입하고 새품종을 심은 뒤부터 긴내천 인구당 수입이 전 해누리벌에서도 몇 번째로 꼽히게 되였지 않은가? 그러니 검봉진 시내에 살 때처럼 일을 나오라나오라 해도 나오지 않는 형편은 없어졌고 도리여 공수 더 벌겠다고 일을 더 나오지 못해 대장과 싸우고있다……이런 좋은 형편에 호도거리를 왜 딱 하여야 하는가? 집체로도 얼마든지 할수 있는 일을 호도거리해야 할수 있다는 법은 어디에 있는가? 비닐박막 육모온실만 보자. 비닐박막 육모온실과 거기에 따르는 현대식선종기, 촉아기, 파종기, 그리고 이앙기 등 거액에 달하는 이 돈을 집단경제가 없으면 어떻게 해결할 수가 있겠는가? 그리고 호도거리를 하면 그것을 어떻게 처리하겠는가?……그리고 공산당의 령도인데 사회주의가 기본이고 사회주의가 기본이면 집단화의 길은 지정된 길일 것이다. 비록 지금은 막부득이한 경우에 부분적인 곳에서만 호도거리를 하게 하지만 그것은 생산을 올려 집체길로 다시 잘 가기 위한 림시지책이지 나라의 기본정책은 아닐 것이다……그런데 우리 긴내천—현의 기계화시점이며 현의 우수당지부가 있는 긴내천이 산골 어디 어디서 어떻게 뛴다고 덩달아 뛰겠는가?……(『설야』, pp. 261-262.)

호도거리를 반대하는 지탁준의 출발점은 처음부터 마지막까지 긴내천의 실제 상황을 그 근거로 하고 있다. 물론 사회주의가 기본이고 집단화의 길이 지정된 것이라는 정도로 원칙과 이념을 내세우기도 하지만 그것은 어디까지나 자기 주장의 정당성을 증명하기 위한 것으로서 논의의 기본 출발점이 아니다. 보다 근본적인 출발은 긴내천의 실제 상황 즉 그들 긴내천 농민들의 생활이 호도거리와는 잘 맞지 않는다는 데 있다. 대대 당지부서기 지탁준에게도 이념은 긴내천 농민들의 생활과 연관될 때만 의미 있는 것이고 그 자체로서는 아무런 의미도 없다.

전반 소설에서 원칙성과 이념성을 가장 강하게 드러내는 인물은 장성식 영감인데, 거의 맹목성에 가까운 그의 강한 당성과 원칙성은 그의 범상치 않은 경력에 의한 것이다.

> "너 이녀석, 너도 당원이냐? 당원이면 사회주의를 해야지. 집체길루 나가서 공산주의를 해야지. 군중들이 호도거리 하재두 말려야 할 놈이 제가 선두로 나서서 떠들면서 란탕을 쳐? 그래 너 할아버지 아버지가 뭣 때문에 목숨을 바쳤어? 사회주의 하고 공산주의 할려구 목숨바쳤지. 그래 사회주의 30년에 되돌아가 호도거리 하자구 목숨바쳤어? 이 녀석, 너 말대로 하면 이 맏애비가 총맞은 다리로 합작사 꾸리구 집체화 한 것부터 잘못이란 말이냐?"
>
> 장성식로인은 귀환병의 순직한 정열을 안고 농업합작사를 조직하던 그 때를 생각하니 제 조카 노는 꼴이 더욱 밸이 났다. 자기네 같은 혁명가정에서 어떻게 되어 이런 반역자가 나왔는지 알 수가 없다.(『설야』, p. 414.)

작가는 그가 무엇 때문에 그러한 이념과 원칙의 절대성을 수호하게 되었는가에 대해서 그의 출신과 일대기와 관련지어 상세히 묘사하고 있거니와 그리하여 그의 그러한 이념과 원칙 역시 일상의 생활 속에서 형성된 것으로 되고 있다.

『설야』는 호도거리 찬성파와 반대파의 갈등과 대립을 주선으로, 많은 작은 갈등과 모순, 그리고 회고담들이 사이사이 느닷없이 끼면서 방대한 서사구조를 이루어나간다. 호도거리라는 엄숙한 문제를 다룬 소설의 첫 시작이 남녀간의 간통사건으로부터 시작된다. 그런데 정작 그 간통사건 자체를 어떻게 처리하는가는 사람들의 큰 관심사가 아니다. 긴내천 농민들의 제일 큰 관심사는 땅을 나누는 문제 즉 호도거리이다. 간통사건의 장본인인 "박순길이를 붙잡는 일도 처음은 박순길이와 지탁준을 밀어내고 호도거리하자고 여럿이 눈에 쌍심지를 켰던 것 같고" 지금 박순길이를 "감옥에 넣어야 된다"느니 "당에서 내몰아야 한다"느니 하고 떠드는 것 역시 "이렇게 고아야 박순길이를 배양한 지탁준이도 맥을 못추게 되여 호도거리할 수 있다는 약속 없는 약속이 되여 떠드는 것"68)이다. 농민들의 우직함이 잘 드러나는 부분이다. 호도거리와 같은 사회변혁의 심각한 문제를 그들은 사상적 높이에서 이념적 높이에서 원리원칙에 맞게 제기하는 것이 아니라, 간통사건을 갖고 당지부 서기에게 왁작 떠든다. 그런가하면 무엇보다 원칙성이 강하고 이념적 수준에서 문제의 본질을 꿰뚫어보아야 할 당지부서기 지탁준이 또한 사상 각오가 전혀 없고 자기 욕심 차리기에만 바쁜 낙후한 농민들과 같은 높이와 수준에서 그들이 박순길의 일을 떠드는 것이 자기와 대항하는 것이며 그것 때문에 당지부 서기인 자기가 욕을 먹는다고 판단한다. 박순길이가 강간이 아니라 화간이라면 박순길의 문제를 기화로 일어난 호도거리하자는 풍을 돌려세울 수 있다고 생각한다.

호도거리라는 엄숙한 사회변혁의 문제가 이념적 수준에서가 아니라 생활적 수준에서 논의되며 농민들의 온갖 이해타산과 농민다운 생활 감각만이 무한히 확대된다. 또한 계집질을 "살인역모 버금으로 제일 나쁘게 보지 않는 사람이 없다시피 하"는 이 고장 조선사람들 속에서 간통사건 그 자체는 이미 일상적 감각의 대대적인 확대이다. 이렇게 소설은 이중적으로 일상적 감각의 확대를 실현한다.

이러한 농민들의 실제 생활과 일상적 감각의 수준에서 논의되는 호도거리는 그러나 농민들에게는 그야말로 중대한 사건이다. 각자 모두 지극히 사적인 수준에서 호도거리를 찬성하거나 반대하지만, 역으로 호도거리가 그들에게 주는 영향 또한 엄청난 것이어서 혼인대사도 호도거리에 의해 좌지우지 된다. 변통 많은 세월에 "눈 딱 바로 뜨고 얼른

---

68) 앞의 책, p. 457.

얼른 제 살궁리를 해야 된다"는 인생신조를 가지고 또 그렇게 꾀바르고 약삭빠르게 살아온 변도술 영감은 땅을 많이 타기 위해 나어린 셋째 아들을 서둘러 결혼시키는가 하면 황보상근 영감에게도 아들을 빨리 결혼시키라고 권한다. 시집오는 사람들 몫을 남겨놓고 땅을 나누지 않을 것이라는 게 그의 예견이다.

> 그런데 이 황보가지는 그 땅을 못타고 공떼운단말이여? 아들 장가 못들이고 그 땅 못타면 그 손해가 얼마노? 한해에 4천 2백근, 아니 긴내천은 두무니 3천 6백근, 10년이면 손해가 얼마이고 20년이면 손해가 얼마노? 따져보지 않을 때는 모르겠던데 막상 따지여보니 손에 땀이 다 났다. 이걸 어짜노? 만일 긴내천에서 요사이 숭숭하는것처럼 당장에 호도거리하고 땅 나누면 이걸 어짜노? 황보령감은 마치 투전판에서 본전 다 빨려가는 도박군처럼 마음이 황황해났다. 어쩌긴 어째! 고놈 소힘줄같은자식, 두들겨패서라도 당장 처녀 잡아오라 내쫓아야지…(『설야』, p. 53.)

농민의 다욕함과 땅에 대한 무서운 욕심이 그대로 드러나는 황보상근 영감의 심리묘사이다. 땅에 대한 욕심 때문에 처음에는 마음에 들지 않던 '옹장은 한' 처녀가 아들 색시감 제일 입후보자가 되는가 하면 누이동생네가 땅 두무를 더 타게 하려고 외조카의 잔칫날을 미루라고 권고한다. 호도거리를 그토록 간절히 바라면서도 장가 안간 아들 때문에 땅을 손해볼까봐 호도거리를 미루기를 바란다. 호도거리를 둘러싼 갈등과 염원이 혼인대사를 둘러싼 세대간의 갈등으로 표현되며 이념은 세속적인 생활 속에 흩어져 그 형체도 찾아볼 수 없는 형국이다.

이러한 세대간의 갈등의 한 축은 황보상근 영감의 땅에 대한 욕심인데, 이것을 소설은 황보상근 영감의 먼 과거에까지 거슬러 올라감으로써 소재의 영역을 우리 민족의 가장 본질적인 역사적 범주에로 넓히며 우리 민족에게 있어서 땅이란 어떤 의미를 가지는 것인지 잘 보여준다.

소설은 "조선족농민들의 해방전의 생활(이민사) 해방후의 투쟁사, 개혁을 둘러싼 농민의식, 풍토 인정세태, 이 모든 것을 력사와 현실의 교차 속에서 아주 폭넓게 그렸는바 실로 근 반세기동안의 중국조선족농민들의 투쟁의 력사"라고 할 수 있다. "황보상근로인의 피눈물의 과거사는 그것이 바로 해방전 조선족농민들의 수난의 력사이기도 하며 지탁준의 창업사는 그것이 바로 해방후 조선족농민들의 창업사이기도 하다."[69]

경상도 산골에서의 황보상근 영감의 가난했던 어린 시절과 아버지의 난봉, 그리고 낯설은 만주땅에서의 고생과 정착은 땅에 대한 황보상근 영감의 욕심과 집착을 미루어 이해할 수 있게 하는 역사적이고 생활적인 부분이다. 또한 황보상근 영감의 개인사는 이주민으로서의 중국 조선족의 보편적인 역사를 대변하며, 그들에게 '땅'이란 '조선족'이라는 이름하에 묶을 수 있는 그들 집단 형성의 구심점으로서 그들의 전반 역사를 관통하는 본질적인 범주이다. 『봄물』이 수리봉이라는 한 조선족 마을에 그 소재의 영역을 한정시킴으로써 땅에 대한 우리 민족의 역사성을 획득할 수 없었고 그래서 이념적 수준에 머무를 수밖에 없었던 것과는 달리, 『설야』는 황보상근 영감의 개인사와 가족사, 사적인 체험에 민족의 가장 본질적인 역사적 범주를 관통시킴으로써 땅에 대한 우리 민족의 역사성을 획득할 수 있었고, 심각한 사회적 문제에 대한 이념적 수준의 논쟁을 넘어 일상적 감각과 생활 영역으로 나아갈 수 있었다.

『봄물』은 억쇠라는 문제적 개인을 내세워 호도거리를 반대하는 세력과 이념적 대결을 벌이게 하는데, 그들 사이의 갈등과 대결이 이념으로 표현될 수밖에 없는 것은 대립되는 두 인물진영이 도덕·윤리적으로, 원칙적으로도 서로 용납할 수 없기 때문이다. 그러나 『설야』에는 이러한 서로 용납할 수 없을 만큼 원칙적인 대립이나 갈등이 없다. 그들 사

---

69) 임윤덕, 위의 글, p. 161.

이의 갈등은 그야말로 세속적이고 일상적인 것들이어서 싸웠다가는 금방 화해하고 또 싸우고… 이러한 일상생활의 반복이며, 그러한 일상을 사는 이들 역시 동전의 양면과도 같이 착한 것과 그렇지 않은 것, 좋은 것과 그렇지 않은 것, 약삭빠른 것과 그렇지 않은 것 등을 한 몸에 다 갖고 있는 다면적인 인물들이다.

그러므로 『설야』는 『봄물』에서처럼 문제적 개인이 세계와 불합리와 대결하는 구도가 아니라 오히려 문제적 개인이 새로운 세계관에 의하여 설득되는 구도로 되어 있다. 이때 문제적 개인은 더는 객관 세계와 대결하면서 자기의 이념으로 세계를 개변시키려는 그러한 선각자가 아니라, 다수의 민중에 의해 설득되고 민중과 의사를 같이 하는 쪽으로 나아가며, 이들 사이의 모순과 갈등 역시 팽팽한 이념의 대결 보다는 생활적이고 일상적인 갈등이나 모순들이다. 『설야』에서는 "드디여 력사가 파편처럼 삶을 사는 여러 가지 부류 보통인간들의 생활국면에 대한 이야기로 쪼각이 나고 그것이 사람들을 현혹시키는 것"70)이다.

2) 이념의 세속화

80년대 후반, 90년대 초에 들어서면서 중국 조선족 사회는 개혁개방의 확대와 시장경제의 전면적인 충격으로 문화적 환경의 다원화가 이루어졌다. 지난날 모든 것의 잣대이고 표준이었던 이념은 이제 한켠으로 밀려났고 그 자리를 다양화된 가치 관념과 의식이 대신하였다. 그러므로 조선족 사회의 문화적 환경의 다원화는 오랫동안 단일성과 획일주의에 의해 길들여졌던 사람들의 경직된 이념적 사고가 드디어 세속적 감각을 찾아 생활 속으로 산산히 흩어짐을 뜻하는 것이다. 이러한

---

70) 조일남, 「『설야』야 말해주는 것」, 위의 글, p. 20.

이념의 세속화는 이 시기 조선족 작가들의 글쓰기에서도 주요한 특징의 하나로 나타난다. 중국 조선족 작가들은 모든 것을 중국의 정치적 이념과 정치적 현실에 따라 판단하던 데로부터 주체적인 자기 판단이 가능해졌다.

조선족 소설에서 이념의 세속화가 가장 뚜렷하게 나타난 작품은 민족 이주사를 다룬 『눈물젖은 두만강』이다. 한민족의 암울한 근대사의 한 단면이고 조선족에게는 엄숙한 역사 그 자체로서, 민족주의나 애국주의, 공산주의 이념을 떠나서는 논의할 수 없었던 무거운 주제가 이 작품에서는 무수한 생활의 단편 속으로 쪼개진다. 민족 이주사라는 동일한 역사적 사실을 이와는 다른 양상으로 수용한 『고난의 년대』와 대비적 시각에서 바라보면 『눈물젖은 두만강』이 얼마나 이념을 희석하고 세속화시켰는지 충분히 살펴볼 수 있으며, 작품 생산에 대한 사회 문화적 환경의 영향에 대해서 살펴볼 수 있다.

『눈물젖은 두만강』은 『고난의 년대』를 이어 중국 조선족의 이주사를 다룬 조선족의 두 번째 장편소설이다. 그러나 같은 민족의 이주사를 재현함에 있어서 두 소설은 서로 같지 않은 양상을 보이고 있는데 이는 작가의 정치적 감각과 현실 감각, 역사 감각의 차이에 의한 것이며, 작가를 둘러싼 사회 문화적 환경의 차이에 의한 것이다. 70년대 말에 구상되어 80년대 초반에 발표된 『고난의 년대』가 주로 "조선 사람이 소수민족으로 된 역사"에 치중하면서 이념 선택의 과정과 그 필연성에 대해 이야기 하고 있는 반면 90년대 초반에 발표된 『눈물젖은 두만강』은 초기 이민기 이주민의 삶 자체에 초점을 맞추고 있다. 『눈물젖은 두만강』은 "지난날의 전통적인 리념과 투쟁철학, 그리고 단순한 정치참조계에 의해서만 력사제재를 다루던 옛틀에서 해탈하여 민족문화학적시각, 민족심리학적시각, 민속학적시각에서 작품을 엮어가면서 인간의 진실한 생명욕구와 잠의식을 발굴하는데에 모를 박고 있다. 그 중요한 표지가 작품속에 흐르고있는 짙은 생명의식과 우리 민족의 한(恨)의 정서"71)이다. 여기서는 이념 자체가 살아가야 하는 것이고, 삶은 인간의 생존을 위한 본능적인 삶이며 삶 그 자체는 모든 것의 우위에 있다. 여기에서 어떻게 살아야 하나는 삶의 방식은 이념적인 것과는 전혀 무관한 것이며, 그것은 그들 나름의 도덕적·윤리적 범주와 민족의 전통과 정서적 범주에 근거를 두고 있다.

우선 내용과 형식의 중심이라고 할 수 있는 갈등이 생활 속에서의 세속적인 갈등으로 다원화되어 있는데 이것은 종래의 조선족 소설의 형식 틀 즉 이념 대립에 의한 이분법적 갈등의 구조에서 벗어난 것이다. 작품 창작의 문화적 맥락이 작품의 내용과 형식 속에 역투사된 때문이다.

> 이 작품의 갈등선도 재래의 소설들과 같은 단순한 계급전선에 의한 편싸움으로만 이루어진 것이 아니라 중국인지주와 조선민족농민들, 청조관청과 조선족이주민들 등 사이의 대립과 갈등은 물론 그 외에도 인물객체의 생명욕구와 독자적의식에 의하여 여러갈래로 펼쳐지고 있는바 거기에는 경제성장의 새로운 야심을 품은 인물과 이주민들 사이의 갈등, 기성지주와 새로 경제장성을 꿈꾸는자와의 갈등, 성행위로 하여 인기되는 인물들 사이의 갈등, 애정관계의 갈등, 개간할 땅을 두고 펼치는 이주민들 사이의 갈등 등 갈등선들이 이원론적인 시각을 초월하여 다각적으로 펼쳐짐으로써 작품의 생활미와 력사적진실미를 한층 더하여준다. 그리고 이 작품은 이로 하여 우리 민족의 이민투쟁사로 특징지어지면서 이민력사를 다룬 재래의 다른 소설들과는 확연히 구별되는 남다른 양상을 하게 되는 것이다.72)

작품의 형식과 내용을 끌어가는 것은 크고 작은 갈등들이다. 민족주

---

71) 전성호, 「장편소설 『눈물젖은 두만강』(상)이 이룩한 성취」, 『장백산』, 1995, 1, p. 185.
72) 앞의 글, p. 187.

의나 사회주의라는 사상과 이념의 무게와 거대함에 짓눌려 민족 대립이나 계급 대립의 이분법적 갈등에 전부 통합되었던 인간의 원초적인 욕망이나 감정 등이 다양한 삶의 모습으로 표출된다.

민족의 이주사라는 동일한 역사 사실을 다루고 있는 『북간도』나 『고난의 년대』와 마찬가지로 『눈물젖은 두만강』 역시 칠성, 득보, 갑술 영감네 이렇게 세 집의 이주로 시작되지만, 이 세 집은 한 마을에서 살다가 같이 이주해 한 곳에 정착하였다는 것 외에는 작품에서 특별한 의미가 없다. 세 집은 그대로 삶의 한 단위일 뿐, 그 세 집 사이의 관계나 가족사는 이야기의 전개에 별다른 영향을 미치지 않는다. 밭 자락을 일구고 좀 더 나은 수확을 위해 땀을 쏟고 결혼하고 애를 낳으며 이웃들 사이에, 아낙네들 사이에, 부부간에, 고부간에 별로 큰 것도 아닌 일에 불화가 일기도 했다가 쉽게 화해도 하고 그저 그러한 살아가는 모습 그대로가 전부이다. 그것들은 지극히 평범하고 세속적인 것들이어서 그 사이에 이념이 끼어들 틈이 없다. 이야기를 끌어가는 것은 이주민들의 그러한 삶의 터전인 용드레촌의 역사이다.

그러나 『북간도』와 『고난의 년대』에서는 같이 이주한 세 집이 서로 다른 이념과 사상을 대변하게 하고 그 세 집의 대를 이은 이념적 갈등과 대립, 반목을 주선으로 이야기를 이끌어간다. 그리하여 이들 작품에서 세 집은 일반적인 삶의 단위로서의 가족의 개념이 아니라 이주민의 부동한 이념과 삶의 양상을 실현해나가는 사회적·정치적 맥락과 잇닿아 있는 개념이다. 여기서는 온통 이념과 사상을 위한 대립과 투쟁만이 중요하며, 그것만이 세 집의 대를 이은 삶의 전부이며 가족의 역사이다.

『북간도』에서 세 집의 대를 잇는 특성은 민족이념으로 구분된다. 즉 『북간도』에서 "세 집을 일관하는 이런 특색은 핏줄의 연면함이라고 부를 만한 것인데, 작위적인 느낌을 주는 부작용까지 감수하면서 『북간도』

가 이를 내세운 것은, 핏줄이란 것이 그 외연을 확장하면 민족으로 확장되기 때문"이다. "핏줄의 연면함을 통하여 민족의 연면함, 민족의 영원성을 드려내려 한 것으로 보인다."73) 『고난의 년대』에서 세 집을 일관하는 특색은 빈부의 차이, 계급이념이다. 그러나 『눈물젖은 두만강』에는 세 집을 일관하는 이런 특색, 대를 잇는 '핏줄의 연면함'이 없다. 그들 집안의 역사와 세대를 이어주는 것은 삶을 위한 노력, 정착을 위한 노력뿐이다.

대를 잇는 이념의 강력한 통제가 없음으로 하여 여기서는 권위와 복종으로만 일관되어있던 세대간의 충돌이 가능하다. 용드레촌의 첫 개척민이자 마을의 구심점인 칠성에게는 『북간도』의 이한복이나 『고난의 년대』의 박천수와 같은 절대적인 권위가 없다. 아들 팔룡이는 부친 칠성의 권위에 감히 도전하여 첫사랑이었으나 결국은 외간여자였던 봉녀와 함께 타향으로 도망쳐 객지에서 9년 세월을 보내고 다시 고향으로 돌아오기도 한다. 그런 아들을 칠성이도 결국은 용서하며 봉녀를 며느리로 인정한다. 객지 생활을 마치고 고향으로 돌아온 팔룡이는 또 한번 부친의 권위에 도전하는데 부친의 반대를 아랑곳 않고 아들 금돌이와 함께 행상에 나서는가 하면 봉녀에게는 주막을 차리게 한다.

> 아버지가 펄쩍 뛰시리라 미리 짐작을 했지만 신분까지 곁들이여 조상이요 뭐요 하자 팔룡이는 반감이 모락모락 일어서 속으로 아버지를 나무람하였다.
>
> (시방 어느때라구 신분을 따짐둥? 량반 따루 없구 상놈 따루 없는 세월인데. 쳇, 조상! 조상이 물려준게 머임둥? 가난허구 궁기외에 또 무스게 있다구 그램둥?! 그래 게구 배나 굶채이쿠 평생 땅과 씨름해야 한단말임

---

73) 유문선, 「『북간도』에 나타난 삶의 몇 가지 방식」, 연변대학교 창립 55주년 기념 국제학술대회 자료집 :『조선—한국문화의 역사와 전통—언어·문학 분과 발표 논문집』, 2004, 8, p. 212.

둥?!)

　"아글타글 농새를 져보았댔자 어디메 앞이 열림둥? 게구 배나 곯치앨 정
둡지. 평생을 이렇게 살구싶지 않습꾸마."

　팔룡이는 자기 주장을 굽히려 들지 않았다.

　… …

　훈춘에서 돌아온 뒤로 두달동안 심사숙고한 끝에 내린 결단이라 그만큼
고집이 셀건 당연한 일이였다. 9년동안 부모님께 지은 죄 커서 될수록이면
부친의 기분을 잡치게 하고싶지 않았으나 이 일만은 양보할 수 없었다. 생
업을 정하는 일이고 일생에 미치고 자식에게 미치는 중대사이기 때문이였
다. 행상을 하든 주막을 치든 아무걸 해도 농사짓기보다 낫다는게 그의 판
단이었다. 돈만 좀 번다면 밭자락을 팔아버리고 량친을 밭일에서 손을 떼
게 할 타산이였다. "내가 작정을 한 일입꾸마. 아부제 잘 생각해봅소."

　팔룡이는 나중에 부친에게 한마디 오금을 박고는 일어나서 밖으로 나갔
다.(『눈물젖은 두만강』 하, pp. 730-731.)

　아버지 칠성에 대한 아들 팔룡의 도전과 항거는 이처럼 단순한 아비
에 대한 아들의 불효나 불충을 넘어 지난 시대의 정신적 기둥과 소위
전통이라는 이름하에 대를 이어 내려오던 우리 민족의 농본주의를 송
두리째 뒤흔드는 위력과 파괴력을 갖고 있음으로 더욱 경이롭다. 더구
나 우리 민족이 세세대대 명줄이라고 생각했던 땅으로부터의 일탈을
감히 꿈꾸는 팔룡이가 그 누구의 아들도 아닌 바로 땅 때문에 고향을
등지고 월강하여 용드레촌에 첫 괭이를 박은 개척이민 칠성의 아들이
라는 데서 그 부정은 보다 근원적인 것이 된다. 『북간도』의 이한복 영
감이나 『고난의 년대』의 박천수가 갖고 있던 가장으로서의 절대적인
권위와 위엄을 칠성이는 갖고 있지 못하다.

　칠성의 마누라 솔골댁 역시 극성스러운 성격을 가졌는데 남편의 위
망이나 체신 따위는 안중에 없다. 집안에서 며느리가 애를 가지지 못한
다고 구박이 심한가 하면 마음에 맞지 않으면 언제라도 칠성에게 푸념

이 심하며 동네에서는 아낙네들과 드잡이도 서슴없이 한다. 『북간도』의 이한복의 아내나 『고난의 년대』의 박천수의 아내 김성녀가 갖고 있던 남편의 이념과 남편의 체면, 권위, 위망을 지켜주기 위한 후덕함과 살뜰한 내조 등으로 표상되는 부드럽고 푸근한 어머니상과는 거리가 먼 거칠고 투박하고 성깔이 센 농가집 아낙네이다.

통일된 이념의 부재로 가난한 마을 사람들 사이도 화기애애하고 평화롭지만은 않다. 사소한 일로 시비도 많고 아낙네들 사이에 드잡이도 때때로 일어나며 불륜으로 인한 시비도 많다. 민족이념을 가운데 두고 '변발흑복'을 거부하는 자들끼리는 공동의 적인 '변발흑복'을 강요하는 자들과 그 사이에서 동요하는 자들에 대항하여 서로 뭉치고 관심하며 어떠한 사소한 모순이나 불협화음도 끼어들 수 없다는 논리에 의해 유지되는 『북간도』의 질서나, 계급이념을 가운데 두고 착취당하는 자들과 착취하는 자들이 팽팽히 대결하면서 착취당하는 자들끼리는 무조건적인 단결과 우애만이 있어야 한다는 논리에 의해 유지되는 『고난의 년대』의 질서가 여기서는 맥없이 무너진다. 땅 때문에 이주민들 사이에는 유혈적인 충돌이 일어나기도 하고 훗날 고부간이 되는 솔골댁과 봉녀는 아이 때문에 드잡이를 하기도 하고 불륜 때문에 김서방댁의 휘동 하에 마을 아낙네들은 봉녀를 낭자하게 구타하고 마을에서 내쫓는다. 소설은 온통 잡다한 신변사와 자유분방한 생활의 활기로 차 넘치며 이념은 이러한 생활 감각 속에 여기 저기 흩어져 있다.

이러한 세속적인 것의 확대와 함께 소설은 계급 대립이나 갈등을 다룸에 있어서 이념이나 사상적 차원에서의 비중 있는 서술은 될수록 피하고 있다. 지팡주 동령감과 조선농민들 사이의 피할 수 없는 갈등과 대립이 이념적 차원에서는 고작 다음과 같은 몇 구절로 간단히 언급되어 있다.

> 몇해전에 화재사건이 있은 뒤부터 보초군을 뒤사람 두어오다가 근년에
> 조선농민들과의 소작쟁의가 잦아지고 또 작년부터 화적떼가 출몰한다는 풍
> 문이 돌자 총을 사들이고 무장을 갖추었던 것이다.(『눈물젖은 두만강』 상,
> p. 435.)

작가가 이념에 대한 서술에 얼마나 편폭을 아끼고 있는지 잘 보여주
는 대목이다. 작품의 전반에 거쳐 계급대립에 관한 서술은 이것이 전부
다. 사상적 동원과 각성, 집단적 투쟁을 전제로 하는 조선농민들의 '소
작쟁의'에 대하여 그 준비과정, 투쟁과정 등은 전부 생략된 채 본격적
으로 다루어지지 않았으며 돈 꾸러 간 칠성이네의 시선을 빌어 객관적
서술로 잠간 스쳐지나간다. 동지주와 조선농민들과의 빈부의 차이와 모
순, 갈등은 심각한 계급적 대립이나 이념적, 사상적 차원에서의 갈등이
나 대립으로 승화되지 않고 생활적인 감각으로 처리된다.

> 밤새 탄 곡식냄새가 담장을 넘어 고샅길에, 집집의 뜨락에 풍기더니 련
> 며칠을 가도록 그 구수한 냄새가 가셔지지 않았다. 그 냄새에 코구멍이 벌
> 름벌름, 마을사람들은 너나없이 마음이 편할 수가 없었다. 처음엔 속이 후
> 련하고 깨고소하기를 김삼수와 같은 심정이였댔으나 차차 알찌근해났다.
> 대강 주먹구구를 해보아도 온 동네가 몇해 먹어도 다 못먹을 알곡이 타버
> 린 것이다. 아무리 동령감이 죽일 놈 뒈질 놈 씨팔놈의 두상이라고 할지라
> 도 타버린건 아까운 낟알이니, 농사군의 마음으로는 그게 알찌근하지 않을
> 수 없었다. 게다가 동령감네 창고로 들어가 있는거라 하지만 자기네들이
> 쏟은 땀방울이 푹 슴배여있는 낟알이 아니겠는가.
> (어느눔의 수작이야? 하필이문 고간에 불을 지를게 뭐야… 씨종재 말리
> 워버릴 눔! 덕삼이 그눔아새끼 짓인가?)(『눈물젖은 두만강』 상, p. 335.)

농민들의 생각과 반항이란 기껏해야 이런 소박한 것에 불과하다. 동
지주네 창고에 불이 붙는 것을 먼발치에서 구경만 할 뿐 불 끄는 일에
나서지 않음으로써 그들은 평소의 동지주의 탐욕과 인색함, 그들에 대

한 가혹한 착취에 보복한다. 이것은 극히 단순하고 우직한 생각이어서 여기에는 계급적 각성이나 이념이 전혀 존재하지 않는다. 자기네들을 못살게 구는 동령감이 재난을 당하고 손해를 본 것을 처음에는 속시원해하다가 나중에는 그 타버린 곡식이 자기네들의 노동의 대가임을 생각하면서 아까워하고 불 지른 놈을 저주하기도 한다. 이렇게 동지주와 조선농민들 사이의, 빼앗으려는 자와 빼앗기지 않으려는 자의 모순과 대립은 하나의 거대한 사상적 차원으로 통합되지 못하고 무수한 생활감각 속에 흔적 없이 흩어져 버린다.

동지주와 용드레촌 조선 간민들간의 직접적 대결은 칠성이네가 화적 난 때 동지주에게서 꾼 돈을 흉년 때문에 갚지 못하게 되자 동지주가 하인들을 거느리고 빚 받으러 와서 칠성이를 인질로 잡아가려는 데서 첨예하고 팽팽하게 이루어진다.

> 준엄한 대치상태였다.
> 저쪽에서는 대방이 인수가 많은지라 감히 화승대를 쏘지 못하였고 이쪽에서도 칠성이를 빼앗으려고 서뿔리 달려들지는 못하였다. 허지만 서로 노려보고있는 분위기는 점점 팽팽해지였다. 독이 오를대로 오르고 날이 설대로 선 충돌이다보니 어느쪽도 물러설수 없는지라 그냥 이대로 분위기가 험악해지다가는 피를 보지 않으면 안될 상황이였다.
> 잠시 긴장한 침묵이 흘렀다. 몇십명 넘는 사람인데 숨소리 하나 들리지 않는다. 신경들은 날카롭게 곤두섰다. 혈투를 예고하는 판가리직전의 침묵이였다.(『눈물젖은 두만강』 하, p. 611.)

그러나 이러한 날카로운 대립 역시 사상이나 이념적 차원으로 승화되지 못하는데 이것의 생활감각을 보다 짙게 하는 것은 가진 자와 못 가진 자의 이러한 결사적인 대결이 고작 서당 훈장 최훈장의 딸 삼월이의 개입으로 멋쩍게 해결되기 때문이다. 자기의 몸값 때문에 진 빚이기 때문에 자기가 갚아야 하고 그 빚을 갚기 위해 어머님이 물려준 패물을 쓴다는 논리는 이념의 개입이 전혀 허락되지 않는 지극히 생활적인 논리 그 자체에 다름 아니다.

조선 간민들에게 가장 절대적이고 성스러운 민족이념 역시 여기서는 '살아야 하고 살아가기 위함'이라는 명분 아래 상황에 따라 상대적인 잣대가 허용된다. 좀 더 여유 있는 삶을 살기 위해 청관청의 치발역복 요구를 별다른 거부감 없이 받아들여 앞머리를 밀고 호복을 갈아입은 김삼수에 대해서 그들은 "조상도 모르는 놈"이라고 호되게 타매하고 인간취급을 하지 않는다. 더구나 그가 한족 장씨네 땅을 탐내서 딸 봉녀를 주고 땅을 바꾼 데 대해서는 개종자라고 저주한다. 이러한 생리적 차원의 민족의식이 그들 자신의 삶에 적용될 때는 상대적으로 너그럽고 관대하다. 이주한 첫해 종자곡을 얻기 위해 칠성이는 아들 팔룡이를 청인 지주 동령감네 집에 머슴살이로 들여보내고 득보는 옥수수 한토리, 종자곡 다섯되에 딸 복순이를 청인 홀아비에게 팔았다. 가서 아들을 도로 데려오라고 행악질하는 마누라에게 칠성이는 집식구들이 굶어죽는 것을 보고만 있을 수 없다고 호통 친다.

"그만하지 못할가!"
칠성은 범같이 호통쳤다.
"내라구 자식 귀한줄 몰라 그랜줄 아오? 하두 방벱이 없어 한 노릇이지. 그래 집식기들이 굶어죽는거 편히 보구 있겠소!"
칠성은 문을 차고 밖으로 나가버린다.
득보네 집에서도 똑같은 일이 벌어지였다. 홀아비로 있는 청인에게 딸을 주고 량곡과 종자곡을 바꾸어왔다.
가을에 가니 보리가 잘되였다. 땅이 건데다 별이 좋았으니 곡식이 안될 리 없었다. 큼직큼직한 이삭을 쳐들고 시누런 물결을 출렁이는 보리밭에 마주서니 이젠 살았구나! 막혔던 숨이 터져나왔다. 가을을 끝내고는 땅이

얼기 전에 밭을 더 일구리라 마음먹었다. 봄에도 더 일구고…명년에는 조
도 심고 감자도 박아 알지게 농사지어보리라. 앞이 훤히 트이는것 같았다.
강을 건너오기를 천만번 잘했다는 생각이 들었다. 농사지어먹기는 다시없
는 고장이였다.(『눈물젖은 두만강』 상, pp. 80-81.)

　　자식을 청인에게 팔아 땅을 바꾼 행위나 자식을 청인에게 팔아 종자
곡을 바꾼 행위나 모두 결과적으로는 청인에게 자식을 판 행위에 다름
아닌데 그들은 김삼수와 자기네들과는 근본적으로 다르다고 구별한다.
그 근거라고나 할까 잣대는 바로 목숨을 부지하기 위한 마지막 방법인
가 아니면 더 질 좋은 삶을 위한 사치의 수준인가이다. 그리고는 최저
한도의 삶 즉 목숨을 부지하기 위해 자식을 청인에게 판 그들 스스로의
행위에 대해서는 가족의 생계를 위해서라는 명분을 내세우며 스스로
용서 받고 위로 받는다. 자식을 팔아 바꾼 종자곡으로 지은 농사가 풍
년을 거두었을 때, 그들이 꿈꾸는 것은 명년 농사이다.
　　민족이념에 대한 이러한 이중적인 기준에 의한 잣대와 타협은 치발
역복에 대한 청관청의 강압책에도 그대로 적용된다. 죽어도 호복을 입
지 않겠다던 용드레촌 사람들은 그러나 초간국의 동림이 군졸들을 거
느리고 들이닥쳐 위협하고 강서방의 초가를 태워버리자 그만 결사 저
항할 생각을 못한다. 두만강을 도로 건너간다거나 깊은 산 속에 들어가
화전을 일군다는 것도 정작 분김에 하는 수 없어 한 말이고 살기 힘들
어 왔는데 갈 수 없다는 의견이 태반이다. 그렇다고 청관청과 저항할
생각은 동림이와 군졸들의 행패로 인한 한 차례의 경난으로 이미 접어
버렸다.

　　강서방네 집이 한무지의 재더미로 되어버렸던 그날 저녁, 칠성이 궁리
끝에 내놓았다는 방안도 뭐 그닥 신통한 수는 못되였다. 동네에서 두세사
람쯤 내세워 호복을 입히자는 주장이였다. 그러면 그 두세사람은 청표를

탈수 있게 되는즉 여느 사람들은 그들앞으로 땅을 등록하고 그냥 부쳐먹을 수 있다는 말이였다.

"데비 간다구? 아무리 어찌구 어찌구 해두 데비 조선땅으로 돌아간다는 게 어디 될 말이요?! 죽을 고생 다 하문서리 일궈놓은 땅을 데지구 어디메 루? 나는 못가겠다이, 못가겠단말이요!"

격해진 칠성의 목소리는 울부짖는 짐승의 소리마냥 쩌렁쩌렁 뜨락에 울리였고 마을장정들의 가슴을 아프게 파고들었다. 그들은 이 마을 개척자로 허허벌판에 첫 괭이를 박았던 칠성의 마음을 헤아리기 어렵지 않았다. 이 고장과 이 땅에 대한 애착이 그 누구보다도 절절함은 사실이였다.

"그러이까 동네서 두어 사램이 호복을 입구 관청늠들의 눈을 속이자는게 지. 그눔들이 동네와 붙어있지는 못할겐까 볼 때면 입는 입내를 내구 딴 때 는 벗어뎬지문 될게 아니겠는가?"(『눈물젖은 두만강』 상, p. 221.)

어떤 일이 있어도 개간한 땅을 포기할 수 없다는 것, 조선땅으로 돌 아갈 수 없다는 칠성이의 절규는 그만큼 처절하고 비장하다. 그러나 "돌아갈는지 아니면 치발역복하고 그냥 여기서 농사 지을는지?"라는 준 엄한 양자택일의 문제로 다가오는 청관청의 횡포와 강압 앞에서 "어떤 일이 있어도 돌아갈 수 없다"는 그의 말은 이미 현실적인 타협과 절충 의 가능성을 내포하고 있었다. 이러한 타협과 절충이 가능했던 것은 청 관청의 강제적인 치발역복 정책이 실은 많은 곳에서 조선농민들의 결 사 저항과 반항으로 장애에 부딪쳤기 때문이다.

강서방네가 남강의 초간국에 다녀온지 열흘이 지나고 보름이 지나도 용 드레마을로 관청의 사람들이 찾아오지 않았다. 달포가 지나자 일은 성사된 것이라고 생각하였다. 아마도 산삼 네뿌리와 록용 두각이 은을 낸거라고 여기는 사람이 많았으나 실은 그런 일이 아니었다. 조선간민들을 강제적으 로 치발역복시키려는 관청의 노력이 용드레마을에서만 저애를 받은 것이 아니였다. 사처에서 항거의 물결이 일었다. 쟁기를 메고 달려드는 고장이 있는가 하면 로씨야의 연해주로, 조선본토로 짐을 싸들고 되돌아가는 간민

이 많았다. 실제상 관청에서는 조선간민들이 되돌아가는걸 두려워하고 있
었다. 그들이 죄다 돌아가버리면 이미 개간된 몇만쌍의 땅이 도로 황무지
로 될것인즉 그런 손실이 또 없고 날로 침략의 검은 야망을 드러내고있는
로씨야에 대처하려고 해도 이 변방지대를 비워서는 천만 안될 일이였다.
그러니 자연히 관청의 태도는 얼마간 누그러지게 되었다. 집을 불사르거나
사람을 쫓아버리거나 그런 짓은 더 하지 않았고 치발역복하지 않으면 청표
(토지집조)를 내주지 않는다는 점만을 강조하였다.(『눈물젖은 두만강』 상,
pp. 232-233.)

조선농민들이 개간지를 버리고 조선땅으로 돌아가는 것은 청관청 역
시 바라는 바가 아니었다. 그래서 일부 조선농민들의 결사적인 반대와
저항에 부딪치자 그들의 정책 역시 "돌아가겠는가 치발역복하겠는가"로
부터 조선농민들에게 보다 현실적인 문제인 '땅'으로 귀결된다. 그들도
땅이란 조선농민들의 기본적인 생존권과 직결된 것으로서 경우에 따라
서는 그것이 모든 것의 우위에 놓일 수 있다는 것을 알아차렸기 때문이
다. 그리하여 문제의 핵심이 토지에 대한 경작권 즉 청표라는 가장 구
체적인 생존의 조건에 집중되었을 때, 거기에는 현실적인 삶이 끼어들
여지와 공간이 생기게 되고 이념 역시 가장 기초적인 삶이라는 보다 절
박한 것에 의해 훼절이 가능하게 된다. 어쩔 수 없이 훼절을 받아들이
게 될 경우, 문제가 되는 것은 당하는 쪽이 어떻게 하면 그것을 최저한
도로 줄일 것인가 일텐데 이런 맥락에서 제기된 것이 바로 "마상초"이
다. "마상초"란 새삼 무엇인가. 그것은 바로 마을 사람들과의 암묵적인
계약아래 몇 사람이 대표로 호복을 입고 그 몇 사람의 이름으로 토지를
등록하는 것이다.

그렇게 되자 용드레마을에서처럼 몇사람을 내세워 치발역복 시키고 그
몇사람의 이름으로 토지를 등록하는 마을이 적지 않았다. 머리태를 드리우

고 호복을 입히는데는 아직 상투를 틀어 올리기전, 그러니까 대개 장가들 기전의 사내애들을 내세웠다. 용드레마을에서는 온 마을 30여호의 토지를 전부 강서방과 충곰보 두 사람의 이름으로 등록하였다. 그러니 관청에서 발급한 땅문서에는 두사람이 땅임자였다. 그 토지문서 뒷면에 각 집의 실제 토지임자와 면적을 적어붙이였다. 그 종이장이 바로 '마상초'였다. 관청에서는 그걸 묵인하여주었다. 그러니 '마상초'는 조선간민들이 청관청의 치발역복책에 대처하기 위해 찾아낸 교묘한 절충방법이였다.(『눈물젖은 두만강』 상, p. 233.)

"마상초"라는 종이 문서를 이용한 절충방안을 내놓은 사람이 마을의 개척자이자 구심점이고 결책자인 칠성이라는 사실이 한결 더 현실적인 삶 앞에서 이념의 무의미함과 무기력함을 두드러지게 표현하고 있다. 여기서도 그렇게 하지 않으면 살 수 없다는 극한 상황이, 적절한 선에서의 양보와 물러섬의 피치 못할 사정으로 되고 있다. 어떠한 경우에도 삶을 포기할 수는 없다는 것, 삶은 결코 포기되어서는 안 된다는 것, 최저한도로 삶이 유지되어야 이념이나 의식이 논의될 수 있다는 것, 삶을 포기하고서는 어떠한 위대한 이념이나 사상도 있을 수 없다는 것이 『눈물젖은 두만강』의 사상 내지 이념이다.

소설에서 이러한 삶 우위의 사상 내지 이념이 가장 극명하게 드러난 것은 바로 최훈장이 '치발역복'한 용달이를 드디어 사위로 받아들이려고 마음을 돌리는 장면의 심리묘사이다.

딸 삼월의 일 때문에 며칠간 끙끙 속을 앓고난 최훈장은 마침내 용단을 내리였다. 드디여는 딸 삼월이와 용달이의 혼사를 다시 고려하게 되었다. 한번 마음 먹으면 돌아서는 일 없고 한번 내던진 말을 다시 거두어들이지 않는 그의 성미로 말하면 너무나도 파격적이여서 기적이라 할만도 하였다. 그렇다고 용달이에 대한 견해가 돌아서고 그냥 호복을 입겠다고 하는 그를 용서해준다는 것이 아니였다. 딸의 혼처가 더는 나질 가망이 없는 상황이

고 또 워낙부터 둘이 짝이 맞는데다 딸애가 그를 잊지 못해하고 있는 형편
이고보니 부득불 내리게 된 결단이였다. (저희들이 좋다고 하면 됐지 실상
나야 상관이 뭐뇨?) 얼추 성례를 올려 삼월이를 장재촌으로 보내고 자기는
용드레촌에 남아 그냥 서당을 꾸리면서 만년을 보내리라는 타산이였다. 딸
은 주되 자기는 천하 무슨 일이 있어도 따라가지 않으리라 마음먹었다. 딸
때문에 방법없이 타협을 하는 것이나 그렇다고 호복을 입은 놈과 한가마밥
을 먹으면서 살수는 없는 노릇이였다. 출가외인이라고 딸한테 거북한 짓만
안하면 된다는게 최훈장의 속셈이였다.(『눈물젖은 두만강』 상, pp. 297-
298.)

실상 글을 가르치는 서당훈장이자 구식이긴 하지만 용드레촌의 유일
한 엘리트인 최훈장이 용드레촌에서 차지하는 위상과 위망은 첫 개척
민이자 좌상인 칠성이에 비해서도 더 위라고 할 수 있는데 이때, 이러
한 우위는 양반이라는 그의 신분과 무식한 농민들이 갖고 있지 못한 지
식이라는 두 기둥에 의해 유력하게 뒷받침되고 있는 터. 최훈장 최림이
야말로 용드레촌의 살아있는 이념이자 절대적이고 신성한 정신적 지주
이다. 이러한 최훈장이 '치발역복'한 용달이에게 마지못해 딸을 허락하
려고 함은 무엇을 의미하는가. 그가 아무리 딸의 혼사 때문이라는 지극
히 인간적인 이유와 호복을 입은 용달이와 한 집에서 살지 않을 것이라
는 굳은 결심을 보이더라도, 이는 민족성에 대한 대단한 훼절임에는 틀
림없다.

삶이 모든 이념이나 사상의 우위에 놓인다는 것, 그리고 삶 자체는
보다 다원화된 기준에 의해 다양한 방식으로 존재할 수 있는 것으로 어
떤 하나의 절대적인 원칙이나 양식에 의해 규정되는 것이 아니라는 것,
인간은 상황에 따라서 같지 않은 성격을 드러낼 수 있다는 것 등은 동
일한 민족 이주사를 다룬 다른 두 편의 소설의 범주에서 벗어나는 이질
적인 양상이다. 이는 작품 생산의 사회 문화적 환경의 차이에 의해 가

능한 것으로서 다원화된 문화적 환경과 다양한 가치관이 작가의 의식에 수용된 것이며 작품 속에 투영된 것이다. 즉 중국의 80년대 후반, 90년대 초의 다원화된 문화적 환경과 원천이 작가의 주체적 태도를 무한히 신장시켰고 이념의 세속화라는 소설의 형식을 가능하게 한 것이다.

제 3 장

체험과 역사 복원의 서사 방향

문학은 인생의 표현이요 작가의 체험이 집약되어 있는 것이다.1) 모든 문학은 작가의 직접적 혹은 간접적 체험을 기초로 이루어진다. 그러므로 작가의 체험은 문학 연구의 중요한 요소이다. 웰렉은『문학의 이론』중 '문학과 전기(傳記)'라는 장에서 "예술작품이 가진 바 가장 명백한 원인은 그 작품의 창조자, 즉 작가이다. 그러므로 작가의 개성과 생활에 의한 설명은 문학연구의 최고 및 최량의 확립된 방법의 하나로 되어 있다."2)고 문학연구에서 전기의 가치 즉 작가의 체험의 중요성을 지적하였다.

그러나 체험이 그대로 문학 작품이 되는 것은 아니다. 문학은 체험의 형상화에 의해 이루어지며 작가의 상상력을 통한 표현이며 체험세계의 재해석이기 때문에, 아무리 자서전적 소설이라고 해도 작가의 전기적 사실 혹은 작가의 체험과 똑같은 것은 아니다. 외적인 현실을 반영한다

---

1) 구인환·구창환,『문학개론』, 三知院, 1992, p. 173.
2) 르네 웰렉·오스틴 워렌, 金秉喆 옮김,『文學의 理論』, 乙酉文化社, 1982, p. 108.

고 해도 그것은 작가의 주관과 문학의 법칙성에 의해 굴절되게 마련이
다. 또한 작가의 주관적 체험은 문학의 법칙성을 빌어 표현되므로 보편
성을 띠게 된다. 그러니까 시, 소설, 희곡을 막론하고 작품에 표현되는
체험은 작가의 체험인 동시에 보편적 체험이 된다.[3]

  문학연구에서 중요한 것은 체험 그 자체가 아니라 체험이 작품 속에
서의 변형과 굴절, 즉 체험의 형상화 방식과 형상화 방향이다. 작가는
작품 속에 체험을 형상화 할 때, 어떤 체험은 확대하여 드러내고 어떤
체험은 축소하며 하나의 체험에 대해서도 어떤 부분은 확대하고 어떤
부분은 축소한다. 또한 자기의 체험 중, 어떤 것은 드러내고 어떤 것은
감추기도 한다. 이러한 체험의 확대와 축소, 드러냄과 감춤은 삶과 사
회 현실에 대한 작가의 이념적 대응의 방식에 의한 것이며 이는 소설의
주제와 연결된다.

  이러한 작가의 체험의 형상화는 장편소설에서는 일반적으로 역사적
맥락과 잇닿아 있다. 역사적 맥락은 어떤 소설에서는 주인공이 생활하
고 활동하고 세계와 대결해나가는 시공간 즉 작품의 배경으로 된다. 체
험이 개인적인 성격을 넘어 집단적인 성격을 지닐 때, 그것은 단순한
작품의 배경이라는 차원을 넘어 역사의 복원과 연결된다.

  역사 복원, 역사의 재현을 소설 자체의 목표로 하는 소설도 있다. 이
경우, 작가의 직접적 체험과 간접적 체험은 모두 역사를 재구성하는 데
필요한 자료 내지 수단으로 된다. 그런데 역사 복원, 역사의 재현을 목
표로 하더라도 역사적 사실이 소설 속에 수용될 때는 모든 측면이 그대
로 수용되는 것이 아니고 선택성 있게 수용된다. 여기서도 어떤 사실은
확대되고 어떤 사실은 축소되며 어떤 사실은 드러내지만 어떤 사실은
작가가 의도적으로 회피해버린다. 이러한 역사 복원, 역사의 재현 역시

---

3) 구인환·구창환, 위의 책, p. 173.

작가의 의도에 의해 결정되며 소설의 주제와 밀접한 연관을 가진다.

1. 의용군 체험의 절대성과 역사적 진실

작품을 읽다 보면, 그것도 한 작가의 것에 국한해서 보면, 그 작가가 아니고는 도저히 쓸 수 없는 것과 그렇지 않은 것이 뒤섞여 있음을 발견하고 놀랄 때가 있다. 작가라면 누구나 쓰고 싶은 것과 쓸 수 있는 것이 있게 마련이다.

'쓰고 싶은 글쓰기'란 새삼 무엇인가. 시대적 요청이라든가 작가적 의욕이 작가적 실감을 넘어선 글쓰기라고 할 수 있을 것이다. 미래의 전망을 위해 글을 써야 한다는 강박관념이랄까 모종의 조급성이 알게 모르게 작동했을 경우가 그러할 터인데 이런 경우는 이념에 걸리는 문제여서 이데올로기적 편향성으로 볼 수도 있을 것이다.

이에 비할 때 내세울 수 있는 범주가 '쓸 수 있는 것 쓰기'이다. '쓸 수 있는 것 쓰기'란 새삼 무엇인가. 작가에게 묻는다면 그것은 생리적인 현상을 가리킴이다. 글쓰기에 어떤 필연적 목적도, 이루어야 될 욕망도 품지 않은 글쓰기. 세계를 바꾸어야 한다는 강박관념에 미치고 환장하는 글쓰기와 뚜렷한 선을 긋는 그런 글쓰기이다.[4]

김학철의 『격정시대』 역시 모종의 의미에서는 '쓰고 싶은 글쓰기'의 범주에 속한다. 이것은 동란이 결속된 시점에서, 정치적인 이유 때문에 우리 민족 현대사에서 잊혀져버린 조선의용군의 항일 투쟁사를 복원함으로써 '역사의 모종 공백을 메우려'는 그의 결연한 의지와 역사 복원에

---

4) 김윤식, 『일제 말기 한국 작가의 일본어 글쓰기론』, 서울대학교출판부, 2003, pp. 417-420 참조.

의 열망에서 엿볼 수 있다. 이러한 강한 의지에도 불구하고 그의 글쓰기가 '쓰고 싶은 글쓰기'가 갖고 있는 '강박관념'과 '조급함'의 어떤 한계를 극복할 수 있었던 것은 그의 체험의 힘이랄까 정직성에 힘입은 까닭이다. 자기가 겪은 것, 체험한 것 외에는 절대 쓰지 않는 것—이것이야말로 '쓸 수 있는 것 쓰기'의 전형적인 범주라고 해야 할 것이다.

김학철에게 있어서 의용군 체험은 너무나 큰 것이어서 그것은 곧 절대적인 것이다. 민혁당의 당원으로서 테러활동에 대한 체험, 군관학교에서의 학습과 생활, 그리고 무한에서의 조선의용대의 건립, 국민전장에서의 항전과 패퇴, 태항산 항일근거지에로의 비밀한 이동, 태항산에서의 艱苦한 나날과 포탄이 작열하고 총탄이 빗발치는 전투의 세례, 그리고 부상과 체포…… 김학철에게 있어서 이러한 체험 하나하나는 그토록 크고 강렬한 것이어서 어떠한 몸짓이나 형상, 이미지에 의해서도 제대로 표현될 수 없으며 그것은 곧바로 영혼과 직결되며 영혼적 사건으로 된다.

이러한 체험의 크기 – 절대성 문제는 그 끝에 이르면 진실성 문제에 맞닿아 있다. 이때의 진실성이라고 하는 것은 맑스주의 문예이론에서의 '문학의 진실성'과는 다른 맥락에 있다. 이때의 진실성은 역사에 대한 진실성이다. 그것은 곧 역사에 대한 사명감과 책임감과 이어져 있다. '문학의 진실성'은 허구가 허용되는 진실성이지만 역사에의 진실성은 허구가 허용되지 않는다.

여기서 역사의 기록이 소설의 형식과 충돌되는 것은 소설의 형식이 갖고 있는 허구 즉 픽션으로서의 성격 때문임은 자명한 것이다. 『격정시대』의 역사적 기록과 허구 사이의 비례관계에 대하여 작가 자신이 다음과 같이 말해 놓고 있어 의미심장하다.

『격정시대』-나의 이번 장편소설-는 소설인지 전기문학인지 분간하기
가 어려울 정도의 '혼합종'이다. 력사적 사실에 충실하느라고 창작의 붓-
허구의 붓-을 마음대로 놀릴수 없어서-실골목에서 창을 쓰는 것 같아서
-이리 부딪고 저리 부딪고 하는통에 숱한 구속을 받았다. 지뢰원을 골라
다니며 나가듯이 조심도 많이 하고[5]

역사의 진실한 기록을 위하여 허구를 최소화하였다는 뜻이다. 이는
소설로서의 『격정시대』의 미학적 성과를 평가함에 있어서 전체 작품을
전반부와 후반부로 나누어 전반부 즉 서선장의 원산과 서울 시절에 해
당하는 부분은 소설의 미학적 높이를 이룩한 반면, 소설의 후반부 즉
그의 중국 시절 즉 상해 의열단 시절부터 조선의용대 시절, 태항산 시
절에 해당하는 부분은 에피소드의 나열 등으로 소설 형식의 미달 내지
는 초월이라고 지적[6]하는 데서도 단적으로 엿볼 수 있다. 이는 역사에
대한 그의 정직성의 표현이기도 하다. 원산과 서울 시절은 역사의 전개
에 크게 영향을 주지 않는 소년 서선장의 일대기인 만큼 허구가 완전히
허락된 부분이라고 할 수 있다. 그러나 상해 의열단 시절부터는 서선장
개인의 일대기가 아니라 서선장과 그의 전우들의 일대기이며 민족사
중에서 그들 개개인의 역할과 비중, 그리고 민족의 현대사와 맞물렸던
그들 개개인의 역사이기 때문이다.

가장 표층에 떠오른 것으로 전반부와 후반부의 편폭의 차이를 일례
로 들 수 있다. 『격정시대』는 자수 78만자의 장편소설로서 1927년의
조선 원산에서 시작하여 서울을 거쳐 1930-40년대의 중국에 이르기까
지의 폭넓은 공간을 작품의 무대로 하고 있는데 그 중 소년 서선장의
일대기 즉 조선에서의 이야기가 전 65장 가운데서 30장 즉 절반 가까

---

5) 김학철, 「『격정시대』의 창작과정」, 『김학철론』, 위의 글, p. 298.
6) 임규찬, 「김학철소설에서의 역사성과 문학성 -『격정시대』를 중심으로」, 『조선의용
군 최후의 분대장 - 김학철』, 연변인민출판사, 2002, pp. 417-420.

이를 차지한다. 『격정시대』의 구성을 보면 조선에서의 원산시절 18장, 서울시절 12장, 중국에서의 상해시절 13장, 중앙육군군관학교 시절 3장, 국민당군 시절 1장, 무한 시절 3장, 조선의용대 제1지대 시절 5장, 조선의용대 제2지대 시절 3장, 조선의용군 시절7) 7장, 도합 65장으로 구성되었다. 김학철의 경력과 거의 맞먹는 구성 상의 비례인데 인위적으로 축소나 확대를 하지 않았다. 『격정시대』의 글쓰기가 소설 쓰기보다는 '역사의 공백'을 메우기 위한 작업인 만큼 김학철은 역사 앞에서 최대한 정직하고 진실하다.

이것은 소설 쓰기에서는 역사적 현실과 사건을 주인공의 몸에 최대한 집중시켜 소설을 전개시킨다는 소설 자체의 플롯에 대한 거부로 나타난다. 『격정시대』의 전반부는 소년 서선장이 뚜렷이 플롯의 중심을 이루며 모든 사건이 소년 서선장을 둘러싸고 전개된다. 그러므로 소설의 전반부 즉 소년 서선장의 원산시절과 서울시절에 대한 형상화는 대체로 무리 없이 소설의 형상성과 예술성을 획득하였다고 평가된다.

그러나 소설의 후반부 즉 서선장이 상해 임시정부를 찾기 위해 중국으로 탈출한 뒤, 상해의 의열단 시절, 중앙육군군관학교 시절, 무한 조선의용대 시절, 국부군 소속 항전 시절, 태항산 시절 등에는 소설 구성

---

7) 『격정시대』에서는 이 시기(1941년 여름-겨울) 이미 조선의용대(화북지대)가 조선의용군으로 개편된 것으로 묘사하고 있지만 문헌상의 역사적 기록은 1942년 7월에 개편된 것으로 되어있다. 1942년 5월에 일본군은 20개 사단 40여만 명을 동원해 팔로군을 공격하였다. 팔로군의 운명을 결정짓는 이 싸움에 조선의용대도 참전하였는데 이 싸움에서 윤세주 등 10여명이 전사하였다. 이 싸움(반소탕전)후 팔로군은 의용대의 전력을 보호하는 차원에서 의용대원들을 태항산 속으로 이동시켰으며 그해 7월에 조선의용대 화북지대는 조선의용군으로 개편되었는데 대장에 팔로군 포병사령관이었던 무정이 취임하였다. 같은 시기 화청연 즉 화북청년연합회도 화북조선독립동맹으로 개편되었는데 김두봉이 위원장에 취임하였다. 염인호, 『김원봉 연구』, 창작과비평사, 1992, p. 251. 양소전·이보은, 『조선의용군 항일전사』, 고구려, 1995, pp. 195-196.

의 중심인 주인공, 즉 뚜렷한 문제적 개인이 없다. 서선장은 전반부의 계속으로 표층적인 주인공에 불과하며 작중 화자의 시점을 보유한 외 주인공으로서 플롯의 전개와 발전에 결정적인 영향을 행사하지 못하며 기타의 여러 인물들에 비해 주인공으로서의 위치가 뚜렷하지 않다. 따라서 근대소설의 내적 형식이 "문제적 개인이 자신을 찾아가는 여행"[8] 이라고 할 때 이 "문제적 개인"의 부재는 곧바로 소설적 구성의 문제에로 직결되며, 근대 리얼리즘적 소설을 그 잣대로 삼을 때 이는 소설적 구성의 파탄인 것이다. 그리하여『격정시대』의 후반부는 근대 리얼리즘 소설의 범주에서는 어느 정도 일탈된 방사형의 서사구조 즉 민담형의 서사적인 특징들을 체현하고 있다. 소설의 전반부와 후반부가 보이고 있는 뚜렷한 형식상의 차이 즉 형상화 수준의 차이는 현실에 대한 작가의 문학적 대응의 차이에서 말미암은 것일 텐데, 이 경우 김학철이 다음과 같은 말은 시사하는 바가 크다고 하겠다.

> 『격정시대』는 소설입니다. 제가 이번에 서울에 가니깐 모두 "서선장이 선생님이시죠?"하고 묻더군요. 저는 "아닙니다. 저는 김학철입니다."고 대답하였지요. 모두 꼭 저의 력사같다고 하더군요. 그런데 서선장의 몸에 작자가 많이 체현된것만은 사실입니다. 서선장이 소학교를 다닐 때의 일이라든가는 모두 저의 이야기입니다. 그다음 중국에 들어와서부터의 것은 많은 사람들의 이야기를 한데 무어쓴것입니다. 작자의 범위를 벗어난 전체의 이야기를 썼지요. 당시 우리 사람들의 생활과 경력이 대동소이하였지요. 좀 먼저 온 사람도 있고 좀 나중에 온 사람도 있었지요. 제가 후기에도 썼지만 사실은 다 있는 것으로 적당히 조직했을 뿐이비다.『격정시대』는 기실 우리들의 력사입니다. 력사로 쓰면 매개 사람들을 모두 적겠는데 그럴수 없어서 소설로 쓴것입니다.[9]

---

8) 루카치/반성완 역,『소설의 이론』, 심설당, 1989. p.103.
9) 김학철,「김학철선생님과의 문학대화」, 위의 글, pp. 310-311.

김학철 자신이 "중국에 들어와서부터"를 분명한 경계선으로 삼고 있어 특징적이다. "서선장의 몸에 작자가 많이 체현된 것이 사실"이나 그것을 "서선장이 소학교를 다닐 때의 일이라든가"로 확연히 못 박고 있음은 결코 가볍게 흘려버릴 성질의 것이 아니다. "중국에 들어와서부터"로 그다음을 뚜렷이 선을 긋고 있는데 그때는 "많은 사람들의 이야기를 한데 무어 쓴 것"이고 "작자의 범위를 벗어난 전체의 이야기를 썼다"고 고백하고 있다. 이때『격정시대』의 후반부의 미학 미달 내지 미학 초월의 형식을 결정한 것은 바로 "작자의 범위를 벗어난 전체의 이야기"이다.

소설이 허구 즉 픽션을 그 근본적인 성격으로 하는 것이고 보면 통상 근대 리얼리즘 소설은 "작자의 범위를 벗어난 전체의 이야기" 즉 소설의 진실성을 드러내기 위한 많은 사람들의 이야기—소재들을 주인공을 비롯한 몇몇 중심인물의 몸에 집중시키며 그 주요 인물들을 통하여 시대와 역사의 본질과 특징을 체현한다. 그런데『격정시대』의 후반부는 근대 리얼리즘 소설의 이러한 플롯의 특징을 단연 거부하고 무수히 많은 인물군을 설정하였다. 이는 김학철의 역사 기록에의 어떤 의지와 정직성이 강력하게 작동한 결과이며, 역사의 흐름 속에 망각되어버린 전우들에 대한 살아있는 자의 최대한의 미안함과 예의였을 것이다. 실제로 김학철은 이러한 역사 기록에의 의지와 정직성 때문에『격정시대』를, 그가 일본군의 총탄에 맞고 포로 되었던 '호가장전투'를 마지막으로 "끝 아닌 끝을 맺"고 있다.

운명의 신은 나로 하여금 호가장전투를 마지막으로 싸우는 태항산을 떠나게 만들었다. 그래서 자연 '친히 겪은 것을 충실히 재현'한다는 종지에 따라『격정시대』도 중도에서 끝아닌 끝을 맺게 된 것이다. 아쉽고 섭섭하고 허전하다 못하여 감질이 날 지경이기는 하나 별 도리없는 일이다. 하긴 반드시 승리적으로 끝이 나야만 한다는 철칙도 이 세상에는 없다. 진실한 역사의 기록은 왕왕 읽는 사람을 맥살나게 만드는 수도 있다는 것을 우리는 알고 있는 터이다.(『격정시대』 후기, p. 306.)

역사 기록에 대한 김학철의 강렬한 의지와 그의 역사의식을 그대로 보여주는 고백이다. 그의 체험의 절대성과 역사 기록에의 강렬한 의지가 『격정시대』를 미완의 소설로 남게 하였다. 이러한 맥락을 떠나면 『격정시대』의 가장 본질적인 범주에 대한 이해에 이를 수 없으며 그 형식·내용의 제대로 된 이해에 이를 수 없다. 『격정시대』를 관통하는 것은 작가의 역사의식과 역사 회복에의 강렬한 의지와 염원이다. 그것은 또한 『격정시대』의 창작동기이기도 하다.

"제가 10년 감옥살이에서 나와 해방을 받고보니 예순다섯이였습니다. 1978년 1월에 만기석방되고 1980년 12월에 무죄로 해명받았지요. 저는 진시황처럼 어리석지 않아요. 천년을 살고 억년을 산다고 생각지 않아요. 하여 하루빨리 인멸되여가는 우리의 력사를 구해야겠다고 생각하였지요. 고무풍선같은 력사를 후대들에게 남겨서는 안되는거지요. 이번에 서울에 가서도 이 문제를 강조하였습니다. 우리는 바른 말을 해야 합니다. 우리의 임무는 바른 력사를 남기는것입니다. 그래서 제가 『항전별곡』을 쓰지 않았습니까? 그걸 전기문학으로 썼지요. 그런데 그것이 문제가 걸리여 여기 출판사에 들어갔다 쫓겨나오지 않았습니까? 저는 우리가 살아있는 한 우리의 력사를 남기겠다는것입니다. 그런데 소설로 하는 형식밖에는 다른 방법이 없었습니다. 그래서 『격정시대』를 쓴 것입니다. 목적이 명확해요. 과거 산해관이남에서 항일전쟁을 한 사람가운데서의 좌익들의 력사를 남기라는것입니다. 실패는 실패 성공은 성공이라고. 물론 제가 나이가 젊다면 좀 천천히 하겠습니다. 그러나 올해 벌써 일흔다섯입니다. 소설이 되고 안되고 관계없습니다. 그 내용이 전달되면 감사하다는것입니다."10)

---

10) 김학철, 「김학철선생님과의 문학대화」, 연변문학예술연구소편, 『김학철론』, 흑룡강
조선민족출판사, 1990, pp. 311-312.

역사는 어디까지나 역사일 뿐이며 어떠한 정치적 목적이나 수단에 의해 휘둘려서는 안 된다는 게 이념과 이데올로기로 점철된 왜곡된 현대사를 온 몸으로 헤쳐온 역사의 경험자·목격자로서 김학철의 투철한 역사의식이다. 역사는 어떤 주관적 판단이나 의식이 거부된 있는 그대로의 기록이어야 하며 그것의 공과 실은 객관적인 평가에 맡겨야 하는 바, 그러므로 인위적인 확대나 삭제가 일체 배제된 있는 그대로의 사적인 기록이야말로 공정한 역사라는 것이다. 이런 맥락에서 김학철은 정치적 이유로 우리 민족 역사에서 인멸된 "과거 산해관 이남에서 항일전쟁을 한 좌익"들인 조선의용군의 역사적 존재와, 항일활동이 "조선의 역사에서 인멸된 것은 문제가 있다"고 호소한다. "정치적 이유야 어떻든 조국을 위해 혼신을 다해 싸웠던 일개 부대인데 역사적으로 평가는 되어야"11)한다는 게 역사의 객관성과 공정성을 향한 김학철의 절절한 호소이다. "'병신자식 효도한다'고 유능한 동지들은 이 세상에서 다 사라져버리고 아는 것이 별로 없고 다리 하나 못쓰는 내가 그 역사를 쓰게 되었"12)다는 그의 고백은 그러므로 『격정시대』의 역사적 부피를 한결 더해준다.

김학철이 『격정시대』에 앞서 역사기록의 직접적 형식인 전기의 형식을 선택하여 『항전별곡』을 썼던 것은 이러한 조선의용군 항일투쟁사의 역사적 회복에 대한 강렬한 의지의 맥락에서 이해할 수 있다. 그러나 그 전기의 역사성과 직접성이 아직은 문제가 되어 발표가 불허되자 하는 수없이 소설 형식을 가진 『격정시대』를 쓰게 된다. 김학철에 의하면 "『격정시대』는 소설의 형식을 빌어서 엮어놓은 전기문학"13)이다. 그러

---

11) 이명숙, 「연변동포작가 김학철 : 남북한 합작이 유배시킨 격정의 망명문학」, 『다리』 25, 1989, 11, p. 249.
12) 위의 글, p. 249.
13) 김학철, 「『격정시대』 후기」, 『격정시대』 3, 풀빛, 1988, pp. 305-306.

므로 그는 『격정시대』가 "모종의 원인으로 조성되었던 역사의 공백을 능히 메울 수 있으리라"14)고 기대한다.

김학철이 그토록 자신하는 『격정시대』가 메울 수 있는 '역사의 공백'이란 바로 조선의용군의 역사와 항일투쟁에 대한 증언이다. 조선의용군의 전신인 조선의용대의 성립 과정과 국부군에 편입되어 항일하던 시기, 중국 공산당의 영도 하에 있는 태항산 항일근거지로 넘어가던 과정과 그 후 조선의용군으로 개편된 뒤의 항일투쟁 등에 대한 증언일 것이다. 두루 아는 바와 같이 항일민족해방투쟁에는 임시정부의 광복군, 동북 만주의 김일성부대 그리고 화북 태항산 중심의 조선의용군(조선독립동맹)의 활동이 있었는데, 이 중 조선독립동맹은 해방 직후 1천 5백여 명의 무장단체로 큰 세력권을 형성했다. 이들의 초창기모습을 생생히 증언한 것이 김학철기록의 최대 강점이다.15)

조선의용군에 관한 기록은 일본 『특고월보』(特高月報)를 비롯, 일본인들의 연구와 중국측 기록으로는 『해방일보』가 있고, 해방 후엔 『중성』(창간호, 1946. 2)을 비롯 『신천지』(1946. 3) 등에 당사자들의 증언이 생생히 나와 있으며, 김준엽·김창순 공저 『한국공산주의운동사』(제5권, 고대 아시아문제연구소), 그 외에 이정식, 서대숙, 강만길, 염인호 등의 상세한 연구서가 이미 간행되어있기에 그 전모를 조감하는 일은 손쉬운 형편이다. 게다가 연안으로 탈출한 김사량의 체험기 『노마만리』, 김태준의 『연안행』, 김준엽의 『장정』 등이 있어 생생한 기록도 접할 수 있으며, 의열단의 회고록으로는 장지락의 생애를 그린 『아리랑의 노래』(님 웨일즈)도 그 박진감을 자랑하고 있어16) 중국에서의 조선인 혁명자들의 투쟁과 삶의 방식에 관한 기록이나 증언이 결코 빈약하다고 할 수

---

14) 앞의 글, p. 306.
15) 김윤식, 「항일 빨치산문학의 기원」, 『실천문학』, 1988년 겨울, p. 411.
16) 김윤식, 위의 글, p. 411.

없다.

그럼에도 조선의용대의 성립 경위와 국부군에서의 항일투쟁, 그리고 그 일부가 구체적으로 언제 어떤 이유로 중국 공산당의 영도 하에 있는 태항산 항일근거지로 넘어가게 되었는가를 증언하는 기록은 김학철의 것이 유일한 것으로 보이는데, 이 경우 유일하다 함은 그 증언이 그의 개인적 체험에 의한 것이기 때문이다. 그러므로 이때 그의 증언은 개인적 체험의 역사 형식으로의 승화에 다름 아니다.

① 결국 이청천은 제명처분되고 김원봉은 한국민족혁명당 안에서 확고한 주도권을 확립하여, 1937년에 당명을 조선민족혁명당으로 개칭하고 조선민족혁명당의 군사조직으로 조선의용대를 설치하였다. 조선의용대의 구성원 중에는 많은 공산주의자가 합법적 내지는 비합법적으로 활동하였다.[17]

② 이렇게 해서 1938년 10월 무한에서 조선의용대가 창설되었다. 대장은 김원봉이었고, 민혁당원들로 구성된 조선의용대 第一 區隊(43명)의 구대장은 朴孝三이었으며, 전위동맹원으로 구성된 第 2區隊(41명)의 구대장은 李益星이었다. 隊本部 인원까지 합한 전체 조선의용대 대원수는 97명이었다.[18]

이러한 역사의 기록이 『격정시대』에서는 김학철의 체험에 의한 증언으로 다음과 같이 형상적으로 복원되었다.

1938년 10월10일에 조선의용대가 정식으로 발족하였였는데 대장은 중외에 위명을 떨친 김청산이고 제1지대 지대장은 중국내전에 참전하지 않으려고 연대장의 자리를 내놓고 중앙군교 광동분교에 전술교관으로 갔던 방효

---

17) 森川展昭, 「조선독립동맹의 성립과 활동에 관하여」, 이정식·한홍구 엮음, 『항전별곡』, 거름, pp. 20-21.
18) 염인호, 『조선의용군의 독립운동』, 나남, 2001, p. 74.

삼이고 제2지대 지대장은 중앙군교에서 선장이들의 소대장을 담임하였던 이익성이었다. 제1지대의 정치위원은 왕통이고 제2지대의 정치위원은 김학무인데 이 두 사람은 다 선장이의 군교 때 동기동창이었다. 그러나 정치적 식견은 선장이 또래보다 까맣게 높은 사람들이었다. 이날 건립식에 참석한 대원 중에 만록총중 홍일점으로 여대원 하나가 있었으니 그 이름을 김위라고 하였다. 이때 중국영화계에서 '영화황제'라고 불리우던 조선사람 인기배우 김염의 방년 23세의 누이동생이었다. 후에는 여대원들이 많이 늘었지만 이날의 창립대원 중에는 여대원이 김위 하나밖에 없었다. 식순의 하나로 대원들에게 빠찌 하나씩을 달아주었다. 거기에는 '조선의용대'라는 한문글자 다섯자와 'Korean volunteer'라는 영어글자 한줄이 새겨져 있었다. 이어 제1지대와 제2지대에 각각 군기 하나씩이 수여되었다. 그 군기 밑에 서서 대원들은 멸적의 기세 드높이 선서를 함으로써 민족의 사업에 충성 다할 것을 다짐하였다.[19]

역사의 현장에 있은 사람만이 할 수 있는 생생하고 자신감 넘치는 증언이다. 조선의용대 창립식의 전모를 미루어 짐작하게 하는 증언에 다름 아니다. 국부군의 중앙육군군관학교(황포군관학교 후신)를 마치고 국부군에 편입된 조선의용대가 주로 담당한 것은 (1) 일본군의 전황 및 점령구역 내의 정보수집, (2) 일본군 포로의 취조 및 교육, (3) 일본군대에 대한 선전공작, (4) 중국군대 및 조·중 민중에 대한 선전이었다. 이러한 공작은 조선의용대 자체가 국제적인 조선인이 아니라면 맡을 수 없는 영역—즉, 일본어 및 일본의 군사·정치·경제 사정에 밝고, 또 중국어도 이해하는 것—을 가지고 있던 데로부터 유래되었다. 중국 측은 소수의 조선인 전투부대를 단순한 병력으로써 투입하기보다는 항일전선에서 유효한 역할을 수행하기를 기대했던 것이다. 이러한 것들은 김학철의 분신인 주인공 서선장과 그의 전우들의 생생한 체험으로 『격정시대』에 형상화되었다. 1938년 10월 국부군의 수도 남경이 일본군

---

19) 김학철, 『격정시대』 3, 풀빛, 1988, pp. 64-65.

에 의해 점령당하자 조선의용대도 큰 타격을 입고 무한으로 이동하였으며, 무한 역시 함락당하자 낙양으로 이동하고, 이어서 그 일부가 팔로군 지역인 태항산으로 넘어갔다. 조선의용대의 일부가 팔로군 지역인 태항산 항일근거지로 넘어가는 경위는 대략 다음과 같이 기록되어있다.

① 특히 조선의용대 제2지대는 서서히 화북으로 이동하여 "30년대 말부터 40년대 초에 중국공산당 관할지역에 들어가고, 팔로군, 신사군의 작전 지휘 아래 활동하였다"고 말해진다. 다른 한편 제1지대의 일부가 낙양까지 이동한 뒤 제2지대와 합류하게 되었다. 제3지대는 중경으로 옮겼다.[20]

② 조선의용대의 화북 팔로군 지구 행은 시간차를 두고 크게 두 집단으로 나뉘어 이루어졌다. 무한 함락 직후 최창익을 지지하는 일부 전맹원들이 먼저 연안으로 이동하였으며 이들은 그 후 1941년 1월 태항산에서 조청을 결성하였다. 다른 한편 김원봉 김학무에 의해 지도되었던 조선의용대 주력은 2년 이상 국민당 지구에서 활동한 다음 1941년 여름에 화북 팔로군 지구로 이동하였다.[21]

이렇게 밖에 알 수 없는 역사의 기록이 다음과 같은 체험적 사실로 복원될 때의 구체적임과 진실함은 아무리 강조되어도 지나침이 없는데, 그것은 사실 자체의 힘에서 온 것이기 때문이다.

① 조선의용대 제2지대에 중국공산당의 지하조직이 생긴 것은 성재수가 비밀한 사명을 띠고 온 뒤의 일이었다. 성재수는 중공 신사군 대홍산 정진 종대 사령부위원회의 파견을 받아서 온 것인데 지하조직은 그를 중심으로 하고 차차 뿌리를 내리고 있었다. 성재수가 제9전구에서 북상해온 대원 중에서 서선장이와 마점산 오델로를 시련을 거친 믿음직한 동지로 지목한 것은 당연한 일일 것이다. 7년 전 상해에서 적에 대한 비타협성과 용감성을

---

20) 森川展昭, 「조선독립동맹의 성립과 활동에 관하여」, 위의 글, pp.25-26.
21) 염인호, 『조선의용군의 독립운동』, 위의 책, p. 136.

보여주었기 때문이다.(『격정시대』 3, p. 168.)

　② 1940년말에서 그 이듬해 이삼월 사이에 화중, 화남 각 전장에 분산
되어 있던 조선의용대의 각 지대들과 분대들이 육속 북상하여 낙양에 집결
한 뒤 전대가 황하를 북으로 건너 태항산 항일근거지로 넘어들어갈 태세를
갖추었다.
　강남에서 북상한 제1, 제3 혼성지대의 지대장은 방효삼이고 정치위원은
석정 그리고 부지대장은 반해량과 윤대성이었다.(왕통은 한개 분대를 영솔
하고 절강방면에 진출하여 활동하고 있었다.) 제2지대를 영솔한 것은 지대
장 이익선과 정치위원 김학무 그리고 부지대장 이자인 및 지하당 책임자
성재수였다.(『격정시대』 3, p. 187.)

　③ 1941년 강남 갔던 제비가 돌아올 무렵 제2지대 정치위원 김학무가
영솔하는 선발대가 낙양을 출발하여 해방구에로의 길에 올랐다. 선장이도
선발대에 편입되어 떠나는데 제1의 행선지는 합간이라는 곳이었다. 합간은
하남, 산서 어름에 위치한 임현땅에 있었다. 한걸음 앞서 떠난 제1지대 즉
제1, 제3혼성지대가 그 합간거리에서 5, 6마장 떨어진 한 부락에 주류하
고 있는데 거기 가서 그들과 합류할 계획이었다.(『격정시대』 3, p.194.)

　조선의용대가 어떻게, 언제, 어떤 경로를 통해 태항산 팔로군 근거지
로 넘어가게 되었는가에 대한 체험적 증언인데 이 부분이야말로『격정
시대』에서 가장 빛나는 부분이다. 이때 '가장 빛난다'고 하는 것은 이
부분의 증언이야말로 어떠한 문건이나 기록 따위와는 전혀 별개로, 조
선의용대 '최후의 분대장' 김학철만이 할 수 있는 육체적·생리적 체험
에 의한 확실한 증언이기 때문이다.

　조선의용대 제2지대에 중국공산당의 지하조직이 생긴 것은 성재수가 비
밀한 사명을 띠고온 뒤의 일이었다. 성재수는 중공 신사군 대홍산 정진종
대 사령부위원회의 파견을 받아서 온 것인데 지하조직은 그를 중심으로 하
고 차차 뿌리를 내리고 있었다. 성재수가 제9전구에서 북상해온 대원 중에

서 서선장이와 마점산 오델로를 시련을 거친 믿음직한 동지로 지목한 것은
당연한 일일 것이다. 7년 전 상해에서 적에 대한 비타협성과 용감성을 보
여주었기 때문이다. 일본제국주의에게 피의 빚을 진 사람들을 아니믿고 누
구를 믿으랴. 그들은 일본제국주의자에게 붙잡히기만 하면 살인죄로 사형
을 당할 것은 받아논 당상이었다.(『격정시대』 3, p. 168.)

국부군에 소속되어 항전하던 조선의용대가 중국 공산당이 영도하는
태항산 팔로군 근거지로 넘어간 것은 그들이 장개석의 소극적 항일에
불만을 품은 것도 있지만 더 직접적으로는 조선의용대 내에 중국공산
당의 지하조직이 생기면서부터이다.22) 중국 공산당의 파견을 받은 성
재수가 '띠고 온 비밀한 사명'이란 무엇인가. 훗날 조선의용대의 일부가
중국 공산당이 영도하는 태항산 팔로군 근거지로 넘어간 '놀라운 사건'
이 그 해답으로 되고 있다. 이로서 『격정시대』는 역사적으로 아직도 논
란이 되고 있는 태항산 팔로군 근거지에서 조선의용군이 창설된 보다
구체적이고 직접적인 원인23)에 대해 일시에 명쾌한 해답을 주고 있다.

---

22) 金榮範은 조선의용대의 화북 진출은 종래의 공작 실태에 대한 냉철한 자기반성,
   광복군 창설(1940. 9)과 그로부터 隊 지위에 대한 도전, 중국 국민당의 이념적 입
   장의 硬化로 말미암은 국민당 정부와 의용대와의 관계변화, 이에 편승한 중공 측의
   적극적 유도공작 등의 복잡한 맥락 속에서 결정되었다고 하였다. 여기서 냉철한 자
   기반성이라 함은 2년간의 국민당 지구에서의 활동이 첫째 지나치게 분산, 전개되어
   효과가 적었다는 점, 둘째 활동 구역이 주로 국민정부군 작전 지역 내의 일선 진지
   로 국한됨으로써 적후방 공작이 초보적 수준에 머물고 그 성과가 미미했다는 점,
   그리고 셋째 중국 국민정부의 지원 부족으로 자체 무장이 결여되었다는 점에 대한
   반성이었다. 廉仁鎬, 『조선의용군의 독립운동』, 위의 책, pp. 89-90.
23) 무엇 때문에 무정이 조선의용군을 만들게 되었느냐 하는 것이 다시 문제로 된다.
   그 원인을 "중국공산당으로서는 항일전선에 보다 많은 조선인 병력을 확보하는 것
   이 이상적이고, 특히 국민정부군과의 미묘한 관계를 은밀히 내포하고 있는 그들의
   정치적 상황아래서는 중국공산당 산하에 보다 많은 조선인을 끌어들어야 했던 것이
   다"라고 하는 점에서 찾는 사람도 있다. 그리고 다시 중국공산군 안에 한인조직의
   특수부대를 편성하고자 했던 중국공산당에 의한 것이라고는 단정하기 어렵다고 하
   면서도, 이 당시의 사정에 정통했던 중국인 사마로(司馬璐)의 이야기 — "이 혁명

또한 역사적 시각이 엇갈리고 있는 한국공산주의자에 대한 중국공산당
의 태도와 원조 등의 문제24)에 대해서도 『격정시대』는 다음과 같은 체

청년들(조선의용대−인용자)은 인원수가 많지는 않았지만, 그러나 소질은 매우 좋
았다. …(중략)… 육체는 건강하고 각고의 생활을 했으며, 희생을 두려워하지 않고,
의지는 굳건하고 사상은 순결하며 사회관계는 단순하였다. 뿐만 아니라 그들 개인
은 최소한 한·중·일 세 나라의 언어와 문자를 알 수 있었으나, 이 모든 조건을 갖
추고 있던 이들 조선 청년들은 이때 주은래에 의해 주목받고, 중공이 포섭하려는
대상이었음을 생각하지도 못하고 있었다."를 빌어 주은래가 조중 관계의 장래에 대
해 커다란 관심을 가지고 있었다는 사실을 말하는 사람도 있다. 이정식·한홍구 엮
음, 『항전별곡』, 위의 책, p. 28.

24) 그러나 "한국공산주의에 중국공산당이 상당한 원조나 관심을 보였던 징조는 없다.
중국공산주의자는 화중에 한국공산주의자가 있었다는 것, 마찬가지로 중경의 김원
봉이 주도했던 임시정부 안에 집단이 있었다는 것을 눈치채고는 있었지만, 중국과
한국 공산주의자간의 관계는 국민정부가 임시정부를 적극적으로 지원한 것에 비하
면 냉담한 분위기에 싸여 있었다"고 하여 중국공산당의 의도를 인정하지 않는 설도
있다.
　중국공산당이 한국 공산주의자에게 깊은 관심을 가지고 있었다고 해도 현실적으로
는 충분한 지원을 할 만한 여유조차 갖지 못하였다고 추측된다. 무정 등이 화북에
서 조선청년연합회를 조직하기에 이르렀던 것은 한빈, 최창익 등 화중으로부터 조
선 공산주의자의 유입 및 화북지방으로 이주하여온 조선인의 증대에 의한 것으로,
사실 그 뒤 중국공산당의 조선 공산주의자들에 대한 지원은 충분한 것은 아니었다.
이정식·한홍구 엮음, 『항전별곡』, 위의 책, pp. 28-29.
　한편으로 중국 공산당과 팔로군의 적극적인 지원설도 있다−무엇보다도 큰 영향으
로 이 과정을 통해 중공 팔로군과의 혈맹적 관계가 형성·강화되었다. 「총결」에 따
르면 "아무 실천이 없이 조선혁명자라는 조건만 가지고 중국 軍·政 각계와 긴밀한
혁명공작관계"가 수립될 수 없다고 하고 "우리는 실제 공작을 통해 공동 임무를 기
초로 형제와 같이 굳게 단결하였으며 공작상 상호 긴밀히 배합하여 적지 않은 성과
를 거두었다. 동시에 중국 군·정 각계로 하여금 적구 조선동포문제에 대하여 과거
보다 적극적으로 유효한 정책을 취하도록 환기시켰다"고 자평하였다.(「朝鮮義勇軍
華北支隊 總結」, 26쪽. 「總結」은 1942년 5월 5일자로 탈고되었고 작성한 장소
는 晉東南, 즉 中共 八路軍 太行山 根據地였다. 이 「總結」은 華北朝鮮靑年聯
合會 제2차 대회(1942.7)를 준비하기 위해 작성되었던 것으로 판단된다.) 실제
이와 시기를 같이 하여 각 중공 변구 정부는 조선인 우대를 위한 각종 법을 제정하
여 이를 뒷받침했다.(염인호, 「朝鮮義勇軍 硏究−民族運動을 中心으로」, 국민대
학교 박사학위 논문, 1994, pp. 99-100.) 염인호, 『조선의용군의 독립운동』,
위의 책, p. 135.

험적 사실을 펼쳐 보임으로써 논란의 여지를 일축하고 있는데, 이 경우 체험에 기초한 증언이야말로 그 어떤 문헌이나 자료에 의한 역사적 기록보다 성스럽고 확실하기 때문이다.

> 대회에 환영사를 한 것은 팽덕회동지였다. 선장이는 팽덕회동지의 검박한 옷차림과 강의한 용모와 호매하고도 힘진 말소리에 넋을 놓다시피 하였다. 공경하는 마음이 샘솟듯하였다.
> "…나는 18집단군 70만 장병을 대표해서 여러분을 열렬히 환영합니다…"
> "우리 무기고의 문은 여러분 앞에 활짝 열릴 것입니다. 맘대루 고르고 맘대루 가져가십시오…"
> 체구가 우람스러운 정치부주임─나서경동지도 선장이는 이날 처음 보았다.
> 환영대회가 끝이 나자 예정대로 의용대는 무기고로 가서 신입대원들에게 노나줄 무기를 골랐다.25)

싸우는 나날 전쟁터에서 무기의 공유만큼 확실하고 돈독한 우정의 표시가 또 있을까.

그렇다면 국부군 소속의 조선의용대를 중국공산당이 영도하는 태항산 팔로군 근거지로 넘어가게 하는데 사상·의식 영역에서 결정적인 작용을 한 조선적 중국공산당원 성재수란 누구인가. 그는 다름 아닌 서선장의 상해 의열단 시절, 그에게 맑스주의를 전파한 의열단의 선전부장이었으며 후에는 중국공산당 신사군 대흥산 정진종대에 속해 있었다. 성재수의 존재를 볼 수 있는 것은 『격정시대』의 기록이 가장 확실한 것이다. 또한 조선의용대가 국민당군의 보초망을 뚫고 최종적으로 팔로군 근거지로 넘어갈 때의 길잡이는 "팔로군(기실은 제18집단군) 총사령부에

---

25) 김학철, 『격정시대』 3, 위의 책, pp. 208-209.

서 지하연락망을 통하여 파견해온 조선동지 – 김봉구 일명 호철명"[26]이
었다.

> 밤새도록 기구한 산로를 더듬고 또 더듬은 끝에 마침내 먼동이 텄다. 그
> 리고 얼마 오래지 않아 동녘 하늘에 등적색 구름에 싸인 아침 해가 서서히
> 떠올랐다. 선장이는 그제야 비로서 산아래 골짜기에 1백명도 더 되는 초록
> 색군복을 입은 사람들이 의용대가 서 있는 산등성이를 쳐다보며 손을 흔들
> 고 또 모자를 흔드는 것을 똑똑히 보았다.
> '오 저것은 팔로군. 우리의 마중을 나온 팔로군이다!'
> 선장이는 난생 처음 자유로운 땅을 디디었다. 왜냐면 그의 조국이 망하
> 던 그 해에 그의 어머니도 겨우 열다섯살 홍안의 부끄럼타는 소녀였으니
> 까.
> '아, 태항산! 세상에두 빈궁하고 또 세상에두 부요한 태항산아, 우리는
> 그예 네 품속에 뛰어들었다!'
> 긴장하게 건밤을 새우고나니 죽을 지경 고단하여 다들 밥술을 놓는 길로
> 촌사무소 뜰안에 가로세로 쓰러져서 세상모르고 잠들을 잤다.[27]

이러한 감격적인 표현은 김학철의 체험기이지만 그것이 소설의 형식
을 빌었기에 가능하다. 그러나 그것의 전신이 전기이고 또 작가가 '역
사의 공백을 메운다'는 절실한 사명감으로 쓴 것이어서 한갓된 소설의
범주를 넘어서고 있다. 여기서 『격정시대』가 소설이면서 소설의 범주를
넘어 역사형식으로 나아갈 수 있었던 것은 그것이 단지 체험을 통한 기
록이기 때문만은 아니다. 체험을 통한 기록이 그 전부의 가능성이라면
민족사의 복원이라는 『격정시대』의 책임과 무게가 훨씬 가벼워진다. 보
다 중요한 것은 그 체험이 육체가 기억하는 것에 국한된 생리적 수준의
절대적이고 소박한 체험이라는데 있다.

---

26) 앞의 책, p. 206.
27) 위의 책, pp. 206-207.

> 그런데 막상 일을 시작하고 보니 당시 조선의용군에서 나의 직위가 워낙 낮았던 탓으로 아는 면이 넓지 못한 데다가 근거로 삼을 만한 자료마저 거의 다 전화 속에서 재로 되어버린 까닭에 곤난은 그야말로 중중첩첩하였다.(『격정시대』 후기, p. 305.)

이 대목이야말로 『격정시대』를 작품이게끔 한 원동력이다. 체험이란 기억에 의거한 것이겠는데, 김학철에게 있어서 그것은 잘려나간 왼쪽다리를 만짐으로써 떠올리고 기억할 수 있는 육체적·생리적 수준의 기억에 국한된 것이었다. 『격정시대』가 소박성, 낙천성, 그리고 에피소드 중심으로 엮어나간 것이 그 증거이다. 김학철에게는 지식인이 빠지는 자의식은 털끝만큼도 없다. 원산의 한 가난한 집안에서 태어나 일찍 아버지와 형을 잃고 모친과 두 누이를 둔 가정에서 보통학교를 마치고, 외가의 도움으로 서울 보성중학에 들고, 그 해 광주학생사건의 교내 집회에 참가하고, 일본식 중등교육을 받고, 어느날 신문에 실린 상해 임시정부에 마음이 끌려하다가 또 신문에서 '윤봉길 폭탄투척 사건'을 보고 유도복 한 벌을 챙겨들고 중국으로 건너온 김학철이, 학비 안 드는 학교를 찾아 국부군 군관학교에 들어가고, 군사교육을 받고 국부군 전선에 투입되었던 20대의 청년이 지식인 반열에 들 수는 없을 것이다. 그러므로 그는 조선의용대의 건립과정과 그 계보, 그 여러 갈래 민족주의진영의 세력들 사이의 의견 대립과 충돌, 조선의용대가 국부군 전선에서 팔로군 근거지로 넘어간 보다 복잡한 정치배경28)과 조선의용대

---

28) 조선의용대 주력이 화북 팔로군 지구로 이동한 이유는 다음 세 가지 정리할 수 있다. 하나는 조선 민중 가운데서 민족운동을 추진하고 대오를 확대하기 위해서였다. 중일전쟁 발발 후 화북에는 일본군을 따라 적지 않은 조선인들이 이동해 들어왔는데 국민당 지구에서 세력 확장에 어려움을 겪고 있던 의용대 측에서는 화북 이민자들에게 기대를 걸게 되어 의용대 일부의 이동을 이미 1939년 가을에 결정하였다. 이러한 결정의 이면에는 화북에서 활발한 활동을 전개하고 있던 중공 측이 의용대 북상을 위해 화북의 정보를 제공하고 지원을 약속한 일이 있었다.

수뇌부의 결정 등에 대해 정치적 감각을 전혀 갖고 있지 않다.

따라서 김무정이 교장으로 된 조선의용군 간부훈련반을 만들었다든가 화북조선독립동맹(1942.7.11-14)이 결성되고, 조선의용대 화북지대가 조선의용군 화북지대로 명칭이 바뀌었으며, 김두봉·김무정·최창익·김창만 등의 계보들이 합쳐졌다든가, 그 강령이 2부 17항이었다든가 나중에 그것이 어떤 변모를 거쳐 조선독립동맹으로 되었다는 것에 관해 김학철은 한마디도 언급하지 않았다. 김학철의 의식이 그러한 것을 알아차릴 감각을 갖추고 있지 않았기 때문이다. 이러한 일련의 정치적 사건, 역사적 사건에 대한 통찰력을 조선의용군의 일개 '무명소졸'이었던 김학철은 전혀 갖고 있지 못했던 것이다. 성재수와 김봉구 등이 어떤 조직과 임무를 가졌으며, 그 조직의 성격의 어떠함도 전쟁이 끝난 훗날에야 겨우 알아차렸는지도 모를 일이다.

만일 당시 그가 이런 사실을 통찰할 수 있었다면 그의『격정시대』는 일층 복잡하여 소박성, 낙천성에서 벗어났을 것이며, 육체에서 정신에로 비약한 나머지 자칫하면 역사왜곡에로 치달았을 것이며29), 훨씬 소설다운 소설을 썼을 것이다. 그러나 소설의 완벽성을 기함과 동시에 그의 기록(증언)은 몇 참 못가서 들통이 나고 말았을지도 모를 일이다. 이는 역사 기록에 대한 의지가『격정시대』의 소설 형식의 미달 내지는 형

또 하나의 이유로는 국공 간의 갈등과 그 연장인 의용대 측의 국민당과의 갈등 때문이었다. 의용대는 국공합작 체제하에서 창설된 좌파 조선 청년들의 결집체였다. 무한 함락 이후 심화된 국공 간의 갈등은 1941년 1월 晥南事變 발발로 최고조에 이르렀다. 이에 대오의 존립 자체를 우려하였던 의용대원들 대부분이 팔로군 지구로의 북상을 결행했으며 중경의 의용대 대본부도 이를 승인하였다. 마지막으로 국민당 지구와 공산당 지구에 흩어져 있던 조선 좌파 청년들의 단결 통일을 위해서였다. 팔로군 태항산 근거지에 집결한 청년들은 1941년 7월 7일 조선의용대 화북지대를 공동으로 건립하였다. 이는 재통합의 성격을 지니는 것이었다. 廉仁鎬『조선의용군의 독립운동』, 위의 책, p. 136.

29) 김윤식,「항일 빨치산문학의 기원」, 위의 글, p. 415.

식의 초월을 가져왔다는 뜻인데 실제로 작가 자신도 "소설이 되고 안 되고는 관계없"고 "내용만 전달되면 감사하다"30)고 쓰고 있어 『격정시대』가 소설 형식보다는 역사의 기록에 더 비중을 두고 있음은 이론의 여지가 없다.

김학철의 역사적 의식은 또 역사적 사실에 대한 충실성을 그 특징으로 하고 있다. 여기서 역사적 사실에 대한 충실이란 역사적 사실을 있는 그대로, 인위적인 변경이 없이 재현함을 이르는 말인데 이 경우 증언자나 기록자는 상당한 정도의 외적인 압력을 이겨내야 하는 부담을 안고 있다. 특히 그것이 역사의 흐름에 직접적으로 영향을 준 사실일수록, 그 증언이나 기록은 후세의 사회, 정치적 이데올로기의 강력한 영향을 받게 된다.

> 나는 항일전쟁시기 국민당군대와 함께 싸우기도 하고 또 팔로군, 신사군과 어깨를 겯고 싸우기도 한 심상찮은 경력의 소유자다. 그러므로 항전초기, 국민당군대도 일본침략군에 대한 적개심과 전투의욕이 굉장하였다는 것을 잘 알고 있다. 그런데 일반적 인식은 ≪국민당군대는 싸우지 않고 도망질만 쳤다≫는 것으로 되여있었다.
> (어떻게 할 것인가? 어떻게 처리를 할것인가?)
> 오래 두고 생각한 끝에 나는 드디여 결심을 내렸다.
> (력사적 사실에 충실하자.)
> 이리하여 『격정시대』에는 국민당군대가 일본침략군에 대항하여 완강히 싸우는 장면들이 군데군데 나타난다. 인제는 력사적평가를 제대로 하여 「대아장혈전」같은 영화도 상영이 되니까 별문제 없지마는 집필 당시에는 고만한 일도 다 정신적인 부담으로 되였었다.31)

역사는 때때로 심하게 왜곡되기도 하는데, 그리하여 거짓이 진실로,

---

30) 김학철, 「김학철선생님과의 문학대화」, 위의 글, pp. 311-312.
31) 김학철, 「『격정시대』의 창작과정」, 위의 글, pp. 298-299.

진실이 거짓으로 되어버리는 수가 많다. 또한 거짓된 사실이 진실로 자리를 잡아가면 일반적인 사회적 통념으로 굳어지는데, 이러한 사회적 통념은 또 그 사회의 지배적 이데올로기의 보호를 받는다. 그러므로 사회적 통념의 깨기란 곧 자기가 소속된 사회의 지배적 이데올로기에의 대항을 의미하는바, 김학철 역시 역사에 충실하기 위해서는 사회적 통념을 깨고, 사회의 지배적 이데올로기에 대항하여야 했다.

항전초기, 국민당이 일면적이고 소극적인 항전노선을 실행하여 항전의 국면에 어려움을 조성하였던 것은 널리 알려진 사실이다. 그러나 그것은 국민당의 수뇌부의 결책이었고, 국민당의 많은 장령들과 병사들은 일본 침략군을 증오하고 적극적으로 맞섰으며, 실제로 몇 차례의 대 전역에서 일본 침략군과 전면전을 벌이고 영용히 싸웠다. 자기의 특이한 경력으로 인한 절실한 체험을 통하여 그 부분의 역사적 사실의 전모를 알고 있는 김학철이 역사적 사실에 충실하기 위해서는 그렇게 자리를 잡고 있는 일반적인 통념을 깨야 했는데, 그것이 정치적 이데올로기와 관련된 민감한 부분이라서 김학철에게는 상당히 조심스러운 것이었다. 더구나 김학철이 반우파투쟁과 문혁 중, 필화사건으로 10년의 옥살이와 도합 24년의 강제노동을 했다는 것을 감안할 때, 금방 복권된 그에게 있어서 국민당군대의 "일본침략군에 대한 적개심과 전투의욕의 굉장했음"을 증언하는 것은 그것이 아무리 역사적 진실이라 하더라도 대단한 용기를 필요로 하는 것이었다.

그럼에도 김학철은 『격정시대』에서 '상해 8.13항전'과 자기가 소속되었던 막부산전선에서 국민당 장병들의 영용한 투쟁에 대하여 사실 그대로 증언함으로써 역사적 사실에 충실하였다. 김학철은 국민당 군관들의 풍부한 실전 경험에 대해서도 "지식은 별로 없으나마 실전의 경험이 풍부한 고참 분대장들 앞에서 군관학교 졸업생이라는 선장이가 실수를 여러번 하였다"32)라고 솔직히 인정하는가 하면 그 병사들에 대해서는 "선장이를 크게 고무하고 또 심신을 북돋아준 것은 병사들의 낙관적 정신과 왕성한 사기였다. 적과 맞불질을 할 때 적개심에 불타는 그들의 눈에서는 푸른빛이 번쩍였다. 개개 다 성난 사자였다"33)고 그들의 용맹성과 항전에의 투지를 적극 찬양하는가 하면 "그 대부분이 가난한 중국농민의 아들인 그들은 일본침략군과 마주 싸우는 전쟁마당에서 선장이의 믿음직한 전우—항일의 동지들이었다"고 긍정적으로 증언하였다. 이러한 증언은 우리가 늘 영화나 책에서 보아왔고 또 그렇게 알고 있던 국민당군대의 비겁하고 무능한 모습과는 상당히 이례적이다. 또한 장개석의 소극적 항전노선과 국민당 장병들의 일부 타락한 모습에 대해서도 '장사 초토화 작전'등을 통하여 그대로 생생하게 증언하고 있다.

김학철이 역사적 사실에 절대적으로 충실함은 또한 조선의용군이 그 기치로 태극기를 선택하게 된 과정에 대한 진실한 증언에서도 잘 나타난다. 실제로 김학철은 '조선의용군의 기치 선택 문제'에 대한 증언 때문에 '중국 당국에 고발당하기'도 하는데, 그것은 소설 속에서 조선의용군의 기치가 낫과 망치가 그려진 붉은 깃발이 아니라 남한의 태극기라는 점을 들어서 '김학철이 남조선의 깃발을 들었다'고 문제 삼았던 것이다.34) 태극기 문제에 대하여 김학철은 『격정시대』의 창작 후기에서 다음과 같이 밝히고 있다.

> 조선의용군의 골간을 이룬 것은 조선적(籍)의 중공당원들이었다. 그러므로 조선의용군의 역사는 중국공산당의 역사와 갈라놓을 수 없는 맥락으로 이어져있다. 그리고 서술 가운데 여러번 '태극기'가 나오는데 그것은 당

---

32) 김학철, 『격정시대』 3, 위의 책, p. 33.
33) 위의 책, p. 34.
34) 이명숙, 「연변 동포작가 김학철 : 남북한 합작이 유배시킨 격정의 망명문학」, 위의 글, p. 249.

시, 당지의 역사적 사실이 바로 그러하였으므로 인위적인 변경을 삼갔다.
왜곡되거나 날조된 역사는 몇참 못가서 곧 들통이 난다는 것을 우리는 너
무나 잘 알고 있기 때문이다.[35)

중국 정부에 고발당하기까지 하면서 '인위적인 변경'을 삼갔던 태극
기 관련 문제를 김학철은 소설에서 다음과 같이 증언하고 있다.

> 의용군의 각 지대는 정도에 오르기 전에 들고 나갈 깃발문제로 한바탕
> 곡절을 겪었다. 혈기방장한 젊은 축들이 마치와 낫을 수놓은 붉은기를 들
> 고나갈 것을 강경히 주장해 나섰기 때문이다. 총사령 김무정과 정치위원
> 박일운은 단독으로 결정을 짓기 어려워서 팽덕회동지를 찾아가 함께 의논
> 하였다……
> "팽장군의 의견두 역시 마찬가집니다. 우리나라가 망하기 전에 쓰던 깃
> 발이 무슨 깃발이었는가구 물어서 태극기였다구 우리 말씀했더니…그럼 지
> 금두 그 깃발을 써야지요. 그래야 호소력이 있을 것 아닙니까. 조국을 광복
> 하자면 민중이 익히 아는, 전민족이 익히 아는, 민족독립의 상징으루 될 만
> 한 깃발을 내세워야 할 게 아닙니까. 그래야 민중이 기꺼이 따라올 게 아닙
> 니까. 붉은기는 아무리 좋더라두 민중의 눈에는 설단 말입니다. 민중을 이
> 탈하기가 쉽습니다. 조선의용군의 젊은이들이 너무 좀 급진적인 것 같습니
> 다……그러니 돌아가 젊은군들을 잘 설복해서…태극기를 높이 쳐들두룩 하
> 십시오. 사회주의, 공산주의는 나중에 할 일이구 우선 나라의 독립부터 쟁
> 취해놓구 봐야잖겠습니까……"
> 조선의용군의 각 지대가 태극기를 높이 추켜들고
> "조선독립만세!'를 목청껏 외치며 싸움터로 달려나간 이면에는 이와 같
> 은 곡절이 있었다.(『격정시대』하, p. 249.)

당시 조선의용군의 이념적 성향과 성격, 그리고 중국에서의 위치 등
을 잘 보여주고 있다. 그들이 국민당구역으로부터 태항산 팔로군 구역
으로 넘어 간 것은 의용대 내에 비밀히 세워진 중공 지하당 조직의 작

---

35) 김학철, 『격정시대』 3, 「후기」, 위의 글, p. 306.

용에 의한 것으로서 사회주의·공산주의 이념에로 경도된 결과이다. 그러나 그 이면에는 보다 중요한, 조선의 독립을 위한 항일이라는 그들의 첫 번째 과업이 놓여있는데, 이는 그들이 국민당구역에서 조선의용대를 창설한 근본적인 원인36)이며 또한 그들이 후에 국민당구역으로부터 태항산의 팔로군구역으로 넘어간 가장 중요하고 직접적인 원인이기도 하다. '민중이 익히 아는, 전 민족이 익히 아는, 민족독립의 상징으로 될 만한 깃발로 태극기를 선택하였다'는 것은 조선의 독립을 위해서는 우선 전 민족이 단결, 단합해야 함을 의미하는 것으로 중국 공산당의 '항일민족통일전선정책'과 그 맥락을 같이 한다고 할 수 있다. 또 그 중대한 기치 문제를 팽덕회와 의논하여 그의 주장을 받아들여 결정하였음은 당시 조선의용군의 위치37)를 잘 보여준다.

---

36) 1937년 7월 7일 발생한 노구교 사건을 계기로 중·일간의 전면전이 발발하자 조선인 민족운동가들은 이 전쟁은 해방을 달성할 수 있는 다시없는 기회라고 생각하고 적극 활용하고자 하였다.
   조선민족혁명당 총서기 金元鳳은 조선 국내 혁명동지들에게 보내는 글에서 중국의 항일전쟁은 단지 잃어버린 중국땅을 찾는 데 국한되지 않고 대륙의 일제 세력을 없애고 "조선의 독립을 보장"하는 일이라고 주장하였다. 중국이 승리하는 날에는 조선의 독립도 가능하다고 판단했기 때문이다. 또 대부분의 관내 조선인 민족운동가들은 중일전쟁에서 중국이 승리할 것으로 낙관하였다. 廉仁鎬, 『조선의용군의 독립운동』, 위의 책, p.43.

37) 팔로군 제 129사단 정치부 주임 蔡樹藩 등은 1942년 4월 12일자 문서에서 조청과 조선의용대 화북지대 인원들을 "우리 부대(팔로군 129사단―인용자) 정규 편제 내로 끌어들일 것"을 지시하였다.(『발자취자료』 第34號 共 1項) 이런 맥락에서 볼 때 적어도 1942년 4월 12일 이전까지는 의용대 화북지대는 팔로군 '정규 편제' 밖에 있었다. 그러므로 조선의용대 화북지대는 그때까지 독립부대로 존재했음이 분명하다. 요컨대 의용대 화북지대는 민혁당·의용대 대본부 그룹, 최창익, 진광화 등 구 조청 그룹, 중공 팔로군의 영향력이 거의 균등하게 미치는 중간 지점에 위치해 있었고 그런 가운데서 행동의 자유가 상대적으로 보장, 국제적인 독립부대로 활동했던 것이다. 그러한 균형은 1942년 7월 독립동맹 결성 직후까지 유지되었으나, 1943년 들어와서 힘의 방향은 중공·팔로군 측으로 현격히 기울어지고 말았고 중경 대본부와 독립동맹(조청의 후신)의 영향력은 급속히 쇠퇴했다. 廉仁鎬, 『조선의용군의 독립운동』, 위의 책, pp. 107-108.

조선의용군 항일투쟁의 문학적 형상화로서의 『격정시대』가 이와 같이 소설의 형식보다는 역사적 증언과 기록에 비중을 두고 역사적 사실에 충실을 기한 것은, 민족사의 복원에 대한 김학철의 강렬한 의지와 투철한 역사의식에 의한 것이다. 이러한 역사적 글쓰기는 김학철이 반우파투쟁과 문혁을 겪으면서, 50년대 초반의 '보물찾기' 식 글쓰기에서 벗어남으로써 비로소 가능한 것이었다. 김학철의 민족사의 복원을 위한 역사적 글쓰기는 한국의 월북·재북 문인들의 작품에 대한 해금조치와 활발한 연구, 조국의 독립을 위해 중국에서 피 흘려 싸운 세 갈래의 주요한 항일무장대오 중의 한 갈래인 조선의용군의 항일투쟁을 역사적으로 복원하고 왜곡된 우리 민족 현대사를 바로 잡기 위한 한국 사학계의 노력과 맞물림으로써 더욱 큰 역사성과 현실성을 획득한다.

2. 이주민 1세대와 체험으로서의 이주사

리근전의 『고난의 년대』는 현시점에서 학계로부터 조선족의 방대한 이주사를 문학적으로 재현했다는 역사적 가치를 인정받지만 작품의 형상성이나 예술성에서는 대체로 실패작이라는 혹평을 받고 있다. 그것은 『고난의 년대』가 이념에 지나치게 치우친 나머지 민족의 이주사가 한 계급의 혁명사로 되어버렸다는 것이다.[38] 그러나 작가가 아무리 창작 동기의 순수성을 가졌다 할지라도 그것의 창작으로서의 예술성 획득과는 별개의 것이라 할 때, 이 말은 뒤집으면 곧 작가가 아무리 강한 이념을 창작 동기로 할지라도 그것의 창작으로서의 예술성 상실과는 별개의 것이라는 말이 된다.

---

38) 김동활, 「『고난의 년대』에 대한 본체론적 사고」, 『문학과예술』, 1988, 5, p. 31.

김윤식에 따르면 창작이란, 깊은 의미에서 보면, 내용이 먼저 있고 거기에 표현의 옷을 입히는 것이 아니다. 사상이 먼저 있고 거기에 표현의 옷을 입히는 것은 창작이 아니라 한갓 설명(논술)에 지나지 않는다. 창작(사상)이란 글을 쓰는 행위와 동시에 탄생하는 것이다. 글을 쓰는 행위 이전에는 사상(창작)이란 없다.39) 그런 자리에서 보면『고난의 년대』의 예술성의 실패라고 할까, 대상의 전체성의 파악이라는 리얼리즘 미학에의 미달 내지는 초과는 리근전의 이념의 과잉 때문만은 결코 아니다. 실제로 리근전 자신이『고난의 년대』의 창작과정에 대하여 "장편은 제강을 써봤어요. 그런데 제강과 실지 창작과정이 맞아떨어지지 않습니다. 세밀할수록 그렇습니다. 실례로『고난의 년대』상책은 제강을 썼는데 후에 사건을 발전시키면서 하책을 쓸 때는 제강 없이 썼습니다."40)고 이야기하고 있어 이 점을 더 확실하게 해준다.

작품의 예술성은 작가의 창작 동기의 순수성이나 이념에의 경도를 떠나서 작가가 작품의 육체를 이루는 요소들을 얼마나 절실히 파악하고 있느냐에 따라 결정된다. 창작이란 어떤 경우에도 작가의 의식과 함께 체험적 요소를 떠날 수 없는 것이다. 만일 의식만 앞서고 체험이 모자라거나 없으면 작품은 관념적 수준으로 떨어지게 되며 예술성을 획득할 수 없다. 그러나 체험 그 자체가 그대로 작품에 수용되는 것은 아니다. 체험은 작가의 의도에 따라 확대되기도 하고 축소되기도 하며 드러나기도 하고 감추어지기도 한다. 이러한 체험의 형상화 방식 혹은 형상화 방향은 현실에 대한 작가의 이념적, 문학적 대응의 방식이며 소설의 주제와 긴밀하게 대응된다.

『고난의 년대』역시 이 기본원칙에서 한발자국도 벗어날 수 없는데,

---

39) 김윤식,『염상섭 연구』, 서울대학교출판부, 1999, p. 8
40) 리근전, 대담「력사를 통한 민족의 넋을」, 위의 글, p. 71.

그것은 소설에 이주민 1세대로서의 리근전의 성장 체험이 강하게 투영되어 있기 때문이다. 실제로 리근전은 『고난의 년대』의 구상 과정에 대해 "그러던 어느날 밤이다. 밤새도록 잠을 이루지 못하고 이런 궁리 저런 궁리하고 있는데 1939년 우리 집에서 중국으로 이주해 오던 생각이 문득 떠올랐다. 그때 우리 집은 외사촌 형님, 외사촌 매부 세집이 함께 왔던 것이다. 그때의 정경을 회억해보는 데서 『고난의 년대』의 대체적인 구상이 떠올랐다. 그것이 바로 세 가정, 세 세대, 삼부작—이런 식으로 줄거리를 잡을 수 있는 발단으로 되였던 것이다."41)고 쓰고 있어 『고난의 년대』가 그의 이주민으로서의 성장 체험에 기반을 두고 있음을 미루어 짐작할 수 있다. 그럼에도 『고난의 년대』가 이념의 과도한 노출과 "우리가 이미 배운 력사교과서와 모종 근사성을 보여주"42)는 등 작품 자체의 고유한 리듬의 파괴와 작품성의 훼손이 이루어진 것은, 그러므로 그의 체험의 성격 자체에 그 원인이 있을 것이다.

리근전은 본명이 리근혁이며 1929년 3월 8일, 조선 자강도 자선군 삼풍면 운봉동의 한 빈곤한 농민가정에서 태어났으며, 1937년 아홉 살 되던 해 먼저 만주에 와 계시던 아버지를 찾아 조선반도로부터 길림성 서란현 북대촌에 이주해왔다. 그때 리근전은 어머니, 누이동생과 함께 두 외사촌 누님네와 모두 세 집이 동행하게 되는데, 세 집이 만주로 이주해 올 때의 이야기를 수필집 『흘러간 세월』에 실린 수필 「타향살이」와 「처음 본 만주땅」에 자세히 적고 있어 그 전말을 파악하기가 썩 손쉬운 편이다.

리근전의 만주로의 이주 역시 조선에서의 가난이 그 원인이지만 그 이주의 시기와 경로는 그의 소설 『고난의 년대』의 세 집의 이주의 시기

---

41) 리근전, 「『고난의 년대』를 쓰게 된 동기와 경과」, 위의 글, p. 52.
42) 김동활, 위의 글, p. 31.

와 경로와는 완연히 다르다. 그럼에도 그의 나이 9살에 경험한 만주로의 이주는 "처음 본 만주땅" 만큼이나 평생 잊을 수 없는 생생한 감동과 절실한 체험으로 남았는데, 이때의 체험이 『고난의 년대』의 구상에 결정적인 작용을 하였음은 앞에서 이미 살펴보았거니와 단순히 세 집이 함께 이주한 체험에 의한 구상 외에도 『고난의 년대』에는 그의 이주의 체험과 만주 땅에 정착하는 과정에서의 체험이 도처에 깔려있다.

그의 아버지가 먼저 와계시는 반가위자로 가기 위해 마차를 얻어 타고 토문령을 넘으면서 최창두씨에게서 들은 토문령 내리막길 주막집에서 강원도 박아무개라는 사람이 술을 마시다 토비들에게 당한 봉변은 『고난의 년대』에 오영길이 비적들에게 당한 봉변으로 그대로 재현된다. 그리고 『고난의 년대』에서 영심이 아버지 김명도가 가난하여 장가를 가지 못하자 누이바꿈을 한 이야기는 리근전이 어릴 때 자기네 마을 매령감에게서 들은 이야기이다. 이러한 것은 표층에 드러난 체험의 형상화이다.

실제로 『고난의 년대』는 세계에 대한 작가의 파악 방식 자체에 작가의 체험이 녹아있으며 리근전은 이주민 1세대로서 자기의 성장 체험에 의해 『고난의 년대』에서 이주민들의 삶의 방식과 정착의 과정, 이념의 대결과 선택 등에 대해 다루고 있다.

『고난의 년대』에서 천수동의 첫 개척자인 박천수가 간도 땅에 정착하는 초기는 월강 시 두만강변에서 정변군들에게 발각되어 겪은 봉변을 빼면 비교적 순탄하다. 박천수는 한족 왕덕후와 그의 조선인 아내를 만나, 그의 집에서 끼살이를 하고 또 그들의 도움으로 집을 짓고, 부대를 일구며 샘물을 찾아 다시 왕덕후네의 도움으로 집을 짓고 정착을 함으로써 드디어 천수동이라는 개척민의 마을을 이루게 된다. 그의 정착의 초기는 그야말로 순조롭고 평탄하다고 할 수 있거니와 그러므로 안수길의 『북간도』에서 이한복, 장치덕, 최칠성 세 가정이 비봉촌에 정착하기 위한 초기에 겪는 고난과 역경, 노력과는 비교도 되지 않는 것이어서 당혹감마저 느껴진다. 이는 리근전이 만주로 이주하던 시기가 1937년으로서 1932년 위만주국이 건립된 시기로부터는 이미 5년이라는 시간이 흐른 뒤였고, 일본 제국주의가 대륙 침략을 위해 만주 개척의 구호를 내걸고 대대적인 이민정책을 실행하고 내지인과 조선인의 이민을 부축이던 시기였던 것과 결코 무관하지 않다. 어머니와 함께 만주 땅으로 이주하던 이야기를 회고한 수필 「타향살이」에는 그때의 이야기가 다음과 같이 소상히 씌어져 있다.

> 1936년 섣달로 기억된다. 만주에서 아버님이 활인권 석장을 부쳐왔다. 한 장은 우리 집 것이고 두장은 외사촌누님네 것이였다. 활인권이란 만주로 들어가는 자유이민에게 발급하는 차비를 절반 삭감해준다는 철로부문의 증명서였다. 그때 우리는 그 내면의 사정을 모르기 때문에 차비를 절반 삭감해준다니 고맙기만 하였다.[43]

9살에 난 리근전이 이주하던 시기는 더는 『고난의 년대』의 박천수나 『북간도』의 이한복 일가 등이 목숨을 걸고 모험하던 시기가 아니었다. 적어도 만주로의 자유이민은 이미 엄연히 법적으로(그것이 일본 제국주의의 대륙 침략의 법이었든, 위만주국의 법이었든) 보호받는 이민이었으며 일본 제국주의는 대륙으로의 팽창을 위해 자유이민을 장려하는 정책까지 펴고 있는 상황이다. 리근전네가 사용했다는 '활인권'이 그 하나인데 그것은 차비를 절반 삭감해준다는 철로부문의 증명서였다. 리근전 자신이 "그때 우리는 그 내면의 사정을 모르기 때문에 차비를 절반 삭감해준다니 고맙기만 하였다"라고 쓰고 있듯이 그 당시 일본 제국주의의 대륙

---

43) 리근전, 「타향살이」, 『흘러간 세월』, 흑룡강조선민족출판사, 1997, pp. 3-4.

팽창의 야심과 그 정책의 이면을 꿰뚫어본 이주민은 거의 없었을 것이다. 다만 조선에서의 가난에서 벗어나고자 했던 욕망과 만주에 가면 잘 살 수 있다는 희망이 이 시기 즉 개척 이민기 이주민들의 공동의 생각이었고 이민의 주된 원인이었다. 따라서 자유이민의 배후에는 위만주국과 일본이 법률을 내세우며 뒷심으로 있었고 이주민들의 만주 땅에서의 정착에는 더는 초기 이민 단계의 원주민들의 저지와 그들과의 유혈충돌 따위가 있을 필요조차 없었다.

리근전이 비록 『고난의 년대』에서 목숨을 걸고 월강하던 초기 이민 단계를 다루었으나, 박천수의 간도 땅에의 초기 정착이 원주민과의 유혈충돌은 물론 일말의 분쟁도 없이 한족 왕덕후네 일가의 도움으로 비교적 순조로웠던 것은, 그러므로 그 자신이 소설의 구상이 자신의 이주 체험에 의한 것이라고 고백하고 있듯이, 그의 이러한 자유이민, 개척이민기의 이주 체험이 역 투사된 때문일 것이다.

실제로 리근전네는 이주 초기부터 원주민이라고 할 수 있는 그 곳의 한족들과 비교적 원만한 관계를 맺었으며 돈독한 친분을 쌓기도 했다. 리근전이 만주 땅으로 이주하여 자리를 잡았던, 리근전이 그의 수필에서 자주 고향이라고도 했던 길림 지구의 반가위자는 이주민들끼리 많이 모여 살았던 간도와는 달리 그들이 처음 정착했을 때, "한족집 스무나문집에 조선집 두집"44)이 있었다. 그리하여 리근전은 어릴 때부터 자연히 한족들과 친숙해지고 친교를 맺을 수밖에 없었는데, 훗날 리근전은 그때 반가위자 정착과정에서 한족들과 이웃하여 살면서 있었던 일들을 「잊혀지지 않는 사람들」이라는 수필에서 의사소통 중의 에피소드, 두 민족의 풍속 습관 등으로 나누어 적고 있다.

이 수필에 의하면 리근전의 아버지는 마을의 한족들과 결의형제를

---

44) 리근전, 「처음 본 만주땅」, 『흘러간 세월』, 위의 책, p.16.

맺기까지 이르는데 그 중 조선족 8명, 한족 2명으로 모두 열 사람이
결의형제를 맺는다. 그의 아버지는 셋째가 되었는데 그때의 정경을 리
근전은 "결의형제들은 완전히 한족들의 풍속대로 하였다. 열사람이 단
입재네 집에 모여서 한편 음식을 장만하고 한편 붉은 종이에다 이름을
새겼다. 그리고는 장형(長兄) 동히림을 따라서 토지묘(土地廟)로 갔다.
신위(神位) 앞에서 분향하고 절 세 번 하고 손가락을 베여 피방울을 술
사발에 떨궈놓고나서 붉게 물든 술을 한모금씩 마시고 맹세하였다."45)
고 회억하고 있다. 리근전은 다른 한 수필 「쑈쓰거(小四哥)」에서 그들이
반가위자에 정착할 때 당지의 한족들로부터 받은 도움을 다음과 같이
회억하고 있다.

> 나는 지금 채바퀴강가에 서서 강물에 흘러보낸 추억을 되살려본다. 해방
> 전에 살길을 찾아 만주땅으로 이주하는 사람들이 크고작은 보따리를 이고
> 지고 채바퀴강물을 따라 이곳으로 모여들었다. 산설고 낯설은 곳이라 처음
> 온 이주민들은 곤난이 많았다. 마음씨 후박한 한족들의 도움을 받지 않으
> 면 안되었다. 종곡으로부터 무우, 감자, 배추, 된장 지어는 수수비자루따위
> 까지 가져다주며 한해 농사만 지으면 바쁜 것이 없다면서 고마운 말을 하
> 고 또 하였다. 이리하여 이주민들은 한족들의 도움을 받아 첫해 농사를 짓
> 게 되었고 반가위자땅에 뿌리를 내리게 되였던 것이다.46)

『고난의 년대』에서 박천수가 한족 왕덕후네 일가의 아낌없는 원조와
방조로 천수동에 정착하는 과정이, 리근전네가 당지 한족들의 도움을
받아가며 반가위자에 정착할 때의 체험에 의한 것임은 미루어 짐작할
수 있다. 물론『고난의 년대』에서 조선 이주민들과 한족들과의 이러한
우호적인 관계 설정은 오랜 중국 공산당 간부로서 리근전의 정치적 감

---

45) 리근전, 「잊혀지지 않는 사람들」,『흘러간 세월』, 위의 책, p. 180.
46) 리근전, 「쑈쓰거(小四哥)」,『흘러간 세월』, 위의 책, pp. 203-204.

각 혹은 현실 감각에 의한 것일 수도 있는데, 그러나 그의 이러한 정치적 감각 혹은 현실 감각의 근저에는 그의 유년기의 진실한 이주 체험이 자리 잡고 있음은 부인할 수 없다.

이주민과 한족들과의 관계 설정에서 반드시 짚고 넘어가야 할 것은 '변발역복' 문제이다. 조선족의 100년 이주사를 보면 우리 민족이 초기 이민 단계에 부딪쳤던 가장 큰 문제가 바로 이 '변발역복' 문제이다. 일명 '치발역복'이라고도 불렸던 이것은 청조의 통치자들이 초기 이민 단계에 우리 민족 이주민들에게 강행했던 강압적인 민족동화정책이었는데, 만인들처럼 앞머리를 밀고 만인 옷을 입고 만인 호적에 가입하여야 이미 개간한 황무지의 소유권을 인정받을 수 있다는 것이다.

'변발역복'에 대한 강요로 하여 개간한 땅을 포기하고 조선으로 되돌아간 이주민들도 많았고, 대다수의 이주민들은 거센 반발과 함께 여러 가지 절충적인 방법으로 고비를 넘기고 만주 땅에 뿌리 내리기를 지속했다. 그만큼 '변발역복'은 초기 이민 단계에 우리 민족이 처음으로 겪었던 심각한 정체성의 갈등이었다. 안수길의 『북간도』에서 비봉촌의 개척자 이한복 영감은 '변발역복'을 끝까지 거부하다가 청인 동복산네 감자를 서리하다 잡힌 손자 창윤이 강제로 '변발역복'된 채 돌아온 모습을 보고 그 자리에서 숨을 거둔다. 목숨과도 맞바꿀만큼 '변발역복'의 문제는 이주민들에게는 치욕 그 자체였으며, 그들의 정체성에 대한 심각한 위협이었다. 그에 대한 여러 가지 대응책과 절충 방안이 『북간도』에서 모색된다. 그만큼 안수길의 『북간도』에서 '변발역복'은 간도 땅에서 민족의 삶의 방식과 직접적으로 연관되는 가장 중대한 문제로 부각되어 있다.

그러나 리근전의 『고난의 년대』에서 '변발역복'의 이러한 민족의 정체성 훼손에 대한 부분은 많이 축소되고 퇴색되어 있으며, 그것은 주로 이주민 중 착취계급으로 변질한 오영길과 최영세의 본성을 타매하고, 이주민과 한족들의 연대감을 강조하는 데 쓰이고 있다. 오영길이 만인 랑천산으로부터 땅에 대한 권리를 획득하기 위해 '변발역복' 할 때의 심리와 최영세가 행상권을 얻기 위해 '변발역복' 할 때의 심리를 상세히 그리고 있으나, 박천수 등 천수동 개척민들의 '변발역복'에 대한 거부와 반항은 박천수의 걱정 정도로만 다루어지고 있다. 또 청조의 '변발역복'이 한족 인민들에게 역시 강압적인 민족동화정책이었음을 상세히 쓰고 있다. 그리하여 민족모순의 초점을 의도적으로 원주민이 아닌 만인과의 민족모순으로 돌리며 만인을 조선인과 한족의 주요 적으로 설정하고 한족과 조선인의 연대를 강조함으로써 우리 민족이 만주로의 이민 초기 겪었던 원주민과의 갈등을 교묘하게 은폐, 축소하려 했다는 의혹을 남긴다.

　워낙 변발역복이란 괴상망측한 연극은 오늘에 와서 비로서 꾸며진게 아니라 오랜 옛날부터의 광대극이었음을 그제야 알게 되였다. 왕덕후의 조상 몇 대가 바로 그런 연극의 시달림을 받아온 견증인이기도 하였다. 그것은, 청군이 관내로 진주한 다음 주와 현을 통해서 한족들의 상투를 모조리 없애버리고 머리태를 땋아늘이게 했으며 모자도 일률로 만식의관으로 바꿔쓰게끔 강요했다. 그들은 이렇게 하는 것으로 한족들을 청조에 귀순시키는 것으로 삼고 저들의 통치를 유지하려 하였다 한다. 그러나 한족인민들의 견결한 반항으로 말미암아 한동안 완화정책을 쓰지 않으면 안되였다. 그 후 다시 '변발령'을 반포하였는데 서울과 각 성, 각 지방에서는 령을 받은 10일 이내에 "변발해야 한다. 위반하는자는 죽인다."는 규정을 내렸다. 이리하여 "변발하지 않으면 모가지가 날아나고" "모가지를 남기려면 변발해야 한다."는 엄중한 국면이 대두되였다. 그리하여 또 변발을 반대하는 각 민족 인민의 거세찬 투쟁이 활발히 전개되였다 한다.(『고난의 년대』 상, p. 163.)

물론 그것은 지주 랑청산이 공포한 '변발역복' 요구에 대하여 마름인 오영길이 앞으로 땅을 독차지할 욕심으로 천수동 개척민들에게 크게 강요하지 않았다는 비교적 합리적이고 정당한 원인을 갖고 있음에도, '변발역복'에 대한 그러한 안이한 처리는 작가의 인위적인 축소 내지 주관 의식이 개입하였다는 지적을 면하기 어렵다. 비록 리근전의 이주 체험이 자유이민기의 것이어서 '변발역복'의 강요가 이미 사라진지 이슥한 자리이고, 또 리근전이 이주했던 곳이 정작 원주민과의 충돌이 극심했던 간도 땅이 아니라 상대적으로 느슨했던 길림지구여서라고 할 수도 있겠으나, 그가 『고난의 년대』를 쓰기 위하여 안수길의 『북간도』를 읽었음47)을 감안한다면 이는 결코 그냥 넘겨버릴 성질의 문제가 아니다. 『북간도』에서 안수길이 '변발역복'의 민족 정체성 훼손에 대해 우리 민족이 간도 땅에서의 삶의 방식과 연관지으면서 굉장한 열정으로 다루었음을 감안한다면 『고난의 년대』의 이러한 민족 정체성의 훼손에 대한 축소는 작가의 의식의 문제이다.

리근전의 『고난의 년대』는 19세기 말부터 1945년 광복에 이르기까

---

47) 리근전은 『고난의 년대』를 쓰기 위한 준비로 "『조선족간사』, 『만족간사』, 『민국통속연의』, 『만주발달사』, 『위만주국사』, 『조선통사』 근대부분, 오록정의 『변무보고』, 『연길 현지』, 『연변진보인물록』, 『만주공산당운동사』(적위 당안), 『국내치안문제연구』(적위 당안), 『동북항일련군투쟁사략』, 『동북항일렬사전』, 안수길의 『북간도』" 등을 참고하였으며 "1. 조선사람들이 연변 땅에(그때는 간도라고 했다) 이주하게 된 력사적 배경과 그의 경과, 2. 이주초기, 개간민들의 암담한 생활과 비참한 운명, 3. 조선기아민들이 살길을 찾아서 두만강을 건너 오다가 량국 관리들에게 당한 참혹한 경상, 4. 남북만으로 들어간 조선족들이 모든 장애와 험난을 무릅쓰고 벼농사를 짓게된 형편, 5. 봉건지주와 관료들의 압박, 착취에 대한 개간민들의 반항, 6. 일본 제국주의가 침입하게 된 경과와 그들의 침략적 수단, 7. 반일투쟁의 초기, 중기, 말기의 정황과 같지 않은 시기의 대표인물들, 8. 개간민들이 연변땅에 이주한 이래 력사적의의가 있는 주요 사건, 9. 이주초기 연변땅의 자연 환경과 인정세태" 등 역사적 사실들에 대해 명확히 이해하게 된다. 리근전, 「『고난의 년대』를 쓰게 된 동기와 경과」, 『문학과예술』, 1983, 1, p. 51.

지 근 반세기에 달하는, 우리 민족의 간도 땅으로의 이주라는 방대하고 거창한 역사적 사실들을 다루었음에도 불구하고, 결코 대상의 전체성의 조망이라는 리얼리즘 미학의 높이에는 이를 수 없었는데, 그 또 하나의 결정적인 원인은 역사 사건의 처리 문제에 놓인다. 여기에 대해서는 리근전 자신이 다음과 같이 말해놓고 있어 그가 역사 사건의 처리에 얼마나 심혈을 기울였는지 알기가 어렵지 않다.

> 구상과 관련하여 몇가지 더 첨부할 것은 력사상에 있어서 이름있는 큰 사건의 처리문제다. 물론 이런 문제는 작자가 자유로 처리할 수 있다. 허나 나는 력사의 진실성을 보여주기 위하여 1913년에 연길 도윤공서를 포위한 첫 번째 농민운동, 1919년의 '3,13'투쟁, 1920년의 경신년토벌, 1930년의 '5,30'폭동, 그후에 있은 해란강 대혈안 등을 그대로 반영했다. 이렇게 함으로써 력사의 발자취가 똑똑해지고 시대감이 더욱 뚜렷해진 것 같다.[48]

역사의 진실성을 위해서는 역사상의 중요한 사건들을 그대로 반영했다는 것인데, 여기서 리근전이 아무리 "역사의 진실성"을 내세우더라도, 간도에서의 우리 민족의 독립투쟁사에 대해 약간의 지식이나마 갖고 있는 사람이라면 얼핏 보더라도 그의 진실성에 대해 이의를 제기할 것이다. 그것은, 거기에는 간도의 우리 민족 독립투쟁사에서 결코 지나쳐 버릴 수 없는, 그 부분을 빼면 간도의 우리 민족 독립투쟁사를 쓸 수 없을 만큼 중대한 역사사건이 송두리째 빠져있음에 대한 발견 때문이다. 이 중대한 역사사건이란 무엇을 가리키는가. 그것은 바로 청산리 독립 전쟁이라고 불릴 만큼 우리 근대사에 우람하게 솟아있는 청산리 전투이다. 1920년 10월 21일에서 10월 26일 새벽까지의 6일간에 걸친 청산리 독립 전쟁은 일제 강점 이래 독립군의 최대의 항일 전투이며

---

48) 리근전, 「『고난의 년대』를 쓰게 된 동기와 경과」, 위의 글, p. 52.

한국 독립군이 쟁취한 제일 큰 승리에 해당된다. 이것을 청산리 전투라 부르기보다는 청산리 독립 전쟁이라 불러야 된다는 견해도 있다.

> 상해 임시 정부에 북로군정서(김좌진 사령관 휘하)가 보고한 청산리 독립 전쟁 전쟁 전과 중에서 '일본군 1천 2백여 명의 격살'에는 북로군정서가 세운 전과와 함께 대한 독립군(홍범도 휘하) 등 독립군 연합 부대의 전과가 포함되어 있다. 물론 당시에 상해 임시 정부도 이것을 잘 알고 있었으므로 '김좌진 씨 부하 6백 명과 홍범도 씨 부하 3백여 명은 대소 전쟁 10여 회에 왜병을 격살한 자가 1천 2백여 명'이라고 북로군정서와 대한 독립군을 모두 포함하여 기록하였다. 그러므로 이 논문에서는 청산리 독립 전쟁의 넓은 개념을 정립하려고 한다.49)

북로군정서, 대한 독립군, 광복단 등 약 2천 명의 독립군 부대와 일본 정규군 약 2만 5천 명과의 10여 회에 걸친 청산리 전투는 단순한 청산리 지구 싸움의 개념을 넘는 만큼 청산리 독립 전쟁의 성격을 띤 것이라고 할 수 있다는 견해이다.

청산리 독립 전쟁의 앞 단계를 이루는 것에 鳳梧洞 전투가 있다. 1920년 6월 7일, 간도 화룡현에 있는 봉오동에서 홍범도 장군과 일본군 사이에 벌어진 전투에서 일본군은 전사 157명, 중상 2백여 명의 참패를 당했다. 청산리 전투에 앞서 벌어진 봉오동 전투는 청산리 전투의 원인으로 된다는 점에서 특별한 의미가 있다. 봉오동 전투에서 충격을 받은 일본은 만주의 독립군을 섬멸하기 위해 면밀한 작전을 꾸미기에 들어가고, 일본의 압력으로 독립군은 대이동을 하여 청산리 근처 이도구, 삼도구 쪽으로 옮기게 된다. 일본의 독립군에 대한 이러한 압력은 독립군으로 하여금 백두산 중심의 밀림 지대에 새 근거지를 마련하고, 독립군을 집결시켜 전투력을 높여준 결과를 낳았다. 일본측은 이에 크

---

49) 신용하, 『한국 민족 독립 운동사 연구』, 을유문화사, 1985, p. 425.

게 당황하여 '훈춘사건'을 조작하기에 이르는데, 일본군이 조선 독립군을 가장하여 마적단을 만들어, 훈춘성을 습격한 것이다. 위장을 철저히 하느라고 훈춘의 일본 영사관까지 불사르고 일본인 부녀자까지 살해한다. 이를 구실로 마침내 일본은 만주에 출병하기에 이르는데, 일본은 1920년 10월17일 출병을 선언하고 육군 5개 사단 규모(나남의 9사단 전부, 용산의 20사단, 연해주 주둔군 11사단·13사단·14사단 등의 일부)가 참가하였다. 2만 5천여 병력을 동원하여 마침내 청산리에서 독립군과 부딪쳤던 것이다.[50]

이러한 서로 긴밀한 인과적 관계를 가진 일련의 역사적 사건들이 리근전의『고난의 년대』에 수용될 때는, 봉오동 전투와 청산리 독립 전쟁은 전혀 언급되지 않고 일본 제국주의의 음모와 만행을 폭로하기 위한 맥락에서 '훈춘사건'만 김범도의 이야기를 빌어 재현된다. '훈춘사건'을 서술함에 있어서 리근전은 일본이 결탁했던 토비 무리가 '장강패'였다는 것, 그 중 일군이 200명이었고 그들이 모두 독립군으로 가장했으며 중국 사병 70명과 조선 사람 8명이 죽었다는 것, 일본 영사관을 습격하여 불을 지르고 감옥을 부시고 죄인들을 석방하였다는 것 등 그 전말을 소상히 서술함으로써 그야말로 역사의 진실성에 이르고자 노력하였다. 그리고 이 '훈춘사건'이 결국은 '경신년 대토벌(庚申年大討伐)'을 감행하기 위해 일제가 조작해낸 음모라고 서술하고 있다. 결국 일제의 간도 땅에서의 만행과 그 잔인무도함, 교활함을 폭로하기 위한 '훈춘사건'은 심혈을 기울여 역사적 형식을 빌어 서술했음에도 불구하고, 그것의 원인이자 빌미로 되는 봉오동 전투와 그로 하여 일어난 우리 민족 독립투쟁사에서 한국 독립군이 쟁취한 가장 큰 승리라고 할 수 있는 청산리 독립 전쟁은 고스란히 빼놓은 것이다.

---

50) 앞의 책, p. 419.

안수길의 『북간도』에서 봉오동 전투와 청산리 전투를 소설 속에서 수용함에 있어서 무엇보다도 소설의 양적 편제에서 이 두 전투를 묘사한 두 章이 소설 전체 분량의 약 8%에 해당할 정도의 무게를 갖게 한 것과, 또한 4대째 주인공 이정수를 이 두 전투에 직간접으로 참여시키고 있는51) 등 큰 비중을 둔 것과는 판이한 차이를 보이고 있다. 하나의 동일한 역사적 시기를 재현함에 있어서 『고난의 년대』와 『북간도』의 이러한 차이는 어디에서 말미암은 것인가. 리근전이 『고난의 년대』를 쓰기 위한 준비로 안수길의 『북간도』를 참고하였음을 염두에 둘 때 『고난의 년대』에 청산리 독립 전쟁 부분이 빠져 버린 것은, 그러므로 리근전의 우연한 실수라고 하기에는 너무나 초라한 변명에 지나지 않는다. 그것은 그야말로 리근전의 고의적인 누락이나 의도적인 기피로밖에는 달리 해석할 방법이 없다. 이 경우는 막바로 역사 왜곡과 연결되므로, 우리는 『고난의 년대』에 깔려있는 리근전의 성장 체험과 그로부터 형성된 그의 사상이나 이념에 대해 문제 삼지 않을 수 없다.

리근전이 그의 나이 9살 때, 1937년 자유이민기에 간도 땅이 아닌 길림 지구로 이주하였고 그가 이주했던 마을에 두 집을 빼면 모두 한족 집이었다는 것, 그래서 어릴 때부터 한족들과 친화감을 형성할 수 있었던 것 등의 성장 체험이 『고난의 년대』에 어떻게 작용했는지는 앞에서 이미 살펴보았다. 이제 그 뒤의 것이 문제가 되는데 리근전은 1945년 광복과 함께 혁명에 뛰어 들었으며 1945년 12월, 동북민주련군 제20려 60퇀 의용련에 참가하였으며, 1946년 여름, 무장공작대 대원으로 된다. 1947년-1948년 8월, 토지개혁공작대에 참가하며 1948년 9월 14일, 영광스럽게 중국공산당에 가입한다. 1948년 9월-1953년 여름,

---

51) 유문선, 「『북간도』에 나타난 삶의 몇 가지 방식」, 연변대학교 창립 55주년 기념 국제학술대회 자료집 : 『조선-한국문화의 역사와 전통—언어·문학 분과 발표 논문집』, 2004, 8, p. 210.

길림시 룡담보안대 대장, 중공길림시강북구위 선전위원, 중공길림시교위원회 위원, 중공길림시위 판공실 비서과 과장 겸 시상무위원회 비서 등 당무사업에 종사한다. 1953년-1957년까지 『길림신문』사에 전근되어 1957년까지 선후로 농촌조 조장, 연변주재소 소장, 『연변일보』(한문판) 제1부주필 등 직무를 맡아보며 1959년, 연변에 전근하여 선후로 중공연변주위 정책연구실 부주임, 중공연변주위선전부 부부장으로 사업한다. 문화대혁명 10년간, '주자파', '반동작가'로 몰려 갖은 박해를 받았고 창작권리를 박탈당하였다. 4인무리가 타도된 후, 다시 해방을 받은 리근전은 연변조선족자치주정부와 중공연변주위 선전부에서 지도사업을 하며 1985년 11월, 중국작가협회연변분회 주석으로 당선되어 지도사업을 하는 한편 소설 창작에 종사하였다.

이러한 체험과 경력에 의해 형성된 사상과 이념이란 어떤 것인지 불보듯 뻔한 것이다. 그가 『고난의 년대』에서 반일독립군과 의병단의 투쟁에 대해 그들의 용맹과 반일에의 열정, 의지 등에 대해서는 긍정하면서도 그들의 무조직, 무규율성, 백성들로부터 거의 약탈에 가까울 정도로 무리하게 군자금과 식량을 강제로 징수하여 원성을 자아냄으로써 고립무원의 처지에 빠진다든가, 총칼과 힘을 턱 대고 백성들에게 행패를 부린다든가, 서로의 이익 때문에 대오가 삼분오열 된다든가 등의 부정적인 측면을 드러내고, 끝까지 그들에 대해 부정적인 태도로 일관하였던 것은 그러므로 결코 우연이 아니다.

그러한 맥락에서 보면 청산리 독립 전쟁에 대한 누락 혹은 기피의 성격은 보다 명백해진다. 독립군이나 의병단에 부정적 태도로 일관하였고 중국 공산당의 영도 하에서의 투쟁만이 승리할 수 있다는, 이념이라기보다는 거의 신념에 가까운 역사의식을 갖고 있는 그에게, 중국 공산당의 영도 하에서가 아니라 독립군 스스로의 힘에 의해 거둔 봉오동 전투와 청산리 전투에서의 대 승리는 그야말로 생소한 것이어서 그의 역사 의식으로는 거의 파악 불가능한 범주의 것이었다. 그가 파악 가능했던 범주, 선택할 수 있었던 "력사상에 있어서 이름있는 큰 사건"들은 그의 역사의식에 부합되는 것이어야 했다. 이러한 그의 역사의식에 의하면 청산리 전투 같은 것의 누락이나 기피는 그야말로 불가피한 것이고 필연적인 것이어서 전혀 문제가 되지 않으나, 민족사의 전체적인 범주에서 리근전의 역사의식 자체를 바라본다면 그것은 편면성과 일면성이라는 지적을 면치 못할 것이며 그리하여 마침내 청산리 전투의 누락이나 기피는 역사의 왜곡이라는 지적을 면치 못할 것이다. 이주민의 아들이자 이주민 1세대로부터 중국 공산당의 간부로 성장한 리근전이, 그의 성장 체험과 경력에 의해 파악한 것은 공산주의 이념에 눌린 역사 현실일 수밖에 없었고, 이러한 민족현실에 대한 축소는 창작에서는 곧바로 계급모순의 확대와 절대성으로 표현된다. 그러므로 『고난의 년대』는 대상의 전체성의 조망이라는 리얼리즘 미학의 높이를 획득할 수 없었다.

리근전은 이주민 1세대로서 그 자신의 성장 체험과 경력에 의해, 1899년부터 1945년 광복에 이르는 중국 조선족의 방대한 이주의 역사, 즉 "조선 사람이 소수민족으로 된 역사"를 계급모순에 기초하여 파악한다. 이 "조선 사람이 소수민족으로 된 역사"는 『고난의 년대』에서 두 부분으로 나뉘어 형상화되는데, 그 하나는 "간도 땅에 뿌리 내리기"—「개간편」이고 다른 하나는 "이념의 선택"—「봉화편」이다. 여기에 대해서는 작가 자신이 원래 "「개간편」, 「봉화편」, 「서광편」— 이렇게 삼부작으로 나누어 각개 부동한 력사 시기를 개괄하려고 생각"[52]하였으나 "여러가지 원인으로 2부까지 쓰고 말았다"[53]고 밝히고 있거니와,

---

52) 리근전, 「『고난의 년대』를 쓰게 된 동기와 경과」, 위의 글, p. 51.
53) 위의 글, p. 52.

이는 작가가 이미 1962년의 시점에서 「서광편」에 해당한다고 할 수 있는 『범바위』를 이미 발표했던 것과 결코 무관하지 않다.

『고난의 년대』의 제1부에 해당하는 "간도 땅에 뿌리 내리기"—「개간 편」은 비바람이 울부짖는 1899년 8월의 어느 날 밤, 조선의 한 마을에 살던 박천수, 오영길, 최영세 세 집이 목숨을 걸고 월강하는 데로부터 시작된다. 세 집 중 박천수와 오영길 두 집이 동행하고 최영세네는 따로 월강한다. 그들은 "삶을 찾아", "초근목피로도 연명할수 없게 되자 정든 고향을 떠나 이역땅을 바라고 두만강을 건너가는 참"54)이었다. 월강죄가 얼마나 무서운 것이며 경계가 삼엄한 두만강 양안 국경지대에서 정변군(靖邊軍—국경 경비대)에게 들키는 경우 어떠한 참혹한 후과에 이를지 모르는 바가 아니다. 하지만 이들은 목숨을 걸고 월강하지 않으면 안 되었는데, 그것은 앉아서 굶주리는 것 역시 죽기는 매일반이었고, 월강은 그들이 택할 수 있는 마지막 희망이었기 때문이었다.

　　1889년에 조선에는 전례없는 재해가 갈마들었다. 봄, 여름 내내 비 한 방울도 내리지 않아 땅은 거북등처럼 짝짝 갈라터지고 곡식과 수목은 말라 죽고 데여죽고 하였다. 그런데다 또 일장 우박이 쏟아져서 그나마의 여지도 없이 뚜드려없애고말았다. 실로 력사에 있어본적 없는 대흉년이였다. 사람들은 주린 창자를 부여잡고 목숨을 건지려고 산지사방으로 류리걸식하게 되였다. 그리하여 일부 사람들은 목숨을 내분지고 두만강을 건너서기 시작하였다. 허나 당시의 청조관리들이나 조선의 리왕조는 이런 기아민들에 대해서 전혀 되외시했을뿐더러 일단 정변군에게 붙잡히는 날이면 당장에서 처단하지 않으면 반죽음을 만들어 조선에 되돌려보내군 하였다. 리왕조는 더욱 잔인무도하였다. 그들은 반죽음이 된 기아민들에게 이름할수 없는 죄명을 들씌워 지옥과 같은 고장에 정배를 보내거나 아니면 당장에서 극형에 처하게 했다. 이런 악법은 청조말년에까지 지속되였으니 살인백정이나 다를바 없는 량국 관리들의 피묻은 칼날밑에 얼마나 많은 기아민들이

---

54) 리근전, 『고난의 년대』 상, 연변인민출판사, 1982, p. 1.

목숨지었는지 모른다.(『고난의 년대』 상, p. 1.)

박천수 역시 이런 정황을 잘 알고 목숨을 각오하고 월강을 단행했고, 이들은 정변군에게 발각되어 산지사방으로 흩어지게 되는데 오영길 일가와 그의 두 아들의 생사가 묘연해진다. 박천수는 갈라진 두 아들을 찾아 두만강 대안의 원시림 속을 헤매다가 읍에서 잡화상을 하던 최영세네 일가를 만나, 그들에게 동행하기를 권했으나 최영세의 완곡한 거절을 받는다. 간도 땅에 뿌리 내리기의 방식이 서로 다른 만큼, 그들의 동행은 처음부터 이루어질 수 없는 것이었는지도 모른다. 그만큼 잡화상 최영세의 월강은, '앉은 자리에서 굶어죽느냐, 아니면 목숨을 걸고 월강하느냐'는 양자택일의 잔혹한 선택 앞에서 그래도 최저한의 삶의 희망이나마 선택한 박천수의 '배수진을 친' 월강과는 근본적으로 다르다. 둘 다 삼엄한 경계선을 뚫어야 했지만, 박천수의 월강이 굶주림을 면하기 위한 최저한의 생의 욕구에 의한 막다른 골목에서의 선택이라면, 최영세의 월강은 간도 땅에 가서 좀 더 잘 살아보고픈 '부자 되기' 위한 여유로운 선택이었다. 그래서 월강 뒤, 간도 땅에 뿌리 내리기의 방식은 두 집이 너무나 판이하다.

소설의 제1부 「개간편」은 같은 날 두만강을 넘은 박천수, 오영길, 최영세 세 집의 "간도 땅에 뿌리 내리기"의 같지 않은 방식을 다루고 있는데 그 중심은 당연히 최저한의 생계를 유지하기 위한 박천수의 "뿌리 내리기"이다. 그것은 최저한의 삶의 욕구를 위해 별다른 선택의 여지가 없이 이주한 박천수네와 같은 경우야말로 간도 이주민의 대부분을 이루었기 때문이고, 이들이 훗날 귀국·귀향을 포기하고 조선족으로 되었으므로 '조선인'이 '조선족'으로 되기 위한 역사는 곧 이들의 역사가 중심이기 때문이다. 또한 박천수의 "뿌리 내리기" 방식이야말로 정당하고 떳떳한 삶의 방식이라고 작가가 파악하고 있었기 때문이다.

두 아들을 찾지 못한 채, 박천수는 다행히 마음씨 좋은 한인 왕덕후네 일가를 만나 그들의 도움으로 간도 땅에 자리를 잡게 된다. 박천수의 "간도 땅에 뿌리 내리기"의 첫 시작은 비교적 순조로운데 그는 원주민들과의 유혈충돌도 없이 한인 왕덕후네 일가의 도움으로 집을 짓고 황무지를 개간한다. 그러나 감자나 옥수수나마 배불리 먹을 수 있다는 풍요로움을 맛볼 즈음, 박천수는 수토병으로 딸 꽃분이를 잃게 되며 그러므로 그의 개간은 샘물 찾기로부터 시작된다. 드디어 그는 샘물을 찾고 그 옆에 집을 짓고 샘물을 찾아 모여드는 이주민들의 정착을 도와주며 '천수동'이라는 동네를 이루고 본격적인 개간에 들어간다. 그러나 2년 후, 잃어졌던 그의 아들 윤돌이를 앞세우고 찾아온 오영길로 하여 천수동의 고요와 평화는 깨지게 되며 박천수의 개간은 장애에 부딪치게 된다.

박천수네와 동행했다가 정변군에 발각되는 바람에 강을 도로 건너갔다가 2년 뒤 다시 찾아온 오영길의 월강 역시 박천수네와는 근본적으로 구별된다. 오영길은 젊은 시절부터 농사에 재미를 붙이지 못하고 난봉이 나서 집을 떠나 사처로 떠돌아 다녔으며, 후에는 자기 아내 장씨와 본이 같은 장서방을 친척이라는 미명하에 집에 데려다 공짜로 고역을 시키고 장서방에게 집 안팎일을 몽땅 맡겨버린 뒤 또 난봉의 길에 오른다. 오영길은 어느 금광에서 품팔이를 하던 중 술집 계집 월향이를 사귀게 되며 그와 짜고 들어 강씨 노인을 독살하고 그의 금을 가로채 월향이를 데리고 고향으로 돌아온다. 고향으로 돌아온 오영길은 그 밑천으로 밀수업을 벌렸는데 조선의 약담배와 소금을 시장에 내다 밀매하는 한편, 또 시장에서 인삼, 사향과 같은 귀중품을 밀수입해서는 폭리를 취했다. 이것이 관가에 발각되어 오영길은 재산을 몽땅 몰수당하고 그 죄를 치죄받기로 되었으므로 하는 수 없이 박천수네를 따라 월강을 단행하게 된다. 그날 정변군에게 발각되는 바람에 조선으로 되돌아갔을 때도 오영길은 죄가 두려워 고향으로 가지 못하고 다른 곳에 가서 2년 동안 지내면서 '동산재기'를 꿈꾼다.

> 그러나 오영길은 비탄속에만 잠겨있지 않았다. 그는 또 그로서의 확고한 신조가 있었는데 그것은 곧 사람이란 열 번 구을다가도 다시 일어나 물정을 헤아리고 동산재기해야 한다는 신념이였다. 오영길은 막막한 가운데서도 이 신조를 명심하고 날마다 세상물정을 헤아리기에 등한하지 않았다. 그런데 그의 눈에 띄우는 것은 오로지 기황에 쫓기여 끝간데없이 장사진을 이룬 난민들의 무리뿐이였다. 그들은 달도 없는 캄캄한 야밤에 총탄에 무리로 쓰러지면서도 두만강을 건너 북으로 북으로만 흘러갔다. 오영길은 눈을 감고 명상에 잠겼다. 남에서 북으로 흘러가는 수많은 사람들, 총탄에 쓰러지면서도 두만강을 건너가는 그들…다음순간 오영길은 무릎을 탁 치며 눈을 번쩍 떴다. 바로 그것이였다. 자기가 바라는 세상물정이 바로 그곳에 있음을 이제 새삼스레 발견한 듯싶었다. ─수없이 장사진을 이룬 이 사람들을 따라가야 한다. 그리하여 그곳에서 헐값으로 이 사람들의 품을 사서 황금산을 쌓아올려야 한다!(『고난의 년대』 상, p. 73-74.)

오영길의 "간도 땅에 뿌리 내리기"는 그러므로 그 첫 시작부터 이러한 야심의 실현을 위한 것으로서 그것은 박천수의 길과는 근본적으로 구별되는 것이며, 나아가 박천수를 비롯한 생계 유지를 위해 간도 땅으로 이주해온 다른 이주민들과의 조화될 수 없는 모순과 충돌을 배태한 것이었다. 오영길의 "간도 땅에 뿌리 내리기"는 황무지 개간과 농사가 아니라 압박과 착취에 의한 것으로서, 그는 박천수를 포함한 다른 이주민들에 대한 착취를 통하여 부를 축적하고자 하며 천수동의 새로운 주인으로 군림하려 한다.

> "농사군이 못사는 원인이 바로 거기에 있다네. 그저 배나 곯지 않고 추위에 떨지 않으면 그만이라고 생각하거던. 왜 좀 멀리 내다볼줄 모르나말이네. 이를테면 배옷도 옷이지만 무명보다는 못할게고 무명은 또 비단옷보담은 못할게 뻔하지 않는가? 그리고 먹는것도 그렇지. 감자나 강냉이도 먹을순 있지만 그렇다고 입쌀이나 밀가루에 비기겠나말이네!"(『고난의 년대』 상, p. 102.)

자기의 피땀으로 살아가는 박천수네와 같은 농사군의 성실한 삶에 대하여 오영길은 비전이 없는 정지된 삶이라고 극력 부정한다. 오영길은 "농사군이 못사는 원인"이 바로 그 "멀리 내다볼줄 모르는" 고지식함과 성실함이라고 하는데, 이것이야말로 그의 앞으로의 삶의 방식에 대한 노골적인 암시이며 야심의 발로이다.

오영길의 "간도 땅에 뿌리 내리기"의 첫 걸음은 만인 부재지주 랑청산의 '마름 되기'로부터 시작된다. 오영길의 이러한 음모와 야심에 대하여 순박한 박천수는 전혀 눈치 채지 못하며 왕덕후에게서 귀띔을 받았으나 "괴상한 것은 오영길의 일이였다. 더욱이 낯선 고장, 낯선 땅에서 땅임자의 마름으로까지 된다는건 도무지 믿어지질 않았다. 그가 이 고장에 발붙인지는 고작해야 일년밖에 되지 않는다. 그런 그가 무슨 날고 뛰는 재간이 있어서 대국사람의 중간인으로, 그의 토지를 총관하는 마름으로 될 수 있단말인가?… 천수로서는 아무리 생각을 굴려도 그것만은 불가능한 일로 여겨졌다"[55]고 반신반의한다. 그러나 그 '불가능'이 정작 현실로 되었을 때 박천수는 그것을 제지시킬 아무런 힘도, 능력도 갖고 있지 못하며 분명 일 도우러 갔던 큰 아들 윤돌이마저 터무니없는 빚 대신에 머슴살이로 오영길의 집에 얽매이게 된다.

오영길은 륙도구에 자리 잡은 최영세의 주선으로 만인 부재지주 랑

---

55) 리근전, 위의 책, p. 129.

천산의 마름으로 되며 랑천산의 묵인 하에 관가의 '개간령'을 제 마음대로 고쳐 개척민들에게 주는 식량은 한말에서 닷 되로, 종자곡은 여섯 되에서 서 되로 반으로 줄이고 바쳐야 할 공량은 2할씩 높이는 등 닥치는 대로 개척민들을 협잡해먹는다. 그리하여 많은 개척민들은 이미 개척해놓은 밭을 되돌리고 새로 황무지를 개척하려고 하였다. 오영길은 박천수의 환심을 사려고 그에게만은 공량을 면제하는 특혜를 베푸나 박천수는 그걸 거부하고 결연히 다른 개척민들과 마찬가지로 밭을 되돌리고 새로 황무지를 개간하려고 한다. 이로부터 오영길과 박천수네의 모순과 대립은 불가피한 것으로 되며, 박천수가 "간도 땅에 뿌리 내리기"의 첫 터전으로 개척한 천수동은 배불리 먹을 수만 있었으면 하는 박천수네의 소망과 노력에도 불구하고 조선에서와 마찬가지로 부재지주와 마름의 압박과 착취에 시달리는 소작인들의 마을로 영락해버린다.

오영길의 갖은 압박과 착취로 박천수는 생활이 쪼들릴 대로 쪼들렸으나 그 나름대로 꾸준히 "간도 땅에 뿌리 내리기"를 실현해 가는데, 그것은 삼, 벼, 뽕나무 등 조선의 것을 간도 땅에 재배하는 것이다. 그는 삼 재배에 성공했고 또 벼 재배를 시작하는데, 연속 이태씩 되는 실패에도 불구하고 주위의 만류도 뿌리치고 끈질기게 벼 재배에 도전한다.

"사람이 어찌 한치보기로 눈앞의것만 보고 살겠나. 우리 이미 발을 붙인 이상 세세대대 여기서 살아가야 하지 않겠나 말이네. 그러니 늙은것들은 다소나마 후대들에게 무엇을 물려주어야 한단말일세. 나는 내가 하는 일이 절대 가망없는 노릇이라군 믿지 않네. 작년에 비록 랭해를 입었다 해도 그 전해보다는 좀 더 거둬들였고 벼알도 통통한 것이 많았거던. 그러니 끈덕지게 몇해 시험해보느라면 꼭 될 수 있다고 보네!"(『고난의 년대』 상, p. 185.)

한 가정의 생계를 책임져야 하는 중임을 떠메고 있는 가장으로서 박천수가 "올해까지 안되면 명년에는 죽물도 못먹을 판"인데도 아내와 주위의 반대에도 불구하고 벼 재배에 도전하는 것은 "세세대대 여기서 살아가야 하기 때문"이다. 벼 재배에 성공하면 조선에서 뽕나무를 가져다 심어 입을 것을 해결하는 것이 박천수의 꿈이다. 첫째도, 둘째도 자손들을 위한 것이다. "눈앞의 것"만 보지 말고 "후대들에게 무엇을 물려줘야 한다"는 것, 그래서 자손들이 간도 땅에 "뿌리를 박고" 살아나가는 것이 박천수의 "간도 땅에 뿌리 내리기"의 핵심이다.

특유의 약삭빠름으로 천수동의 마름으로 박천수네 등 개척민들의 머리 위에 군림한 오영길은 땅에 대한 권리를 획득하기 위하여 자진하여 '변발역복'을 한다. 그 역시 '변발역복'을 썩 내켜하지 않고 처음 랑청산으로부터 전해 들었을 때는 "겨우 대답하며 잔뜩 상을 찌푸린"다. 그러나 그에게는 돈과 권력이 민족적 존엄보다 훨씬 중요하다.

> 실상 오영길이도 이렇게 하는건 수치스러운 일이며 스스로 존엄을 팔아먹는 비굴한 행위여서 뭇사람들의 조소와 저주를 면치 못하리라는 것을 잘 알고있었다. 그러나 그는 변발역복을 해야만 지권을 가질 수 있다는 규정을 너무나도 똑똑히 기억하고있는터였다. 더욱이 그로서는 불경처럼 확고히 믿어오는 한가지 신조가 있었으니 그것은 세상에서 살아가자면 돈이 있어야 하고 나으리로 되자면 권력이 있어야 한다는 것이였다. 때문에 그까짓 조소와 저주쯤은 꿈만하게 여겨졌을뿐더러 그따위 존엄이란 헌 물건짝 역시 추위도 막을수 없거니와 주린 창자도 채울수 없는 아무짝에도 쓸모없는 너절한것이라 여겨졌다. 그러니 어디 사람들더러 조소와 저주를 퍼부우려면 퍼부으라지 이 오영길이가 그따위것에 위축받을 인물인가! 이전에 목숨을 내걸고 강령감을 독사한것처럼 이미 자신이 걸으려고 작심한 그 길로 끝까지 걷고야말리라! 이것이 곧 그의 배심이였다.(『고난의 년대』 상, p. 154.)

오영길에게 있어서 민족적 존엄보다 더 중요한 것은 돈과 권력이다.

목적을 위해 사람을 독살까지 시킨 경험이 있는 그에게 '변발역복'이란 한갓 옷을 바꿔입는 것 외에 아무 것도 아니다. 그것을 함으로써 얻을 수 있는 땅이 잃게 될 민족적 존엄이나 정신보다 훨씬 더 중요하고 값진 것이다. '변발역복'이 정말 아무 것도 아니었음은 뒤에 오영길이 일본 며느리를 맞이하기 위해 일본 옷을 바꿔 입는데서 극명하게 나타난다. 돈과 권력만이 최고라는 것, 그것을 위해서는 '변발역복'이나 일본 옷 따위를 바꿔 입는 것은 정말 옷을 바꿔 입는 수준 이상도 이하도 아니어서 민족이니 양심이니 같은 것이 설 자리조차 없는 것이 오영길의 삶의 방식이다.

이 오영길과 같이 시대의 흐름을 재빨리 읽어내고 거기에 편승하여 부를 획득한 또 한 부류가 있는데 그가 바로 박천수와 같은 날 월강했다가 동행을 거부했던 최영세였다. 잡화상이었던 최영세의 "간도 땅에 뿌리 내리기"는 개척민의 길도, 마름의 길도 아닌 제3의 길이었는데 그것은 간도의 신흥도시인 육도구에 자리 잡고 점포를 경영하는 것이다.

> 그러나 당시는 변발역복제도가 있었으므로 누구든 만적에 가입하지 않고는 행상권을 줄수 없었다. 최영세로서는 일확천금의 황금몽을 위해서는 그따위 량반의 체면이고 뭐고 생각할 여지가 없었다. 그래서 마침내 상투를 풀어 머리태를 땋아늘이고 흰옷을 치포와 마고자로 갈아입고 행상권을 얻었다. 처음에 그는 자그마하게 점포를 벌리던데로부터 만인 량청산을 사귄 다음부터는 담이 커져서 점차 크게 장사를 벌렸다. 『고난의 년대』 상, p. 194.)

오영길이 땅을 얻기 위해 '변발역복'을 서슴지 않았다면 최영세는 행상권을 위해 '변발역복'을 마다하지 않는다. 최영세가 '양반'이었다는 것은 그의 일확천금의 황금몽이 얼마나 절실한 것이었는지 잘 보여준다. '양반'이란 무엇인가. '양반'이야말로 조선사회의 정신사적인 맥락을 한 몸에 체현한 계층으로서 그 훼절이 가장 용납되기 어려운 것일 텐데, 최영세에게 있어서 이미 이 '양반'이라는 계층의 청고함이나 자부감은 없어진지가 오래다. 따라서 '양반'의 훼절은 최영세에게 아무런 의미도 없다. 최영세는 '변발역복'을 하고 행상권을 얻은 뒤, 조선과의 무역으로 몇 해 안되는 사이에 육도구 일대에서 첫 번째로 꼽히는 졸부가 된다. 최영세의 "간도 땅에 뿌리 내리기"는 오영길처럼 드러내놓고 작인들을 압박, 착취하는 것이 아니어서 그들과 별로 상관이 없는 듯이 보이지만 그 역시 엄연히 착취에 의해 부를 축적하고 있는 것만은 사실이었다. 최영세는 오영길이가 싫어하든 말든 천수동에도 그 세력을 뻗치며, 천수동 농민들이 춘궁에 처한 틈을 타 헐값으로 숯을 구워냄으로써 폭리를 취한다. 최영세와 오영길은 서로의 이익에 따라 결탁과 반목을 일삼는다.

"관가에서 개간국을 설치하고 개간한다는 소문을 듣고 숱한 개척민들이 쓸어든데서" 천수동이 60여 호가 되는 큰 마을로 되자 오영길은 온갖 방법과 수단을 다 동원하여 개척민들을 압박, 착취하였는데 그리하여 마침내 "조선지주들이 농민을 착취하던 재래의 방식까지 몽땅 그대로 옮겨왔다."56) 조선에서 한갓 밀수업이나 하다가 패가 도주한 오영길은 간도 땅에서 뜨르르한 마름으로 부상하고, 천수동의 개척자인 박천수는 조선에서와 같이 또다시 소작인으로 끝없이 영락해가며 조선지주들이 농민을 착취하던 재래의 방식까지 몽땅 옮겨진 천수동은 그대로 조선의 한 농촌으로 된다. 이주전의 조선농촌과 마찬가지로 부재지주와, 마름, 소작인 등으로 간도 이주민 사회는 급격한 계급 분화를 겪게 된다.

리근전은 "간도 땅에 뿌리 내리기" 의 방식을 마름, 개척 이주민, 장

---

56) 앞의 책, p. 174.

사꾼 세 가지의 삶의 방식으로 정리함으로써 개척 이주민의 첫 터전인 천수동에 조선 농촌을 그대로 옮겨오며, 심각한 계급 대립과 갈등을 구성하였다. 이러한 계급 대립과 갈등은 서로 상충되는 이념과 이데올로기를 배태하게 되는데 이 "이념의 선택"이야 말로 "조선 사람이 소수민족으로 되기"의 가장 본질적이면서도 필연적인 범주이다. 이리하여 소설은 자연스럽게 조선족의 역사 즉 "조선 사람이 소수민족으로 되기"의 제2부 "이념의 선택"으로 넘어가게 되며, 소설의 공간은 마름과 소작인들의 대립의 공간인 천수동으로부터 온갖 이념들이 서로 대결하는 육도구로 이동, 확대된다. 천수동으로부터 육도구로의 이동은 박천수의 셋째 아들 박윤민의 행적을 따라 진행된다. 육도구는 그들의 제2대인 박윤민, 오창덕과 오창수, 그리고 최명준이 서로 만나 이념적 대결을 벌이는 공간이며, 교회와 조선인 반일민족주의단체와 간도 일본 총영사관이 서로 자기의 이념과 이데올로기들을 펴는 공간이다.

박윤민은 월강하던 날 밤, 식구들과 헤어진 뒤 두만강 하숙옥에서 로선생을 모시고 사서를 읽으며 학문을 닦는다. 로선생과 사서는 그의 계몽스승이다. 오순희의 출현으로 친부모를 찾고 천수동으로 간 박윤민은 그러나 천수동 개척민들의 비참한 처지에 실망하며 길을 찾기 위해 육도구의 자선학교 훈도로 취임한다. 자선학교는 예수교회에서 꾸리는 학교인데 무조건 교를 믿어야 하고 교장인 김목사는 여신도를 간음하는 만행을 저지른다. 실망한 윤민은 학교를 그만두고 팽가네 술공장에 노동자로 취직하여 그들과 함께 길을 모색한다. 그동안 오영길의 압박, 착취에 견디다 못한 천수동 농민들은 자발적인 폭란을 일으키며 박윤민은 이것을 연장시켜 연길 도윤공서를 포위하고 그들의 정당한 요구를 제기하고 협상을 단행한다. 그러나 결국 최창두, 김범도, 박윤민 등 주모자들의 검거와 투옥으로 투쟁은 실패로 돌아간다. 그 사이 용정 즉 육도구에서는 "3.13" 운동이 있었고 오창덕은 천수동으로 돌아와 일본의 무단정치가 문명정치로 바뀌는 데 발맞추어 오영길에게 작인들에 대한 통치 수단과 방법을 바꿀 것을 권유하고 용정에 명월관이라는 술집을 차리며, 오창수는 일본군 헌병대위로 되어 귀향한다. 최명준의 집은 오영길과 매판자본가 남경필의 협공으로 파산에 직면하고 최명준은 여전히 오순희에 대한 연민의 정에서 깨어나지 못하고 있다. 윤민의 출옥과 함께 그들 사이의 본격적인 대결이 벌어지게 된다.

윤민은 출옥 후, 육도구에서 다시 민족주의단체가 꾸리는 천도중학교 훈도로 취직하며 조장회 등 민족주의자들을 만나 반일애국계몽운동에 열의를 갖고 뛰어드나 곧 그들간의 종파싸움에 실망과 회의를 느낀다. 그는 반일 구국의 포부를 안고 의병단에도 참가해봤으나 역시 그들의 무조직, 무규율성과 타락에 실망한다. 연이은 실패 앞에서 윤민은 언젠가 신문에서 본 중국 공산당의 성립 소식을 생각하며 중국 공산당만이 그들을 영도하여 조직적이고 규율적인 투쟁에로 이끌어 갈 수 있다고 믿으며 중국 공산당을 간절히 찾는다.

> "나도 인제는 그들의 본질을 간파하게 되었소. 절대 그들에 의거해서는 안되오. 길은 오로지 한가닥뿐이라고 생각하오. 우리도 로씨야에서처럼 공산당의 령도밑에 로농대중에 의거해서 혁명해야만 승리를 전취할수 있다고 믿어지오. 그러니 큰동이형님은 다른 지방에 가지 말고 계속 천수동에 남아있으면서 윤길형님과 함께 농민들을 조직해야겠소. 나는 룡정에 돌아가서 왕주형과 상의해서 로동자들을 묶어세워야겠소. 오직 이렇게 해야만, 우리가 튼튼히 조직되여야만 앞으로 공산당이 오더라도 그의 령도를 받아 새 국면을 힘있게 타개할수 있겠으니말이요."(『고난의 년대』 하, p. 206.)

로씨야로부터 돌아온 큰동이로부터 전해들은 로씨야 공산당의 이야기에서 윤민은 계발을 받고 로동자와 농민의 연대에 대하여 생각하며 공산당을 맞을 만단의 준비를 갖추려고 한다. 그와 손잡고 일하던 안경림은 반일의병조직에 회의와 실망을 품고 남방으로 중국공산당을 찾아 떠날 것을 권유한다. 그러나 윤민은 간도에도 곧 중국공산당이 올 것이라고 확신하며 간도의 투쟁을 포기하고 떠날 수 없다고 생각한다. 윤민은 계속 용정에 남아 중국 공산당을 수소문하며 "이제 공산당을 찾기만 하면 눈앞의 국면을 타개할 수 있다"고 확신한다. 드디어 윤민은 포수 아바이의 도움으로 공산당 조직과 연계를 가지며 아내 순희와 함께 용정에서 공산당의 지하연락원으로 용정과 천수동 농민들의 투쟁을 조직적으로 지도하게 된다.

이처럼 소설은 천수동 개척민의 아들인 박윤민을 선각자로, 문제적 개인으로 내세워 당시의 복잡한 상황에서 간도의 이주민들이 나아가야 할 길에 대해 모색하게 하고, 개척민들의 자발적인 투쟁으로부터 시작하여 각종 이념과 주의들을 경험하게 함으로써, 중국 공산당의 영도를 받아들이는 것을 역사발전의 필연성으로 부각하고 있다. 소설의 제2부 "이념의 선택" 부분은 실은 박윤민이 "공산당을 찾아가기", 즉 "문제적 개인이 자기의 고향을 찾아가는 여행"이다. 여기서 중국 공산당의 존재란 그야말로 신적인 존재이며 작가는 모든 주의와 이념들의 실패와 한계를 경험한 뒤, 공산당을 만나게 함으로써 중국 공산당의 선진성과 철저성, 그리고 중국 공산당의 영도의 필연성에 대해 분명하게 확인하고 있다. 또한 장사꾼 최영세의 몰락과 그의 아들 최명준의 선택을 통하여 민족자본가가 나아가야 할 길 역시 중국 공산당을 따르는 것이며 그러한 선택의 역사적 필연성을 보여주었다. 그리하여 『고난의 년대』는 발표 당시 대체로 사회주의 사실주의 문학의 전형성을 무리 없이 확보한 것으로 평가되었다.

　　이 장편소설은 박천수를 비롯한 천수동농민들과 오영길을 비롯한 착취
계급간의 모순과 투쟁을 주선으로 내세우고 인민들과 관청의 모순, 인민들
과 일본침략자의 모순, 오영길과 최영세의 모순, 인민들과 김목사의 모순
등을 복선으로 깔아주었다······
　　이를테면 계급모순이란 주선과 민족모순이란 복선의 관계를 처리함에
있어서 연길도윤공서의 관리 랑청산과의 민족모순을 두드러지게 묘사하지
않고 박천수를 비롯한 천수동농민들과 오영길간의 계급모순의 밑바닥에 깔
아줌으로써 당시 계급모순의 총적인 정치배경을 명료하게 제시하였으며 민
족모순이 계급모순을 안받침해주는 효과를 달성하였다. 또한 소설가는 천
수동농민들과 일본침략자의 모순—민족모순—을 반영할 때도 절제적인 태
도를 취했는바, 그 편폭이나 필묵을 씀에 있어서 이 복선이 계급모순이란
주선을 충격하거나 교란하게 하지 않았다. 작자는 비록 일본 '구제회'의 실
질과 오노 선생의 침략활동을 반영하기는 하였지만 이에 대한 묘사의 필묵
과 편폭을 될 수록 절약하면서 주선을 두드러지게 하였으며 따라서 이 복
선의 절약적인 묘사를 통하여 당시 새로운 정치형세의 발전적추세를 명료
하게 알려주었다.57)

　　리근전이 『고난의 년대』에서 계급모순에 기초하여 객관세계를 파악
하고 있음을 보여주는 부분이다. 당시 간도의 조선 이주민들에게 계급
모순이 전부만은 아니었는바, 그들은 간도 땅에 뿌리 내리기 위해 원주
민들과의 유혈충돌을 겪어야 했고, 청정부의 '변발역복'의 민족 강압 정
책에 맞서야 했다. 또한 '간도의 조선인을 보호한다'는 구실로 간도 땅
에 침입하여 간도 일본 총영사관까지 세운 일본 제국주의의 대륙 침략
정책의 이면을 보지 못하고 그들에게 이용당하기도 했고, 일본과 중국
정부 사이에서 박쥐같은 양면성을 보여주기도 했으며, 일본에 대항하여
피어린 항쟁을 하기도 했다. 조선인의 간도로의 이주와 개척 및 투쟁은
그 이주의 원인, 과정에 이르기까지 일본의 간도 침략과 결코 따로 떼

---

57) 조성일, 「장편소설 『고난의 년대』(상)의 사상 예술적 특색」, 『연변문예』, 1983, 4,
　　pp. 66-67.

어 이야기할 수 없을 만큼 뒤엉켜 있다.

그만큼 간도에 이주한 조선인들에게 계급모순이란 여러 모순 중의 하나에 불과한 것으로서 극히 일면적이며, 오히려 그것은 조선에 있을 때부터 지속된 것으로서 조선에서의 연장에 불과하다. 물론 계급모순은 간도의 이주민들이 중국의 민중과 연대할 수 있는 가장 근본적이고 확실한 가능성으로서 그것은 '조선 사람이 소수민족으로 되기' 위한 중요한 하나의 조건이고, 그러한 계급모순에 따른 계급 분화는 광복 이후 만주 조선인의 이념 선택의 갈등과 직접적으로 연결되는 고리임에는 틀림없다. 그럼에도 이 계급모순에 다른 모든 모순 특히 민족모순까지 포함하여 모두 귀속시키는 것은 계급모순의 상대적인 확대와 민족모순의 상대적인 축소에 의해서만 가능한 것이며, 그것이 작가의 의도와는 거리가 먼 것이라 하더라도 이미 작품은 역사의 왜곡에로 치닫게 되는 것이다.

그러므로 리근전이 비록 "흔히 사람들은 조선족은 조선에서 살수 없어 쪽박차고 중국에 밥을 빌어먹으러 건너왔다고 하는데 이는 편면적인 것입니다. 우리 민족은 자고로 이 땅에 발을 붙이면서 우선 대자연과 싸웠고 봉건계급과 관료아치들과 투쟁하여왔으며 제국주의침략에 맞서 각족 인민들과 어깨겯고 싸워 중국의 근대사를 여러 민족인민들과 공동히 썼던 것입니다."[58] 고 계급모순의 중요성과 민중의 연대의 가능성에 대해 주장하고 있으나, 민족모순의 상대적인 축소는 소설의 결정적인 결락이 아닐 수 없다.

그리하여 『고난의 년대』는 조선족이 "조선에서 중국 땅으로의 이주"라는 100년 이민사 즉 세계 역사상 유례없는 민족의 대이동이라는 우리 민족의 가장 본질적이고 특수한 역사적 범주를 다루었음에도 불구

---

58) 리근전, 대담 「력사를 통한 민족의 넋을」, 위의 글, p. 71.

하고, 인류사의 가장 보편적인 갈등인 계급적 대립에 그 갈등의 초점을 맞춤으로써 민족의 가장 본질적이고 특수한 역사적 범주를 인류사의 보편적이고 일반적인 수준에 머물게 했다. 리근전은 "조선 사람이 소수 민족으로 된 역사"를 재확인함에 있어서 그 필연성에 주력한 나머지 한 개인의 범주가 아니라 하나의 민족적 범주가 변화·이동하면서 겪지 않으면 안 되는 굴곡과 특수성을 누락하게 된다. 결국 『고난의 년대』가 획득한 전형성은 일면적이고 편면적인 전형성이다. 민족의 가장 본질적이고 특수한 범주를 계급모순과 갈등으로 파악한 것―이것이 전형적인 사회주의 사실주의 소설로서 리근전의 『고난의 년대』가 안고 있는 최대의 강점이자 최대의 한계이며, 또 이주를 직접 체험한 이주민 1세대이자 중국 공산당의 당간부로 성장한 리근전이 갖고 있는 최대의 강점이자 최대의 한계이다.

그러나 『고난의 년대』의 구상이 '문혁' 바로 직후이고 발표가 1982년(상), 1984년(하)이라는 점으로 미루어 볼 때, 이것은 분명 우리 문학의 솔직한 한 모습이자 자기 자리를 찾아가는 과정이다. 정치 동란은 끝났으나 모든 것을 계급모순과 갈등으로 분석·해석하던 동란 중의 경직된 사고의 틀에서 벗어나기에는 5년이라는 시간이 턱없이 짧은 것이었다. 83년의 시점에서 계급모순과 갈등에 기초하여 씌어진 위의 평론 역시 그 연장으로 보아야 한다. 드디어 5년이 더 흐른 88년의 시점에서 『고난의 년대』에 대해 본체론적 사고를 주장하며 "총적으로 『고난의 년대』는 우리가 이전에 지켜오던 소설모식으로 인상적이다. 작자는 한 인간무리의 이민사를 씀에 있어서 생활경로의 평면적인 서술과 력사학적인 사실렬거를 함과 동시에 력사유물론의 리성적해부시각으로 인간군체의식의 발전사를 계급각성, 혁명각성으로 다룸으로 하여 이 작품의 단일성을 초래한 것 같다. 어찌보면 이 단일성이 우리가 이전에

지켜오던 그 소설모식과 인연을 맺은 것 같다."[59]는 비판이 등장한 것
은 그러므로 우연이 아니다. 그것은 문학의 문화적 환경의 변화에 의한
평가의 엇갈림이다.

3. 이주민 2, 3세대와 관념으로서의 이주사

『눈물젖은 두만강』역시 이주사를 다루었다는 점에서는 안수길의『북
간도』나 리근전의『고난의 년대』와 같은 맥락에 놓인다. 그러나 안수길
이『북간도』에서 민족이념을 절대 이념으로 가운데에 놓고 현실을 파
악했고, 리근전이『고난의 년대』에서 공산주의를 절대 이념으로 가운데
에 놓았던 것과는 달리 최홍일의『눈물젖은 두만강』에는 모든 것의 우
위에 놓이는, 현실을 압도하고 역사를 이끌어가는 강력한 이념이 부재
한다.

『북간도』나『고난의 년대』가 19세기 말부터 1945년 광복에 이르기
까지 근 반세기에 달하는 '만주 조선인'의 이주사 즉 민족의 이주사를
민족이념과 공산주의 이념을 주축으로 한 각종 이념의 산생과 대결, 각
축의 역사와 장으로 파악했던 것과는 달리『눈물젖은 두만강』은 소설
속의 시간을 19세기 말부터 1910년대 이전으로 계선을 그음으로써 수
많은 긴박하고 이념적인 역사적 사건들이 소설의 현실로 소설 속에 들
어오는 것을 거부하였고 공산주의를 중심으로 한 수많은 이념과 이데
올로기들을 원천적으로 봉쇄한다. 소설이란 개인과 세계의 대결이라고
할 때, 이러한 미완성은 모종의 의미에서는 결국 소설적 구성의 파탄에
다름 아니다.

---

59) 김동활, 「『고난의 년대』에 대한 본체론적 사고」, 『문학과예술』, 1988, 5, p. 31.

최홍일은 이주민의 가장 구체적인 삶의 내용과 삶의 논리로 현실을 파악하고 역사를 재구성하는데, 이 경우, 현실 파악의 가운데에 놓이는 것은 역사적 현실성의 높이에 있는 이념이 아니라 무성한 삶의 모습과 그 삶에 직간접적으로 연결되고 영향을 주는 모종의 역사적 사건들이다. 가장 구체적인 삶의 한가운데를 그나마 이념의 형태를 띠고 관통한 것이 바로 삶의 무게 앞에서 취약하기 그지없는 세속화된 민족이념이다. 그런데 이러한 민족주의 역시 이념이나 사상적 차원의 것이 아니라 지극히 생리적인 것이며 생활감각에 기초한 이중적이고 절충적인 민족주의이다. 여기서 삶의 문제는 어떻게 사느냐는 삶의 방식이 문제가 되지 않고 살아야 한다는 생존에 대한 애착과 집념만이 무수한 생활 감각 속에 흩어져 있다. 삶 자체가 최고의 이념이고 최고의 이데올로기인데 이것과 맞설 수 있는 것은 아무것도 없다. 작가가 최고의 이념으로 내세우는 민족주의 역시 삶 앞에서는 허망하게 무너진다. 사실상 소설에는 민족주의라는 이 허약한 이념을 제하면 온통 삶을 위한 눈물겨운 노력뿐이다.

이러한 이념의 배제 즉 이념성에서 탈이념으로 나아감이란 무엇인가. 이념을 빼고 감히 이야기 할 수조차 없었던 민족 이주사, 민족이념의 역사 내지 공산주의 이념의 역사로 아예 맞바꾸어버릴 만큼 절대적인 이념 중심의 민족 이주사에서 이념이 송두리째 빠져버림이란 무엇이고 1960년대 내지 1980년대의 강력한 이념화에서 1990년대의 탈이념화로 나아감이란 과연 무엇인가. 그것은 결국 『북간도』와 『고난의 년대』의 세계에서 『눈물젖은 두만강』의 세계로 나아감일 텐데 그 중심에는 다음과 같은 두 가지가 놓여있다. 그 하나는 1960년대 내지 1980년대와 1990년대의 차이이고 다른 하나는 작가로서 안수길, 리근전, 최홍일의 차이일터인데 이때 세 작가의 작가적 차이란 곧 체험의 차이를 가리킨다. 왜냐하면 이념과 세계관의 차이 역시 궁극적으로는 체험의 차이에 닿아있기 때문이다.

그렇다면 1990년대란 과연 무엇이고 1990년대의 시점에서 이주사란 또 무엇인가. 중국 조선족의 역사에서 1990년대란 1978년 12월 11기 3중 전회60)에서 결정된 개혁개방 시책이 10년의 성공적인 실험을 거쳐 정치적, 경제적, 문화적 측면에서, 인간의 의식형태 영역에서 획기적인 발전과 변화를 가져온 시기이다. 또한 시장경제의 도입과 충격으로 단순성의 논리와 강력한 이념에 의해 지배되던 삶의 질서와 절대적인 이데올로기가 삶의 구체적인 일상 속으로 흩어지고 흔적 없이 숨어들던 시기이다. 모든 단순 명확하던 것들이 불투명해지고 불명확해졌으며 세계에 대한 인간의 주체적 판단이 불가능해진 시기이다.

문학적 측면에서 '소설의 세속화' 현상은 90년대 상반기 중국 조선족 소설 창작의 기본 특징의 하나이다.

> 80년대 소설에서 주류를 이루던 개혁·역사·정치 등 큰 주제가 소설의 배경으로 자리바꿈을 하고 다양한 인간들의 다양한 삶의 모습과 인정세태, 세속적인 인생과 운명에 대한 묘사가 소설의 전면에 나서게 되었다. 따라서 80년대 소설에서의 역사·정치사건은 자질구레한 생활사건과 보통인간들의 세속적인 생활에 대한 이야기로 조각이 나고 있으며 개혁자에 대한 이야기도 개혁에 대한 거창한 이야기보다 그들의 인간적 고뇌와 세태적인 생활을 쓰고 있으며 인물진영도 천치 빵덕이, 칠싹둥이 나그네, 땅쇠로부터 대학교수 최선생, 볼쉐위크 윤태철에 이르기까지 각양각색의 인간들이

---

60) 11기 3중전회란 1978년 12월에 열린 중국 공산당 중앙위원회 제11기 3차 전원회의를 가리킨다. 11기 3중 전회는 중국 공산당의 역사상 중요한 의의가 있는 전환기를 의미하는바 이 회의에서 '문화대혁명'과 그 이전에 존재했던 '좌'경 착오를 전면적으로 시정하기 시작하였고 '계급투쟁을 기본 고리로 한다'는 구호를 근본적으로 부정하고 사업의 중점을 사회주의 현대화 건설에로 옮길 데 개한 결정, 대외개방과 대내 경제 활성화, 그리고 사상해방이란 중대한 결정을 지었다.

주인공으로 등장하고 있으며 문학은 점차 우아한 기질을 버리고 세속적인 인문주의 맛을 담뿍 담고 있다.

90년대 상반기 우리 문단의 대부분의 소설들은 보다 현실생활에 접근하는 동시에 상처, 반성문학처럼 정치·역사·문화에 대한 추상적인 사고로 충만 되지도 않고 개혁문학처럼 이상적 색채가 짙거나 현실생활에 대한 격정으로 충만되지도 않은 비이상적인 문학이라고 할 수 있다. 작가들은 지극히 평범한 인간들의 세속적인 생활과 그들의 운명을 담담하고 안정된 어조로 펼쳐 보일 뿐 계몽가적인 역할이나 자기 인물과 사건에 대한 강렬한 감정색채나 평가를 피한다. 그것이 서술자의 입장이든 '나'의 직접적인 정서체험이든 때로는 냉정한 객관태도로, 때로는 해학적인 태도로 서술한다.61)

이념성에서 벗어나기, 탈이념화로 가고 있는 90년대 상반기 중국 조선족 문단의 전체적이고 주류적인 경향을 잘 보여주고 있다. 이러한 탈이념화의 전반적인 경향에서 작가 최홍일은 결코 예외일 수 없었는데 이는 그가 70년대 말에 대학을 다녔고 80년에 대학을 졸업한 그 시대의 행운아로서 개혁개방의 혜택을 듬뿍 받은 변화와 관념의 전환이 가능한 세대라는 것과도 무관하지 않다.

그러므로 최홍일이 "이민의 역사는 이민의 후세가 써야 한다"(『눈물젖은 두만강』의 서문), "민족작가로서의 역사적 사명감 외에 30년간의 단절에서 비롯한 한국인의 우리 조선족에 대한 몰이해, 그걸 타개하기 위한" 동기에서 소설을 쓰게 되었다고 민족 이주사의 역사적 부피와 사명감을 강조하면서도 "역사 속의 민중, 민중의 인생고와 모대김을 쓰고 서민을 역사의 주체로 그리자고 마음먹었"으며 "삶을 위해 모대기는 그 처절한 모습을 쓰기 위하여 도식화에서 해탈되고 인간의 본체를 표현하며 복합적인 시각에서 인간을 다루어야 한다고 생각했다"62)고 한 대

---

61) 오상순, 『개혁개방과 중국조선족 소설문학』, 월인, 2001, pp. 242-243.
62) 최홍일, 「력사소설의 새 지평을 향하여」, 『문학과예술』, 1995, 제4기, p. 6.

목은 반드시 주목될 필요가 있다.

이는 곧 1990년대의 시점에서 민족의 이주사란 무엇인가에 대한 작가의 해답이기도 한데 이때 여기에는 다음의 두 가지 내용이 포함되어 있다. 그 하나는 사회·문화적 환경의 변화와 함께 1990년대의 민족 이주사란 60년대 내지 80년대의 앞선 그것과는 달라야 하고 다를 수밖에 없다는 것, 이러한 차이 내지 변별성은 결국 작품 창작의 사회·문화적 환경의 차이에 의한 것인데 그것은 또한 작가가 앞선 시기의 작품을 의식하고 있다는 모종의 강박관념이 작용하기도 한다는 것 등이다. 다른 하나 역시 앞의 것에 이어지는 부분인데 이러한 앞선 작품에 대해 의식하기라는 맥락에서 최홍일의 『눈물젖은 두만강』이 『북간도』나 『고난의 년대』를 의식한 자리에서 씌어졌고 특히는 민족이념의 과잉 내지는 공산주의 이념의 과잉과 도식화 등 부정적인 평가를 많이 의식하고 있었다는 것이다.

이러한 앞선 작품들을 의식한 자리에서 이들을 극복하고 넘어서기 위한 대안이란 곧 이념성에서 벗어나기, 탈이념화에로 나아감인데 여기에서 간과할 수 없는 또 하나의 중요한 부분은 최홍일이 안수길이나 리근전과는 달리 이주민 2, 3세대로서 이주민의 격동적이고 절박한 삶에 대한 절실한 체험이 전무하다는 작가의 체험의 문제이다.

이념성에서 벗어나기, 탈이념화에로 나아가기란 결국은 소설의 역사성과 현실성을 제거하고 약화시키는 것에 다름 아닐 터인데, 이것을 최홍일은 '민담의 세계로의 회귀'와 '민족의 뿌리 찾기'에 주력함으로써 역사적 현실을 차단해버린다.

> 북국땅, 거칠고 신비롭고 풍요한 땅이다!
> 어마어마한 신주(神州) 대륙의 동북변으로 첩첩산봉이 줄기줄기 잇닿으면서 드넓은 관동땅을 주름잡는 거대한 산맥, 그 산맥의 정상에 천년적설

을 떠이고 푸른 호수를 품어안은 신비스러운 산이 아스라하니 창공에 솟아
있다.『산해경』에 이르기를 불함산, 우리는 그 산을 백두산이라고 부른다!
......

그 무렵, 강을 하나 사이둔 동남쪽의 반도땅에는 기아와 죽음이 군림하
고있었다. 아침해가 곱고 찬란하다 하여 그 이름을 일컬어 조선! 땅덩어리
의 모양이 토끼를 닮아서인지 량순하고 순박한 백성들이 사는 나라였다.
반도의 북켠땅은 원래부터가 척박하였다. 산은 많고 평야는 적고 호미를
대기 바쁘게 달그락 거리는 돌밭천지인데다 병역부담까지 심해 백성들은
근근득식으로 호구를 해가는 판인데 하늘이 무정타 할가? 수재, 한재가 해
를 거듭하여 덮치여왔다. 한데다 리씨조선의 운명은 일락서산, 풍전등화라
조정은 당쟁에만 혈안이 되어 날뛸뿐 언제 백성을 돌볼 겨를이 없었다.
강 하나를 사이두고 이쪽은 묵어빠진 땅이요, 저쪽은 굶주림에 허덕이는
농민들이였으니 물을 본 기러기라 할가 꽃을 본 나비라 할가 유혹이래도
그런 유혹이 없었다. 굶어죽는 판에 국경인들 어쩌랴? 어느해 어느달 어느
날,담이 큰 한 농군이 떼를 타고 강을 건넜다. 산비탈의 으슥진 곳을 찾아
괭이를 박으니 시커먼 흙에서 물씬 싱그럽고 구수한 냄새가 코를 찔렀다.
그만 정신이 아찔, 그대로 엎어져 흙냄새를 맡고 또 맡았다. 씨를 뿌리고
돌아가고 곡식이 장하기를 기다리다 또 건너와서 기음을 매주니 개꼬리같
은 조이삭이 주렁주렁, 아이들 베개만한 감자가 데굴데굴…개척의 선구자!
이름모를 그 농군은 그자신도 몰랐으리라. 자기의 첫 괭이질이 이민사의
첫페지로 기록될줄을! 소문이 한입 두입 건너 전해지자 그 농군의 뒤를 따
라 날농사군이 많아졌다. 나중에는 강을 건너와 개간민으로 정착하기에 이
르렀다.(최홍일,『눈물젖은 두만강』상, pp. 1-3.)

소설은 장백산 밑 두만강 이북 쪽에 펼쳐지고 있는 무연한 원시림과
그 일대의 자연환경에 대한 교대, 그리고 간도 개간민의 유래에 대한
이야기로 시작되는데, 여기에서 느껴지는 것은 민담스런 분위기이다.
원래 민담이란 자연스런 삶의 현장이다. 거기엔 이데올로기나 역사의
개입이 감지되지 않는 삶의 현장인 까닭이다.63) 최홍일은 '사잇섬 농

---

63) 김윤식,『일제 말기 한국 작가의 일본어 글쓰기론』, 서울대학교출판부, p. 422.

사'로부터 비롯된 간도 개간민의 유래를 서술함에 있어서, "어느해 어느 달 어느날", "담이 큰 한 농군이", "이름모를 그 농군은"과 같이 역사적 시간과 역사적이고 구체적인 현실성을 제거하는데 이리하여 그것은 소설의 시작이라기보다는 민담의 서두에 훨씬 가깝다. 근대적 문학 범주로서 소설의 가장 중요한 특징이 역사적 시간성의 획득에 있다면 이러한 시간성의 결여는 소설의 분위기를 민담의 세계에로 회귀하게 한다.

 '사잇섬 농사'에 소설의 주인공 이한복을 직접 등장시켜 그 상황의 긴급성에 가슴을 조이게 하면서 역사적 현실성과 구체성을 소설의 한 가운데에 등장시켰던 『북간도』나 막바로 박천수 일가와 오영길 일가의 비법 월강 장면이 구체적인 역사적 현실성으로 소설의 서두에 펼쳐지는 『고난의 년대』와 비길 때, 이것은 그야말로 역사적 시간이 깡그리 차단된 태고적의 옛이야기의 범주에 들 것이다. 『북간도』의 개 짖는 소리와 『고난의 년대』의 국경수비군의 총소리의 긴박성에 비하여 『눈물 젖은 두만강』의 '사잇섬 농사'는 "시커먼 흙에서 물씬 싱그럽고 구수한 냄새가 코를 찌르"고, "그대로 엎어져 흙냄새를 맡고 또 맡을"만큼 여유작작한 나머지 다소 목가적이고 낭만적인 분위기가 느껴질 정도이다. 이것은 현실과는 거리를 둔 민담의 세계가 갖고 있는 특징 때문이다.

 민담이란 무엇인가. 일단 이야기의 원초적 형식이라 할 수 있다. 이것이 신석기시대, 아니 구석기시대에까지 거슬러 올라간다는 전제 밑에 다음처럼 이야기와 소설의 관계를 논평한 것은 『인도로 가는 길』의 작가 E.M. 포스터였다.

> 이야기로서는 단 한 가지 장점이 있는데 그것은 청중들로 하여금 다음에 무엇이 일어날까를 알고 싶어하도록 만드는 점이다. 반대로 단 한 가지 단점도 있다. 그것은 청중들로 하여금 다음에 무엇이 일어날까를 알고 싶지 않도록 만드는 점이다. 이 두 가지만이 이야기다운 이야기에 내릴 수 있는

비평이다. 이야기는 문화적 조직 중에 가장 저급하고 단순한 것이다. 그러
나 이것은 소설이라고 하는 아주 복잡한 조직에 공통적인 최고의 요소이기
도 하다.64)

이러한 이야기에 나아감이란 곧 소설에서 될수록 멀어지기로 규정될
수밖에 없다. 또한 그런 이야기에 제일 근접된 형식을 두고 민담이라
부를 터이다.65) 이러한 민담형의 서두를 통하여 최홍일은 역사적 시간
을 차단한 자리에서 글을 씀으로써 탈이념화에로 나아가며 같은 이주
사를 다룬 다른 두 편의 소설—안수길의『북간도』와 리근전의『고난의
년대』의 종래의 모식에서 벗어나 새로움과 낯설기를 추구하였다.

『눈물젖은 두만강』은 소설의 머리에 민담의 형식을 도입하여 역사적
시간을 차단한 자리에서 글을 썼는데 그러므로 소설은 민담의 형식과
소설의 형식을 동시에 겨냥하게 되며 소설에는 사이사이 소설과는 거
리가 먼 민담이 끼어들면서 소설의 정상적인 흐름과 소설 속의 일상적
시간의 흐름이 끊기게 된다. 그것들은 용드레촌의 역사와 연관되어있는
백발도인과 용드레우물의 발견, 용드레우물에서 용이 날아올랐다는 용
의 전설, 모아산의 전설, 임종의 순간에 칠성영감 앞에 나타난 도인 등
이야기들이다.

칠성은 아들 팔룡을 동지주네 머슴으로, 득보는 딸 복순이를 홀아비
로 있는 청인에게 주고 양곡과 종자곡을 바꾸어 첫해 농사를 짓게 되는
데 첫해 농사가 잘되어 그들은 삶의 희망을 한가득 느끼고 있었다. 이
런 일상에 갑자기 풍파가 일어나게 되는데 그것은 "그런데 난데없는 액
운이 닥쳐올줄이야!"66)라는 강렬한 어조로 소설의 무상하고 안이한 흐

---

64) E.M. 포스터, 이성호 역,『小說의 理解』, 문예출판사, 2000, p. 32.
65) 김윤식, 위의 책, pp. 426-427 참조.
66) 최홍일,『눈물젖은 두만강』상, 민족출판사, 1999, p. 81.

름을 난폭하게 중단한다. 그리고 이어진 것은 "한밤중에 집채가 드르렁 드르렁 울리"고, "문짝이 덜컥거렸고 천정이 찌거덕찌거덕 울어대"는 현상이었는데 이에 "소스라쳐 깨어난" 집식구들은 이를 "옛말에 나오는 도깨비장난"으로 생각한다. 똑같은 일을 겪은 마을 사람들 역시 예외가 아닌데 이러한 도깨비장난을 이어 등장하는 것은 토지신의 노여움일 것이라는 갑술영감의 판단이다. 그래서 그들은 이사를 떠날 준비를 하고 있었는데 그때 백발도인이 나타나 그들에게 용머리쪽 자리를 점지해주고 그리로 이사한 그들은 태평무사한 나날을 보낸다.

'도깨비장난'과 '백발도인의 점지'로 표상되는 이야기는 민담의 구조와 틀에 그대로 연결된다. 소설의 머리에 도입되었던 '사잇섬 농사'가 어휘나 표현방식, 분위기 등이 민담의 형식을 띤 민담스런 것이었다면 우물 찾기와 연결된 이 이야기는 그 전체가 완벽한 민담 그 자체에 다름 아니다. 이러한 민담의 세계는 우물의 발견과 함께 그 절정에 오른다.

> 신비한 우물이였다!
> 우물이 열길도 넘게 깊어보였고 돌로 쌓아올린 우물벽엔 이끼가 두텁게 끼였다.
> 분명 예서 사람이 살았고나! 그 큰 너럭바위로 덮은 걸 보아 수백년전이 아니라 그보다 썩 오래전 힘깨나 쓸 때의 사람들이다 싶었다. 어느 조대에 어떤 사람들이 예서 살았는지는 몰라도, 그들이 무슨 연고로 어느때 떠나갔는지는 몰라도 떠나가면서 우물을 고이 보존해준 그들의 성심이 각별했다 하지 않을수 없었다! 자기들이 후일 다시 오려고 그랬는지 후세에 아무때든지 이 땅을 찾아올 사람들에게 소용된다고 그랬는지 아무튼 우물을 보존해준 그네들이 감지덕지하기만 하였다.(『눈물젖은 두만강』 상, pp. 86-87.)

『고난의 년대』에서 막내딸 꽃분이가 수토병으로 죽은 것에 충격을 받고 천수동의 선구자 박천수가 삽을 들고 골짜기와 언덕을 넘나들면서 샘물을 찾던 간고한 여정과는 판이하게 대비되는 백발도인의 점지에 의한 우물의 발견이다. 이는 역사적 현실성과 민담의 세계와의 차이에 의한 것이다. "피뜩 머리를 치는 생각이 있어 둘은 돌무지를 헤치였다. 아닐세라 밑바닥에 방석처럼 생긴 큰 너럭바위가 누워있는데 찬기운은 그 바위틈새로 나왔다. 엄청나게 큰 바위라 세집의 남녀로소 할것없이 몽땅 들어붙어 겨우 바위를 움직여놓으니 밑에서 우물이 나졌다."67)는 투의 우연과 우연의 연속 - 이것들은 이른바 과학으로서의 현실성을 가장 비현실적, 비과학적인 것으로 만드는 장치에 다름 아니었다. 현실성에서 옆으로 빠지기, 현실성에서 벗어나 엉뚱한 쪽으로 향하기, 이를 두고 소설에서 멀어지기라 할 것이며 그것의 다른 이름이 민담형식인 셈이다.68)

이야기를 더욱 민담이게 하는 것은 그 신비한 우물에서 용이 날아올랐다는 전설같은 이야기인데 이때 전설같은 이야기라고 함은 그것이 현재 전해져 내려오고 있는 용드레우물의 전설이면서 그것을 역사적 현실성을 띤 현재적 인물인 칠성이와 연결시킴으로 하여 전설의 분위기를 얼마간 약화시켰기 때문이다.

> 칠성이 거짓말을 하고있는게 아니다. 용드레마을사람들도 믿고 있는 사람이 적으나 그는 제 눈만은 믿었다. 말 그대로 옛말처럼 황당하기 짝이 없는 일이라 누가 들어도 믿어주지 않을줄 알면서도 제 눈으로 직접 목격한 일이고보니 그 확신을 버릴래야 버릴수가 없었다. 혹여 그날 밤 일이 꿈이 아닐가고도 자문해보았지만 꿈일수 없었다. 볼따귀를 힘껏 꼬집어보아 아픔이 전해오던 그 느낌이 지금도 생생한데야.(『눈물젖은 두만강』 상, p. 115.)

---

67) 앞의 책, p. 86.
68) 김윤식, 위의 책, p. 430.

믿을 수 없으면서도 믿지 않을 수 없는 것, 꿈같은 일이지만 자기 눈으로 직접 목격한 일이라서 꿈일 수 없다는 것, 전설의 한 가운데를 현재적 시간에 연결된 현재적 인물인 박칠성이 꿰뚫고 지나가는 것인데 이것이 바로 최홍일의 소설이 겨냥하고 있는 점이다. 최홍일은 탈이념화를 위하여 역사적 현실성을 차단한 자리에서 글을 썼음에도 불구하고 그의 장르가 결코 소설임을 망각할 수 없었는데, 그리하여 현실성을 벗어나 엉뚱한 쪽으로, 비현실성으로 빠지면서도 사이사이 현재적 시간 관계를 확인하는 것을 잊지 않았던 것이다. 칠성이가 자기 눈으로 직접 보았기 때문에 용드레우물의 전설을 현실로 믿어야 한다는 쪽이라면 최훈장은 "믿기도 어렵고 안 믿기도 어려운" 쪽인데 그것은 그가 무지한 농민이 아니라 글공부를 한 엘리트층이었으므로 쉽사리 믿을 수가 없을 것이었으나 그럼에도 불구하고 "안 믿을 수가 없었음"은 칠성이 갖고 있는 역사적 현실성과 현재성 때문이다.

> "원 세상에 그런 일도 있단 말인가?"
> 최훈장은 믿기도 어렵고 안믿기도 어려웠다. 믿자니 신화같은 이야기요, 안믿자니 대방은 순박한 사람이라 거짓말할치가 아니고 직접 제 눈으로 보았다고 잡아떼는 판에 그것도 안될 일이였다.
> "아무튼 그 땅은 평범한 땅이 아닐세. 신비스러운 땅이야!"(『눈물젖은 두만강』 상, p. 116.)

용드레우물에서 용이 날아올라서 신화의 땅이요, 그 신화를 목격한 현재적 인물 칠성이 살고 있어서 용드레촌은 현실적인 삶의 공간이다. 즉 신화와 현실의 한 가운데에 용드레촌이 놓이게 되는데 그러므로 용드레촌은 현실의 땅이면서도 이때는, 신화적 요소와 분위기를 가진 역사적 시간이 스며들지 못하는 공간이다. 그리하여 용드레촌은 "평범하지 않은 땅, 신비스러운 땅"이 되는데 이것이야말로 많은 반일독립투사들과 교육자, 지식인들이 반일, 구국의 뜻을 품고 자기의 이상을 실현해나가는 정신적 지주이자 교육의 요람으로, 이주지 간도의 중심으로 성장해가는 용드레촌의 앞날을 예고해주는 것이다.

『눈물젖은 두만강』의 탈이념화는 다른 한 방면으로 민족의 뿌리 찾기를 통해 이루어진다. 역사성과 현실성의 포기와 민담의 세계로의 회귀와 함께 최홍일은 민족의 뿌리 찾기에 주력한다. 이것은 90년대 중국 문단의 '뿌리 찾기' 문학과 같은 맥락에 놓인다.69) 90년대 중국에서는 '뿌리 찾기' 문학이 성행했는데 주로 네 가지 측면으로 나누어볼 수 있다. 첫째. 민족의 우수한 전통으로부터 시작하여 뿌리를 찾는 것, 둘째. 향토 또는 세태풍속적인 것으로부터 시작하여 뿌리를 찾는 것, 셋째, 원시적이고 자연적인 인물 또는 그런 성격에서 뿌리를 찾는 것, 넷째. 민족의 전통적인 미덕과 순박한 인정세계에서 즉 인성애에서 뿌리를 찾는 것 등이다. 이러한 중국문단의 '뿌리 찾기' 문학은 근대화에 대한 반성과 함께 민족을 자강시키려는 의도 밑에서 민족의 저력을 찾는 것이었다. 최홍일 역시 이러한 맥락에서 민족의 뿌리 찾기를 통하여 민족의 원형을 발견함으로써 근대의 산물인 이념을 대체하고자 하였고 근대를 극복하고자 하였다.

소설에서 민족의 뿌리 찾기는 주로 소설에 도입된 많은 민요와 갑산댁의 신내림, 각종 굿의 장면 등 무속의 세계와 혼례 장면, 상여꾼들의 노래 등 작품의 전반에 거쳐 민속의 세계를 폭넓게 펼쳐 보이는 것으로 이루어진다.

소설에서 가장 많은 편폭을 차지하는 것은 무속의 세계인데 이는 갑산댁이 신을 업고 대물림 굿을 받아 무당이 되는 과정과 갑산댁이 용드레마을 사람들에게 점을 쳐주는 등 이야기를 통해 상세하게 묘사된다.

---

69) 윤윤진, 「뿌리찾기와 눈물젖은 두만강」, 『장백산』, 1996, 5, 참조.

갑산댁은 워낙 조선 갑산 쪽에서 이주해온 이주민이었는데 일찍 남편을 잃고 시아버지와 시동생 응구, 그리고 아들을 데리고 용드레촌으로 이주해온다. 이주해온 뒤 병으로 앓던 시아버지는 돌아가고 갑산댁은 시동생 응구와 아들애와 함께 살아간다. 그녀는 단오날에는 널뛰기에서 재주를 자랑하기도 하는데 그녀의 아들이 불의의 사고로 우물에 빠져버리자 그만 삶의 희망을 잃고 만다. 그녀는 시동생 응구의 병구완에도 마다하고 밤마다 새벽마다 밖으로 나돌기도 하는데 그러다가 홀연 오랫동안 마을에서 자취를 감춘다. 사람들은 그녀가 짐승에게 물려죽었거나 물에 빠져죽었다고 생각했으나 갑산댁은 오히려 두만강 건너 조선 땅에서 큰 무당의 제자가 되어 대물림 굿을 받고 무당이 된다.

> 빨간 동정에 흰 소매를 단 천릭(무복)을 입은 녀인이 방울을 흔들면서 곧추 마을로 들어서고있었다.
> 행색을 보니 새파란 나이의 무당이었다. 머리에는 전립을 쓰고 손에는 부채와 울쇠를 들고 입으로는 중얼중얼 주술을 외우면서 절렁절렁 흔들어대는 품이 도고한 기품이 엿보여 선무당 따위가 아니라 령험이 있는 알짜 무당으로 짐작이 간다. 마을로 들어오는 만신의 발걸음은 미끄러져오는 것 같기도 하고 춤추듯 들썽이는것 같기도 하였다. 눈처럼 흰 무당의 낯짝은 위엄이 있었고 보는 사람으로 하여금 선뜩해지게 하는 찬 기운이 서리였다.(『눈물젖은 두만강』 하, pp. 509-510.)

아들의 죽음으로 삶을 포기하고 있던 갑산댁이 대물림 굿을 받고 무당이 되었음은 무엇을 의미하는가. 그것이야말로 과학과 합리성을 기초로 하는 근대적인 공간에서의 삶이 송두리째 거부당하게 되었을 때 삶의 반대편에 있는 죽음 대신 취할 수 있는 또 하나의 삶의 방식이다. 그것은 근대 자체를 통째로 부정함으로써만 비로소 얻어질 수 있는 삶의 형식인데 갑산댁은 그러한 무(巫)의 세계를 통해 아들을 앗아간 근대와 맞서고 있다.

> 차비가 끝나자 무당아낙은 신단앞에 마주앉아 비손을 하기 시작하였다. 허리를 곧게 펴고 두손을 합장하고 마주 비비는데 두눈은 감은채 입으로는 뭐라고 중얼거리였다. 기자(祈子)를 위한 비손이라 삼신을 청해오고 있었다. 시간이 퍼그나 오래 흘렀으나 무당아낙은 몸 한번 움직임이 없이 극성스레 손을 비비였다. 갑자기 곧게 타오르던 초불이 가늘게 떨리였다. 신간도 움직이며 파르르 떨리였다. 그러자 무당의 손비빔도 빨라졌고 중얼거리는 소리도 높아졌다. 한동안 지나 신간이 움직이기를 멎고 초불도 원래의 상태로 돌아갔다. 격렬하던 손비빔도 느리여졌다. 비손이 끝나자 무당아낙은 신단밑에서 한지를 꺼내더니 그걸 신단앞에 태워올리였다.(『눈물젖은 두만강』하, p. 519.)

가슴이 섬뜩해지는 무속의 세계가 거침없이 펼쳐져 있다. 무속의 세계란 무엇인가. 그것은 감히 근대와 과학과 맞설 수 있는 '구경적 생의 형식'70)으로서 우리 민족의 전근대적 삶의 형식과 세계관에 연결되어 있다. 소설이 과학과 합리성에 기초한 근대의 산물이라고 할 때, 전근대적 세계관으로서 무속은 엄연히 소설과는 대립되는 축에 있게 된다. 그러한 대립항을 소설 속에 이끌고 들어옴이란 무엇인가. 그것은 역사적 현실에 대한 차단과 거부에 다름 아니다.

그러나 최홍일이 아무리 이념에서 벗어나기, 탈이념화를 주장함으로 하여 역사적 시간과 역사적 현실성을 차단한 자리에서 글쓰기를 한다고 하여도 『눈물젖은 두만강』은 완전한 민담의 형식과 범주에 머무를 수 없었는데 그것은 19세기 말부터 1910년대에 이르는 우리 민족 이주의 역사가 지닌 역사적 시간의 긴박성과 절박성 즉 그 강도 때문이다.

역사적 시간이란 새삼 무엇인가. 일상적 시간 중 역사적 사건의 개입

---

70) 김동리의 「무녀도」에 대한 분석에서 김윤식 교수가 사용한 개념.

으로 말미암아 일상적 시간의 질서가 일시 중단되거나 혼란을 일으키는 경우가 자주 있다. 역사적 시간이 일시적, 특정적 시간을 가리키고 그것이 지나가면 일상적 시간으로 되돌아감이 일반적인 인간의 삶이라 할 수 있다면, 후자는 비유컨대 '무시간성'에 속할 터이다.71) 이러한 역사적 시간의 개입은 민담의 형식에 힘을 가하여 『눈물젖은 두만강』이 민담의 형식에서 소설형식에로 나아가게 하고, 다시 강도를 더하여 직접적인 역사 형식으로 나아가게 하는데 그리하여 소설은 종내에는 구성적 파탄에 이르게 된다.

이때 소설적 구성의 파탄이란 소설의 갈등과 구조에 의해 지탱되는 균형적 감각이 깨어지면서 소설이 더 이상 원래의 논리나 갈등에 의해 지속될 수 없음을 의미하는데 최홍일의 『눈물젖은 두만강』의 경우, 이는 전반 작품 속에 개입하는 역사적 사건과 역사적 시간의 강도가 불균형함으로 하여 소설의 균형이 깨어지면서 소설이 논리적 파탄에 이르게 된다. 실제로 『눈물젖은 두만강』은 전 19장의 구성 중, 제 15장을 분기점으로 그 전과 그 후가 완연히 서로 다른 소설적 구성을 보여주고 있다. 여기서는 서술의 편의를 위해 15장 이전을 소설의 전반부로, 15장 이후를 소설의 후반부로 한다.

소설은 전 19장에 거쳐 19세기말 조선농민들의 청조 변경에로의 비법월경, 청관청의 '이민실변(移民實邊)책'과 조선 개간민들에 대한 '치발역복책', 조선 국내의 의병운동, 천보산 은광 개발, 훈춘 금광 개발, 1900년 짜르로씨야의 만주 침공, 프랑스 선교사의 포교 활동, 용드레촌에서의 서전서숙의 개교와 폐교, 헤이그 밀사 사건, 통감부 임시 간도 파출소의 설립 등 실제의 역사적 사실들을 포함하게 되는데, 이러한 역사적 사실과 역사적 시간이 소설 속에 개입하는 장면은 제 15장을

---

71) 김윤식, 『일제 말기 한국 작가의 일본어 글쓰기론』, 위의 책, p. 434.

분기점으로 서로 다른 양상을 띠고 있다.

소설의 전반부에서 역사적 사실과 역사적 시간의 개입은 소설의 진행에 별로 큰 영향력을 행사하지 못하는데, 작가는 이러한 역사적 사건들을 암시만 해놓은 상태에서 그것과는 별도로 소설의 세계를 전개시키고 있다. 소설의 전반부에서 인물들의 삶은 생활의 질서를 따라 무상하게 흘러갈 뿐이고 정작 역사 소설의 주요한 선색으로 되어야 할 역사적 시간과 역사적 사건은 인물들의 삶과는 무관하게 따로 진행되고 있다.

> 1869년, 조선 함경북도 6진에 전대미문의 대기근이 들었다. 농민들은 떼를 지어 두만강을 건넜다. 청관청은 조선 리조정부에 항의를 제기하기에 이르고 리조정부에서는 두만강기슭의 주요구간에 포막 60여개를 세워 국경을 봉쇄하는 한편 월강금지령을 내리였다. 월강죄는 극형에 처하였다. 그러나 생사존망을 눈앞에 둔 기민들의 월강을 막아내는 재간이 없었다. (최홍일, 『눈물젖은 두만강』상, p. 3.)

안수길의 『북간도』와 리근전의 『고난의 년대』에서 역사적 현실성과 시간성을 획득하면서 막바로 소설의 한가운데에 깊숙이 개입하던 아슬아슬한 위기의 월강 장면이 『눈물젖은 두만강』에서는 몇 줄의 평온한 서술로 극히 소략하게 처리되고 있다. 이러한 서술에는 『북간도』의 개 짖는 소리나 이한복의 열띤 항변, 그리고 국경 수비대의 총소리와 총알을 뒤로 한 『고난의 년대』의 박천수 일가의 가쁜 숨소리가 끼어들 틈이 전혀 없는데, 이러한 것들이 깡그리 제거된 뒤 남은 것이란 몇 개의 깡마른 숫자뿐이다. 곧 그것은 소설의 배경자료라는 것 외에는 아무런 의미도 갖지 못하는 것이다.

따라서 한 마을에 살다가 함께 용드레촌으로 이주한 이주민들이자 용드레촌의 첫 개척자인 칠성이네, 득보네, 갑술영감네 세 집의 월강은 두만강 수비대에 뒤쫓기는 생사존망의 위급한 상황이 아니라 버젓이

배를 타고 실향민의 슬픔까지도 감히 느껴볼 여유를 가진 그러한 상황으로 설정되어 있다. 이는 이주사를 다룬 앞의 두 소설—안수길의 『북간도』와 리근전의 『고난의 년대』의 종래의 모식에서 벗어나기 위한 작가 최홍일의 의도적인 노력일 수도 있겠고 또 이러한 새로운 설정의 의의도 인정되나 이로 말미암아 역사의 구체성과 현실성이 대대적으로 감소되었음은 큰 결락이 아닐 수 없다.

소설의 전반부에 중점적으로 도입된 실제 역사적 사실은 청관청의 '이민실변(移民實邊)책'과 조선 개간민들에 대한 '치발역복책', 그리고 천보산 은광 개발 등이다. 이러한 역사적 사실들은 실제 조선 개간민들의 정착과 생활에 직접적이고 중대한 영향을 미친 사항들이며 조선 개간민들의 삶 한가운데에 깊숙이 개입했던 역사적 현실 그 자체에 다름 아니었다. 그러나 『눈물젖은 두만강』에서 이러한 역사적 사실들이 소설 속에 들어올 때는 정작 그 구체성과 현실성이 많이 제거되는데, 이것들은 소설 속의 삶의 세계에 융화되지 못하고 단지 소설의 배경자료로 머물 뿐이다. 이는 소설 속에서 조선 개간민들의 삶의 공간인 용드레촌이 '무릉도원'으로 설정되어 있는 것과 결코 무관하지 않다.

개척된지 얼마 안되는 용드레촌은 오래전부터 지팡주 동가네가 틀고앉아 조선간민들을 부려먹는 장재촌과는 정황이 달랐다. 원래 동령감은 회령지방의 날농사군들을 고용하여 땅을 일구기 시작한것인데 훗날 그들이 이 고장에 정착한 뒤에도 주위의 땅을 마음대로 개간하지 못하게 하였다. 류도하 량안의 넓은 들판이 죄다 자기의 땅이니 다치지 못한다고 큰소리쳤다. 하여 곡식이 좀 됨직한 자리를 일구려면 울며 겨자먹기로 동가와 계약을 맺어야 하였고 혹여 깊숙이 골짜기로 들어가 화전을 파먹을수도 있었지만 식량난에 동가의 곡식을 꾸어먹다보니 결국엔 여전히 지팡농으로 떨어지기마련이었다. 그러한 원인으로 지금 장재촌은 거의 전부, 명동촌과 대룡동촌의 일부까지 도합 50여호의 농가가 소작농이나 다름없는 처지로 되었다. 그런데 이에 반해 용드레촌은 처음부터 칠성이를 비롯한 세 가족이 허허벌판에 터를 닦고 일구기 시작한 고장이었다. 해마다 룩속 조선간민들이 들이닥쳐 호총은 급격히 불었으나 먹을 것이 없으면 나누어먹고 일손이 모자라면 도우면서 개척해온 마을이라 집집마다 자기의 땅마지기가 있었다. 그러니 남의 땅 부쳐먹는 사람이 없고 누구한테 곡식 한알 바치는 일도 없었다. 밭토질의 우렬과 농사 미립의 차이에 따라 가을에 수확의 차이는 있었으나 아직은 빈부차별도 크게 없었다. 무릉도원이라 할가? 반목이란 없이 화기애애하고 인품좋은 동네, 평화로움과 안녕이 깃든 오붓한 마을이었다.(『눈물젖은 두만강』 상, p. 112.)

여기에는 역사적 사실과 역사적 시간이 끼어들 틈이 없다. 외부 세계의 어떤 강력한 힘이 용드레촌의 평화와 안녕을 깨뜨리지 않는 한 여기는 외부 세계와 단절된 중세의 촌락 공동체에 다름 아니다. 외부의 많은 중대한 역사적 사실들이 정작 용드레촌 사람들의 삶에는 아무런 영향력과 힘도 행사하지 못하는데 작가의 논리에 의하면 농민들에게 중요한 것은 땅과 농사 등 먹고 사는 삶의 문제뿐이기 때문이다. 이 삶의 문제를 떠난 모든 것들은 2차적인 것으로서 농민들의 삶의 한가운데에 직접적으로 끼어들 수 없다는 게 『눈물젖은 두만강』의 논리이다.

이러한 논리에 의해 형성된 용드레촌은 그러므로 다분히 관념성을 띤 공간이다. 용드레촌과 장재촌이 하루에 오갈 수 있는 거리이고 장재촌의 땅이 거의 모두 동지주의 소유로 된 것은 그가 무간국에 있는 조카의 힘을 빌어 땅문서를 위조했기 때문이다. 장재촌의 땅이 그렇게 그의 소유로 될 수 있었다면 하루거리의 용드레촌에 그가 손을 뻗치지 않을 이유가 없다. 또한 처음에는 급한 김에 사정을 잘 모르고 동지주네 지팡살이로 장재촌에 정착했던 조선 간민들이 하루거리에 있는 '무릉도원' 용드레촌의 존재를 알면서도 장재촌에 계속 지팡살이로 눌러 산다는 것 역시 논리적으로 취약한 부분이다.

소설의 전반부에서 그나마 배경자료의 수준을 벗어나 조선 간민들의 삶의 한가운데에 깊숙이 개입하는 역사적 사건으로는 청관청의 '치발역복책'과 그에 맞서는 용드레촌 조선 간민들의 대결이다. 그러나 이러한 대결 역시 용드레촌으로 쳐들어간 청관청의 관리 동림의 횡포와 그러한 횡포에 속수무책으로 당할 수밖에 없는 용드레촌 조선 간민들의 무력함으로 일방적인 성격을 띠고 있으며 용드레촌에 대한 동림의 침입은 1회적으로 그친다. 용드레촌 조선 간민들의 주요 관심사는 여전히 먹고 사는 지극히 일상적인 것으로서 이러한 일상적인 것은 무시간성에 속한다.

그러나 용드레촌의 이러한 고요와 평화, 일상성과 무시간성이 언제까지고 지속되는 것은 아닌데 그것은 용드레촌 자체가 갖고 있는 지역적 특수성과 근대적인 도시공간으로의 발전 가능성에 의한 것이다.

"좋은 고장이야!"
동림이 강건너의 마을과 허허넓은 들판을 바라보며 혼자말처럼 감탄을 한다.
"그렇지 않구요! 농사지어먹기야 둘도 없이 훌륭한 고장이지유."
옆에 섰던 아전이 굽신대며 동을 단다.
동림이 머리를 가로젓는다.
"그런 뜻이 아니야. 앞으로 아주 번창해질 곳이란말이야!"
아전은 두눈만 꺼벅거리다 상전의 뜻을 헤아리고 인츰 고개를 주억거린다.
"예, 예, 그렇지유. 도회지라두 들어앉을만한 고장이지유."
동림은 그냥 강건너를 바라본다.
이 변방지대가 바야흐로 개척되고 흥성해짐에 따라 번창해질 고장임에 틀림없었다. 벌써 이 너른 지대와 강을 끼고 용드레촌뿐아니라 여러 부락이 들어앉았다. 앞으로 부락들이 얼마나 불어갈지 몰랐다.(『눈물젖은 두만강』 하, pp. 500-501.)

도회지란 무엇인가. 그것이야말로 근대의 여러 가지 특징을 가장 집중적으로 구현한 근대의 상징에 다름 아닌데, 그러므로 용드레촌이 도회지로 변모해감은 용드레촌이 전근대적인 삶의 공간으로부터 근대적인 공간으로 점차 근접해가고 있음을 의미한다. 곧 용드레촌은 근대적인 이념과 사상, 근대적인 시간 등을 한 몸에 체현하게 된다.

'무릉도원'이었던 용드레촌의 고요와 평화를 처음으로 조금씩 깨뜨리기 시작한 것은 용드레촌의 근대화적 가능성을 미리 보아낸 동지주의 조카이자 무간국의 관리 동림, 장재촌의 지팡주 동지주, 조선인이지만 그 특유의 약삭빠름으로 동지주의 마름으로 되었다가 다시 동지주의 과부딸에게 장가들어 그의 사위가 된 용달이, 삼을 되넘겨 팔다가 용드레촌에 정착한 장사꾼 출신의 오강 등이다. 그들은 권리를 이용하여 불법으로 앵속 즉 아편을 재배하여 폭리를 취하기도 하고 용드레촌의 많은 토지를 가만히 자기 앞으로 등록해버리는가 하면 용드레촌의 개척자인 칠성이네와 토지분쟁 사건을 빚기도 한다.

이들과는 다른 측면에서 용드레촌의 일상성과 무시간성을 충격하면서 이념과 사상을 내세우는 이로 장석준을 들 수 있다. 장석준이란 누구인가. 동학군에 가담했다가 동학농민전쟁의 실패로 간도에 피신한 그는 조선 양반사회의 몰락과 근대적인 문물제도의 도입을 통한 조선 사회의 개화와 근대화를 적극 주창하는 인물로서 근대를 한 몸에 체현한 인물이다. 훗날 그가 일본에 가있다가 단발에 양복을 입고 용드레촌으로 돌아왔다는 것과 그때 용드레촌에는 아직 단발을 하고 양복을 입은 사람이 없었다는 것은 그의 근대적 지향성을 잘 보여주는 대목이라 하겠다. 그러한 그가 최훈장의 자리를 대신하여 용드레촌 서당훈장을 맡게 됨이란 무엇인가. 이는 곧 그가 생전의 최훈장을 대신하여 용드레촌의 정신적 지주로 됨을 의미하는 것일 텐데, 이때 그가 대변하고 있는 사상 내지 이념이란 조선쪽의 역사적 현실에 닿아있는 것 일터이다. "언제 떠날지 모르니", "잠시"72)만 서당훈장을 맡는다는 석준의 조건은 그러므로 조선의 정치적 사회적 변화가 석준을 통해 용드레촌에도 심대한 영향을 미칠 것이라는 모종의 가능성을 열어놓고 있다. 실제로 석준은 그 뒤, 두만강을 건너오고 건너가면서 조선과 일본의 새로운 사상과 이념을 용드레촌에 전파하며 용드레촌의 선각자로 부상한다.

그러나 용드레촌에 본격적으로 역사적 시간이 개입하기 시작한 것은 프랑스 선교사의 출현으로부터이다. 용드레촌 사람들에게는 "머리털이 노랗고 눈알이 파란"73) 외국인 선교사의 외모부터가 경이로움 그 자체였는데 '하나님'을 믿으라는 그의 설교 역시 신기하고 놀랍기만 하다. 이러한 신기함과 놀라움의 뒤에는 기존 관념과 세력의 거센 반발이 있게 되는데, 이미 그 나름대로의 뚜렷한 믿음을 내세우고 있던 동학패들과 갑산댁의 반발이 유독 심하다. 동학패들은 완력으로 선교사를 마을에서 쫓아내고 갑산댁은 여기저기 입소문을 퍼뜨린다. 특히 갑산댁의 저항은 거의 필사적인 것인데 그것은 근대와 전근대를 표상하는 그 둘의 세계관이 결코 양립할 수 없는 것이기 때문이다.

> "염병이 생긴 근원이 어디메 있는지 암둥? 동네에 서양귀신이 들어앉았길래 동티났습꼬마, 동티! 이제 이집부터 시작해서 온 동네 동티날겝꼬마!"
> 갑산댁이 눈 한번 깜박하지 않고 쏟아내는 말은 더군다나 무서운 소리였다.
> 삼월이는 머리가 아찔해났다.
> "그 서양귀신이 재앙을 몰구 온겝꼬마. 서양귀신을 동네서 몰아내지 않으문 동네가 망합꼬마."
> 갑산댁은 굿을 끝내고 돌아가는 길에 이 집 저 집 들리여 요설을 퍼뜨리

---

72) 최홍일, 『눈물젖은 두만강』 하, 위의 책, p. 475.
73) 위의 책, p. 746.

였다. "동네에 동티났다! 염병이 온 동네루 퍼질게다. 재앙은 서양귀신이 몰구왔다. 보라. 장훈장의 아이가 첫 마수걸이에 걸리여들었다!" 그럴듯한 발설이였다.

그렇지 않아도 동네에 교회가 서는걸 반대하던치들은 다시금 반발이 일었고 여느 사람들도 가슴이 써늘해지였다. 염병이란 무서운 병이고 옮아다니는 병이 아닌가!(『눈물젖은 두만강』 하, p. 822.)

그런데 더욱 놀라운 것은 프랑스 선교사가 갖고 다니는 '신약' 즉 흰 알약과 청진기, 주사 등의 위력이다. 선교사의 흰 알약 한 알을 먹고 돌배나무집 돌쇠의 심하던 설사가 멎었고 선교사가 청진기로 진찰하고 주사를 놓고 흰 알약을 먹이자 '염병'이라고 가망이 없다던 삼월의 아들 호범의 병이 기적같이 나아간다. 결국 아들을 구한 고마움과 그들이 지닌 근대문명의 위력에 감복하여 삼월이가 독실한 천주교 신자로 되고 천주교는 돌배나무집을 근거지로 용드레촌에 발을 붙이게 되는데 이는 청진기와 주사를 앞세운 근대적인 것의 전근대에 대한 승리에 다름 아니다.

그러나 이것은 시작일 따름이었다. 곧 이어 소설 속에 개입하는 역사적 사실들은 하나같이 파란 눈의 프랑스 선교사의 출현과는 비할 바 없이 큰 힘과 위력을 지닌 것들이었다. 천주교의 수입과 확산이 믿음과 신앙의 일종으로 이념의 차원에서 행해진 것이라면 이러한 역사적 사실들은 조선 개간민들의 삶 속에 깊숙이 개입하며 조선 개간민들의 현실적 삶은 이러한 역사적 사실들에 의해 송두리째 흔들리게 된다. 바로 근대적인 교육자 이상설의 출현과 서전서숙의 설립, 그리고 사이또 중좌 일행의 간도 비밀답사와 간도 파출소의 설립, 간도 파출소가 내세운 소위 '조선인 보호' 규약 등이다.

서숙 대문을 나서는데 수상한 사나이 몇이 두리번거리면서 앞을 지나갔다. 복색은 상인차림인데 거동이나 행색이 퍼그나 수상쩍었다. 도무지 상인들 같지가 않았다.

그들은 흘끔흘끔 길량켠에 들어앉은 초가들과 뜨락을 살피면서 마을을 한바퀴 돌았다. 용드레우물께로 가서는 우물안을 기웃거리였고 용달이네 팔간기와집앞에 이르자 멈추어 서서 귀속말로 소곤거리기도 하였다. 마을을 돌아보더니 동구길로 빠지여 강역쪽으로 사라지였다.

(뭘 하는자들일가?)

석준이는 마을밖으로 사라지는 그들의 뒤모습을 바라보면서 의문이 사라지지 않았다.

상인차림의 사내들은 강가로 나가고 있었다. 강가에 이르자 햇풀이 돋아나오는 모래언덕우에 자리를 잡고 앉더니 배낭에서 도시락들을 꺼내였다. 일본식벤또였다. 아마 점심을 먹으려는 모양이였다.

이들은 사이또중좌일행, 조선통감부 통감 이또 히로부미의 파견을 받고 동만지역으로 비밀답사를 나온 조사단이였다. 가운데에 앉은 중키의 사내가 바로 륙군중좌 사이또 스에지로(齋藤季次郞)였다. 옆의 두사람은 시노다(筱田)와 히라야마(平山), 맞은켠에 앉은 사내는 조선인통역이였다.

……

이또 히로부미의 명령을 받은 사이또일행은 4월8일에 두만강을 건넜었다. 강을 건넌 뒤 이들은 상인으로 꾸미고 현지답사를 시작했는데 동성용, 국자가(남강), 동불사, 로투구, 천보산, 동고성자 등 지역을 경유하여 오늘 용드레촌에 도착한것이였다.

……

"쓸만한 고장이야.. 파출소를 이곳에 앉히면 좋겠군. 인가가 많구 땅이 비옥한데다 평원이구 강까지 끼고있잖아."

시노다와 히라야마도 찬동을 했다. 그들도 같은 생각이였다.

"그러구 교통요충지입니다. 앞으로는 번창해질 고장이지요."

"청인이 적구 조선인이 많은것도 우월한 조건입니다."

"그럼 좋아!"

이들은 오후에도 린근의 몇 개 마을을 돌아보고 날이 어두워서야 다시 용드레촌으로 기여들었다. 낮에 주막이 있는걸 보아두었던지라 주막에서 하루밤 류숙할 작정이였다.(『눈물젖은 두만강』 하, pp. 873-874.)

여기까지 이르면 더는 소설이 아니다. 긴박한 역사의 한 장면이 거침없이 소설의 한가운데 펼쳐지고 있다. 그런데 실재한 역사적 인물인 사이또 중좌 일행이 등장하는 이 장면이 단순한 역사의 기록만이 아닌 것은 그것이 소설 속 인물인 장석준의 목격에 의한 것이고 또한 그들이 소설 속 인물인 봉녀네 주막에 유숙하였고 봉녀와 몇 마디의 대화도 주고받았기 때문이다. 즉 이 경우, 소설 속 허구의 인물과 실재의 역사적 인물의 만남이라는 문제가 이 장면을 역사적 기록의 수준이 아닌 소설의 수준에 머물게 한 것인데, 그럼에도 불구하고 이것을 소설의 형식이라고 흔쾌히 단정 지을 수 없는 것은 형상성의 미확보라는 소설의 형상화 문제로 말미암음이다.

소설은 후반부에 이르러 소설 속 현실에 대한 이러한 역사적 장면의 무리한 개입으로 인하여 도처에서 소설적 형상성의 미확보라는 문제점을 노출시키게 된다. 종래의 민담형의 구조로 하여 역사적 현실성과는 담을 쌓고 있던 조선 개간민들의 현실적 삶이 이때에 와서는 갑작스레 실재의 역사적 사실의 높이에로 비약하며 거대한 역사적 사실 앞에 무방비 상태로 노출되게 된다.

물론 용드레촌은 훗날 일본 통감부 간도 파출소와 간도 주재 일본 총영사관이 자리하게 되는 용정의 전신으로서 많은 중대한 역사적 사건들이 발생한 곳이기도 하다. 하지만 소설 속의 주인공들이 막바로 실제 역사적 사실 속의 인물로 되는 것은 지나친 우연이 아닐 수 없다. 예를 들면 석준이가 서전서숙의 선생으로 되었다든가, 사이또 중좌 일행의 비밀 답사를 눈여겨 살펴보았다든가 그리고 사이또 중좌 일행이 답사 길에 봉녀네 주막에서 식사를 했다든가 하는 것은 대단히 억지스럽고 부자연스럽다. 소설의 허구적 인물들인 석준이나 봉녀가 막바로 실재의 역사적 기록의 한가운데로 나아감이란 무엇인가. 그것은 바로 『눈물젖은 두만강』이 소설의 형식을 넘어 직접적인 역사적 형식 즉 기록문학으로 나아감을 의미하는 것인데 이는 작가가 소설의 전반부에서 고집해 오던 역사적 시간을 차단한 글쓰기 즉 민담형의 구조가 1910년대 역사의 부피와 무게를 이기지 못함으로 말미암은 것이다. 소설 후반부에 이르러 실제 역사적 사실들의 무리한 개입과 소설 속 현실과의 혼선으로 하여 소설 전체의 균형이 갑자기 깨어지며 소설은 후반부에 이르러 막 시작되는 듯한 느낌을 주기도 한다.

최홍일이 소설 속의 시간을 1910년대까지로 금을 그은 것을 두고 이 자리에서 새삼스레 작가의 자의적인 결단에 의한 것이니, 소설적 구성의 파탄에 의한 것이니 섣부른 판단을 내릴 필요는 없다. 그러나 작가가 「후기」에서 "워낙 150만자로 계획했던 작품을 80만자꼴로 마무리짓게 된다"[74]고 고백한 부분은 주목할 필요가 있다. 자의적인 끝냄이냐 아니면 소설적 구성의 파탄이냐에 앞서 무엇 때문에 원 계획의 근반이나 앞선 시점에서 마무리 짓게 되었는가에 대한 해답이 먼저 구해져야 할 텐데 그것은 곧 작가 자신의 모종 한계 내지는 관념적 오류와 닿아 있는 내밀한 부분이기도 하다.

그 내밀한 부분을 굳이 서술한다면 이러한 한계 내지는 관념적 오류는 작가가 이주사의 한 부분 즉 초기 이민기만 선택함으로써 이념의 선택을 배제했을 때 이미 내포하고 있던 것들이다. 물론 우리 민족의 이주사에서 거친 만주 벌판에 뿌리 내리기 위한, 삶을 위한 투쟁은 그 무엇보다 절실한 것이었다. 그러나 그것은 한편으로는 또 일제에 반대하고 공산당의 이념에 동조하고, 그리고 이것이야말로 중국 조선족의 역사·철학적 범주에 대한 확실함이 아닐 수 없는데, 광복 직후 중국 공산당의 영도를 승인하고 중국에 남은, 이념과 이데올로기의 선택의 역

---

74) 앞의 책, p. 937.

사이기도 하다. 물론 그것이 중국 공산당의 토지개혁 정책과도 밀접한 연관을 갖고 있으나 토지에 대한 선택이 곧 이념의 선택과 상충되는 것은 결코 아니다. 그것을 최홍일이 작품 속에 체현하지 않았음은 그 나름의 이유가 있을 것이다.

그러나 그것이야말로 리근전과 최홍일의 작가적 측면에서의 근본적인 차이일 것인데 이때의 차이란 사상 의식의 형태를 넘어 개인적 체험의 차이일 것이다. 리근전이 이주민 1세대로서 이주로부터 광복 직후 중국을 선택하기까지 고스란히 몸으로 겪은 세대라면 최홍일에게 있어서 이주사는 이야기의 정도, 역사 자료 수집의 정도, 취재의 수준에 지나지 않았을 것이다. 혹 그것은 이미 발표된 리근전의 『고난의 년대』에 대한 지나친 이념과 이데올로기 경도라는 비판 때문에 최홍일이 의도적으로 회피했을 가능성도 없지 않다. 하지만 의도적인 회피야말로 작가의 관념적 오류에 속하는 것이다.

제 4 장

주제 표출의 언어적 연관성

언어는 개인적으로 사회적, 역사적으로 수행되는 이념의 체계이며 그 역동적인 구조이다.[1] 언어의 문제는 조선족 소설 존재의 가장 근본적이고 중요한 조건으로서 여기서 언어의 문제는 기본적으로 조선어 창작을 의미하며 중국어로 창작되었을 경우, 작가가 조선족이고 조선어로 번역되어 발표되었다면 작가의 세계관과 관련하여 다루게 된다.

작가에게 있어서 언어는 의미를 공유하고, 의견을 조정하며, 이념을 실천하는 등 정신활동 전반에 걸쳐 그 작용을 드러내는 것이다.[2] 의미를 공유한다는 것은 사실의 제시를 비롯하여 새로운 사실의 발견 등에서 언어를 매개로 타인과의 공감을 통해 의미의 동질성을 확인하는 것을 뜻한다. 의견의 조정은 언어를 통한 의견의 조정이고, 수많은 갈등과 의견의 차이를 해결하는 과정에 관여하는 언어의 기능을 뜻한다. 언

---

1) 우한용, 「蔡萬植 文學의 民族文學的 性格과 世界性」, 연변대학교 창립 55주년 기념 국제학술대회 자료집 :『조선-한국문화의 역사와 전통-언어·문학 분과 발표 논문집』, 2004, 8, p. 11.
2) 우한용, 『현대소설담론연구』, 삼지원, 1996, 참조.

어를 통한 이념의 실천은 작가나 작중인물이 자신의 삶의 방향을 밝히고 신념을 언어로 표명하는 등의 행위를 뜻한다. 언어의 이러한 속성은 문학이 사상성 혹은 이념성을 띨 수 있도록 한다. 작가의 언어는 그 작가의 세계와 분리하여 이야기 할 수 없다.[3]

　이러한 작가의 언어 즉 문학 언어는 그것이 소설의 언어일 경우에는 언어의 다양성과 함께 대화주의적 속성을 지니게 된다. 소설의 문체는 그것을 구성하고 있는 여러 문체들의 결합 속에서 발견되는 것이며, 소설의 언어란 그러한 '언어들'의 체계이다. 소설은 사회적 발언유형의 다양성(때로는 언어들 자체의 다양성)이며, 예술적으로 조직된 개인적 음성의 다양성이다. 소설은 다양한 사회적 발언유형과 그 밑에서 꽃피는 서로 다른 여러 개인적 발언에 의존하여 그 모든 주제들, 즉 그 안에서 묘사되고 표현되는 사물세계와 관념세계의 전체를 교향(交響, orchestration)시킨다.[4] 그러므로 소설은 여러 가지 이념과 다양한 세계관이 만나고 부딪치는 담론의 장이며 여기서는 다양한 개인적 발언과 다양한 사회적 방언들이 언어를 통해 남과 교섭하고 세계관상의 조정이 이루어진다. 소설에 통합되어 소설의 문체와 소설의 언어를 이루는 모든 유형의 언어들은 각각 세계관 차원의 힘을 지니게 되며 그것들은 곧 이념이고 세계관과 구조적 동질성을 지니게 된다.

　따라서 소설 창작에서 작가가 공식 언어를 사용하거나 혹은 비공식 언어를 사용하는 것, 표준어를 사용하거나 혹은 표준어와 방언을 함께 사용하는 것, 소설의 대화에만 방언을 사용하는 것이 아니고 지문을 포

---

3) 우한용, 「蔡萬植 文學의 民族文學的 性格과 世界性」, 연변대학교 창립 55주년 기념 국제학술대회 자료집 :『조선—한국문화의 역사와 전통—언어·문학 분과 발표 논문집』, 2004, 8, p. 10.
4) 미하일 바흐찐, 전승희 외 옮김, 『장편소설과 민중언어』, 창작과비평사, 1988, pp. 68-69.

함한 소설의 전편에 방언을 관통시키는 것, 본 민족어가 아닌 외국어로 창작하는 것 등은 단순히 작가의 언어 선택의 문제만이 아니다. 그것은 작가의 이념과 세계관의 선택과 직결되어 있는 것이며 소설의 주제와도 긴밀한 대응관계에 놓인다. 작가가 공식 언어 또는 표준어를 사용하는 것은 자기가 속한 사회의 지배적인 담론과 이데올로기를 강화하는데 기여하기 위한 것이다. 작가가 비공식 언어를 사용하는 것은 그러한 지배적인 담론과 이데올로기에서 벗어나 보다 새로운 관점, 민중의 관점에서 세계를 바라보고 재구성하고 재평가하기 위함이다. 작가가 지역 방언을 사용하는 것은 지역의 삶의 구체성을 드러내고 민중적 세계관을 구현하기 위함이다. 이와 같이 소설의 언어적 특성은 단순히 언어 선택의 문제가 아니며 그것은 다양한 이념과 세계관의 대결과 통합의 결과이고 작가의 이념의 구현이다.

그러므로 작가가 작품 창작에서 어떠한 언어를 선택하느냐의 문제는 작품의 주제 표출과 직결되는 문제이기도 하다. 조선족 소설은 중국에서의 소수민족의 삶이라는 민족적 삶의 언어적 조건 때문에 소설의 언어적 측면에서 중국어 창작과 조선어로의 번역 발표, 표준어로의 창작, 방언의 구사, 속담, 성구, 관용구의 도입 등 몇 가지 양상을 포함하고 있다. 여기서는 이러한 언어의 구사가 주제 표출과 어떻게 연관되는지에 대해 살펴볼 것이다.

1. 중국어 창작과 번역 발표

모국이 아닌 해외에 거주하는 경우, 모국어가 아닌 거주국 언어의 구사는 해외에서의 민족적 삶의 바람직하지 않은 그러나 피치 못할 언어적 조건이라고 할 수 있다. 해외민족문학은 단일 민족국가로서 모국이 아닌 거주국을 창작 환경으로 하는 만큼 그들 중 일부가 민족어가 아닌 거주국 언어로 창작되는 것은 피할 수 없는 엄연한 현실이다. 이러한 언어의 문제는 민족문학의 범주 문제 혹은 민족문학으로서의 성립 문제와 직결되는 근원적인 것으로서 이 글의 서론에서는 해외민족문학의 조건과 범주가 단일 민족국가에서의 민족문학의 조건과 범주와는 다르게 설정될 필요가 있음을 전제로 하였다. 여기에 대해서는 아래의 견해를 살핌으로써 논의를 좀 더 확장, 심화시킬 수 있다.

상술한 해외 우리 민족문학의 4대 충족조건가운데 혈통의 동일성을 제외하고는 그 어느 하나가 결여되여도 여전히 해외동포문학으로 간주할 수가 있다고 봅니다. 특히 일본, 미국에 살고있는 제2, 3세대들은 거주국의 언어인 일본어와 영어를 문학창조의 수단으로 리용하고 있습니다. 일본의 경우 재일동포작가 제1세대들까지도 대부분 제2, 3세대 문인들에게 있어서 일본어란 그들이 세상에 태여나서부터 몸에 배인 언어입니다. 따라서 일본어는 외국어지만 벌써 선택한 언어가 아니라 이미 자신의 심정을 표현하는데 있어서 불가피한 언어, 유일하게 자유로운 언어로 되였습니다. 그렇다면 재일동포 제2, 3세대는 일본어세계에 말려들어갈 수밖에 없는 민족의 뿌리 뽑힌 사람들입니까? 결코 그렇지 않다고 생각합니다. 언어란 인간의 민족적 특징을 나타내는 중요한 특징의 하나인 것만은 사실이지만 전부의 특징을 대변하거나 대체할 수 없습니다.

자기 민족의 혈통에 민족적인 가치관을 가지고 민족의 정체성을 찾으려는 노력만 보인다면 여전히 해당 민족에 속하며 해당 민족문학에 속한다고 하겠습니다. 사실 우리는 리혜성이나 리량기의 경우와 같이 일본어로 창작하는 재일동포의 문학에서 오히려 강한 민족의식과 우리 민족의 동질성을 확인하게 됩니다.5)

---

5) 김호웅, 「조선족문학의 력사적 흐름과 그 잠재적 창조성」, 『문학과예술』, 2001, 4, p. 22.

위의 견해는 문학이 언어예술임으로 하여 민족문학을 결정짓는 하나의 중요한 요소와 준거로 제기되어 왔던 언어적 조건의 측면에서 민족어가 아닌 거주국 언어로 창작되더라도 해외민족문학의 기타 조건에 부합되면 해외민족문학의 범주에 포함시켜 다룰 수 있음을 주장하고 있다. 그 근거로 위의 견해는 작가의 언어적 조건이, 모국어의 완전한 상실과 거주국 언어를 제1언어로 하는 차원에 이른 경우를 들고 있다. 즉 작가가 모국어를 완전히 상실하고 거주국 언어가 작가에게 가장 자유롭고 표현을 잘할 수 있는 최선의 언어로 된 경우이다. 또한 그것이 거주국 언어로 창작되었으나 작가의 의도에 의하여 발표 시에는 민족어로 번역되어 발표되었거나 또는 거주국 언어로 발표된 것을 다시 민족어로 번역하여 발표하였을 경우, 본질적으로 민족적 독자층을 상정하고 창작하였다는 독자층에 대한 작가의 민족적 지향 때문에 더욱 그러하다.

중국 조선족 문학은 중국을 창작 환경으로 하기 때문에 중국어 창작이라는 문제에서 자유로울 수 없다. 물론 중국 조선족 문단에서 중국어로 문학 창작을 하는 문인들은 어디까지나 "개별적"이며, 이들은 "중국 조선족 문학의 주된 흐름을 이루지 못하고 있다."6) 이는 중국 조선족이 중국 공산당의 소수민족 정책에 의해 중국의 건국 초기부터 연변에 조선족 자치주7)를 설립하고 민족교육과 문학을 발전시켰기 때문이다. 중국 조선족 문학은 민족문학의 측면에서는 조선문학, 한국문학과 더불어 세계조선어문학권의 3대 산맥을 이루는 것8)과는 달리 중국문학 속

---

6) 김관웅, 「중국조선족문학의 력사적사명과 당면한 문제 및 그 해결책」, 국제고려학회 문학부회·연변대학 조선어문학학부 편, 『조선민족문학연구』, 흑룡강조선민족출판사, 1999, p. 88.
7) 조선족 자치주 유래, 조선족 자치주 외에 동북 삼성의 민족 집거지와 민족교육의 현황.
8) 조성일, 「세계조선어문학권에서의 중국조선족문학의 위상」, 『조선족 문학 개관』, 연변교육출판사, 2003, p. 147.

에서는 같은 소수민족 문학으로서 티베트족이나 몽고족 문학의 위상에 훨씬 미치지 못하며 변두리 위치에 처해 있다. 그 가장 중요한 원인은 중국 조선족 문학이 중국의 통용문자인 중국어가 아닌 우리 민족어로 씌어졌기 때문이다. 역으로 중국문학 속에서의 이러한 변두리 위치는 중국 조선족 문학이 민족어 창작을 주된 흐름으로 할 수 있는 주요한 원인이기도 하다.9) 그러므로 여태까지 중국 조선족 문학에서 중국어 창작의 문제는 러시아 고려인문학, 재일동포문학 등 기타 해외민족문학에서 민족어 창작이냐 거주국 언어 창작이냐의 문제처럼 심각하게 표면화되거나 거론되지 않았다.

그러나 개혁개방과 시장경제의 충격으로 인한 조선족의 민족 집거지의 해체에 따른 생존환경의 변화와 창작 환경의 변화, 그리고 중국문학 속에서의 조선족 문학의 위상 정립의 요구 등으로 하여 중국 조선족 문학에서 중국어 창작의 문제는 필연적으로 중대한 논쟁적 문제로 떠오를 수밖에 없다. 이러한 맥락에서 중국 조선족의 제1세대 작가이자 주로 중국어로 창작하였고 발표는 번역하여 민족어로 하였던 리근전의 중국어 창작과 번역 발표의 의미에 대해 상세히 논의하고 구명하는 것은 그러므로 변화된 환경에서 중국 조선족 문학의 발전을 위한 중대한 모색으로 된다.

1) 중국어 창작의 의미

중국 조선족 문학에서 중국어 창작의 의미를 논의할 때 반드시 짚고 넘어가야 할 점은 그것이 이중어 글쓰기의 한 형식인가 즉 조선어·중국어로의 창작이 모두 가능한 작가가 외적인 상황의 개입이나 혹은 자

---

9) 김관웅, 위의 글, p. 89 참조.

유의지에 의해 그 중의 한 언어를 선택한 경우인가, 작가의 제1언어로서 중국어 창작인가, 전적으로 작가의 언어 선택의 문제인가, 외적 상황의 개입에 의한 것인가 하는 것들이다. 이는 작품의 구상과 실제 창작 시의 언어가 일치한가 일치하지 않은가 하는 문제와도 연결된다. 다시 말하면 작가의 구어와 문어의 일치와 불일치의 문제와도 연결된다. 이는 기타 해외민족문학에도 동일하게 적용되는 전제이다.

작가 리근전이 우리말보다 한어에 더 익숙하고 그의 작품의 대부분이 한어로 창작되었음은 이미 알고 있는 사실이다. 그의 두 편의 장편소설 『범바위』와 『고난의 년대』 역시 한어로 창작된 후, 역자에 의해 번역된 것이다. 강정일은 리근전에 대한 추모문 「손에서 붓을 놓지 않은 작가」에서 다음과 같이 증언하고 있다.

> 정작 편집에 착수하고보니 걸리는 문제도 많았다. 우선 문학은 언어예술인만큼 작품의 제 분야에 거쳐 세련된 언어로 일관되어야 하겠음에도 『범바위』는 그렇지 못하였다. 세인이 거의 알다싶이 리근전선생은 조선말보담 한어에 능한분이였다. 그러므로 『범바위』 이전의 그의 작품 거의가 한어로 씌여진것이였으며 또 그것으로 문단에 오른것도 사실이다. 『범바위』도 한어로 집필된것이었다. 그것을 어느 역자에게 부탁해서 우리 말로 번역한 것이 분명했다… 리근전선생은 『범바위』 원작이 한어문이였음은 승인했으나 누가 번역했는가 하는 나의 물음에는 시종 대답하지 않았다. 그러므로 지금까지도 나는 그 역자를 누군지 모르고 있다.
> ……
> 70년대의 말께라 생각된다. 그때 연길 북산가 언덕밑에 자리잡고있는 우리 집을 리근전선생이 아들을 앞세우고 찾아왔다. 어디서 어떻게 알고 이렇게 찾아왔는지 무등 반갑기만 하였다. 그날밤 그는 처음으로 장편소설 『고난의 년대』의 구상을 털어놓았다. 우리는 밤이 깊도록 진지하게 소감을 주고받았다.
> 이것을 계기로 그후 우리는 자주 상종하게 되였는데 지어 집필과정에서까지 그는 종종 나를 찾군 하였다.

> 80년대초엽에 드디어 『고난의 년대』 상집의 초고가 탈고되자 리근전선
> 생은 나더러 역자를 담당해달라고 청을 들었다…… 사양, 사양하다가 나중
> 에 하는수없이 출판사, 지도부의 동의를 얻고 마침내 역자담당을 응낙하고
> 말았다.10)

위의 인용문 중 한어(漢語)란 중국어를 가리키는 것이다. 이 증언은
리근전이 조선말보다 중국어에 능하며 그의 대부분의 작품이 중국어로
창작된 것이고 중국어 창작에 의해 그가 문단에 등단했음을 보여준다.
그리고 그의 두 편의 장편소설 『범바위』와 『고난의 년대』 모두 중국어
로 창작되었으며 작가의 의도에 의해 우리말로 번역 발표되었음을 알
수 있다. 또한 증언은 리근전이 『범바위』의 원작이 중국어로 창작된 것
이고 역자에 의해 우리말로 번역 발표된 것임을 공식적으로 밝히기 꺼
려함을 보여준다.

여기서 주목해야 할 점은 리근전이 조선말보다 중국어에 능하다는
부분이다. 리근전이 조선말에 어느 정도 서투른지, 아예 조선말로 창작
을 할 수 없는 것인지, 그리고 중국어에 어느 정도 능한지, 어떤 도경
을 통하여 언어, 문자를 습득하였으며 초기 습작기의 언어는 어느 언어
인지, 발표작은 어느 언어인지, 또한 말하기와 쓰기 언어가 하나로 통
일되어 모두 중국어를 제1언어로 하는 것인지 하는 부분들에 대한 면
밀한 검토가 요구된다. 여기에 대해서는 리근전의 동시대나 후배 문단
인들의 증언도 있지만 그 자신이 다음과 같이 말해 놓고 있어 알아내기
가 어렵지 않다.

> 사회에서 저를 작가라고 하는데 걸어온 길을 돌이켜보면 우연한것임을
> 생각하게 됩니다. 어린시절, 그러니까 위만때 우리 가정은 몹시 빈한하여

---

10) 강정일, 「손에서 붓을 놓지 않은 작가」, 『장백산』, 1997. 6, pp. 14-15.

아이들이 학교 다닐 형편이 못됐지요. 그중 제가 학교에 다녔는데 복식반
을 꾸리는 농촌소학교에서 전부 일본말로 6년을 배웠습니다. 조선글을 1년
밖에 못배우고 한족마을에서 살다나니 한어말은 잘했으나 글을 몰랐지요.
그러다가 해방맞아 혁명에 참가하여 문자를 좀 장악하게 되자 우리 조선족
인민들이 당의 령도밑에 새사회를 건설하는 나라의 주인으로 되여 날따라
부유해지는 참신한 새모습을 보고느끼고 하게 되니 자연 무엇으로 이러한
것들을 표달해보려는 충동을 받게 됩디다. 이렇게 돼서 쓰게 된 것이 통신
같은것들인데 아마 이것이 그후 창작의 첫 계기랄까요. 그리고 저희 어머니가
이야기를 잘하셨는데 『심청전』, 『춘향전』, 『량산백과 축영대』, 『사씨남정기』
등 하여튼 많은 이야기들을 들려주셨습니다. 이 영향도 매우 컸지요.11)

위의 인용문에서 보다시피 리근전은 1년 밖에 조선글을 배우지 않았
고 한어로 말하기가 더 편하다고 고백하는데 이것은 그에게 있어서 '제
1언어', '최선의 언어', '가장 자연스러운 말'이 중국어임을 의미한다. 다
시 인용문의 말미에서 "그러다가 해방맞아 혁명에 참가하여 문자를 좀
장악하게 되자"고 고백하는데 이때 장악한 문자가 한어인지 조선어인지
밝히지 않고 있다. 리근전은 "혁명에 참가하여 문자를 좀 장악하자" 문
학적 충동을 느껴 통신 등 글쓰기를 시작하는데 그러므로 이때 장악한
문자가 리근전에게는 문학창작의 제1언어, 즉 최선의 언어일 것임은
물론이다. 리근전은 해방을 맞아 의용련, 무장공작대, 토지개혁공작대
에 참가하며 후에는 길림시에서 당무사업에 종사한다. 이러한 일련의
경력은 리근전이 부대에서 문자를 장악했음을 보여준다. 부대에서 장악
한 문자란 두말할 것도 없이 한어이다. 그의 처녀작 「사소한 문제(小問
題)」역시 중국어로 창작되어 중국어 잡지 「동북문예」에 발표되었다.12)
리근전에게 있어서 중국어는 제1언어로 이미 모국어의 위치에 있는 것

---

11) 리근전·김경훈, 대담 「력사를 통한 민족의 넋을」, 위의 글, p. 70.
12) 리근전, 「문학창작의 첫발자국」, 『흘러간 세월』, 흑룡강조선민족출판사, 1997,
    pp. 120-126 참조.

이며 그는 작품의 구상과 창작 모두를 중국어로 진행한다. 그러므로 리근전의 중국어 창작은 엄격한 의미에서 이중어 글쓰기가 아니며 단일언어의 창작이다. 이는 일제말기, 일본어 글쓰기에 대한 논쟁을 두고 구카프 서기장 임화가 제기한 표현 원본주의와 동일선상에 놓여있다.

임화는 「말을 의식한다」(『京城日報』, 1939. 8. 16-20)에서 그의 표현 원본주의를 내세우고 있다. 표현 원본주의 내용은 대체로 다음과 같다. 작가란 어떤 경우에도 최선의 언어를 사용한다는 것, 따라서 '좋은 말'이란 자기가 표현하기에 알맞고 타인이 읽기에 알맞은 것이어야 한다. 그렇지 않은 부자연한 말은 좋지 않은 말이다. 창작을 일본어로 할 것이냐 모어인 조선어로 할 것이냐에 대한 논쟁이란 이로 보면 작가에게 있을 수 없다. 어느 쪽이든 자연스럽기만 하면 '좋은 말' 급에 속하기 때문이다. 임화에 의하면 작가의 마음이란 표현에의 의지인데 이는 완벽함과 미를 의욕한다. 이것만이 전부이기에 어떤 정치적 경향성도 앞설 수 없다. 작가의 이런 의지를 충족시킬 수 있는 말은 물을 것도 없이 자연스러운 말이다.13) 물론 임화의 이 표현 원본주의는 일제 말기, 일본어 글쓰기에의 강요라는 외적인 상황에 대응한 발언이지만 '최선의 언어', '자연스러운 말'이란 명제는 리근전의 중국어 창작에도 적용되는 부분이다.

그러나 리근전의 중국어 창작은 일제말기, 일본어 글쓰기와는 본질적으로 구별되는바, 거기에는 어떠한 외적 상황의 압력 내지 강요가 없었으며 순수하게 작가의 언어적 조건에 의한 것이다. 건국 후, 조선족은 중국 공산당의 민족구역 자치제도 정책14)에 의해 1952년 9월3

---

13) 김윤식, 『일제 말기 한국 작가의 일본어 글쓰기론』, 서울대학교출판부, p. 2003, pp. 78-81 참조.

14) 민족구역 자치제도 정책은 중국의 기본국책과 기본제도이다. 1949년 9월, 중화인민공화국 창건 전야에 북경에서 중국인민정치협상회의가 소집되었는데 주덕해가 동

일15) 연변에 '연변조선민족자치구'16)를 설립하고 민족구역자치17)를 실시하였다. 민족구역자치의 실시로 하여 중국 조선족은 자기 민족의 언어와 문화, 풍속과 전통을 보존하고 발전시킬 권리를 갖게 되었고 조선어와 중국어 이중 언어 사용이 현실적으로 가능해졌으며 제도적으로 보장되었다.

물론 그의 첫 장편소설 『범바위』가 창작되던 1959년, 중국 조선족 문단에 지방민족주의를 반대하는 운동이 일어났고 일부에서는 문학 언

북의 100만에 달하는 조선족 인민을 대표하여 회의에 참석하여 각 민족 대표들과 함께 건국대사를 토론하였다. 회의에서 채택된 「공동강령」에서는 중화인민공화국은 여러 민족 인민들이 공동으로 세운 "통일된 다민족국가"이며 "중국경내에의 여러 민족은 일률로 평등하며 지난날의 민족차별시정책과 편견을 타파하고 민족 압박과 민족 분열 행위를 금지하며 서로 단결하고 서로 도우면서 새 중국을 여러 민족이 우애, 합작하는 대가정으로 건설할"것을 호소하였다. 그리고 "각 소수민족이 집거한 구역에서는 마땅히 민족구역자치를 실시하여 민족 집거의 인구대소와 구역대소를 나누지 말고 분별있게 각종 민족자치기관을 건립해야 한다"고 지적하였다. 이로부터 중국 공산당은 최종적으로 민족구역자치를 민족문제를 해결하는 중국의 기본정책으로 명확히 규정하였다. 중국에서 제일 처음으로 설립된 민족 자치구는 1947년 5월 1일에 설립된 내몽고 자치구이다. 김동화, 「중국조선족에 대한 중국공산당의 민족정책의 력사적고찰」, 『당대중국조선족연구』, 집문당, 1995, pp. 29-35 참조.

15) 9월3일은 연변조선족 자치주 설립 기념일로 제정되었으며 연변에서는 해마다 '9.3' 명절을 성대히 기념한다.

16) 1952년 8월 29일, 연변에서는 각족 각계 제1차 인민대표대회를 소집하고 「길림성 연변조선민족자치구인민정부 조직조례」를 일치하게 통과하였으며 주덕해를 주석으로 한 자치구 인민정부를 조직하고 민족단결을 강화할데 관한 결의를 통과하였다. 9월 3일, 연길에서 연변조선민족자치구 창립대회를 거행하고 자치구의 성립을 선포하였다. 1955년 12월 중화인민공화국 헌법에 근거하여 자치구를 자치주로 개칭하였다. 9월 15일 길림성 장백조선족자치현이 설립되었으며 요녕성에서도 5개의 자치향, 내몽고자치구에서도 1개의 민족향을 세웠다. 김동화, 위의 글, p. 35.

17) 민족구역자치는 중국 공산당이 민족문제를 해결하는 기본정책이다. 민족구역자치란 당과 국가의 통일적인 영도 하에 소수민족이 비교적 집중하여 살고 있는 지역을 토대로 하여 그에 상응한 자치지방과 자치기관을 세우고 소수민족이 그 지방에서 주인으로 되여 자체로 자기 민족내부의 지방 사무를 관리하게 하는 것이다. 송관덕, 「연변의 민족간부양성사업에 대한 력사적회고」, 『당대중국조선족연구』, 위의 책, p. 51.

어의 측면에서 한어와의 융합을 주장하는 극단적인 논조까지도 있었으나 그러한 비판은 주로 작품의 내용적인 측면에 치우쳤다. 언어의 측면에서 조선어로의 창작과 발표는 여전히 가능했는데 그것은 조선족의 많은 작가들이 중국어 수준의 제한으로 사실상 중국어 창작이 거의 불가능했기 때문이다. 그러므로 리근전의 중국어 창작은 작가에게 있어서 가장 편한 말, 좋은 말, 자유로운 말의 선택이라는 것 외에는 다른 어떤 이유도 끼어들 틈이 없다. 그의 창작 동기에 대하여 리근전은 "문자를 좀 장악하게 되자 우리 조선족인민들이 당의 령도밑에 새사회를 건설하는 나라의 주인으로 되여 날따라 부유해지는 참신한 새모습을 보고느끼고 하게 되니 자연 무엇으로 이러한것들을 표달해보려는 충동을 받게 되었다"고 고백하고 있다. 여기서 중요한 것은 그의 창작 충동이 조선족의 생활과 모습을 표현하려는 것이었다는 점이다. 리근전이 그가 표현하고자 하는 조선족의 생활을 그에게 가장 익숙한 표현 도구인 중국어로 표현한 것은 그러므로 여타의 조선족 작가들이 조선족의 생활을 그들에게 최선의 표현 도구인 조선어로 표현한 것과 동일한 맥락에 놓인다고 볼 수 있다.

이러한 중국인과 다름없는 뛰어난 중국어 수준과 중국어 감각, 그리고 중국어로의 작품 구상과 중국어 창작은 리근전으로 하여금 날카로운 정치 감각과 현실 감각을 확보할 수 있게 하였으며 그가 중국 공산당의 정치적 견해·공식 입장과 일치함을 확보할 수 있게 하였다. 당시 중국 조선족의 많은 작가, 문인들은 번역을 통하여 중앙의 정책이나 결책 등을 수용함으로써 시간적, 심리적으로 일정한 거리를 둘 수밖에 없었다. 이러한 조선족 문단과 중앙의 공식입장과의 거리에 대해서는 다음의 인용문이 잘 보여주고 있다.

해방후 연길이 조선족문학의 중심으로 되였음은 이미 언급한바 있다. 지정적인 시점에서 보면 연길은 중앙문단의 중심인 북경과는 거리가 너무나 멀었다. 이 거리는 단지 지리적인 거리뿐만이 아니라 정보적, 문화적인 거리였다. 그리하여 중앙문단에서 벌어지는 사건이나 류행되는 문학사조는 흔히 1, 2년이 지나야 연길에 영향을 미치게 되였다. 뿐만아니라 접수자의 시점에서 볼 때 중앙문단의 문학적인 사조가 려과를 거치지 않고 그대로 조선족문학에 파급되는것도 아니였다. 왜냐하면 연변의 문예활동을 주도하는 지도기관이 인정하는 문학리념과 중앙의 문학리념이 어떤 경우에는 차이를 보이기 때문이다. 중앙에서 손을 들어주는 문학작품이라도 연변의 경우에는, 특히 연변에서 창작된 경우에는 공개발표되기가 힘들었다. 이는 개별적인, 특수한 문제가 아니라 정치공명시기를 거치면서 점차 형성되고 고체화된 현상이였다. 반우파투쟁부터 문화대혁명 결속까지 줄곧 이어진 정치공명시기에 조선족작가들은 정치의 참조계와 문학의 참조계를 중앙에 둘 수밖에 없었고 곁눈을 팔수가 없었다. 왜냐하면 이 시기에 있어서 문학의 미적인 문제가 아니고 정치적생존과 그에 따른 육체적생존이 위협을 받았었기 때문이다.18)

위의 인용문이 보여주다시피 중앙의 공식입장과 조선족 문단의 거리는 물론 중국어의 직접 수용과 번역을 통한 수용과의 차이에 의해 형성되는 것만은 아니다. 그것은 중국 내에서 주체민족과 소수민족의 차이, 중국 내의 기타 소수민족과도 구별되는 과경·월경 민족으로서 중국 조선족의 역사·철학적 범주로서의 특수성과 그로 인한 특유의 정치적 눈치 보기 등 보다 복잡한 정치적·역사적·현실적 원인이 작용한 결과이기도 하다. 그러나 인간의 사고가 본질적으로 언어를 통해 이루어지는 것임을 염두에 둘 때, 이러한 거리 형성에서 언어의 문제가 하나의 중요한 요소임에는 틀림없다.

리근전은 조선족의 기타 작가들과는 달리 중국어 원문을 그대로 접

---

18) 리광일, 「해방후 조선족 소설문학 연구」, 연변대학교 박사논문, 2002, pp. 114-115.

함으로써 중국 공산당의 공식입장과의 거리를 최대한 좁힐 수 있었다. 리근전은 조선족의 모습과 생활, 그리고 중국의 각 역사발전에서 부딪친 민족적 문제 등에 대하여 중국 공산당의 시각에서 바라보고 파악하며 그것을 중국인민의 문제라는 보편적 범주에로 승화시킬 수 있는 예리한 정치적 안광을 확보할 수 있었다. 그리하여 리근전은 조선족 문단에 리근전 문학현상19)을 형성하였는데 그것은 다름 아닌 소설 속에 "당의 령도하에서 인민들이 계급적으로 각성하고 자각적인 투쟁에로 궐기한다"는 패턴을 형성시킨 것이다.

이러한 사상과 패턴은 1955년 발표한 단편소설 「홍수질 때」에 처음으로 나타난다. 이야기는 매우 간단하고 단순하다. 홍수가 질 때 마을에 숨어있는 지주와 그의 졸개인 박영만은 파괴활동을 하기 위해 제방 뚝을 허물려고 한다. 이때 창길이와 순희가 생명의 위험을 두려워하지 않고 이들과 싸워 제방을 구해내고 나중에 파괴분자들을 붙잡는다. 이 작품은 예술성을 획득하지는 못했으나 중국 조선족 소설문학에 처음으로 사회주의건설을 파괴하는 계급의 적을 등장시킴으로써 계급투쟁을 반영하는 소설의 시작으로 되었다는 그 정치·사상적 의미가 있다. 이로부터 문화대혁명이 결속될 때까지 조선족 문단에는 계급투쟁 반영의 소설이 대거 창작되었는데 이는 중국의 정치적 변화에 대한 조선족 작가들의 민감한 반응과 눈치 보기, 발 맞추기였다.

중국의 정치적 변화에 대한 파악에서 리근전은 그 어느 조선족의 작가에 비해서도 우위에 있을 수밖에 없었는데 그것은 그가 중국 공산당의 주요한 당정간부였다는 것 외에도 중국어가 그의 제1언어였다는 언어적 감각의 일치도 중요한 요소로 작용하였을 것이다. 많은 작가들이 반우파투쟁에서 창작권리를 박탈당했지만 그만은 이 시기 조선족 소설

---

19) 앞의 논문, pp. 91-95 참조.

문단에서 작가적 지위를 확고하게 수립하였고[20] 1962년 그의 첫 장편소설이자 해방 후, 조선족의 두 번째 장편소설인『범바위』를 발표하였다.

이러한 리근전의 중국어 창작의 의미는 중국 북경에 거주할 당시, 김학철의 중국어 창작과 연계시켜 보면 한층 더 명쾌해진다.

김학철이 북경에 거주하게 된 것은 어떤 준비된 상황이 아니라 전적으로 우연한 계기에 의해 이루어진 것이다. '6.25'전쟁 중, 피난 차 압록강을 넘어 중국 집안까지 왔던 김학철은 거기서 조선의용군 시절 전우 서휘를 만나며 서휘의 권고로 북경 중앙문학연구소 소장 정령(丁玲)의 문하에서 문학수업을 받게 된다.[21] 김학철은 1951년 1월부터 1952년 10월 연변으로 가기 전까지 북경 중앙문학연구소에서 연구원으로 창작활동에 종사한다. 이때 김학철은 중국어로 중편소설「범람(氾濫)」과 단편소설집『군공(軍功)메달』을 인민문학출판사에서 출간하게 되는데 여기에 대하여 김학철은 훗날 "정령·풍설봉 두 분의 덕분"[22]이라고 쓰고 있다. 여기서 "정령·풍설봉 두 분의 덕분"이란 작품 내용의 문제일 수도 있고 언어의 문제일 수도 있으며 발표의 문제일 수도 있다.

김학철에게 있어서 중국어는 상해 의열단 시절 그의 나이 19세 때, 투쟁의 수요에 의해 배운 것이다.[23] 서울에서 보성고등학교를 졸업하고 문학지『조선문단』에서 자원봉사를 하며 소설 창작에도 꿈을 두었

---

20) 리광일, 위의 박사논문, pp. 91-92 참조. 그러나 민감한 정치적 감각을 확보하고 있었음에도 불구하고 리근전 역시 그 뒤의 문화혁명은 무사히 넘길 수 없었는데 그의 장편소설『범바위』가 '민족주의'를 고취한 '대독초'로 몰려 투쟁 받았고 그 역시 '독초'의 작가로 타도되었다. 이는 과경·월경 민족으로서 조선족의 작가가 아무리 노력해도 결코 넘어설 수 없는 정치적 한계였다.
21) 김학철,『최후의 분대장』, 문학과지성사, 1995, pp. 340-351 참조.
22) 위의 책, p. 346.
23) 위의 책, p. 113.

던 청년이 19세 때부터 배운 중국어가 그의 언어체계에서 외국어의 차원을 넘어 모국어와 동등한 제1언어로 자리 잡기란 어려운 것이다. 더구나 그는 서울 보성고등학교 시절 『조선문단』에서 자원봉사를 하며 첫 번째 습작기를 거치게 되는데 이때 형성된 문학 언어란 두말할 것도 없이 서울말이다. 중국으로 건너온 초기, 상해 의열단 시절 그는 중국어를 배우기는 했으나 의열단 자체가 조선인 민족주의자들과 무정부주의자들로 구성되었다는 점을 감안할 때 그가 사용했던 주요한 언어가 조선어였음은 이론의 여지가 없다. 그 뒤 황포군관학교 재학 시 조선인 독립중대의 형성, 조선의용대의 건립 등으로 하여 그는 늘 조선인들 속에서 생활하였는바 그의 제1언어가 어디까지나 조선어였음은 자명한 것이다. 그리하여 김학철이 태항산 시절, "양계(陽界)와 고생우(高生友) 두 청년이 륙색에다 문세영(文世榮) 편찬으로 된 우리 나라 최초의 『조선어 사전』을 짊어지고 태항산으로 들어왔을 때", 깊은 감명을 받고 "우리의 한글은 불사조다. 영원히 살아 있을 것이다!"24)라고 했던 것은 결코 우연이 아니다.

김학철이 북경 시절, 그에게 있어서 가장 '편한 언어', '최선의 언어'가 될 수 없었던 중국어로 창작을 할 수 밖에 없었던 것은 그러므로 전적으로 외적인 상황 때문이었다. 우선 연변에 조선족 자치주가 성립되기 전이었고, 연변 즉 만주에 대한 사전 지식과 이해가 전무했던 김학철이 광복 후, 재정비 중이었던 연변의 조선족 문단에 연결될 수 있는 통로를 찾기란 불가능한 것이었다. 더구나 그것이 '6.25' 전쟁, 즉 '항미원조(抗美援朝)'25) 전쟁 중이었음을 감안하면 더더욱 불가능한 것이었다. 북경에서 문학작품을 발표하기 위해 김학철은 중국의 발표기관에

---

24) 앞의 책, p. 249.
25) '6.25' 전쟁에 대한 중국 측의 용어.

의존할 수밖에 없었고 중국어로 발표할 수밖에 없었다. 또한 이때 연변 즉 만주의 조선족에 대한 이해가 전무했던 김학철은 그의 독자로 중국인들을 상정할 수밖에 없었는데 그들을 독자로 확보하려면 중국어로 창작하는 것 외에 다른 선택이란 있을 수 없는 상황이었다. 그러므로 김학철의 중국어 창작은 발표기관과 독자 문제 등 외적인 상황의 영향에 의한 것이었다.

작가의 내적인 언어조건에 의한 것과 외적인 상황의 영향에 의한 것이라는 리근전과 김학철의 중국어 창작의 의미가 가지는 이러한 차이는 훗날 조선어로의 창작과 발표가 가능해졌을 때 그들의 번역활동을 통해서도 나타난다. 리근전은 조선작가 이기영의 장편소설『고향』을 중국어로 번역 출판하였고 김학철은 정령의 장편소설『태양은 상간하를 비춘다』와 노신의 중편소설집『아Q정전』과 중편소설집『축복』을 조선어로 번역 출판하였다. 이는 리근전과 김학철의 중국어 창작의 의미를 단적으로 보여주는 부분이라고 할 수 있다.

2) 번역 발표의 의미

리근전의 두 편의 장편소설『범바위』와『고난의 년대』모두 중국어로 창작된 뒤 번역 발표된 작품이다. 여기서 우선 주목할 부분은 두 편의 소설 모두 중국어로 발표된 뒤 다시 조선어로 번역 발표된 것이 아니고 먼저 조선어로 번역되어 발표되었다는 점이다.『범바위』는 1962년 연변인민출판사에서 조선어로 발표된 뒤, 인민문학출판사에서 중국어로 출판하려다 문화대혁명 중, '민족주의'를 고취한 '독초'로 비판 받으면서 출판이 좌절되었다. 정치적 동란이 결속된 후, 1982년에야 사천민족출판사에서 중국어로 출판하게 되었다.『고난의 년대』는 원본인 중국어판은 출판되지 않았고 번역되어 조선어판으로만 출판되었다. 보통 원작이 발표되고 다시 원작에 대한 번역 작품이 발표되는 것에 비해 보면 리근전의 경우는 특이한 경우에 속할 것이다.

중국어로의 출판 즉 원작의 출판이 여의치 않아서일 것이라는 가설이 제기될 수도 있는데 1960년대 초 당시, 리근전이 중공연변주위 정책연구실 부주임, 중공연변주위 선전부 부부장 등 당의 요직에 있었던 점을 감안하면 이 가설은 성립되기 어렵다. 특히 중국 공산당의 행정체계상 중공연변주위 선전부라고 하면 연변지구의 신문사, 방송국, 출판사, 잡지사 등 기관에 대해 통일적으로 지도하며 모든 언론매체의 사전 검열을 책임진 주요한 부문이다. 이런 부문의 부부장으로 있었던 리근전에게 중국어판 출판은 그리 문제되는 일이 아니었음은 자명한 것이다. 실제로 리근전은 60년대 초를 선후하여 한문으로 즉 중국어로 산문집 두 권을 출판하였다.26) 그러므로 리근전의 번역 발표는 특별한 의미를 가지며 보다 자세히 검토되어야 할 사항이다.

리근전의 번역 발표에 대해서는 주로 두 가지 측면에서 검토할 수 있다. 우선 작품의 내용과 관련된 측면이다. 두 편의 작품 모두 조선족의 모습과 생활 그리고 정치 현실에 대한 이념적 대응 등을 보여주고 있다. 『범바위』는 광복을 맞은 시점에서 조선족 인민들의 심각한 선택의 갈등을 다루고 있으며 김치백이를 비롯한 서위자촌 조선인들이 중국 공산당의 영도 하에 국민당 반동파와 조선인 친일지주 등과의 투쟁에 궐기하는 과정, 서위자촌 조선족 소년 김근택 즉 호랑이가 무공대의 전사, 간부로 성장하는 과정을 통하여 광복 후, 조선족 인민이 나아가야 할 길을 제시하고 있다. 『고난의 년대』는 조선족의 중국으로의 이주의 원인과 과정, 중국 땅에서의 정착 과정, 항일투쟁, 중국 공산당 이념에

---

26) 리근전, 『흘러간 세월』, 흑룡강조선민족출판사, 1997, p. 1.

의 동조 등에 대해 다루었으며 광복 후 조선족의 중국 선택과 중국 공산당 이념의 선택은 필연적인 것임을 보여주었다. 두 편의 장편소설 모두 조선족을 주요 인물로 설정하고 있으며 조선족의 역사와 삶의 모습을 보여주는 것을 주요 내용으로 하고 있다. 이러한 내용적 측면은 조선어로 번역하여 발표한 1차적 원인이 될 수 있다.

다음으로 독자층에 대한 고려와 관련된 측면이다. 작가는 작품을 창작하고 발표할 때, 이상적인 독자층을 미리 상정하게 된다. 리근전의 경우, 독자층에 대한 고려는 작품의 내용, 더 주요하게는 작품의 창작 동기와 직접적으로 연관되며 문학의 효용성의 측면에 대한 고려와 연관된다. 리근전이 조선족의 역사에 대해 관심을 갖게 된 것은 1953년 신문기자로 있을 때, 조선족의 역사에 대한 한 소학교 선생의 질문을 받고나서부터이다. 그때로부터 리근전은 조선족의 역사에 대한 확인과 복원의 필요성을 절감하며 그것이 민족교육의 측면에서도 큰 효용성을 가짐을 알게 된다. 또한 차츰 항일전쟁시기와 해방전쟁시기, 항미원조 전쟁시기 조선족의 역사적 공훈을 알게 되고 벼농사의 역사에 대해서도 알게 되는데, 이로부터 리근전은 더욱 강렬한 역사 복원 의식을 갖게 되며 작품 창작에 들어가게 된다. 그러므로 작품을 통하여 조선족 인민들로 하여금 조선족의 역사를 알게 하고 민족적 긍지를 갖게 하는 것이 작품 창작의 동기이고 목적인데, 이는 리근전이 처음부터 조선족 인민들을 제1독자층으로 상정하고 있었음을 보여준다. 두 편의 장편소설 모두 먼저 조선어로 번역되어 출판된 것은 독자층에 대한 고려가 주요한 원인으로 작용했을 것이다. 이는 60년대는 물론 80년대 말까지도 조선족 중 상당수의 사람들이 중국어 수준의 제한으로 중국어로 된 책을 그다지 읽지 않았던 것과도 무관하지 않다. 실제로 리근전은 두 번째 장편소설 『고난의 년대』를 창작할 때, 작품의 구상 단계로부터 미리 훗날 이 소설의 번역을 부탁할 강정일을 찾아 작품의 구상과 내용에 대해 논의하였으며 집필 과정에서도 자주 그를 찾아 의견을 교환하였다. 이는 그가 구상 단계로부터『고난의 년대』의 번역 발표를 염두에 두고 있었음을 보여준다.

이러한 창작 동기와 목적으로 인한 조선어로의 번역 발표는 중국 공산당의 당정간부이면서도 그들과는 막바로 같아질 수 없는 민족간부라는 특수한 이름이 갖고 있는 민족적 정체성과 민족의식을 의미한다. 실제로 1962년 당시『범바위』를 조선어로 번역 발표한 것은 상당한 위험부담을 동반한 것이었다.

1957년부터 1962년에 이르는 기간 동안 연변지역에서는 '민족정풍운동'을 전개하면서 민족자치와 조선인의 이익을 옹호하고 한(韓)민족의 고유문화를 보존·발전하려는 조선족 출신의 간부와 지식인들은 '지방민족주의자', '우경분자' 등으로 매도되었고 한족 중심의 사회주의 조국에 대한 애국주의 교육이 강조되었다. 따라서 한국어와 조선족의 독특한 문화에 대한 교육보다는 중국어와 중국혁명에 대한 교육과 동화가 강조되었다.27) 특히 1959년에 있은 지방민족주의를 반대하는 운동이 조선족 문단에 준 피해는 엄청난 것이었다. 그 정도가 지나쳐 조선족 작가들이 조선족 생활을 반영하는 것을 지방민족주의의 표현으로 인정하였는데 한 연극단이 한족의 극을 조선족의 생활로 각색한 것도 비판당했으며 조선족의 전통적인 애정윤리를 다룬 극시「김옥희와 팔거북」등이 모두 "독초"로 비판대에 올랐다. 더욱 극단적인 것은 부동한 민족어간의 차이점을 무시하고 그들간의 '공동성분'만을 지나치게 강조함과 아울러 한어와의 융합까지 주장하면서 조선어의 규범화는 '언어순결화'를 야기시키는 것으로 모두 "오유적이고 반동적인 것이므로" 견결

---

27) 김영모,『중국 조선족 사회 연구』, 한국복지정책연구소, 1992, p. 172.

히 비판할 것을 주장하였다. 이런 정세 하에 문학지『아리랑』(1957년 7월호)에 발표된 김창걸의「연변의 창작에서 제기되는 민족어규범화 문제」라는 논문도 호된 비판을 당하게 되었다.28)

이러한 정세에 중국 공산당의 지방 당정 요직에 있었던 리근전이 둔감했을 리는 없다. 조선족과 관련된 모든 것을 지방민족주의로 몰아붙이고 심지어 조선어와 한어의 융합론까지 제기되는 마당에 조선어로 번역 발표하는 것이 얼마나 큰 위험부담을 안고 있는 것인지를 리근전이 알아차리지 못했을 리는 없다. 그것은 그의 정치적 생명과도 직결되는 민감한 부분이었다. 그럼에도 리근전이 굳이 조선어로 번역 발표한 것은 그의 민족적 정체성 혹은 민족의식의 근저에 닿아있는 부분일 것이다. 이것은 그의 내면 풍경과도 맞닿아 있는 부분이다.

마지막으로 짚고 넘어갈 것은 중국어 창작에 대한 작가 자신의 내면 풍경이다. 내면 풍경이란 작가론·작품론보다 일층 은밀한 또는 섬세한 영역이며 그 섬세함이란 창작에서의 의식과 무의식의 분리점에까지 추구해 들어갈 때 발생하는 것이다. 내면 풍경을 문제 삼는다는 것은 문학만이 가진 또는 예술만이 가진 현실에의 환원 불가능한 마음의 내밀한 요소의 작용과 그 작용이 창작의 중요한 요소를 이루고 있다는 전제를 승인할 때 비로소 가능해지는 것이라 할 수 있다. 말을 바꾸면 작가론에서도 빠뜨리는 요소, 작품론에서도 다스리기 어려운 미묘한 삶의 감각적 인식에 관한 것을 포착하고 이를 확대경으로 드러내어, 어떤 의미 단위를 환원해보이는 것을 두고 이름 지울 수 있는 것이 바로 내면 풍경의 탐구이다. 내면 풍경의 실상은 창작의 원초적 충동에 걸려 있다.29)

리근전은 생전에 그 어떤 글에서도『범바위』와『고난의 년대』가 중

---

28) 조성일·권철,『중국조선족문학사』, 연변인민출판사, 1990, pp. 292-293 참조.
29) 김윤식,『한국 현대 현실주의 소설 연구』, 위의 책, p. 239.

국어로 창작된 것이고 조문판은 번역된 것임에 대해 밝히지 않았다. 외려 「시대감과 주제사상—장편소설 『범바위』를 수개하면서」에서는 "장편소설 『범바위』는 1962년에 연변인민출판사에서 출판되었다. 한문판은 금년에 사천민족출판사에서 출판했다. 워낙 한문판은 인민문학출판사에서 출판하게 된 것이다. 헌데 문화대혁명때 그도 액운을 면하지 못하고 끌려나와 비판을 받다가 끝내 해빛을 보지 못한 채 없어지고 말았다. 그래서 이번에 다시 쓰면서 수개하였다."라고 씀으로써 마치 원 창작이 조선어이고 후에 중국어로 번역된 듯한 착각까지 주고 있다. 왜 그는 중국어 창작임을 굳이 밝히고 싶지 않았던 것일까. 이 드러나지 않은 부분은 작가의 내면 풍경에 관계되는 부분이다.

이 부분을 굳이 해석해본다면 그것은 작가의 민족적 정체성과 민족의식과 연관된 부분이라고 할 수 있을 것이다. 리근전의 수필집 『홀러간 세월』에 수록된 수필들을 보면 리근전이 우리 민족의 역사, 풍속 등에 굉장히 해박한 지식을 갖고 있음을 알 수 있다. 수필 「타향살이」, 「옛날의 며느리들」, 「열두새 삼베옷」, 「우리 민족의 혼인잔치」 등이 대표적이다. 이 수필집의 서언 「내 수필을 읽은 이들에게」에서 그는 "수필은 더구나 작가 고의로 만들어내는 것을 허락하지 않는다. 꾸밈이 없고 진술해야 한다. 텁텁하면 텁텁한대로, 제 목소리 못났으면 못난대로, 제 얼굴 탁하면 탁한대로, 제 령혼의 몸부림이길 강요한다"고 수필에 대한 소감을 밝히고 있다. 그가 정말 그의 수필에서 이러한 의식을 실현하였다면 그의 수필을 통하여 우리는 그의 내면풍경의 한 부분을 엿볼 수 있다. 조선족이라면 당연히 조선어를 잘해야 한다는 자의식을 작가가 갖고 있었기 때문이라면 지나친 비약일지도 모르나 작가가 일관적으로 드러내 보인 민족적 정체성과 민족의식과 연관시켜 보면 타당한 해석일 가능성도 없지 않다.

2. 언어의 공식성과 비공식성

언어는 공식적 측면과 비공식적 측면을 갖고 있으며 공식 언어와 비공식 언어로 분류된다. 이는 미하일 바흐찐에 의해 제기된 것으로서 언어를 사회·이념적 측면에서 파악한 것이다. 공식 언어란 한 민족과 시대의 지배적·공식적 담론과 이데올로기를 형성하는 언어로서 문예언어, 단일언어, 공용어, 표준어 등과 같은 맥락에 놓인다. 비공식 언어란 이러한 자기 시대의 공식 언어를 패러디(parody)하면서 그에 대해 날카롭게 논쟁적으로 적대하는 언어로서 지배적·공식적 담론에 대항하는 주변부를 이루는 언어이며 다양성과 대화성을 그 특징으로 한다.30) 언어의 이러한 공식적 측면과 비공식적 측면으로의 분류에 의하여 문학 역시 공식 문학과 비공식 문학으로 분류된다. 공식 문학이란 한 민족과 시대의 공식적·지배적 문예이론에 의해 창작되고 해석되며, 그 민족과 시대의 공식적·지배적 담론을 형성하는 데 기여하는 중심 문학이다. 비공식 문학이란 그러한 공식적·지배적 문예이론에서 벗어나 다양함을 추구하며 공식적·지배적 담론보다는 주변부를 위하는 문학이다.

중국 조선족 소설은 역사·철학적 특수성으로 하여 오랫동안 정치·문학 일원론의 원칙에 의해 창작되고 해석되어 왔으므로 언어와 문학의 이러한 공식적 측면과 비공식적 측면의 특징이 사회·정치적 환경의 변화에 따라 서로 엇갈리며 나타난다. 그러므로 이러한 공식적 측면과 비공식적 측면의 문제는 사회·정치적 현실에 대한 조선족 작가들의 문학적 대응양상과 뚜렷한 연관성을 보이기도 한다. 특히 서로 다른

---

30) 미하일 바흐찐, 전승희 외 옮김, 『장편소설과 민중언어』, 창작과비평사, 1988, pp. 64-190 참조.

사회·정치적 환경에서 창작된 김학철의 두 편의 장편소설은 각각 언어의 공식적 측면과 비공식적 측면을 대조적으로 선명하게 구현하고 있다. 이러한 맥락에서 김학철의 두 편의 장편소설 『해란강아 말하라』와 『격정시대』를 통하여 조선족 소설의 주요한 언어적 특성인 언어의 공식적 측면과 비공식적 측면에 대해 살펴보려고 한다.

김학철 소설의 언어적 특성에 대해서는 그의 대표작 『격정시대』를 중심으로 많은 연구가 이루어져 왔다. 그러나 이들 연구의 대부분은 언어의 풍부함과 방대함, 그리고 속담과 관용구 등의 표현적 특징을 추출하는데 머물렀을 뿐이다. 이는 소설 언어의 역동적인 대화적 특성을 파악하지 못하고 소설 언어를 정적인 대상으로만 바라본 결과이며, 소설 언어가 장르 차원의 관심사나 작품 자체로부터 분리된 채, 언어 일반에 속하는 한 현상으로 취급된 결과이다.

여기서는 김학철 소설의 언어적 특성에 대하여 그의 개인적 발언이나 사적인 문체의 차원에서가 아니라 전반 조선족 소설의 언어적 특성이라는 맥락에서 언어의 공식적 측면과 비공식적 측면으로 나누어 살펴볼 것이다. 언어의 공식적 측면과 비공식적 측면이 어떻게 각각의 소설에서 전체의 어조를 뒷받침하고, 소설 전체의 통일적 의미를 구축하고 실현하는 과정 속에 참여하게 되는지, 그것이 사회·정치적 환경의 변화와 어떤 연관성을 갖고 있는지 자세히 검토해 볼 것이다.

1) 공식 언어와 정통성

공식 언어는 민족과 시대의 언어·이념적 삶에 존재하는 언어학적 중심에 놓여 있고 한 민족 또는 시대에 지배적으로 통용되며 표준어, 문예언어, 단일언어와 동등한 맥락에 놓인다. 공식 언어는 공식적인 사회·이념의 차원에서 언어·이념적 세계의 문화적·민족적·정치적 집중화와 통일을 통하여 이루어진다. 우세한 한 언어(방언)의 여타 언어들에 대한 승리 및 그것들의 추방과 예속, 유일한 진짜 언어에 의한 조명, 미개인과 하층민의 문화 및 진실의 통일언어로의 병합 등이 공식 언어를 형성하기 위한 집중과 통일의 과정이다.[31] 그러므로 문학 창작에서 공식 언어를 사용한다는 것은 공식 문학의 창작을 의미하며 곧 자기 시대의 지배적 담론에 의탁함을 의미한다. 그것은 "지배담론에 의탁함으로서 얻어낼 수 있는 안정감은 이념의 차원에서 기존 지배이데올로기를 강화하는 일과 다르지 않다. 정신구조가 동일한 언어체계에 의존하여 작품을 쓰는 경우 지배담론을 벗어나기 어렵게 되어 있"[32]기 때문이다. 이런 의미에서 중국 조선족의 첫 장편소설이자 김학철의 첫 장편소설이기도 한『해란강아 말하라』는 바로 1950년대 초반, 중국 조선족 사회의 공식 언어에 의해 창작되었으며 이 시기 조선족 사회의 지배적 담론에 놓여 있는 공식 문학이라고 할 수 있다.

『해란강아 말하라』는 소설의 지문과 작중인물의 대화 모두 서울말에 기초한 표준어 즉 공식 언어를 구사하고 있다. 즉 소설은 1930년대 연변 즉 간도 지방 조선족 인민들의 반일 투쟁과 반봉건 투쟁, 그들의 삶과 생활을 다루고 있음에도 불구하고 1930년대 간도 지방 조선족 인민들의 삶의 구체성을 가장 잘 드러내 보일 수 있는 함경도 방언 대신 서울말에 기초한 정확한 표준어를 구사하고 있다. 바흐찐에 의하면 표준어는 단일언어와 같은 맥락에 놓인다. 단일언어란 언어의 통합과 집중이라는 역사적 과정의 추상화된 표현, 즉 언어에 존재하는 구심적 힘

---

31) 미하일 바흐찐, 전승희 외 옮김, 위의 책, pp.76-82 참조.
32) 우한용, 「蔡萬植 文學의 民族文學的 性格과 世界性」, 연변대학교 창립 55주년 기념 국제학술대회 자료집 :『조선—한국문화의 역사와 전통—언어·문학 분과 발표 논문집』, 2004, 8, p. 11.

들의 표현이다. 단일언어란 본질적으로 이미 주어진 어떤 것이라기보다
는 상정된 어떤 것으로서, 그 언어학적 진화과정의 계기마다 언어적 다
양성의 현실에 대립한다. 단일언어란 사회·정치적이고 문화적인 집중
의 과정과 긴밀히 관련을 맺는 가운데 구체적 언어와 이념의 집중과 통
합을 향해 작용하는 힘의 표현이다.[33] 그러므로 소설에서 함경도 방언
의 거부와 표준어 구사는 작가의 이념적 사고의 중심화 즉 언어와 이념
의 집중과 통합을 지향하는 것이며 세계에 대한 작가의 파악 방식의 직
접성과 단일성을 보여준다. 표준어의 구사는 설화성을 중심으로 한 작
품에 대한 작가의 개입과 통제와 같은 맥락에 놓이는 것이다.

　김학철의 표준어 구사에서 중요한 것은 그가 근거로 하고 있는 우리
말의 정확성의 잣대랄까 표준이 서울말로 되고 있음이다. 김학철은 수
필 「아름다운 우리 말」에서 연변식 비표준어 '선생질', '의사질', '동
무'…… 등에 대하여 꼬집던 끝에 아래와 같이 고백하고 있어 퍽 인상
적이다.

　　　우리 안사람에 대해서도 나는 차차 불만이 커가는중이다……시집을 갓
　　왔을 당시에는 고운 서울말씨로 댕갈댕갈 지껄여서 내 귀에 음악적인 희열
　　을 갖다주던 것이 이제 와선 아주 글러먹었으니까 말이다. 그전에는 내가
　　저녁때 늦게 돌아오면 의례 고운 서울말씨로
　　　"진지는요?"
　　물으며 부지런히 일어나 행주치마를 두르군 하였었다. 그러던 것이 이
　　근년에 와서는 그 아름다운 말씨–'진지'를 도태하고 시금털털한 말투로
　　　"식사?…"
　　하고…… 이게 그래 현저한 퇴보가 아니고 무어란 말인가![34]

---

33) 미하일 바흐찐, 전승희 외 옮김, 위의 책, pp. 77-78.
34) 김학철, 「아름다운 우리 말」, 『태항산록』, 연변인민출판사, 1998, pp. 350-351.

위의 인용문에서 서울말씨가 '고운', '아름다운' 말씨로 되어있고 '고운' 서울말씨란 '내 귀에 음악적 희열을 갖다주던 것'으로 되고 있음에 유의해야 할 필요가 있다. 실제로 김학철은 우리 말의 표준을 서울말에 두고 있는데 그는 어느 편집자가 자신의 소설을 편집할 때 "있에요"를 "있어요"로 고쳐놓은 사실을 예로 들면서 "서울 발성을 한번 귀담아 들어보라"고 한다. 거기서 "했에요", "있에요"를 쓰는가 안 쓰는가 보라는 것35)이다. 그 외에도 작가는 '아씨', '드난살이' 등 고유의 서울말을 고집한다. 김학철은 함경도 방언으로 대표되는 연변식 말에 대하여 강한 거부감을 갖고 있는데 그 정도가 "세상이 딱 귀찮은 생각까지 들"거나 그렇게 말하는 남자를 보면 "귀싸대기를 한대 갈겨주고싶"36)기까지 하다. 이런 거부감은 서울말에 대한 자의식과 동일선상에 놓인다.

김학철에게 있어서 서울말이란 문학 습작기의 언어이다. 김학철은 1929년 13세때 서울 외가집(관훈동 69번지) 도움으로 서울 보성고등학교에 입학하였으며 1934년 18세때 졸업한다. 서울 보성고등학교란 서울의 전통을 갖춘 명문 고등학교로 김학철에게는 자랑과 긍지 자체이다. 이 서울 보성고등학교에서 김학철은 한때 문학에 미쳤었고 소설 습작도 진행한다. 김학철의 사상의 본격적인 형성기와 문자 생활의 성숙기, 첫 습작기의 언어 환경은 서울 즉 서울말이다. 그러므로 그에게 있어서 서울말이란 곧 서울 시절, 청소년기, 서울 보성고등학교 시절의 의미를 가진다.

중국으로 탈출한 후, 그는 상해, 남경, 태항산 등 중국 관내에서 투쟁에 참가했으므로 그곳에 모인 그의 전우들과만 우리 말을 썼고 중국어를 습득하여 중국어가 생활언어의 한 부분으로 되었다. 그러므로 그

---

35) 앞의 글, pp. 351-352.
36) 위의 글, p. 350.

의 서울말은 그대로 보존될 수 있었다.

해방 직후, 그는 일본 감옥에서 석방되어 서울로 귀국하며 서울에서 조선독립동맹의 간부 자격으로 정치 활동에 참여한다. 또한 작가 되기의 첫 실천으로 10여 편의 단편소설을 창작하여 『신문학』 등 잡지에 발표하며 문학가동맹의 리태준, 김남천, 리원조 등 중견작가, 비평가들을 만나게 된다. 그의 본격적인 습작기 역시 서울, 서울말을 그 환경으로 하고 있었음을 알 수 있다. 그의 부인 역시 인천 태생으로 그는 가정에서 여전히 서울말을 쓸 수 있었다. 이리하여 그는 서울말에 대단한 자의식을 가지게 되었는바 서울말이란 그에게 있어서 곧 청소년기의 기억이며 서울에 대한 막연한 그리움과 향수의 한 표현형태이다. 서울말에 대한 대단한 애착과 고집, 서울말=표준어라는 그 자의식의 근저에는 그의 정체성이 자리하고 있다.

김학철은 문학작품에서의 서울말과 방언의 관계를 다음과 같이 쓰고 있다.

> 홍명희선생의 『림꺽정』에서는 전라도기생 계향이도 서울말을 하고 평안도기생 초향이도 서울말을 하고 그리고 서울기생 소홍이도 역시 서울말을 한다(이것은 물론이다). 리기영선생이 그 작품들에서 서울말과 지방의 사투리말을 놀랄만큼 능숙하게 구분하여 구사하는데 비하면 이것은 의론의 여지가 없는 부족점이다. 그렇기는 하지만 『림꺽정』의 인물들이 쓰는 말은 참으로 아름다운 우리 민족의 말—자랑스러운 말이다.[37)]

위의 인용문에서 김학철은 리기영의 창작에서의 방언의 활용을 높이 평가하고 그에 비해 『림꺽정』의 일절 서울말 표현에 대해 "부족점"이라고 평가하고 있거니와 이는 김학철이 문학작품에서 방언이 갖고 있는

---

37) 앞의 글, p. 351.

표현의 힘을 충분히 알고 있음을 보여준다. 그러면서도 "그렇기는 하지만 『림꺽정』의 인물들이 쓰는 말은 참으로 아름다운 우리 민족의 말ᅳ자랑스러운 말"이라고 극구 긍정하는 데서 그의 서울말에 대한 자의식을 볼 수 있다.

실제로 그는 창작에서 함경도 방언, 연변말을 거의 사용하지 않으며 서울말, 표준어로 일관되고 있다. 그의 체험적 장편소설 『격정시대』가 문학적 형상화에 성공함은 부분적으로 서울말의 부드러움과 풍부함에 힘입었거니와 이는 작가의 서울말에 대한 뛰어난 감각과 자의식으로 말미암은 것임은 이미 알고 있다. 그러나 연변인민의 반제반봉건 투쟁의 형상화인 『해란강아 말하라』가 서울말·표준어로 일관되어있음은 작가의 결정적인 실착이 아닐 수 없는데 우리는 여기서 연변에 정착하여 살아가는 농민들인 한영수, 머슴 임장검, 허연하, 박서방, 박서방댁 등이 모두 표준말을 쓰고 있음을 볼 수 있다.

"……두 사람인데……"
"염려 마세요."
"우리집은 아시다시피 아래 웃간뿐이라 남의 눈을 기실 재간이 없구 해서요……"
"즈의 집 골방이 알맞춤허잖아요?"
"구들 밑에, 내 생각 같아선, 움을 팠으문 좋을 상 부른데요……"
"움요? 어렵잖아요. 근데 언제께나?……"
"건, 숨을 데만 다 되문 아무 때구……"
"좋아요. 검, 오늘밤부터라두 파내두룩 허겠습니다."
"예, 그럼 저녁 후에 내, 장검이와 영옥일 보낼 테니요."(김학철, 『해란강아 말하라』 상, p. 106.)

위의 인용문은 서로 좋아하는 사이인 한영수와 허연하가 주고받는 말이다. 대화의 말미가 서울말의 "요"체에 의하고 있으며 유난히 끝이 짧은 함경도 방언의 말미인 "둥", "습꾸마" 등은 아예 나타나지 않고 있다. 그리고 두 사람이 대화 중에 사용하고 있는 어휘들도 대체로 표준어이다. 공부도 하지 못했고 서울과도 멀리 떨어진 간도 벽지에 사는 가난한 농사군의 입에서 나오는 표준말이란 그만큼 삶의 구체성과 현실성이 결여된 것이다. 안수길의 『북간도』에서 구사되는 저 억세고 투박하고 강한 함경도 방언을 떠올려보라. 그것이야말로 거친 간도의 이 주민들에게 어울리는 개척자의 야성적이고 힘찬 언어가 아니던가. 그리하여 풍부한 속담과 관용어구 등의 구사로 인한 김학철의 노력에도 불구하고 『해란강아 말하라』는 언어의 형상성을 확보할 수 없었다.

물론 소설에서는 일부 어휘에 대한 방언을 괄호안에 표기하거나 일부 어휘를 방언으로 표기하고 괄호 안에 그것에 대한 설명을 곁들이기도 했다. 예를 들면 '나루사공'에 대해서는 괄호 안에 "본지방 말로는 찬 부리는 사람—배를 가리키어 촨이라 하는 중어가 변하여 찬이 되고, 거기에 조선 말 부리는 사람이 더 붙여져서 된 간도 특유의 지방어"38)라고 방언 표기를 설명하기도 하고 '툰장'이라는 중국식 표기를 하고 괄호 안에 "즉 촌장인데, 당지에서는 중국어 음으로 툰장, 툰장 하고 불렀다"39)로 설명을 덧붙이기도 하였다. 또한 '부이데기'로 표현되는 중국 군인들의 말에 대해서는 "서마스(무슨 일이오)?"40)라고 중국어 원음으로 적거나 일본군의 말에 대해서는 "일본말과 중국말을 뒤섞은 말"이라고 표현하면서 "라이, 또 이우노니(오라구 허는데)?!"41)라고 중국어와 일본어 원음으로 적기도 했다. 이러한 표현은 군벌 혼전과 일본 제국주의의 침략으로 특징지어지는 1930년대 중국의 반봉건 반식민지 형태의 혼

---

38) 김학철, 『해란강아 말하라』 상, 풀빛, 1988, p. 29.
39) 위의 책, p.35.
40) 위의 책, p. 84.
41) 김학철, 『해란강아 말하라』 하, 풀빛, 1988, p. 101.

란스러운 정치적 상황과 현실을 구체적으로 반영한다. 그러나 이러한 표현은 전편 소설에서 극히 적은 부분을 차지하며 소설의 전반적인 흐름에 큰 영향을 주지 못한다.

이러한 공식 언어의 사용으로 하여 이 작품은 사회주의 리얼리즘 소설의 정통성을 구현하며 "식민지시대 이래의 우리 장편소설적 전통에 잘 어울리는 규범적 작품이지만, 김학철의 작품세계에서는 좀 외떨어진 작품"[42]으로 된다. 즉 이 작품은 "대체로 무리없이 하나의 서사적 완결성을 지닌 채 연변 조선족의 반제반봉건투쟁의 전통을 형상화하고 있다. 등장하는 여러 인물들의 형상도 각각의 계급적 전형성을 비교적 선명하게 구현하고 있다. 말 그대로 교과서적이고 규범적인 작품"[43]이다.

소설은 동만주 간도지방을 흐르고 있는 해란강 유역에서 반봉건투쟁과 반제투쟁(항일투쟁)이 교차하던 1931년 가을부터 1932년 겨울까지의 조선인 이주자들의 인민투쟁사라고 할 수 있다. 『조선족략사』에는 이 시기의 시대배경이 다음과 같이 서술되어 있다.

> 동만전역이 그러하듯이 32년 늦은 봄에서 겨울에 걸치여 해란강일대의 농민들도 역시 암담한 검정구름의 그늘아래서 세월을 보내였다. 일제는 '9.18' 사변후 저들의 식민지화음모와 파쑈적통치로 하여 야기된 여러 민족 인민들의 반일정서와 반항투쟁을 탄압하기 위해 혈안이 되여 날뛰였다. 인민들의 애국의식과 반항투쟁은 반동의 선불맞은 고조기를 휘몰아온것이였다. 일제는 저들의 식민지통치를 하루속히 실현하기 위해 중국공산당의 손길이 인민들속에 확고한 신심과 신념을 키워주기 전에 그 싹을 베여버리려 시도하였다. 1932년 한해에만도 일제는 연변에서 4천여명의 군중을 학살하였다. 1932년 봄부터 1933년사이에 일제는 연길현 해란구에 대해 선후로 94차의 '토벌'을 발동하고 1천 7백여명의 혁명자와 백성들을 살해하여 피로 물든 '해란강대참안'을 빚어내였다.[44]

---

42) 김명인, 「어느 혁명적 낙관주의자의 초상」, 『창작과비평』, 2002, 봄, p. 242.
43) 위의 글, p. 243.

『해란강아 말하라』의 서사 골격은 『조선족략사』의 내용과 거의 일치한바, 1927년 중국공산당 만주성 임시위원회, 1929년 동만구위원회가 성립되고, 이어 1930년 「전만농민투쟁강령」이 만들어지면서 동만주 일대에 '붉은 5월투쟁'이 벌어져 일제와 악질지주들에게 심대한 타격을 입히는45) 등 강력한 반제반봉건투쟁이 전개되던 일련의 실제 역사의 과정이 소설 속에 형상화되고 있다. 김학철도 소설의 머리말에서 소설이 역사적 진실에 뿌리를 두고 있음을 다음과 같이 지적하고 있다.

> 내가 한 일이란 오직 허다한 자유를 사랑하는 사람들에 의하여, 심지어는 그것을 위하여 자기의 귀중한 생명까지를 내바친 선열들에 의하여 이미 엮어진 역사 사실을, 그도 극히 적은 일부분을 추려내여 정리하여 알기 쉽게 하였음에 불과합니다.46)

이러한 역사에 대한 모사적 진실과 함께 소설은 주로 다음과 같이 그 정형적이고 엄격하게 통제된 서사구조를 구축함으로써 사회주의 리얼리즘 소설의 정통성을 구현하고 있다.

소설의 세계는 주로 연변 연길현(지금은 용정시로 개칭) 해란구 버드나뭇골을 중심으로 한 해란강 양안의 조선인 마을들과 국자가, 마반산, 화련—네 개의 공간에서 이루어진다. 버드나뭇골을 중심으로 한 해란강 양안의 조선인 마을들은 지주와 머슴을 비롯한 소작인들의 대결의 공간이다. 대결은 주로 버드나뭇골에서 이루어진다. 국자가는 일본 영사관이 자리한 곳으로서 이 소설에서 그곳은 일본제국주의의 세력의 상징이다. 마반산은 중국의 공안분주소가 자리한 곳으로서 그곳은 중국의 구 군벌 세력을 상징한다. 화련은 버드나뭇골을 비롯한 해란강 양안 마

---

44) 『조선족략사』, pp.100-101.
45) 연변조선족자치주 개황 집필 소조, 『중국의 우리민족』, 한울, 1988, pp. 65-66.
46) 김학철, 『해란강아 말하라』, 풀빛, 1988. 「머리말」에서.

을들의 농협책임자들이 투쟁 상황을 회보하고 새로운 임무를 전달받는 공간이다. 그곳은 중공 동만 특별위원회 위원이며 중국인 공산당원 장극민이 있는 공간이다. 한영수들의 모든 활동과 투쟁은 화련의 구체적인 영도와 지시를 받으며 그들에게 화련은 정치적인 고향의 이미지이다. 즉 그곳은 중국 공산당의 영도에 필적하는 이미지를 지니고 있다. 물리적이면서도 역사적인 이 네 공간은 버드나뭇골과 국자가 일본 영사관이 대결하고 있는 중간에 마반산 공안분주소가 자리하고 있으며 이 공안분주소는 상황에 따라서 투쟁적이 될 수도 있고 일제와 결탁 내지는 타협을 할 수 있는 양면성을 지니고 있다. 그 바깥에 화련이 존재하고 있는데 화련은 주로 버드나뭇골과 단선적으로 연계를 맺으며 버드나뭇골을 통하여 국자가 일본 제국주의 세력과 간접적으로 부딪친다.

이 네 개의 공간의 중심은 당연히 버드나뭇골이다. 이 네 개의 공간이 부딪치는 곳은 버드나뭇골이며 버드나뭇골에 반제반봉건 투쟁이 집약된다. 버드나뭇골은 투쟁과 대결의 공간이며 작가는 반제반봉건 투쟁을 버드나뭇골에 축약시켜 형상화하고 있다. 따라서 버드나뭇골에는 자연히 이 소설의 중심 갈등이 자리한다. 버드나뭇골에서는 박승화와 최원갑이를 한 축으로 하는 지주·부농계급과 한영수·임장검이를 한 축으로 하는 농민·소작농계급이 팽팽히 대결한다. 그 사이에 놓인 것이 이른바 '단결할 수 있는 력량'인 김행석이와 머슴 김서방이다. 김행석이와 김서방은 양축으로부터 모두 단결할 수 있는 대상으로 인정받는다. 국자가의 일본 제국주의 세력은 박승화라는 축을 통하여, 화련의 중국 공산당은 한영수·임장검이라는 축을 통하여 버드나뭇골에서 부딪치며 대결한다.

소설에는 또 한영수·임장검이와 한축이었으나 나중에 전향·변질하지 않으면 안되었던 소자산계급 지식인 김달삼이도 중요한 한 축을 이루고 있다. 김달삼은 소자산계급 지식인의 특징을 한 몸에 체현한 전형적인 인물이다. 그는 처음에는 아버지와 한영수를 비롯한 농민·소작농들 사이에서 갈등하며 소자산계급 지식인의 우유부단함과 나약성을 그대로 드러낸다. 그는 때로는 자기의 이러한 출신을 저주하며 한영수나 장검이의 거칠 것 없는 출신을 부러워하지만 이것은 그의 공명심의 표출이다. 그것은 일시적인 충동으로 소 판 돈을 훔쳐다가 한영수에게 주려다가 결국은 아버지에 대한 동정과 연민에 굴복하고만 사건이나 추수투쟁 중에서 정치에의 지나친 열정으로 단결대상인 아버지－김행석이를 투쟁하는 데 선두에 선 사건을 통하여 나타난다. 이런 일련의 사건들에서 김달삼이가 우선 생각한 것은 혁명의 이익이나 승리가 아니라 자기의 출신과 처사에 대한 동지들의 시선이다. 이는 소자산계급 지식인 특유의 출신 콤플렉스에서 오는 것이다. 이 출신 콤플렉스를 이기영의『고향』의 김희준 같은 인물은 구체적이고 현실적인 투쟁 중에서 극복하고 성장해가지만 김달삼은 그와는 반대로 타락·변질한다. 결국 그는 자의적인 것은 아니었지만 박승화와 혁명계급 사이에서 갈등하다가 박승화의 위협에 굴복하고 만다. 소설의 아래와 같은 부분은 그의 나약함과 혁명에의 투기성을 잘 보여주고 있다.

> 허나 마음속으로 한가지 단단히 결정한 것은 있었다. 그것은 다시 더 변경할 여지 없는, 확고부동한, 거의 신념적인 것이었다.－즉, 천하 없어도 지금은 죽지 못한다……
>
> 나이가 삼십도 채 못된 자기가, 남보다 나은 재능을 가진 자기가, 비록 사립학교이기는 하나 그래도 한 학교의 교장을 할만한 학식을 가진 자기가, 그런 것을 다 버리고 지금 죽어? 안될 말이지!－이렇게 생각하고 그는 마음 속으로 설레설레 머리를 내흔들었다.
>
> 나 하나 죽는대도 이 장미빛 세상은 큰 변동없이 여전히 재미있고, 유쾌하고 즐거울 것 아닌가!……

  '달삼이, 어쨌든 너는 살아야헌다! 우선 살구 봐야 헌다!'(『해란강아 말
하라』하, p. 214-215.)

  이와 같이 소설의 인물들은 전통적인 사회주의 리얼리즘 소설의 형
상화 원리에, 마르크스주의 혁명이론과 계급이론, 문예이론에 부합되는
원칙에 의해 형상화되어 있다.

  또한 소설의 전체적인 구성을 놓고 볼 때, 이 소설의 전반부는 반봉
건투쟁으로 주로 박승화를 대표로 하는 지주계급과 한영수·임장검을
대표로 하는 농민계급의 대결이 추수투쟁, 춘황투쟁 등을 통하여 이루
어진다. 여기에서 박승화의 성격에 주목할 필요가 있는데 박승화는 중
국인 지주의 마름으로서가 아니라 중국인 지주와 같은 계열에 놓이는
그들보다 더 음험하고 지독한 성격으로 형상화되어 있다. 일본제국주의
와의 결탁이라는 면에서 보면 박승화는 중국인 지주들에 비해서 더 가
증스러운 존재이다. 소설의 후반부는 농민들의 반제투쟁인데 국자가로
표상되는 일본 제국주의와 버드나뭇골 농민들 간의 대결이다. 여기서
대결은 주로 일본 제국주의의 '토벌'에 의해 버드나뭇골에서 이루어진다.

  이와 같이 소설은 비교적 엄격하게 통제되고 틀에 짜인 정형적인 서
사구조를 지향하며 사회주의 리얼리즘 소설의 정통성을 구현하고 있다.
이는 작품의 창작에서 공식 언어를 사용함으로써 1950년대 초반, 중
국 조선족 사회의 지배적 담론을 구현한 것이다. 또한 작품 창작에 사
용된 공식 언어는 작가가 일관되게 고집해온 사회주의 리얼리즘 즉 사
회주의 사실주의 창작방법47)이 작품 창작에 강력하게 작용하게 한 매

---

47) 김학철은 「문학도끼리」에서 사회주의 사실주의 창작방법에 대한 자기의 일관된 믿
  음을 다음과 같이 서술하고 있다. "사회주의적 사실주의란 현실을 그 혁명적 발전속
  에서 력사적구체성을 가지고 진실하게 묘사하는원칙을 특징으로 하는, 현대문학예
  술의 가장 진보적인 창작방법입니다. 동업자 여러분, 저는 시종일관 이 창작방법을
  숭상해왔고 또 그에 충실하려고 노력해왔습니다."-김학철, 『천지』, 1988년 제6호.

개이다. 이것은 1950년대 초반, 중국 조선족 사회의 지배적 문예이론이 사회주의 리얼리즘이었다는 것과 결코 무관하지 않다.

『해란강아 말하라』는 공식 언어의 사용으로 인한 지배적 담론의 구현으로 하여 사회주의 리얼리즘 소설의 정통성이라는 문학의 공식적 성격을 형성하며, 이러한 문학의 공식적 성격은 또한 작가의 체험의 결여라는 작품의 관념성으로 하여 작가의 정치적 이념의 직접적 표출에로 이어진다. 가장 대표적인 지역 언어인 함경도 방언에 대한 무감각함과, 연변의 문학적 공간화에서의 함경도 방언의 거부로 하여 소설은 1930년대 연변 즉 간도 지방 조선족 인민들의 반제 반봉건 투쟁을 다루고 있음에도 불구하고, 그 무렵 연변 지역의 지역적 특수성과 풍속, 우리 민족의 간도 지방에로의 이주와 개척·정착, 간도 지방에서 조선족의 특수성과 삶의 구체성, 반제 반봉건 투쟁에서 조선족의 특수한 위치 등이 소설 속에 전혀 반영되지 않고 있다. 이는 체험의 결여로 인한 김학철의 관념적 오류이며 작가의 정치적 이념의 직접적 표출과 동일한 맥락에 놓이는바 그것은 소설의 단일성을 초래한다.

2) 비공식 언어와 민중성

비공식 언어는 공식적 차원·지배적 차원과는 대항적 관계에 있는 비공식적 차원·저급한 차원에서 주로 하층민들에게 사용되는 민중의 언어이다. 도시 및 농촌의 (특히 도시의) 하층민들이 사용하는 언어의 비공식적 측면에는 세계를 보는 특수한 관점, 특수한 현실 선택, 공식적 측면과는 전혀 다른 특수한 언어체계가 존재한다. 이러한 언어에서는 어떠한 승화도 일어나지 않으며 또한 이러한 언어 속에는 공식적 측면의 언어 및 문학에 대립되는 독특한 모형 체계가 존재한다. 이는 소

설에서 민중적 열정의 투박한 솔직성, 광장에서 하는 말에 부여된 방종의 특권으로 나타난다.48)

김학철의 『격정시대』에서는 이러한 언어의 비공식적 측면에 의해 우리가 통상적으로 세계를 바라보는 것과는 다른 이질적인 시각과 독특한 관점으로 세계를 바라보고 파악하며 지금까지 우리가 해왔고 믿어왔던 것과는 다르게 세계를 재해석한다. 세계에 대한 재구성과 재해석을 위해 김학철은 소설에서 민중의 생활어, 고유어, 속담, 농담, 해학, 골계 등 언어의 비공식적 측면에 포함되어 있는 어휘적 원천과 민속적 원천들을 다양하게 활용한다. 그것들은 모두 민중성이라는 하나의 시각에 의해 재구성되고 있으며, 전적으로 새로운 예술적, 이데올로기적 기획의 통일성에 영향을 받고 있다. 따라서 『격정시대』에서는 성장, 가난, 윤리, 도덕, 혁명, 전쟁, 독립운동, 영웅 등의 전통적인 의미가 파괴되고 재해석되며 그것들이 새로운 의미를 띠고 새로운 기능을 담당하고 있다. 이는 언어적인 측면에서 보자면 공식 언어에 대한 주변 언어의 저항이라는 의미를 지닌다. 달리 말하자면 중심언어 혹은 지배담론에 대한 대항담론(counter discourse)을 만들어 내는 작업이 김학철의 『격정시대』의 글쓰기의 의미를 이해하는 인식방법이라 할 수 있다.

『격정시대』는 김학철의 자전적 성장소설이다. 1916년 식민지의 항구도시 원산에서 태어나 보통학교 시절 원산총파업을 겪고 서울에 유학온 후 광주학생사건, 윤봉길 거사 등의 이야기를 접하면서 민족의식에 눈떠가던 한 소년이 본격적 민족해방운동에 투신하기 위해 중국 상해로 건너가 의열단을 거쳐 중국 중앙육군군관학교(황포군관학교)에 입교하고, 다시 독립혁명당 소속의 조선의용대의 일원으로 태항산 근거지에서 팔로군과 함께 항일전쟁에 참가하여 혁명전사로 성장하는 과정을

---

48) 미하일 바흐찐, 전승희 외 옮김, 위의 책, p. 444 참조.

그려낸 이 소설은 그 큰 틀에서 보면 대체적으로 무리없이 성장소설의 한 유형을 이룬다고 할 수 있다.

그러나 『격정시대』에서 성장의 개념은 서구형 성장소설에서의 성장의 개념과는 다른 의미로 재해석된다. "성장소설이 한 개별자로서의 인간이 성장하면서 자기 삶의 객관적 조건들에 부딪히고 그것을 극복해 가면서 하나의 보편적 역사주체로 서는 과정을 그리는 것이라면, 이 소설은 바로 이런 정의에 부합하는, 그리고 안정된 부르주아 사회로의 편입과정을 그리는 서구형 성장소설과 구별되는 제3세계형 성장소설의 보기드문 한 모델이 된다고 할 수 있다."49)

서구형 성장소설에서 성장의 개념은 개인의 내면의 발전과 밀접한 연관을 갖고 있다. "체험된 이상을 길잡이로 해서 삶을 영위하는 문제적 개인이 구체적인 사회적 현실과 화해하는 것을 그 테마로 삼고 있는"50) 성장 소설에서 그 화해란 바로 문제적 개인의 "내면성과 외부세계의 조화"를 가리킨다. 이러한 "내면성과 외부세계의 조화는 비록 문제적이긴 하지만 가능한 것"이며 이러한 "조화는 힘든 싸움과 위험한 모험과 오랜 방황 속에서 꼭 찾아져야 하고, 또 종국적으로 찾아질 수 있다."51) 그러므로 여기서 성장이란 "과거에는 고독했고 또 자기 자신 속에서만 폐쇄·칩거하고 있던 인물들이 서로서로 마찰하는 과정에서 자신을 조정하고 적응시키며"52) 사회적 공동체의 이념 속으로 편입되는 과정으로서 바로 내면의 성장이다.

그러나 『격정시대』에서 성장은 문제적 개인의 내면의 성장 즉 문제적 개인의 내면성이 외부세계와의 조화를 찾아가는 과정이 아니다. 여

---

49) 김명인, 위의 글, p. 247.
50) 게오르그 루카치, 반성완 옮김, 『소설의 이론』, 심설당, 1985, p. 175.
51) 위의 책, p. 176.
52) 위의 책, p. 178.

기서 성장은 문제적 개인이 외부세계와 격렬하게 부딪치고 대결하며 자기의 절대적 이상을 실현하기 위해 앞으로 나아가는 과정이다. 그것은 외부세계와의 조화를 위하여 자기의 내면을 조정하고 적응시켜 나가는 내면의 변화와 발전의 과정이 아니라 정의와 역사의 진보를 위하여 외부세계를 개변시키기 위한 투쟁의 과정이다.

『격정시대』의 서선장은 엄격한 의미에서 헤겔의 '문제적 개인' 또는 '세계사적 개인'이 아니다. 서선장의 삶은 개인의 삶이 아니라 식민지 민중의 삶, 조선의용군 공동체의 삶의 한부분이며 그들과 운명을 같이한다. 서선장의 성장은 특정한 개인의 내면의 개별적 성장에 국한되어 있지 않으며 모든 개별성의 한계를 넘어 식민지 민중의 성장, 조선의용군 공동체의 성장과 진보와 구별되지 않는다. 『격정시대』에서 서선장의 삶을 비롯한 모든 삶은 절대로 어떠한 개인적 측면도 지니지 않는다. 인간은 철저히 외면화되어 있으며 인간에게 가능한 최대의 외향성이 달성된다. 『격정시대』전체를 통틀어 등장인물 혼자만의 생각, 그의 내밀한 경험, 그의 내면 독백이 나타나는 예는 극히 드물다.

이런 의미에서 『격정시대』에는 진정한 의미의 내적 세계가 존재하지 않는다. 모든 인물의 존재는 그의 행위와 대화, 작중화자의 객관적 서술로 나타난다. 적절하게 공표될 수 없는 것은 아무것도 없다. 즉 "한 인물의 전(全) 존재는 외적 표현을 통해서만 그 의미를 완전하게 성취하며, 진정한 삶의 경험과 진정한 현실적 시간에 참여할 수 있는 것도 오로지 외적인 방식을 통해서이다."53) 『격정시대』에서 성장은 민중적 관점, 공동체적 관점에서 재해석되며 내면의 변화와 발전은 전적으로 배제한다. 이러한 내면의 배제는 소설의 구성에 영향을 주어 소설이 리얼리즘 소설의 정형화된 틀에서 벗어나 다성적이고 개방적인 서사구조

---

53) 미하일 바흐찐, 전승희 외 옮김, 위의 책, p. 446.

를 지향하게 한다.

『격정시대』에서 가난, 윤리, 도덕 등은 다른 소설에서의 전통적 의미와는 다르게 민중의 관점에서 민중의 언어로, 즉 비공식언어로 재해석된다. 여기서는 가난에 쪼들리고 빈궁에 허덕이는 식민지 백성의 처참하고 비참한 생활 모습보다는 그러한 가난과 빈궁 속에서도 삶의 용기와 희망, 웃음을 잃지 않고 삶을 위해 적극적으로 노력하는 모습을 그리고 있다. 그리고 그러한 가난과 빈궁 속에서도 때묻지 않고 쪼들리지 않는 민중의 정서와 풋풋한 인정을 그리고 있다. 그리하여 소설에서 식민지 민중의 가난한 삶은 어렵고 힘들지만 결코 절망적이지 않으며 가난 속에서도 그들 사이에는 각박함보다는 따뜻한 인정과 넉넉함, 푸근함이 오간다. 도덕과 윤리의 의미, 기준도 이러한 서로에 대한 너그러운 이해와 아량 있는 감싸안음 등의 정서 속에서 그들 나름의 표준과 방식으로 해석된다.

목숨을 걸고 사나운 파도 속에 뛰어들어 태풍으로 조난당할 위기에 놓인 배위의 사람들을 구한 씨동이는 그 대가로 한진사가 내리는 상금 50원을 한사코 거절한다. 그의 어머니가 50원이면 쌀 여덟 가마니라고 간청을 해도 그의 아버지가 억눌러도 씨동이는 그런 인끔 떨어지는 일은 못한다며 50원을 기어이 되돌려준다. 그러한 씨동이가 점순이네 원두밭을 지날 때에는 "저의 밭 드나들 듯이 버젓이 드러내놓고 원두밭에 들어가 줄참외 대여섯개를 익은 것으로 골라따서 앞섶에 안고 나왔다."[54] 그것은 그가 목숨을 걸고 구한 사람들이 바로 점순이 아버지, 삼촌, 오래비였기 때문에 점순이 할아버지가 뭐라고 야단칠 수 없음을 턱 대고 하는 짓이었다. "점순이 할아버지, 그 고불이가 나 참외서리한다구 혼 한번 단단히 내놓겠다구 벼른다더니…이젠 벙어리 냉가슴이나

---

54) 김학철, 『격정시대』 상, 위의 책, p. 47.

앓게 됐소."55)라고 큰소리로 지껄이는 씨동이에게는 고상함이란 눈곱만큼도 없다. 또 술집에서 술에 취한 선장의 아버지 서서방을 부축하여가면서 아버지의 헌 고무신을 찾는 선장이에게 씨동이는 "아무거나 그 중 나은 걸루 두어컬레 집어들구 오나."56)라고 시킨다. 그러나 씨동이의 이러한 참외서리나 신발 도둑질은 도덕이나 윤리적인 차원이 아니라 인정의 차원에서 너그러이 용서된다.

생계를 유지하기 위해 일본인의 식모첩이 된 쌍년이에 대해서도 소설은 전통적인 도덕, 윤리적인 의미와 기준이 아닌 민중의 관점에서 그의 처지를 이해하고 동정하며 그것 역시 식민지 민중의 어쩔 수 없는 가난한 삶의 한 형태로 너그러이 포용한다. '목구멍이 포도청'이라는 관용구의 뜻은 살기 위하여 하지 못할 일까지 하게 된다는 것인데 소설에서는 "남편이 죽은 뒤에 그 어머니는 술장사를 해서 딸자식 하나를 가까스로 키웠는데 엎친데덮친데로 허리를 못쓰는 병에 걸리어 더는 영업을 할 수 없게 되자 목구멍이 포도청이라 생각다못해 외동딸 쌍년이를 돈많은 일본사람에게 첩으로 주었었다"57)고 쓰고 있다. 쌍년이네의 가난을 형상적으로 나타내면서 일본 사람의 첩으로 딸을 들여보낸 쌍년이네를 도덕·윤리적으로 타매하기보다는 따뜻한 동정과 연민의 정을 보내고 있다. 도덕과 윤리가 민중의 관점에서 민중의 언어로 재해석된 것이다. 또한 씨동이와 쌍년이의 '불륜'에 대해서도 그 정당성을 떠나 가난으로 이루어지 못한 그들의 사랑을 안타까워하고 동정한다.

이러한 넉넉함과 포근함의 정서는 민중 생활어의 사용에 힘입은 바가 크다. 소설에는 '정가롭다(깨끗하다)', '자저하다(주저하다)', '고자누룩하다(조용해지다)', '물계(물정)', '놀림가마리(놀림거리)', '주사니것(명주로

---

55) 앞의 책, p. 48.
56) 위의 책, p. 33.
57) 위의 책, p. 14.

만든 옷가지)' 등등 헤아릴 수 없을 정도로 무수히 많은 생경한 어휘나 표현들에 부딪치게 되는데 이러한 것들은 "거의 전부가 국어사전을 찾아보면 나와 있는 말들이기도 하고 마치 고향의 잊혀진 사투리처럼 이해 이전에 정서로서 다가오는 말들"58)이다.

『격정시대』에는 '에요'라고 쓰인 서술어가 곳곳에서 발견된다. "둘이 먹을 밥을 싸가지고 가겠에요.", "그러면이야 오죽 좋겠에요.", "눈뜨구는 차마 볼 수가 없에요.", "그럼 난 바빠서 이만 가보겠에요.", "난 여기 어질더분한 것들이나 좀 치워놓고 가겠에요.", "오늘 밤 이리루들 쏟아져올 것은 틀림없에요.", "인제 좀 화기가 돌게 됐에요.", "그동안 키가 더 크잖으셨에요.", "고만주세요, 나리두 다 알았에요." 등과 같이 서선장의 어머니가 남편에게, 한선희가 오빠 한정희에게, 조시원의 누이동생이 사모하는 사람 한정희에게 전하는 말에서 '에요'라는 서술어를 사용함으로써 한층 더 여성스러움과 순박함을 드러내었고 부드러운 민중적 정서를 잘 표출하였다. 이러한 민중 생활어의 복원은 상당부분『임꺽정』에 의한 것이다.

> 『림꺽정』에는 남북조선 어느 사전에서도 찾아볼 수 없는 멋진 어휘들이 거의 무진장으로 들어 있어서 우리말의 '어휘대사전'이라고 하여도 과언은 아닐 것이다.
> 지난 번에 내가 어느 졸작소설에서
> "저는 이미 마음 속에 정한 사람이 있에요"라는 말을 썼더니 편집자는 친절하게도 '있에요'를 '있어요'로 고쳐놓았었다. 물론 '있에요'와 '있어요'는 같은 말이다. 그러나 '있에요'에는 아름다운 여자의 '맛'이 들어있다. 이것은 여자 뿐 만이 아니다. 남자도—젊은 남자가—'네 제가 그랬에요' 하는 것이 '네 제가 그랬어요'하는 것보다 훨씬 감칠 맛이 있는 법이다. 내 말이 미덥잖거든『림꺽정』을 한번 뒤져보라. 맨 '에요' 투성일테니.59)

---

58) 김학철, 『격정시대』 상, 위의 책, 서문.

또한 소설은 많은 속담과 관용구를 매우 적절하게 사용하였다. 속담이란 '민중에 의한 구비전승의 속언으로 된 비유적 표현의 교훈적이고 압축적인 생활언어'이다. 속담은 본질적으로 민중의 것으로, 민족 사회의 경험과 지혜를 단적으로 표현하는 생활의 문학60)이다. 관용구는 고사나 배경설화를 갖기 마련이고, 그 고사나 배경설화는 한 시대의 보편적 체험이 관여된다. 그러므로 관용구를 이해하고 사용하는 집단은 그 체험과 정서를 공유하게 된다. 이러한 측면에서 속담과 관용구는 본질적으로 민중의 언어이며 언어의 비공식적 측면을 이루는 주요한 어휘적 · 민속적 장르이다.

바흐찐에 의하면 "언어의 비공식적 측면은 라블레 이전에 그 안에 시사적 농담, 짧은 이야기, 속담, 말장난, 격언, 표어, 선정적인 수수께끼, 민요 등의 즉시 활용 가능한 어휘적인 장르 및 기타 하위의 민속적 장르를 포함"하고 있었는바, 그것들은 "완전한 형태로 혹은 산재한 단편적 형태로 존재"하였다. 그러한 "형식들 각각에는 그것 특유의 관점과 현실의 취사선택(주제), 현실의 구성 및 언어와의 관계 등이 포함"61)되어 있다. 『격정시대』에서는 "속담 활용이나 에피소드의 극적 재미, 유머, 풍자적 수법"등 "생동하는 민중의 산 입말"62)을 구사하여 식민지시대 민중의 세태와 풍속을 생생하게 복원하였으며 조선의용군 전사들의 생활현장을 "민중적 생활현장"63)으로 만들어놓았다.

또한 조선의용군 투쟁사의 체험적 복원이라는 측면으로부터 소설에서 주요한 자리를 차지하는 혁명, 전쟁, 독립운동, 영웅 등 전통적이고

---

59) 김학철, 「아름다운 우리 말」, 『김학철 작품집』, p. 308.
60) 이기문, 『속담사전』, 일조각, 1980.
61) 미하일 바흐찐, 전승희 외 옮김, 위의 책, pp. 444-445.
62) 임규찬, 「김학철소설에서의 력사성과 문학성—『격정시대』를 중심으로」, 『조선의용군 최후의 분대장 김학철』, 연변인민출판사, 2002, 9, p. 527.
63) 위의 글, p. 527.

엄숙한 모형들이 전부 재확립된다. 여기서는 혁명, 전쟁, 독립운동 등이 원래 연계되어있던 위엄과 비장함, 숭고함, 처절함, 무거움, 슬픔 등 의미가 파괴되고 그것들은 인간의 진실한 삶과 감정이라는 참된 맥락에서 새롭게, 보다 솔직하게 해석된다. 조선의용군 전사들에게도 혁명과 전쟁은 간고하고 참혹한 것이며 전우들의 부상과 희생은 비통한 것이다. 그러나 이러한 슬픔과 비애만이 전부가 아니다. 그들은 자기들이 떨쳐나선 혁명과 전쟁, 독립운동의 정당성을 확신하고 또한 정의와 민족적 승리를 확신하고 있었으므로 늘 희망에 불타있었고 내면의 동요나 갈등이 없었다. 그들의 세계관은 극히 단순하여 "무릇 항일하는 사람은 다 영웅호걸이요, 안하는 년놈은 다 개돼지였다."[64] 2, 30대의 젊은 청춘들이 함께 모였으므로 그들 역시 장난이 심하다. "객관적으로 절박하기 짝이 없는 위기의 순간에도 이 소설 속의 수많은 '혁명투사'들은 낙관적 태도를 버리지 않으며 우스개와 객담을 늘 총보다 더 요긴하게 지니고 산다."[65]

야맹증에 걸린 이태성이를 골려먹으려고 밤행군을 할 때 미리 짬짜미를 짜 그의 앞에서 대거리로 도랑을 건너뛰는 시늉을 함으로써 이태성이를 밤새 건너뛰게 하여 기진맥진하게 만든 일, 이정호의 누이동생에게 장가들 마음으로 너도나도 슬그머니 그를 찾아 천진고기만두나 얼음사탕 연밥을 사주며 미리 결혼을 약조 받은 일, 그런가 하면 그들 각각에게 모두 누이동생을 시집보낸다고 거짓 약속을 하고 천진고기만두와 얼음사탕 연밥을 실컷 얻어먹은 이정호, 잡목림에서 노숙할 때 시체와 하룻밤을 잔 호유백이한테 재수가 있겠다느니, 백살 사는 건 떼놓은 당상이라느니 놀려먹은 일, 김두봉 선생의 딸한테 뒷구멍으로 연애

64) 김학철, 『격정시대』 3, 위의 책, p. 192.
65) 김명인, 위의 글, p. 247.

편지를 쓰는가하면 서로 자기한테 차례진 위문품 빤쯔가 김두봉 선생
의 딸이 만든거라고 우기던 일, 최재와 몇몇 친구들이 태항산에서 메기
를 잡아먹고 당지의 농민들에게 끌려다니며 기우제까지 지낸 일… 이
런 에피소드들은 이루 헤아릴 수 없다. 여기에 대해 김학철은 그의 자
서전에서 다음과 같이 쓰고 있다.

> 우리 조선의용대(나중에는 의용군)는 혁명적 낙관주의로 충만된 애국자
> 들의 집단이었다고 해도 과언은 아닐 것 같다.
> ─우리는 민족의 독립을 위해 청춘을 고스란히 바치고 있다.
> 이런 긍지심 때문이었을 것이다.
> 일반적으로 '독립운동' 하면 곧 '비장함'과 '처절함'에다 연결시키는 경향
> 들이 있는데 그것은 일면만을 너무 강조하거나 부각한 결과가 아닌가 싶
> 다.
> 우리들의 경우만 보더라도 그렇지 혈육과 친지들을 다 고국에 남겨두고
> 단신 외국으로 뛰쳐나와 이역만리 낯선 땅에서 5년씩 10년씩 또는 15년,
> 20년씩 풍찬노숙의 간고한 생활을 하고 있는데 일년 열두달 삼백예순날을
> 밤낮없이 우국지심에 잠겨만 있다면 사람이 과연 어떻게 견디낼 것인가.
> 지레 말라 죽어버리지.
> 그러므로 장난기와 농담은 언제나 우리와 더불어 있었다. 아무리 어려운
> 경우에도 장난기는 우리를 떠나지 않았고 또 아무리 위급한 고비판에도 재
> 치있는 농담은 역시 오갔다.[66]

김학철이 혁명, 전쟁, 독립운동 등을 그것들이 본래 지니고 있는 그
무게와 부피, 경직된 의미에서 벗어나 낙관주의로 재해석할 수 있었던
것은 그의 체험의 크기와 깊이, 당당함과 떳떳함으로부터 연유한 것이
다. 김학철은 조선의용군의 한 보통 전사로서의 직접적인 체험을 통하
여 허다한 보통 전사들과 같은 관점, 언어를 공유하게 되었고 혁명과

---

66) 김학철, 『최후의 분대장』, 위의 책, p. 201.

전쟁, 독립운동의 노선이나 정책을 결정짓는 지도자가 아니라 그러한 결정을 제1선에서 수행하는 많은 무명의 보통 전사들의 시각에서 모든 것을 재해석한다. 이러한 재해석으로 하여 소설은 조선의용군 항일투쟁사라는 매우 엄숙한 주제에도 불구하고 낙관주의로 일관되는데, "주저와 동요, 실패와 좌절, 패배의식에 익숙한 한반도 남쪽의 정서뿐만 아니라, 승리자적 관점, 주체적 관점의 견지라는 강박으로 질식하기 십상인 한반도 북쪽의 정서로도 이러한 도저한 낙관주의는 경이로운 것이 아닐 수 없"67)다.

이 소설에서는 영웅, 투사의 의미도 재해석된다. 영웅, 투사가 전통적으로 연결되어 있던 위대함, 비장함, 완전무결함, 백전백승 등의 신적 의미와 맥락이 파괴된다. 이 소설에 등장하는 조선의용군 투사들은 극히 평범한 보통 인간이다. 그들은 실수도 많이 하고 성격상 결함도 많이 갖고 있으며 용맹하지만 투사답지 않게 겁을 집어먹을 때도 많다. 싸움에서도 그들은 백전백승이 아니라 실패도 많고 희생도 많다. 그들은 영웅이고 투사이지만 전통적 의미의 영웅과 투사와는 거리가 멀다. "한마디로 영웅적 관점이 아닌 민중적 관점이랄 수 있는 생생한 현장을 김학철의 작품에서 우리는 목도할 수 있다. 이를테면 조선의용군의 집단을 하나의 특수한 영웅적 세계로 우상화하지 않고, 그 자체가 일반사회와 동일한 민중적 생활현장으로 만들어놓았다는데 있다."68)

군관학교 시절 수업시간에 집중을 하지 않아 '전쟁할 때'라는 별명을 얻은 말라꽹이 문정은 완전무장을 하고 달리는 훈련을 할 때, 칼은 빼서 침대 밑에 감춰두고 빈 칼집만 허리에 차고 달린다. 그는 힘들어하는 선장이에게 '맹추'라고 욕질하며 자기의 비결을 전수하기까지 한다.

---

67) 김명인, 위의 글, p. 247.
68) 임규찬, 위의 글, p. 527.

장준광은 과외독서를 열심히 하는데 그가 줄을 그어 놓은 부분은 모두 예증 따위의 중요하지 않은 부분이다. 병원에 입원한 노민이 환자복에 슬리퍼를 신고 침대에서 편히 뒹구는 것이 부러워 장준광은 꾀병을 했다가 하마터면 피마자기름 반고뿌를 들이킬 번했다. 오랫동안 주도하게 준비해 왔던 홍구공원 '지신밟기' 행동에서 선장은 긴장한 나머지 인화장치를 뽑지 않고 폭탄을 뿌려 폭탄이 터지는 대신 한 일본놈의 머리에 구멍을 뚫어놓았다. 술고래이자 담배귀신인 박무는 일요일 외출시, 술에 취해 늦게 돌아와 시간을 어긴데다가 주번대위에게 주정까지 부려 그 벌로 저녁식사를 하는 두시간 내내 밖에서 '차렷' 구령을 부르는 희한한 벌을 받는다. 이러한 실수와 성격상의 결함들은 헤아릴 수 없이 많다.

뿐만 아니라 그들은 용감하기만 한 것이 아니다. 적들의 간담을 서늘하게 하는 조선의용군 전사들이지만 경우에 따라서 그들도 보통 인간과 마찬가지로 두려움을 느낄 때가 있다. 군관학교를 졸업하고 국민당 군대와 함께 항전하던 시기, 조선의용대 전사들 중 일부는 낮에 날창으로 탈주병을 척살하는걸 보고나서 속이 뉘엿거려 저녁밥을 먹지 못한 사람이 있는가 하면 밤에 자다가 일어나 오줌 누러 나갈 때에는 어두운 밖에 혼자 나가지 못하고 옆에서 곤히 자는 사람을 흔들어 깨워가지고 같이 나간 사람도 한둘이 아니었다. 조직의 명령을 받고 마점산, 강진세와 함께 적구 나들이를 하게 된 선장이는 적구에 들어서면서부터 긴장하고 구석구석에 위험이 도사리고 있는 듯하여 음식점에 들어가 밥을 먹는 것마저 꺼려진다. 이때의 심정을 작가는 "번연히 속으로 무섭증이 나는 걸 아닌보살하기가 쑥스러웠다"[69]고 쓰고 있다. 이러한 무섭증은 지척에서 적을 발견했을 때 극도에 달한다. 옷을 벗고 냇물을

---

69) 김학철, 『격정시대』 3, 위의 책, p. 170.

건너려고 할 때 미역을 감고 있는 여남은 놈 되는 일본병정들을 발견한 것이다. 그것을 발견한 "선장이는 심장이 돌연 고동을 멈춘 것 같았다." 적들의 수효 역시 언뜻 보았을 때는 경황 중에 훨씬 더 많아 보였다. 선장이는 "마음이 몹시 급하고 당황하여 바지를 벗을 겨를도 없이 그냥 입은 채로 물속에 들어섰다."70) 불시에 맞부딪친 적 앞에서 당황하고 긴장할 수밖에 없는 보통사람과 다를 바 없는 심리를 꾸밈없이 진솔하게 보여준다. 인간성의 소박함의 또다른 모습이라 하겠다. 여기에 대해 김학철은 다음과 같이 말하고 있다.

> 우리는 전기문학이나 회상기 또는 무슨 전기 같은 것을 통하여 흔히 위인, 걸사들에 접하게 되는데 일반적으로 보아 주인공들이 너무 동떨어지고 너무 완전무결하지 않은가 하는 느낌을 받는다. 체면 없이 아주 신격화해 버린 것은 더 말할 것도 없고 말이다.(중략)
> 그러므로『격정시대』에 나오는 인물들은 모두 우점도 있고 결점도 있는 보통 사람들이다. 전쟁판에서도 역시 마찬가지이다. 이겨서 신바람나게 추격을 하는가 하면 져서 오금아 날 살려라 도망질을 치기도 한다. 적군을 다 총알받이가 되려고 이 세상에 태여난 것 같은 허수아비로 만들지도 않았거니와 아군을 다 '전설적영웅'으로 다듬어 세우지도 않았다. 20세기의 '홍길동'을 만들지 않았단 말이다.71)

『격정시대』의 영웅, 투사들은 다른 모든 사람들과 동일한 보편적인 인간적 자질을 갖춘 평범한 인간들이다. 그들이 위대한 것은 그들이 신이 아니라 인간이 갖고 있는 한계와 결함들을 갖고 있는 보통 인간이면서 보통 인간이 할 수 없었던 장엄한 일들을 했다는 데 있다. 따라서 『격정시대』의 영웅, 투사들은 광범한 민중과 동떨어져있는 입장이 아니

---

70) 앞의 책, pp. 173-174.
71) 김학철, 「『격정시대』의 창작과정」, 『김학철론』, 흑룡강조선민족출판사, 1990, pp. 299-300.

라 민중 속에 속해 있으며 민중과 같은 시각, 같은 언어, 같은 성격을 확보한 바로 민중 그 자체이다.

이러한 재해석과 재구상은 웃음을 통하여 이루어진다.『격정시대』에서 모든 전통적인 것의 의미를 파괴하고 뒤바꿔놓음으로써 새롭게 해석하는 과정에 처음부터 마지막까지 관통된 것은 '웃음'의 요소이다. 그것은 웃음의 비공식적 측면 즉 "대상을 둘러싸고 있는 허위에 찬 언어적, 이데올로기적 껍데기를 벗겨내는 웃음의 특별한 힘과 능력"72)에 의해 가능한 것이다.

바흐찐에 의하면 웃음은 결코 공식적인 성격을 띤 적이 없었으며, 문학에서도 희극적 장르는 가장 자유분방하고 가장 통제가 적은 장르이다. 이 점은 웃음이 대단히 약화된 형태인 해학이나 풍자의 경우에도 마찬가지였다. 웃음은 다른 진지한 형식, 특히 비장한 형식처럼 왜곡되거나 허위에 찬 것으로 될 수 없었다. 웃음은 비장한 진지함이라는 껍질로 덮여있는 공식적 허위의 외부에 존재했다. 여기서의 웃음은 말로 표현되는 웃음이다. '일차적 의미와는 다른 의미를 활용하는' 시적 언어 사용, 즉 비유와 더불어 언어를 통해 간접적으로 웃음을 표현하는 많은 다양한 형식들이 존재하는바, 풍자와 패러디, 해학, 농담, 다양한 형태의 희극적인 이야기 등이 그것이다. 이러한 말로 표현되는 웃음에 의해 말에 포함된 관점은 재해석되며 언어의 양식 및 언어와 사물의 관계, 그리고 언어와 화자의 관계 또한 재해석된다. 언어의 여러 수준들이 다시 자리매겨지며, 통상적으로 연관되지 않던 것이 인접하게 되고 통상적으로 연관되던 것에는 거리가 생겨나게 되며, 친숙한 모형이 파괴되어 새로운 모형이 창조되고, 언어와 사유에 대한 언어학적 규범은 파괴된다. 또한 언어내적 관계에 고정된 한계들이 끊임없이 침범당하며, 나

---

72) 미하일 바흐찐, 전승희 외 옮김, 위의 책, p. 443.

아가 주어진 폐쇄된 언어적 총체의 경계도 마찬가지이다.73)

김학철이 『격정시대』에서 전통적인 것들의 재해석과 재구성을 위해 사용한 웃음의 가장 주요한 원천은 유머이다. 여기에 대해 우선 김학철 자신의 견해를 살펴보기로 하자.

> 우스개 즉 유모아가 부족하거나 아주 없는 작품은 읽기가 따분합니다…
> 독자가 따분해하는 작품에는 아무리 심오한 철리가 담겨있더라도 그것은
> 실패작이랄밖에 없습니다. 문학작품은 약이 아니므로 상을 찡그리고 억지
> 로 삼킬수는 없는 것입니다.74)

김학철은 유머의 감각 및 멋을 찾기에 골몰하였는데 "저는 따분한 설교는 딱 질색하는 사람"75)이라고 고백한다. 파금(巴金)의 소설은 격정으로 차 있으나 우스개의 부족이 옥의 티이며 톨스토이의 『전쟁과 평화』는 세계명작이나 공제회(共濟會)를 장황하게 설명하는 대목은 참기 어려운 것이라 주장하는 김학철은 고골리의 『따라스 블리바』, 숄로호프의 『고요한 돈강』의 적절한 숨 돌리기 수법을 기리고 있다.

『격정시대』는 조선의용군 전사들의 괴벽한 성미와 우둔한 행동, 거친 장난, 영웅과 투사에게는 전혀 어울리지 않는 어리석음과 유치함을 통하여 끊임없이 웃음을 자아내는데 이때의 웃음은 결코 비웃음이나 비판성을 띤 날카로운 웃음이 아니다. 이때의 웃음은 인간이기 때문에 가능한 그 모든 실수와 결함을 있는 그대로 포용하고 껴안아주는 아량과 이해를 동반한 것이며 애틋함과 정감을 동반한 것이다. 이러한 인간성에 대한 신뢰와 폭넓은 사랑이 『격정시대』의 웃음의 성격을 풍자나 아이러니가 아닌 유머76)로 규정한 것이다.

---

73) 앞의 책, pp. 442-443 참조.
74) 김학철, 「문학도끼리」, 『김학철론』, 흑룡강조선민족출판사, 1990, pp. 285-286.
75) 위의 글, p. 285.

이러한 유머와 혁명적 낙관주의는 조선의용군 전사로서의 육체의 기억을 통한 체험에서 우러러 나온 것이며, 가열 처절한 전쟁과 일본 감옥에서의 정치범 생활, 해방직후 정치적 이유로 인한 월북, 조선전쟁 중 중국 피난, 중국에서의 반우파투쟁과 문혁을 겪고 구사일생으로 살아남은 파란만장한 삶에 의한 것이다.77) 『격정시대』를 관류하는 낙관주의는 "정치사상적 신념으로부터 논리적으로 도출된 어떤 것이 아니라, 대단히 일상적이고 감각적인 수준의 어떤 것에 가깝다. 그것은 삶과 죽음이 늘 함께 하는 자리에 있음으로 해서 생겨난, 그리하여 모르는 사이에 삶과 욕망에 대한 집착에서 놓여난 달관에 가까운 경지"78)이다. 이러한 달관의 경지와 인생에 대한 역투사의 자세는 폭풍취우와 같은 한 세기를 살아온 조선의용군의 '최후의 분대장'으로서 김학철만이 가능한 것이다.

3. 언어의 지역성과 계층성

언어의 지역성과 계층성은 방언을 통하여 나타난다. 방언은 표준어에 대응하는 개념으로서, 표준어가 지배적인 일상적 구어(口語)와 문어(文語)로서 통일성과 단일성을 지향하는 반면 방언은 언어의 다양성과

---

76) 유모어는 골계의 하위 개념이라고 할 수 있는 해학과 통한다. 해학은 자신과 타인으로부터 해방감을 주며 인격보호의 역할을 한다. 해학은 억제를 거부하고 감정을 거부하면서도 현실 속에 있음을 긍정하나 내향적이며, 인간내면이 작용한 경험으로 뭉쳐진 것으로서 보다 경험적이고 생활의 체험을 종합하는 것이며 쉽사리 판단하는 것이 아니고 계속적인 발전을 탐색하게 한다.

77) 이해영, 「1940年代 延安 體驗 形象化 硏究―『항전별곡』, 『연안행』, 『노마만리』를 중심으로」, 한신대학교 석사논문, 2000, pp.49-50.

78) 김명인, 위의 글, p. 248.

특수성을 지향한다. 어떤 단일한 민족언어도 다양한 사회적 방언들, 특정 집단의 특징적 행태를 표현하는 전문적 용어들, 장르적 언어들, 세대들 및 연령집단들의 언어들, 특정 유파들의 언어들, 다양한 세력집단과 써클의 언어들, 일시적인 유행어들, 그날그날의 언어들, 심지어는 순간 순간의 특수한 사회·정치적 목적에 봉사하는 언어들 등으로 내적인 분화를 겪는다.[79]

어느 작가가 표준적인 언어로 글을 쓰는 것보다는 이러한 표준어 즉 단일한 민족언어가 분화되어 이루어진 지역 방언 혹은 계층적 방언을 사용하여 글을 쓰는 것은 소설 속에 지역의 특성과 계층적 특성을 드러내는 데 훨씬 유리하다. 작품에 방언을 이용하는 것은 리얼리티를 드러내는 데에 긴요한 역할을 한다.[80] 조선족 소설에서 이러한 지역성과 계층성의 특징이 가장 뚜렷이 드러난 소설로는 최홍일의『눈물젖은 두만강』과 리원길의『설야』이다.

1) 지역 방언과 삶의 구체성

중국 조선족 소설의 창작에서 지방어, 즉 지역 방언의 사용은 지극히 사회적인 의의를 지닌다고 할 수 있다. 언어적인 자주성이 뚜렷하지 않은 작가라면 방언을 작품 전면에 드러내기는 매우 어려운 일, 아니 불가능한 일이다. 그것은 중국 조선족 사회가 사회·정치적 측면에서 오랫동안 단일성을 추구해왔고 더욱이 조선족 문학이 정치·문학 일원론의 원칙에 기반하고 있었던 것과 결코 무관하지 않다. 한 사회에서 문학이 정치·문학 일원론의 원칙에 기반하고 있다는 것은 그 문학이 그

---

79) 미하일 바흐찐, 외 전승희 옮김, 위의 책, p. 68.
80) 김홍수, 「방언의 문학적 기능에 대한 고찰」, 『국어문학』, 1988, 참조.

사회의 지배담론에 의탁하며 기존 지배이데올로기를 강화하는 일에 기여함을 의미한다. 그러므로 조선족 소설의 창작에 지역 방언을 사용하는 것은 그 사회의 지배적 이데올로기와 지배적 담론에서 벗어나 민중적 관점에서 소설을 창작하는 것이다.

지역 방언을 사용하여 글을 쓰는 것은 표준어로 창작함으로써 사회의 현실 정치 속에 자신을 위치시키고 안정감을 획득하는 경우와는 사뭇 다른 정치·문학 일원론의 원칙에서 벗어나기 위한 속성을 지니는 것이다. 어느 작가가 지역어를 잘 구사할 수 있다면 그것은 우선 그 작가가 대단한 언어적 능력을 가지고 있다는 의미가 된다. 이는 부르디외식으로 말하자면 '문화자본'을 확보하고 있다는 뜻이 된다. 문화자본은 작가가 문학적 장에 포함되어 활동하는 데에 필요한 힘, 즉 자신의 문학을 하나의 힘으로 밀고 나아가는 데에 필요한 기본 동력이 된다는 점에서 자본이라는 의미를 지닌다. 이러한 힘은 작가 대 작가의 차원에서 작가 대 세계의 차원으로 확대해 볼 수 있는 가능성을 제공한다. 즉 작가와 작가 사이에 성립하는 힘의 대결 양상에서 어느 작가가 세계를 어떤 방식으로 파악하고 의미화하는가 하는 점으로 논리가 확산될 수 있다는 점에서 작가 대 세계의 문제로 된다.81)

중국 조선족의 가장 표층에 드러난 특성의 하나는 투박하고 거친 함경도 방언82) 즉 함경도 사투리라고 해야 할 것이다. 그것은 중국 조선족의 대부분이 집거지인 연변지역에 살고 있는 조선족의 절대 대부분이 함경도 지역에서 두만강을 건너 이주해온 함경도 사람들이며 그들이 연변 땅에 정착하여 살면서 대집거와 민족자치주라는 생활환경의

---

81) 우한용, 「蔡萬植 文學의 民族文學的 性格과 世界性」, 위의 글, p. 12.
82) 일명 연변말이라고도 하는데 엄밀하게 따지면 이 연변 방언과 함경도 방언은 서로 구별되는 범주이다. 그러나 연변이 함경도 지역 사람들을 중심으로 발전해왔기 때문에 이 두 범주는 많이는 혼용되어왔다.

보장으로 면면히 그 언어의 특성을 이어온 것과 결코 무관하지 않다.

최홍일의 『눈물젖은 두만강』은 소설 전편에 함경도 사투리를 전면적으로 도입함으로써 두만강 연안 이주민들의 정착 과정의 삶의 애환과 모습을 잘 드러내고 있다. 최홍일은 소설에서 함경도 사투리를 아주 절제 있게, 적절하게 사용하고 있다.

> ① "에구, 나그내두, 정신때기 있슴둥?"
> ② "그렇슴둥? 황송합꼬마."
> ③ "뉘기르? 맨 조선사램인데?"
> ④ "아부제, 장재촌으루 갔다오겠습꾸마."
> ⑤ "이봅소. 그 새기 도대체 어떻게 생긴 새기길래 자 저랜담둥?…"
> ⑥ "고눔 안까이, 조막떼만한게 기운짝두 세다. 내꺼두 마즈 퍼담아주
>   지?"

위의 것들은 칠성, 솔골댁, 팔룡이 등 용드레촌 농민들이 쓰는 사투리이다. 뒤끝이 유난히 짧고 의문을 나타내는 조사로 '둥'과 '습니다' 대신 '꾸마'를 즐겨 사용한다. 남편은 '나그내'로, 아버지는 '아부제'로, 안해와 녀편네는 '안까이'로 불리운다. 용드레촌 농민들은 하나같이 입만 열면 이러한 함경도 사투리들이 튀어나온다. 이주 농민들, 개척민들이 함경도 방언을 구사하게 함으로써 이주 초기, 간도의 풍속과 생활 습관을 생생하게 복원하고 있다. 또한 거친 간도 땅에 뿌리박고 살아가려는 이주민들의 굳세고 억센 삶의 모습과 삶에의 굳은 의지와 열망을 보여주고 있다.

> "성님, 심기 편찮아두 참아사 쓰는게라우. 그러다 병이라두 나문 어쩌자
> 구 그러우."
> "차라리 병이라두 콱 났으문 좋겠슴메. 이거야 어디 속이 휘딱 번져져서

살겠소."

"사램 사는게 원가 그런 벱이지 어찌 맨날 좋은날만 있겠수."

"속이 바글바글한데 며느리란년은 빈둥거리며 노라리만 피우지. 내사 죽어버리든지 해야지."

"그 며느리 어째서? 그만하문 며느릴 잘 삼았지. 그런 무던한 며느리 등불 켜들구 다녀두 어디메 가서 찾는답데."

"그런 소리 하지두 마오. 새끼두 못낳는년이 살림할줄 아는가? 시에미 시발할줄 아는가?"(최홍일 『눈물젖은 두만강』 하, p. 516.)

위의 인용문은 간도 벽지에 이주한 조선인 농사군의 아낙네들인 강동댁과 솔골댁이 주고받는 대화의 한 장면이다. 억센 함경도 방언이 대화 전체를 관통한다. 『눈물젖은 두만강』은 간도에 이주한 조선인 이주민들로 하여금 표준어가 아닌 함경도 방언을 거침없이 구사하게 함으로써 리얼리티를 확보하였고 지역적 삶의 구체성을 드러내었다.

"무슨 일임둥?"

"이년아! 당장 이 동네서 꺼져버려라!"

"어째 그럼둥?"

"내 무슨 죄르 졌다구 이램둥? 어두운 밤에 홍두깨라더이 생트집 잡지 맙소. 혼자 사는 년이라구 업쉬보다가는 생벼락 맞습꼬마."

"네년 때문에 동네에 귀신이 붙었다. 알기나 하구 악새질이냐?"

"웃껍은 소리 하지두 맙소. 내때메 동네에 귀신이 붙었다? 쇠 웃다 꾸레미 터질 소립꼬마."

"야, 이 간나야! 네년이 이 동네에 있는 날이문 망재혼이 떠나 안간다. 알아들었느냐?"

"생사람 잡지 맙소!"(최홍일, 『눈물젖은 두만강』 하, 민족출판사, 1999, pp. 662-663.)

며느리 고분이가 애기를 낳다 죽은 것이 아들 팔룡이와 좋아하던 봉녀 때문이라는 무당의 말을 들은 솔골댁이 동네 아낙네들을 이끌고 가 봉녀를 마을에서 쫓아내는 장면의 대화이다. 솔골댁과 봉녀가 주고받는 욕설은 처음부터 마지막까지 짙은 함경도 사투리로 되어 있다. 표준어로는 나타낼 수 없는 욕의 효과가 거칠은 함경도 사투리를 통하여 극대화되고 있다. 계급대립을 통한 이분법적 갈등에 의해 가난한 사람들끼리는 서로 돕고 아끼며 화기애애하고 일말의 모순과 대립도 없는 것으로 되어 있던 조선족 소설의 공식성에서 많이 탈피한 모습을 보여주고 있다. 가난한 이주민들 사이에도 모순과 대립은 존재하며 그러한 모순과 대립·갈등을 그네들은 그네들 특유의 거친 욕설과 손찌검으로 표출하기도 하고 그러면서 그네들의 낯선 땅에서의 삶은 새로운 질서를 잡아간다. 이러한 함경도 방언의 구사를 통하여 소설은 그 방언을 구사하는 간도 지역 가난한 조선인 이주민들의 삶의 구체성을 드러내었으며 그 방언을 구사하는 계층의 세계관과 이념을 대변하였고 그들 민중의 입장에서 조선족의 이주의 역사를 재구성하였다.

그러나 소설 속의 청인들이 쓰는 말은 하나같이 표준어이다. 이는 그들이 중국어 즉 우리 민족과는 다른 언어를 사용한다는 이질감을 두드러지게 하고 또 그것이 번역된 언어의 맥락에서 씌어진 것임을 작가가 기억하고 있음으로 말미암은 것이다. 소설 속의 청인인 동령감, 그의 조카 동림, 며느리 진씨, 부엌댁, 오강, 선창댁, 충곰보 등은 모두 하나같이 표준어를 구사한다.

> "삼촌, 마름이나 한놈 두십시오. 그 몸에 그냥 뛰여다니겠습니까?"
> "나두 그런 생각 가진지는 오래다. 그런데 마땅한 사람이 있어야지."
> "제가 한사람 천거할가요?"
> "누군데?"
> "김삼수가 어떻습니까?"(『눈물젖은 두만강』 상, p. 109.)

  이는 장재촌의 지팡주 동령감과 그의 조카 동림이 주고받는 말이다. 존칭까지 확연히 구분하여 구사하는 완벽한 표준어이다. 이주민들의 함경도 방언과는 구별되는 표준어는, 이주민과 대립되는 위치에 있는 원주민 관리와 원주민 지주 등의 지배적이고 중심적인 이데올로기를 대변한다. 소설에서는 또 조선인 농민과 그들 청인 사이에 대화가 이루어질 때가 많은데, 이때에도 작가는 언어로 변별되는 그들의 구별점을 잊지 않고 조선인 농민은 함경도 사투리를, 청인은 청인대로 표준어를 사용하게 함으로써 서로 다른 민족의 문화를 구별하여 나타내고 있다.

> "물건을 죄다 털리웠으니 내가 본 손해가 얼마나 큰지 너도 알겠지?"
> "알다뿐이겠습둥?"
> "그럼 좋다. 어쨌으면 좋겠느냐?"
> "제가 어찌겠습둥? 용서를 바랄 뿐입꾸마."
> "너보구 물건을 내놓으라고는 하지 않겠다. 그렇다만 네가 저지른 일이
> 니 손해는 배상해야겠다. 네가 몇해 더 일해준다면 따지지 않겠다."
> "왜 말이 없느냐!"
> "안됩꾸마!"(『눈물젖은 두만강』상, p. 153.)

  팔룡이 조선 장삿길에서 화적떼를 만나 동령감의 물건을 몽땅 털리고 돌아왔을 때 동령감과 팔룡이 사이에 벌어진 대화의 한 단락이다. 동령감의 빈틈없는 표준어와 팔룡이의 함경도 사투리가 뚜렷하게 대비된다. 두 사람의 민족적 차이와 함께 주인과 머슴이라는 신분의 차이를 두드러지게 부각하는 작용을 하며 두 사람의 입장과 이익의 차이가 표층으로 확연히 떠오른다. 동령감이 꼬박꼬박 구사하는 표준어는 공식성을 띠며 동령감의 주인으로서, 상전으로서의 지위를 보다 확실하게 인식시키는 작용을 한다. 그에 대응하는 팔룡이의 함경도 사투리는 주변 언어가 띠는 비공식성과 함께 팔룡이의 머슴의 위치를 재확인시켜주며

팔룡의 심리를 보다 구체적으로 드러내고 있다. 동령감에게 용서를 구하는 팔룡이의 말의 말미는 모두 전형적인 함경도 사투리 '둥?'으로 되어 있는데 이는 표준어 '습니까?'에 비하여 훨씬 부드러운 반문투를 띠며 의논조가 다분히 섞여 있어 딱딱함에서 벗어나고 있다. '용서를 바랄 뿐입꾸마'는 '용서를 바랄 뿐입니다'에 비하여 훨씬 더 간곡하고 순박한 어투를 띠고 있다. '안됩꾸마!'는 팔룡이의 거칠면서도 단호한 성미를 한결 더 두드러지게 나타낸다.

최홍일의 『눈물젖은 두만강』에서 함경도 방언은 소설의 '방법'에 연결되어 있는 것이며, 간도 지역의 삶의 구체성을 드러낼 수 있는 매우 기능적인 장치가 되는 것이기도 하다. 이는 어느 시대 어느 지역의 삶을 구체적으로 드러낼 수 있는 문학적 장치가 되기 때문이다. 소설의 힘 가운데 하나인 형상화의 구체성을 지역언어, 대항언어로서의 담론이 담보해준다는 것은 의미심장한 일이다. 이는 소설이 구체적인 상황 속에서 인간이 살아가는 양상을 구체적인 방식으로 추구한다는 이념과 연관되는 사항이기 때문이다. 그러한 점에서 소설의 이념은 보편언어의 이념이라기보다는 지역어, 민족어, 국가언어의 이념과 맞물리게 된다.[83]

최홍일은 『눈물젖은 두만강』에서 함경도 방언을 소설의 전편에 관통시킴으로써 형상화의 구체성을 확보하였으며 그 방언을 구사하는 계층의 사람들의 세계관과 이념을 대변하였다. 그리하여 소설은 이제까지 전해져 내려왔던 정사(正史) 즉 교과서적인 규범의 틀에서 벗어나 조선족 농민들의 이주의 역사, 개척의 역사를 공산주의 이념, 민족주의 이념의 역사가 아닌 조선족의 삶의 역사, 생활의 역사로 재구성하였다. 이는 이제까지 공식적으로 전해왔던 조선족의 이주의 역사를 그것과는 다른 비공식적 역사로, 즉 그들 민중의 입장에서 재구성한 것이다.

---

83) 우한용, 위의 글, p. 12.

최홍일이 『눈물젖은 두만강』에서 소설의 전편에 거쳐 함경도 사투리를 펼쳐 보임으로써 두만강 연안 이주민들의 문화를 보여주었다면, 리원길은 『설야』에서 함경도 이주민들의 집거지가 아닌 공간에 함경도 사투리를 도입함으로써 지역에 의한 우리 민족문화의 이질성과 문화적 충돌을 드러냈다.

> "왜 이래요? 왜? 어디다 발길질이야?"
> "소래긴 어째 치오? 무스기 잘했다고 제사? 대에 나가선 일도 방정히 안하고 말새만 피우고도 집에 와선 제 혼자 역사한것처럼 죽는 시늉만 하고… 그래 그냥 이럴 내기요? 래일부터 일나가지 마오. 누가 누구를 먹여살린다고 우쭐렁거리오. 래일부터 아이나 끼고 자빠져 콱 노오."
> ……
> "이…이 썩어질 간나!"
> "간나가 뭐야? 간나? 함경도 말은 그게 다야? 그저 입만 벌리면 간나. 정말 함경도 된쌍놈이라더니…"(『설야』, pp. 306-307.)

정우현 산골에서 살다가 평안도와 경상도 사람들이 모여 사는 긴내천에 이사온 박순길이와 그의 평안도 색시 연희옥의 부부싸움의 한 대목이다. 평안도와 경상도 사람들이 모여 사는 긴내천에서 함경도 사람은 수적으로 열세이며, 박순길은 그들과는 다른 이질적인 억양과, 어휘의 함경도 사투리를 쓰는 것 때문에 그들과 완전히 섞이지 못한다. "경상도와 평안도 사람들이 절대 대부분인 이고장에는 '함경도놈'에 대한 기시가 알게모르게 언제나 있었"는바 화가 나면 긴내천 사람들은 박순길이를 '함경도 뜬뜬쟁이'로 부른다. 이는 사람들의 무의식 속에 잠재해 있는 이질적인 문화에 대한 배척과 배타적인 심리에 의한 것으로서 많이는 수적으로 우세한 향유층을 확보한 문화가 수적으로 열세한 향유층을 가진 문화에 대한 거부나 기시로 나타난다. 리원길은 박순길이와 연희옥의 부부싸움에 함경도 사투리를 도입하여 이질적인 억양과 어휘를 충돌시킴으로써 부부간의 갈등에 이질적인 풍속습관으로 인한 차이와 갈등을 더하여 갈등의 중층적인 구조를 이루었다. 이러한 중층적인 갈등구조를 통하여 서로 다른 지역과 이질적인 풍속습관에 의한 문화들을 보다 격렬하게 충돌시킴으로써, 우리 민족문화의 여러 유형과 모습들을 잘 드러내고 있다.

리원길 역시 소설에서 함경도 사투리와 경상도 사투리, 평안도 사투리를 아주 절제 있게 쓰고 있는데 이주민 1세대인 황보상근 영감은 꼬박꼬박 진한 경상도 사투리를 쓴다.

> ① "숙부님, 전… 전 안가겠니더. 여기서 살겠니더, 그냥! 나물죽이라도 메라니꺼? 나도 이젠 아무 일이나 다하지 않니꺼? 숙부님…"(『설야』, p. 234.)

> ② "아따, 그거야 뭐 일있노? 매부는 걱정말고 머리 싸매고 있어라. 거 참 잘됐다. 면바로 된다, 일이. 내 가서 퍼뜩 알아가지고 오지."(『설야』, pp. 428-429.)

①은 황보상근 영감이 고향인 경상도 산골에서 어릴 적 쓰던 사투리이고 ②는 황보상근 영감이 중국으로 이주하여 긴내천에 정착한지 반평생이 지난 뒤 쓰는 사투리이다. 이는 어릴 적이나 지금이나, 고향에서나 중국에서나 변하지 않는 완벽한 사투리를 구사하는 황보상근 영감의 문화적 견고성을 보여주며, 고향의 척박한 땅과 벗어날 수 없는 가난 때문에 정든 고향을 등지고 만주땅으로 이주하여온 황보상근 영감의 먼 과거의 맥락과 잇닿음으로써 땅에 대한 그의 욕심과 열망을 논리 발전의 필연성으로 해석하고 있다.

"그 장돌뱅이처자(처녀)? 내 굶어죽어도 그런건 안데려온다!"

"허허…그럼 곤난하겐 됐습니다."

"허허가 뭐고? 서기라는게 제 당원도 단속 못하면서? 내 그놈 암만해도 무슨 귀신이 붙은 것 같다…"

"그러니 곤난하지요. 귀신이 붙은거야 무당을 찾아야지 우리 서기가 방법이 있나요?"(『설야』, pp. 612-613.)

황보상근 영감과 지탁준 서기가 주고받는 대화이다. 『설야』는 황보상근 영감이 짙은 경상도 사투리를 꼬박꼬박 구사하는 대신 그의 아들 황보석이나 딸 황보순이 그리고 지부서기 지탁준이 등 이주민 2세, 3세들은 표준어를 구사하게 함으로써 세대간의 갈등과 문화의 차이를 드러내고 한차례의 심각한 개혁을 둘러싼 긴내천의 충돌과 모순으로 가득 찬 분위기를 효과적으로 잘 드러내었다.

그 외에도 『설야』에는 충청도 사투리, 평안도 사투리가 도입되어 사투리에 의거하여 각 지역문화의 만남과 충돌을 보여주고 있다.

① "아하 그건 누가-그래여-? 그건…그건말이여-내 말이 아니여-"
(『설야』, p. 620.)

② "그래…그래설라무니 내래 맏아바지 따라 전대롱개고집엘 갔더니 태도가 어떠나 싹싹하갔수? 〈자, 실컨 먹어. 우리 고기 참 맛 있네라. 가이고기(개고기)야, 우리 고기가 데일(제일)이지, 우리 고기맛이 덩말 가이고기맛이디. 내 고기라구 하는 말이 아니라…〉 자, 이거야…그래 내가 맏아버지보구 〈맏아버지, 저 아버지는 와(왜) 자꾸만 자기 고기래 가이고기래?〉…"(『설야』, p. 560.)

①은 느릿느릿하고 끝음이 유난히 긴 충청도 사투리이다. 독실한 기독교신자이고 자칭 집사인 안순호 영감의 느릿느릿한 충청도 사투리를 통하여 문투를 좋아하고 늘 성경을 낭독하는 그의 성격적 특징을 잘 드

러낸다. ②는 구개음화가 되지 않아 'ㅈ' 발음이 전부 'ㄷ'로 발음되는 억세고 거친 평안도 사투리이다. 장일봉의 더펄더펄하고 거친 성미를 잘 드러내준다. 이러한 충청도 사투리와 평안도 사투리는 경상도 사투리, 함경도 사투리와 함께 소설에서 다양한 지역문화의 만남의 장을 형성하며 서로 다른 지역문화끼리의 충돌을 보여준다.

2) 계층적 방언과 민족성

우리 고유의 민족문화 중 타 민족문화와 비교할 때 그 표층에 떠오르는 가장 뚜렷한 특징의 하나로 반상의 엄격한 구별 문화를 꼽을 수 있으며, 그러한 문화는 오늘까지도 간간히 그 맥을 이어오고 있다. 그러한 문화의 우열성과 정당성의 여부를 떠나서 그것은 분명 우리의 인류문화학적 특징이며, 오늘날의 우리 민족의 많은 문화와 풍속습관이 그 고유의 문화에 뿌리하고 있다. 이러한 계층적 방언의 소설 속에서의 전면적인 복원이라는 측면에서 보면 최홍일의 『눈물젖은 두만강』이 90년대 중국 문단의 한 사조로 등장한 "뿌리 찾기" 문학과 같은 맥락에 있음이 더욱 뚜렷해진다.

최홍일은 『눈물젖은 두만강』에서 우리 민족 문화의 개별성이라고 할 수 있는 반상의 문화를 대변하는 두 계층의 방언을 능란하게 구사함으로써 소설의 형식 자체가 온전히 민족 문화적 특징을 띠게 하였다. 그리하여 『눈물젖은 두만강』은 그 자체로서 근대적 소설의 세계 보다는 오히려 전근대적인 설화나 민담의 세계로의 회귀를 강하게 나타낸다.

안수길의 『북간도』나 리근전의 『고난의 년대』가 살길을 찾아 두만강을 넘은 이주민들을, 이념적 갈등에 초점을 맞추어, 시대의 흐름에 편승하여 부를 축적하려는 부류와 황무지를 개간하여 간도 땅에 뿌리 내리기에 주력하는 부류로 구분하였다면, 최홍일은 그러한 구분 외에, 또 양반과 상놈이라는 계층적 구분을 진행한다. 이는 전근대시기 우리 민족 사회의 엄격한 신분제도에 의한 구분으로서 그것은 재부의 축적과는 별개로 출신에 의해 결정되었으며 수직상하의 관계를 이룬다. 그만큼 양반과 상놈의 구별이 철저했던 것이 전근대시기 우리 민족문화의 한 특징이라고 할 수 있는데 최홍일은 이주민들과 함께 이 전근대적 문화의 유물을 간도 땅에 이주시켰으며, 그리하여 이주민의 독특한 문화를 이국(異國)의 문화 속에 펼쳐 보인다. 양반이라는 조선 상층 계층이 간도 땅에 나타난 것은 청국인 즉 원주민들에게는 그야말로 경이로운 것이었는데, 그 경이의 반대편에는 조선 이주민들의 긍지와 자부감이 은연중 엿보인다.

> 그러던 녀인은 팔룡의 뒤에 서있는 최림과 삼월을 발견하고 두눈이 동그래진다.
> "저 사람들은?"
> "조선에서 건너온 분입네다."
> "그래?"
> 녀인은 놀란 눈길로 최림과 삼월을 번갈아 본다. 헐벗고 깡마른 조선농민들만 보아오던차에 볼라니 복색이며 기품이 만만찮은지라 자연히 눈꼬리가 치켜올라간 것이다. 옷차림이 단아하고 말쑥했고 범접 못할 기품이 흘러나왔다. 녀인은 대뜸 평민백성이 아님을 느꼈다……
> "무슨 사람들이게?"
> "량반입지유."
> "뭐가 량반이냐?"
> 청국말로는 뭐라고 대답해야 할지 몰라 끙끙거리다가 한참만에야 입을 열었다.
> "잘사는 사람들입지유."
> "오—"
> 그제야 녀인은 최림과 삼월에게 웃음을 보내며 알은체한다.

> 마주선 두 녀인의 빨간옷과 흰옷이 선명한 대조를 이루었다.(『눈물젖은
> 두만강』상, pp. 47-48.)

최홍일은 양반계층에 접근하는 인물로 최훈장과 삼월이를 설정하였
는데 엄밀히 말하여 이들은 양반이 아니다. 그들은 역관 출신의 중인
계층이다. 여기서는 최훈장과 삼월을 발견한 지팡주 동령감의 며느리
진씨의 놀라움을 잘 보여주고 있으며 아울러 "빨간옷과 흰옷의 선명한
대조"를 통하여 두 나라, 두 민족 문화의 충돌을 보여준다. 이주민들의
세계에 양반계층과 그들의 문화를 도입함으로써 우리 민족의 이주의
저변에는 정신사적인 맥락도 있음을 보여주었다. 최홍일은 최훈장과 삼
월이의 언어와 행동 양식을 통하여 양반 계층의 언어와 예의범절을 잘
보여주고 있다. 그들과 대응되는 층은 장재촌과 용드레촌의 조선 개간
민들이다. 최홍일은 계층적 방언을 매우 적절하고 절제 있게 구사하였다.

> 강가로 나가 발을 물에 잠그고있는데 징검다리로 옷차림이 말끔한 중늙
> 은이가 건너온다. 최림이다. 도포에 버선발, 틀림없는 량반의 행색이였다.
> 여기두 량반이 건너왔단말인가?
> 최림이 건너오자 칠성은 바삐 일어나 허리를 굽히였다.
> "웬 길손인지 례를 거두소."
> 최림이 입을 연다.
> "이 마을에 사는 사람 같잖은데 어디서 온 길손이요?"
> "이 동네루 아들놈 보러 왔습꾸마."
> "그럼 혹시? 자식이 누구게?"
> "팔룡이라구 합꾸마. 청인집에서 머슴살이하는 놈입꾸마."
> "오, 그럼 팔룡이의 부친이구만."(『눈물젖은 두만강』상, p. 108.)

칠성은 최훈장의 양반 행색을 보고 놀라며 바삐 예를 갖춘다. 다같이
살길을 찾아온 이주민이지만 양반과 상놈은 분명 다르다는 문화의식에

의한 것인데 그들이 주고 받는 대화 역시 엄연히 구분되는 계층적 방언이다. 물론 여기서 최훈장과 칠성이 구사하는 계층적 방언은 엄격한 의미에서 보면 양반과 상놈의 수직 관계의 구분이기보다는 표준어와 사투리의 구분에 더 가깝다. 그것은 이때는 이미 양반계층의 몰락과 더불어 서민계층이 대두하고 신분적 하강과 상승이 이루어지던 때로서, 그 신분제도의 수직상하 관계가 상당히 완화되었으며, 최훈장이 비록 지체가 양반보다 못지않은 가문의 후손이나 엄밀하게 따지면 중인 출신이었기 때문이다. 그리하여 최훈장은 비록 양반의 법도를 따르나 중인 출신이 갖고 있는 신분적 특수성으로 하여 서민층과의 교류도 적지 않다. 그가 기생이었던 삼월의 어머니와 결혼했던 것도 이러한 맥락이었을 것이며 따라서 이때의 최훈장과 삼월의 언어는 양반계층의 언어이면서도 상당한 정도로 서민화되어 있어 오히려 표준어에 가깝다. 또 다른 하나의 원인은 그들의 삶의 공간이 조선이 아니라 이주지 간도 땅이라는 데도 있다. 우리 문화의식의 시대적 분위기와 변화를 느낄 수 있는 대목이다.

이주민들과 뚜렷이 구별되기는 최훈장의 딸 삼월이도 마찬가지다. 동네 아낙들에게는 양반이 거친 간도 벽지로 이사 왔다는 자체가 이해할 수 없는 일인바, 양반의 딸 삼월이와 배필이 될 만한 총각이 없을 거라고 그들 스스로 삼월이와 자기들 사이의 신분의 장벽을 의식한다. 삼월이 상냥한 웃음을 띠며 인사를 건네도 아낙들은 "머뭇거리기만 할 뿐 대답하는 사람이 없는"데 "옷은 삼베저고리에 감장치마, 농가집 처녀처럼 수수한 차림이였으나 몸가짐과 거동에서 범접 못할 위엄이나 간격을 느끼는"[84] 것이다. 삼월이와 친해진 봉녀에게도 역시 삼월이는 "말소리도, 걸음걸이도, 웃는 모습도 자기네들 농가처녀와는 판판 달랐

---

84) 최홍일, 『눈물젖은 두만강』 상, 위의 책, p. 64.

다."85) 이러한 양반의 딸 삼월의 언행은 그야말로 양반집 규수의 언행이 되기에 손색이 없다.

> 리도령전상서
>
> 치발역복하였다니 웬 일이오이까? 부친님은 대노하시여 침식을 잃고계시고 소저의 마음도 쓰리기를 한정 없사옵니다. 사람마다 뜻이 있거늘 그대의 마음을 다 헤아릴순 없어도 소저의 생각으로는 불가한줄 아옵니다. 조상을 버린 다음에 부자가 된들 무엇하며 부귀영달이 있단들 무엇하오리까. 부디 소저의 간곡한 마음 헤아리시고 호복을 벗어던지기 바라옵니다.
>
> 최소저 근상.(『눈물젖은 두만강』 상, p. 202.)

용달이가 치발역복 하였다는 소식을 듣고 삼월이가 보낸 편지이다. 간도 벽지에 이주해온 가난한 농가 집 아낙들의 말투와는 확연하게 구분되는 언어이다. 전근대시기 우리 민족의 정신사적 근간이라고 할 수 있는 양반계층의 언어를 통해 치발역복에 대해 보다 정중하게 꾸짖음으로써 치발역복에 대한 거부와 부정을 한결 더 강하게 나타내고 있다.

삼월이와 석준이 사이에 오고가는 대화 역시 보통 농가의 부부가 주고받는 대화와는 뚜렷이 구분된다.

> ①. "임자는 나같은놈 잘못 만난 것 같소. 내 앞날이 어찌될지 예측키 어렵다오. 그러니 고생이 많을거요."
>
> "서방님, 그런 말씀 마세요. 남아장부 천지간에 뜻을 두었다고 누가 탓하오리까. 그런 서방님을 모신 소첩은 행복하기만 합니다."
>
> (『눈물젖은 두만강』 하, p. 579.)

> ②. "많이 마셨습둥?"
>
> "괜찮아."

---

85) 앞의 책, p. 131.

"이봅소. 쉼둥?"

"자부렘이 와사 자지."

"나뚜 자부렘이 아이 옵꾸마. 이봅소. 륙도구루 아이 가문 아이 됨둥?
딴데루 가살깁소."

"여기꺼정 와서두 생떼질 쓰겠소?"

(『눈물젖은 두만강』 하, p. 680.)

①은 삼월이와 석준이네 부부가 주고받는 말이고 ②는 봉녀와 팔룡
이네 부부가 주고 받는 말이다. 둘 다 같은 연령 때의 젊은 부부의 대
화인데도 그 양상은 이처럼 판이하다. 삼월이와 석준이가 부부 사이에
서로 깍듯이 존댓말을 쓰고 특히 삼월의 언어가 완벽한 양반 집 규수의
언어임에 반해, 팔룡이와 봉녀는 짙은 함경도 사투리에 팔룡이는 봉녀
에게 하댓말을 쓴다. 이러한 대화의 구분을 통하여 양반계층과 평민계
층이 서로 다른 계층적 방언을 구사할 뿐만 아니라 서로 다른 문화를
향유하는 이질적인 문화적 계층임을 보여준다. 대화를 구성한 계층적
방언의 구분은 표준어와 사투리의 구분과 엉켜 있으며 이는 또한 발화
자의 학문의 수준 여하를 구분해주기도 한다. 그러나 석준이와 삼월의
아이들 대에 가서는 이러한 언행에 뚜렷한 변화가 생긴다.

"석돌아, 아이 들어가개? 너네 엄마 울 집에 있는데."

"싫다. 나두 안다. 엄마 쌈한거 알문 욕할가봐!"

"일없다. 니탓이 아인데 머. 내 너네 엄마까 말할게."

(『눈물젖은 두만강』 하, p. 708.)

위의 인용문은 삼월의 아들 호범이와 봉녀 아들 석돌이가 주고받는
대화이다. 호범이의 말이 완벽한 함경도 방언으로 표현되고 있다. 엄마
삼월이가 언행이나 예의범절 모두 양반집 규수로서의 완벽함을 갖추고

있고 아버지 석준 역시 글공부를 함으로써 양반계층에 맞먹는 언행과 예의범절을 갖추었음에도 불구하고 그들의 아들 호범은 완벽한 함경도 방언을 구사하고 있다. 호범이 대에 이르러 부모 대에 구사하던 양반계층의 언어가 간도의 이주민들 즉 민중의 언어로 뚜렷이 하강되었음을 보여준다. 호범이 대에 가면 양반계층의 언행이나 예의범절이 더는 규범으로 전해지지 않을 것임을 시사한다. 이는 전근대시기로부터 근대로의 이행과 함께 양반계층의 몰락은 필연적인 것임을 보여준다. 또한 이주지 간도에서는 모두가 살길을 찾아 남의 나라 땅에 들어온 마당에 양반과 상놈의 구별은 이제 더는 중요하지 않음을 보여준다.

최훈장이 딸 삼월이를 보부상의 아들이었던 용달이에게 허혼하려 했던 것, 최훈장이 돌아가자 서당 훈장 자리가 글공부는 하였으나 신분은 고작 포수의 아들인 장석준에게 돌아간 것, 삼월이 포수의 아들 장석준과 혼례를 한 것 등은 간도 이주지에서 양반계층의 점차적인 하강과정이며, 그들 계층과 이주 농민들 즉 이주한 조선 민중들과의 융합의 과정이다. '귀한 댁 따님'이라고 삼월이를 며느리감으로 과하다고 꺼리는 장포수에게 칠성이가 "답답한 량반, 조선땅이라문 모르겠소만 타국땅에 와 살문서리 가문이구 뭐구 할게 있겠소? 여기서는 량반이구 상놈이구 구별이 없다이까"[86] 라고 말한 것은 그러한 계층의 하강과 계층간의 융합이 필연적인 것임을 단적으로 보여준다.

그리하여 삼월의 아들 즉 호범이 대에 이르러 완벽한 함경도 방언을 구사하는 것은 결코 우연이 아니며 드디어 간도 이주지에서 양반 계층의 철저한 사멸과 민중과의 융합을 의미한다. 간도 이주지에서는 양반과 상놈이라는 계층간의 구별이 존재하지 않으며 우리 민족은 조선족이라는 단일한 민족적 특성을 외부에 구현한다. 조선족이라는 민족적

---

86) 최홍일, 『눈물젖은 두만강』하, 위의 책, pp. 575-576.

특성만이 우리 민족이 이주지 기타 민족과 구별되는 가장 뚜렷한 징표
로 된다.

또한『눈물젖은 두만강』은 소설의 대화 부분에서만 아니라 서술 부
분에서도 '용달이놈', '팔룡이놈', '덕삼이 녀석', '봉녀년', '삼월 아씨',
'훈장 령감' 등 계층적 방언을 그대로 사용하여 그것을 소설의 전면에
내세운다.

　　아까부터 솔골댁은 치마말기를 부여잡고 뜨락에서 뱅뱅 돌아쳤다. 낯짝
은 개 벼룩 씹어먹은 상통이라 할가 고양이 락태한 상이라 할가, 일그러진
상판엔 밸밸 탈린 심사가 력연히 드러났다. 틀림없는 손자놈으로 확인된
봉녀 아이를 두고 집식구들과 한바탕 다투고난 뒤로는 무어나 눈꼴이 시여
왔고 시도 때도 없이 속이 부글부글 괴여올랐다. 그날 남정이 무서운 소리
를 질러대는바람에 봉녀란 그 과부년을 찾아가지 못하고 물앉아버리였으나
마음이 편할리 없었다. 워낙 암팡스러운 아낙이라 요 며칠은 온 집안이 부
산하게 시악만 부리였다……(최홍일,『눈물젖은 두만강』하, p. 515.)

위의 인용문은 과부 봉녀의 아이가 자기 손자임을 알고서도 집으로
데려오지 못하는 팔룡의 어머니 솔골댁의 신경질적인 행동과 심리를
잘 묘사하고 있다. 서술 부분임에도 불구하고 '낯짝', '개 벼룩 씹어먹은
상통', '고양이 락태한 상', '상판', '과부년' 등 계층과 연관되는 비속어
를 거침없이 구사함으로써 솔골댁의 거칠고 이악스러운 성미와 간도
벽지에 이주한 농사군의 아낙으로서의 신분을 잘 드러낸다. 이러한 계
층적 방언과 계층에 연관되는 특유의 어휘 구사는 우리 민족에게만 고
유한 특성이며 이는 문학의 민족성과 직결되는 문제이다. 그리하여『눈
물젖은 두만강』은 계층적 방언이라는 우리 민족 고유의 특성을 소설의
전면에 부각시킴으로써 소설의 민족성을 충분히 체현하였다.

제 5 장

중국 조선족 장편소설의 정체성

지금껏 살펴 본 중국 조선족 소설을 포함한 중국 조선족 문학의 정의와 범주는 다음과 같이 서술할 수 있다.

중국 조선족 문학이란 1945년 광복이후, 귀국·귀향을 포기하고 이주지 만주에 남아 '조선인'으로부터 중국 속의 한 소수민족으로의 이행 과정을 거쳐 중국 역사 속에 편입된 중국 내 우리 민족이, 민족어로 그들의 삶의 현장과 역사, 이중적 정체성의 갈등을 형상화한 문학이다.

조선민족은 어떤 이념, 어떤 나라, 어떤 위치에서 살든 그 나라와 민족에 완전히 동화될 수 없는 특징이 있다. 그래서 그들에게는 이러한 민족적 특징을 잃지 않으려고 몸부림치면서도 그 사회에 적응해야 하는 이중적 부담을 안은 채, 그들 나름대로의 제3의 민족적 정체성을 찾아가야 하는 과제가 부과되어 있다.[1] 중국 조선족 사회는 기타 해외 동포 사회와는 다른 이중적 정체성의 갈등을 안고 있다. 그것은 중국 조선족 사회가 그 형성 과정과 존재 방식 모두가 기타 해외 동포 사회

---

1) 정확실 외, 「중국 조선족과 한국의 초등교과서 비교분석 연구」, 『초등교육연구』 6, 1992, p. 5.

와는 다른 이질적인 양상을 띠고 있기 때문이다.

중국 조선족 사회의 중국 문화에 대한 수용은 기타 해외 동포들의 거주국 문화에 대한 수용과는 다른 특별한 양상을 띠고 있다. 중국 조선족은 중국 경내에 이주한 후, 중국 공산당과 더불어 항일전쟁의 와중에서 피흘려 싸웠고 광복 후에는 중국 공산당의 편에 서서 국민당을 뒤엎는 국내해방전쟁에 참가함으로써 나라 세우기에 공헌하였으며, 중국 공산당의 정치적인 결책에 의해 중국 국적을 취득하였다. 그러므로 중국 조선족의 거주국인 중국에 대한 감정은 기타 해외 동포들의 거주국에 대한 그것과는 비할 바 없이 떳떳하고 당당한 것이었다. 중국 조선족이 중국 경내에서 '조선족'으로 합법적인 지위를 인정받고 살아갈 수 있는 것 역시 중국 공산당의 소수민족정책에 의해서이다. 중국 조선족은 중국 국적을 선택하고 중국 공민의 권리와 의무를 부여받고 중국의 정치, 경제, 문화생활에 참가하고 있는 만큼 중국공산당을 옹호하고 현행 정치제도에 밀착해 살지 않을 수 없다. 중국이 사회주의제도라는 것 역시 중국 조선족의 이중적 정체성의 갈등의 이질적인 양상에 중요한 변수로 작용한다.

이러한 역사적, 정치적 요소들은 중국 조선족 사회가 모체 문화를 주체로 하면서도 이중적 성격을 띠는 복합적인 문화로 존재하게 한다. 그러므로 조선족은 한민족의 일원인 것은 틀림없으나 중국이란 주권국가의 국민이다. 즉 조선족은 중국 내의 평등하면서도 구별되는 특수한 문화공동체일 뿐만 아니라 한국(조선)인들과도 혈연적인 유대가 있으면서도 구별되는 특수한 문화공동체라고 할 수 있다.2) 바꾸어 말하면 "두 가지 정체성을 가지고 있는 것이 오늘날의 중국 조선족"3)이다. "두 가

---

2) 김강일, 「중국조선족사회 지위론」, 위의 글, p. 14.
3) 김호웅, 「조선족문학의 력사적 흐름과 그 잠재적 창조성」, 『문학과예술』, 2001, 4,
    p. 41.

지 정체성"이라는 표현이 적절한지는 곰곰이 검토해봐야겠으나, 여기에
서 어려움은 국가와 민족 중 어느 한쪽에 그 기준을 두어서도 안 되며
반드시 양쪽을 다 아울러야 하기 때문이다. 그러므로 중국 조선족에게
있어서 국가와 민족이 다름으로 하여 생기는 이중적 정체성의 갈등은
필연적인 것이다. 이러한 이중적 정체성의 갈등은 어느 한쪽으로 완전
히 기울어지거나 어느 한쪽에 확실하게 기준점을 둘 수 없으므로 그 성
격을 분명하게 결론지을 수 없으며 인위적으로 쉽게 극복될 수 있는 것
이 아니다.

중국 조선족 소설은 중국 조선족의 삶의 문학적 대응이므로 그들 삶
에 관통된 가장 본질적인 부분인 이중적 정체성의 갈등을 그 주요한 표
현 내용으로 한다. 중국 조선족 사회의 특수성으로 하여 중국 조선족의
현실적 삶에서의 이중적 정체성의 갈등이 "두 가지 정체성"으로 나타나
는 만큼 중국 조선족 소설에서의 이중적 정체성의 갈등 역시 복합적인
것이어서 어느 한쪽으로 경솔하게 단정 지을 수 없다. 표현 형태에서
중국 조선족은 중국 사회의 정치적 · 역사적 원인으로 현실적인 삶에서
의 그러한 이중적 정체성의 갈등을 원형 그대로 자유롭게 표현할 수 없
었다. "한때 모국 또는 모국의 력사와 문학에 대한 관심은 근거 애매한
의혹과 불신의 대상이 되기도 했다."4) 그리하여 조선족 작가들은 현실
적 삶에서의 이중적 정체성의 갈등을 굴절된 형태로 조심스럽게 소설
속에 투영시켰다. 하지만 개혁개방 이후, 상대적으로 자유로운 문학의
시대를 맞아 이러한 이중적 언어생활, 이중적 정체성의 갈등을 형상화
하고 그러한 갈등을 극복, 승화시켜 보편적인 인간해방의 시각으로 자
연과 인간을 바라보는 우수한 작품들이 많이 나오고 있다.5) 이것은 사

---

4) 앞의 글, p. 44.
5) 위의 글, p. 44.

회 문화적 환경의 변화로 인한 작가들의 정치적 감각과 역사적 감각의 확대에 의한 것이다.

이 글은 이러한 맥락에서 출발하여 중국 조선족 소설을 그 사회배경과의 연관성 속에서 검토하였는데, 두 가지 이질적인 수준인 작품과 사회를 효과적으로 연결시키고 매개할 수 있는 매개항으로 '가치와 이념', '체험과 역사적 현실', '언어적 특성' 등 범주를 설정하였다. 이는 중국 조선족 소설의 특수성과 조선족 사회의 역사적 현실성에 의해 결정된 범주이다.

상술한 세 가지 범주를 중심으로 중국 조선족 소설을 그 사회배경과의 연관 속에서 지금껏 논의해 온 바를 요약하면 다음과 같다.

중국 조선족 소설은 그 특성상 정치·문학 일원론의 원칙에 입각하고 있으므로 작품 창작 당시 중국의 정치적 이념과 정치적 현실을 반영한다. 또한 조선족 소설은 조선족의 삶에 대한 문학적 대응이므로 중국의 정치적 이념과 정치적 현실에 대한 조선족의 민족적 차원의 대응과 그로부터 형성된 이념과 세계관을 대변한다. 조선족 소설 작품은 이런 다양한 세계관과 이념들이 대화하고 대결하는 담론의 장이며 이념의 표출 방식은 소설의 주제와 작가의 의도, 이념과 밀접한 연관을 가진다. 그러므로 현실에 대한 이념적 대응이라는 측면에서 1950-1960년대와 1980년대 후반-1990년대의 소설들을 살펴보았다.

1950-1960년대는 중국의 정치적 이념과 정치적 현실, 조선족의 정치적 이념과 이상이 대체로 합치되는 시기였다. 이러한 합치는 과경·월경 민족으로서 중국 조선족의 특수성에 의해 결정된 것이다.

중국 조선족이 조선반도로부터 중국에 천입된 역사는 거의 백여 년에 이른다. 백여 년래 중국 조선족의 역사는 그 실질에 있어서 천입민족이 점차 중국의 소수민족으로 과도하는 역사인 것이다. 기실 대다수 중국의 조선족들이 자기가 중국의 한 소수민족이라는 큰 자각을 하기 시작한 것은 1949년 중화인민공화국이 창립되기 전후부터일 것이다.6) 여기서 "큰 자각"이라고 함은 그 자각의 과정이 완전히 자연스럽게 이루어진 것이 아니라 갑작스러운 변화와 의도적인 노력 등이 함께 진행된 결과이기 때문이다. 중국 조선족이라는 이 군체 자체가 관념으로부터 습성, 심리요소에 이르기까지 완전히 중국의 소수민족으로 되는 데는 역사과정이 필요하다. 미국 대륙으로 이민해간 영국인이거나 프랑스인들도 미국인으로 자기를 자각할 때까지는 상당한 시간이 걸렸다. 중국의 조선인들도 감정상으로 중국의 조선족으로 자각할 때까지는 역시 긴 시간이 수요되는 것이다.7) 광복과 함께 일부분의 조선인들이 조선반도로 귀국한 상황만 놓고 봐도 중국의 조선인들이 중국의 조선족으로 되는 데 외적 환경의 강력한 작용과 그에 대응하기 위한 의도적인 노력이 상당한 정도로 작용했음을 알 수 있다.

광복 직후 심각한 선택의 갈등을 거쳐 중국에 남은 조선인들은 중국 공산당의 영도 하에 중국의 기타 민족과 함께 해방전쟁, 항미원조를 겪으면서 중국 속의 한 소수민족으로 태어나기 위해, 중국 인민이 되기 위해 노력했다. '만주 조선인'이 '조선 민족'으로 다시 '중국 조선족'으로 바뀌어가는 과정은 과거의 의식형태 영역의 절대적인 변화를 요구하는 과정이기도 했다. 그것은 자의에 의한 선택이었지만 그만큼 불안과 불확실성, 조급함과 초조함을 배태한 선택이기도 했다. 실제로 중국 조선족은 중국의 전대미문의 정치적 동란 중, '조선족'이라는 이유 때문에 심각한 민족적 수난을 겪게 되는데 이것이야말로 그 막연했던 불안과 불확실성이 현실로 나타난 것이라 하겠다.

---

6) 정판룡, 「중국조선족문화의 성격문제」, 『정판룡문집』 2, 연변인민출판사, 1997, pp. 10–11.
7) 위의 글, p. 10.

1950-1960년대의 두 편의 장편소설 『해란강아 말하라』와 『범바위』는 중국 조선족의 이러한 정치적 이념과 세계관을 그대로 대변하였다. 김학철의 『해란강아 말하라』는 1930년대 간도 지역 조선인 농민들이 중국 공산당의 영도 하에 기세 드높은 반제·반봉건 투쟁을 전개하는 것을 통하여 중국 역사에서, 더 정확히 말하면 중국의 반제·반봉건 투쟁사에서 중국 조선족의 기여와 위치를 확인하였으며 중국 속의 소수민족으로 편입되기 위한 필연성과 당위성을 제시하였다. 리근전의 『범바위』는 광복 직후, 중국에 남은 조선인들이 중국 공산당의 이념을 받아들이고 중국 공산당의 영도 하에 국민당 반동파와의 투쟁에 적극적으로 뛰어들고 토지개혁을 진행함으로써 나라의 주인으로 되는 과정을 통하여 조선인이 중국 조선족으로 되는 길이 역사 발전의 필연임을 제시하고 있다.

1980년대 후반－1990년대의 소설들에는 이러한 집단적·민족적 차원의 이념이 크게 나타나지 않으며 일상적 감각, 세속적 감각만이 무한히 확대된다. 이는 개혁개방과 시장경제의 충격으로 중국 전체가 강력한 정치적 이념의 지도에서 벗어나 탈이념화를 지향하고 있었고 개인의 주체적 태도가 무한히 확장되었기 때문이다. 리원길의 『설야』와 최홍일의 『눈물젖은 두만강』은 각각 집단화에서 개인화에로 나아가는 중국 공산당의 역사적인 중대한 결책이라는 엄숙한 문제와 민족의 이주사라는 민족적 차원의 무거운 주제를 이념이라는 높이에서 벗어나 일상적 감각과 세속적인 생활모습들을 통해 형상화하였다.

다음은 체험과 역사 복원의 서사 방향에 대해 살펴보았다.

조선족의 역사란 조선족의 이주의 역사 즉 목숨을 건 월강과 낯선 만주땅의 개척과 정착, 일본제국주의와의 투쟁의 역사다. 또한 광복 직후, 심각한 선택의 갈등을 거쳐 한반도로의 귀국·귀향을 포기하고 이

주지 중국을 선택하고 중국 공산당의 영도를 받아들여 중국의 한 소수
민족으로 편입된 역사이다. 이러한 이주의 역사와 선택의 과정, 소수민
족으로의 편입의 역사는 중국 조선족의 가장 본질적인 역사적 범주이
며 조선족의 과거와 현재의 삶의 맥락과 연결되는 범주이다. 여기서 역
사 속의 개인이란 이러한 역사와 부딪치며 살아가는 주체와 만들어가
는 주체, 그리고 인식하고 체험하는 주체를 의미한다.

조선족의 역사에 대한 복원으로는 리근전의 『고난의 년대』와 최홍일
의 『눈물젖은 두만강』이 있다. 리근전의 『고난의 년대』는 조선족의 이
주 초기 즉 목숨을 건 월강으로부터 시작하여 간도 땅에서의 개척과 정
착, 일제의 간도 침략과 반일투쟁, 중국 공산당의 영도 하에서의 항일
투쟁, 그리고 광복에 이르기까지의 근 반세기에 달하는 조선족의 이주
의 역사를 다루고 있다. 조선민족이 간도에 본격적으로 이주, 정착하던
때부터 일제의 쇠사슬에서 풀려날 때까지라는 서사적 시간과 공간, 서
사적 폭으로부터 견주어볼 때 이 소설은 한국의 작가 안수길이 1959
년부터 1967년 사이에 창작한 장편소설 『북간도』와 동열에 놓을 수
있다. 그런데 두 편의 소설은 동일한 역사시기, 민족의 이주라는 동일
한 역사 사건을 다룸에도 불구하고 구체적인 역사적 사실의 취사선택
과 역사적 전개의 방향이 서로 다르다.

안수길의 『북간도』가 민족주의 이념을 중심으로 반일독립운동의 사
상과 장사꾼의 현실주의 사상 등으로 간도 땅에 뿌리 내리기의 역사적
과정을 전개하고 있다면 리근전의 『고난의 년대』는 공산주의 사상과
이념을 중심으로 그와 대립되는 친일파 지주계급의 사상과, 착취에 의
거하여 필사적으로 부를 축적하는 면에서는 친일파 지주계급과 동열에
놓이지만 매판 자본이 아니라 민족자본에만 의거한다는 측면에서는 이
들과 상치되는 민족자산계급의 이념 등의 대립과 갈등, 투쟁으로 이 시

기의 역사적 과정을 전개하고 있다.

안수길의 『북간도』는 민족주의 이념을 중심축으로 함으로써 ‘변발흑복’의 문제를 이주 초기의 중심 문제로 다루고 있는데, 이 문제를 둘러싸고 ‘변발흑복’을 강요하는 청 정부와 이를 거부하는 조선농민들 사이에 팽팽한 이념의 대립과 갈등이 이루어지며 또한 이주민들 사이에도 서로 다른 대응방식을 주장하는 입장의 차이로 하여 분화가 일어난다. 그러나 리근전의 『고난의 년대』에서 ‘변발흑복’의 문제는 결코 대립과 갈등의 중심이 아니다. ‘변발흑복’의 문제는 한족 인민들에게도 들씌워졌던 청 정부의 강압적인 민족동화정책의 일종으로 서술되었을 뿐이다. 마름 오영길과 장사꾼 최영세는 토지권과 행상권을 따내기 위해 앞장서서 ‘변발흑복’을 하며 순박한 농민 박천수는 그들의 행위를 이해할 수가 없을 따름이다. ‘변발흑복’의 문제는 실제로 그들 이주민들의 생활에 아무런 파문도 일으키지 않았는데 그것은 마름 오영길이 자기의 지위와 착취에 방해가 될까봐 이주민들의 ‘변발흑복’을 달가워하지 않았기 때문이다. 안수길의 『북간도』에서 ‘변발흑복’의 문제가 이주민들의 생사존망과 삶의 방식과 직결되는 중대한 문제라면 『고난의 년대』에서 ‘변발흑복’의 문제는 민족의식의 차원이 아닌 도덕·윤리 차원의 문제로 처리되고 있다.

안수길의 『북간도』는 이한복 일가의 4대 정수가 반일독립운동에 투신하였다가 결국 스스로 일본영사관에 자수하는 것으로 역사의 발전방향을 전개하고 있다. 리근전의 『고난의 년대』에서는 박천수 일가의 2대 박윤민이 여러 가지 주의와 사상, 이념을 실험하고 실패와 좌절을 거듭한 끝에 최후로 공산주의 이념에 경도되고 어렵게 공산당과 연계되어 용정에서 공산당의 지하 공작원으로 일하다가 중국 공산당이 영도하는 항일 빨치산 부대에 참가하여 최후로 중국에서 광복을 맞는 것으로 역사의 발전방향을 전개하고 있다. 이러한 역사적 전개는 광복 직후, 조선족의 중국 선택의 문제와 연결되고 있다.

『북간도』와 『고난의 년대』의 이러한 차이는 작가 안수길과 리근전의 개인 체험의 차이와 사상과 이념의 차이에 의한 것이다. 이들 작가 개인의 체험과 이념의 차이는 곧 역사 속에서 개인의 의미의 차이를 형성한다. 같은 맥락에서 최홍일의 『눈물젖은 두만강』은 조선민족의 이주 초기의 역사만을 다룸으로써 공산주의 사상과 이념 등을 원천적으로 봉쇄한다. 소설은 먹고 살기 위한 이주민들의 눈물겨운 노력과 삶의 모습 그 자체에 초점을 두고 있다. 이는 작가 최홍일이 역사 속의 개인의 의미를 이념이나 사상 대신 삶 자체에 두고 있기 때문이다.

조선족의 역사와는 다른 맥락에서 조선의용대와 조선의용군의 항일 투쟁사를 복원한 김학철의 『격정시대』가 있다. 김학철은 이 소설에서 소설적 형상화보다는 역사의 진실하고도 정직한 기록을 통한 우리 민족 근대사의 모종 공백을 메우려는 역사의식을 앞세웠는바 이리하여 소설은 그 후반부에 이르면 소설적 형식보다는 직접적인 역사적 형식으로 나아간다. 이는 역사의 복원에서 개인의 체험이 극대화된 경우이다.

마지막으로 주제 표출의 언어적 연관성에 대해 살펴보았다.

중국 조선족 소설은 거주국인 중국을 창작 환경으로 하기 때문에 중국어 창작이 하나의 피할 수 없는 언어적 조건으로 된다. 민족적 삶의 언어적 조건의 하나라는 것 때문에 중국어 창작은 중국 조선족 소설 연구에서 다루어야 할 주요한 내용이다. 여기서는 중국어 창작이 이중어 글쓰기의 한 형태인지 아니면 중국어가 작가의 제1언어인지 하는 작가의 언어적 조건이 우선 검토되어야 한다. 즉 조선어로 창작이 가능한 작가가 모종의 원인에 의해 중국어로 창작한 것인지 아니면 작가에게 있어서 거주국 언어로서 중국어가 가장 자유로운 최선의 언어인지가 구명되어야 한다.

만약 조선어 창작이 완전히 가능한 작가가 중국어로 창작한 것이라면 그 작가가 굳이 모국어가 아닌, 모국어보다 덜 자유로운 거주국 언어로 창작한 원인을 구명해야 한다. 이는 작가의 이념과 세계관과 연관되는 문제이며 작품 자체의 이데올로기와도 연관되는 중대한 문제이다. 이와는 달리 중국어가 작가의 제1언어인 경우는 중국의 공식 언어인 중국어로 창작함으로써 사회의 지배적인 담론과 이데올로기를 대변하는 공식 언어의 성격상 작품이 조선족의 삶에 대한 문학적 대응이면서도 중국의 지배적인 담론과 이데올로기에 기여하게 된다는 것에 대한 충분한 논의가 이루어져야 한다.

다음은 조선어 창작에서 작가가 표준어로 창작하였는지, 방언을 구사하였는지, 속담, 성구, 관용구를 도입하였는지 등의 언어적 조건에 대한 검토가 진행되어야 한다. 창작에서 작가가 표준어를 사용하는지 아니면 표준어 대신 방언을 구사하는지 그리고 속담, 성구, 관용어 등을 도입하는지 등은 단순히 작가의 언어 선택의 취향이나 언어 구사 능력의 문제가 아니다. 언어의 선택은 작가의 세계관과 이념을 대변하고 있음으로 작품의 주제와 연결되며 작품의 공식성과 비공식성을 결정하기도 한다.

표준어로 창작되었을 경우, 표준어가 작가가 속해있는 사회의 지배적인 담론과 이데올로기를 대변하고 있음으로 하여 작품이 공식 문학의 성격을 띠게 된다는 점을 논의해야 한다. 특히 어떤 특정 지역을 작품의 공간적 배경으로 삼았을 경우, 표준어 대신 지역 방언을 구사하는 것은 그 지역의 특수성과 그 지역 사람들의 삶의 구체성을 가장 잘 드러낼 수 있으며 리얼리티의 효과를 극대화할 수 있다. 그럼에도 방언의 사용을 거부하고 표준어로만 창작을 일관할 경우 작품의 형상성과 예술성을 확보하기 어렵다.

그 대표적인 예가 김학철의 『해란강아 말하라』이다. 이 작품은 간도 지역 조선인 이주민들의 삶과 투쟁을 형상화 함에도 불구하고 그 지역 이주민들의 가장 뚜렷한 특징인 함경도 방언의 구사를 포기하고 표준 어로 일관하였다. 이는 김학철이 서울에서 고등학교까지 다니고 문학창 작의 습작기를 거침으로 하여 서울말에 익숙했던 것과 이주민으로서의 체험이 전무한 것 등 그가 함경도 방언에 무감각할 수밖에 없는 삶의 경력 때문이기도 하다. 또한 작품을 발표한 1954년 당시 그가 중국 연 변을 이상과 현실이 합치되는 이상적인 공간으로 생각하고 있었고 중 국 연변의 정치 현실에 굉장히 큰 기대를 품고 있었음으로 하여 당시 조선족 사회의 지배적인 담론과 이데올로기와 동일한 이념과 세계관을 가질 수 있었던 것과 밀접한 연관을 가진다.

방언은 표준어 즉 공식적인 언어체계에 대응하는 비공식적 언어체계 이며 여기에는 세계를 보는 특수한 관점, 특수한 현실 선택 등이 존재 한다. 지역 방언은 지역의 특수성과 현실성, 삶의 구체성을 드러내며 그 지역 민중들의 세계관과 이념을 대변한다. 그러므로 문학창작에서 어떤 경우 표준어 대신 방언을 구사하는 것은 작품의 형상성을 확보하 고 민중의 관점에서 세계를 재해석하고 재구성함으로써 자기가 속한 사회의 통념이나 왜곡된 현실을 극복하는데 유리하다. 속담, 성구, 관 용구 등도 민족의 민중적 정서와 체험이 구현된 민중의 언어라는 점에 서 문학창작에 도입될 경우 방언과 유사한 맥락에서 검토할 수 있다.

이처럼 민족적 삶의 언어적 조건은 작가의 이념과 세계관, 작품의 주 제와 밀접한 연관을 가지며 조선족 소설 자체의 존재 가능성을 결정하 는 등 중대한 검토 사항이므로 조선족 소설 연구의 중요한 내용 항목으 로 설정되어야 한다.

이상에서와 같이 이 글은, 중국 조선족 소설을 그 사회배경과의 연관성 속에서 검토함에 있어서, 기존 논의들이 빠져들었던 작품과 사회배경 사이의 평행성 내지는 병렬성이라는 한계를 극복하려고 노력하였으며 그 구체적인 대응책으로 서로 다른 수준의 작품과 사회배경을 연결시키기 위한 매개항이라는 차원에서 작품을 '의미있는 구조'로 파악하였다. 그리하여 통상 '단순성', '도식성' 내지는 소설 미학의 초과, 미학 미달 등으로 특징지어지던 조선족 소설에 대한 기존 논의들의 한정된 결론에서 벗어나, 그 결론을 출발점으로, 그러한 미학 초과 내지 미학 미달의 원인과 근거가 무엇인지를 구명하는 데로 나아감으로써 조선족 소설 연구의 새로운 지평을 열어놓았다. 이는 또한 한국문학의 해외에서의 연장이라는 구도에서 조선족 소설에 대한 재평가를 시도함으로써 해외한민족 문학 연구의 진전된 패러다임을 제시하였다는데 그 의의가 있다.

이 글이 지닌 여러 약점과 부족함 가운데 특히 짚고 넘어가야 할 것을 적어본다면 이렇다. 우선 조선족 소설 전반을 검토대상으로 하지 못하고 대표성을 띤 여섯 편의 장편소설만을 검토대상으로 함으로 하여 연구대상 확보의 전체성의 수준에 이르지 못했으며 이로부터 논의의 임의성 내지는 자의성이라는 비판을 면할 수 없게 되었다. 이는 연구자의 의도와 노력과는 무관하게 전반 논의를 편파적으로 몰고 갈 위험 요소를 내포하고 있음으로 하여 연구자 스스로 질책하고 있다.

다음으로 제한된 대상 작품만을 검토함으로 하여 소설과 사회배경과의 연관성을 의미화 함에 있어 주류적인 측면만 논의되었고 그 주된 흐름에서 벗어나는 특수한 범주들은 놓쳐버린 한계를 지니고 있다. 조선족 소설 전반에 대한 보다 전면적이고 진전된 논의를 통해 심화되어야 하리라고 생각한다.

참 고 문 헌

1. 대상 자료

김학철, 『격정시대』, 료녕민족출판사, 1986.
김학철, 『해란강아 말하라』, 풀빛, 1988.
리근전, 『고난의 년대』 상, 연변인민출판사, 1982.
리근전, 『고난의 년대』 하, 연변인민출판사, 1984.
리근전, 『범바위』, 연변인민출판사, 1962.
리근전, 『범바위』, 흑룡강조선민족출판사, 1986.
리원길, 『설야』, 연변인민출판사, 1989.
최홍일, 『눈물젖은 두만강』, 민족출판사, 1999.

2. 中國

(1) 논문

강정일, 「손에서 붓을 놓지 않은 작가」, ≪장백산≫, 1997년 6기.
강　옥, 「김학철문학 연구 검토」, 『조선의용군 최후의 분대장 김학철 2』, 연변인민출판
　　　　사, 2005.
국제고려학회 문학부・연변대학 조선어문학학부 편, 『조선민족문학연구』, 흑룡강조선민
　　　　족출판사, 1999.
권철・조성일, 「조선족문학의 발전개관」, ≪아리랑≫, 1981년 3기, 4기.
김기형, 「김학철선생의 신념과 탐구」, ≪문학과예술≫, 1987년 6월.
김동활, 「『고난의 년대』에 대한 본체론적사고」, ≪문학과예술≫, 1988. 5.
김동훈, 「장편력사소설 『고난의 년대』에 대하여」, ≪아리랑≫, 11기.
＿＿＿, 「중국 조선족문학의 이중성격」, ≪코리아학연구≫, 총6기, 민족출판사, 1997.
김　몽, 「력사의 진실한 화폭―리근전소설의 력사적가치」, ≪천지≫, 1998년 6기.
김종수, 「리원길 소설창작론」, ≪아리랑≫, 47기, 1993. 8.

김학천, 「가시는이의 발자취를 더듬어」, 《장백산》, 1997년 6기.

김호웅, 「광란의 음영과 번뜩이는 작가의 안목―최홍일의 중·단편소설을 논함」, 《연변문학》, 2000. 9.

남영전, 「세계조선민족문학속의 중국조선족문학의 위치 및 문제점」, 《문학과예술》, 1993년 1기.

류동호, 「〈한 당원의 자살〉의 차실」, 《문학과예술》, 1986. 5.

류병호, 「30년대 조선족 이주민」, 『봉화』, 북경민족출판사, 1989.

리근전, 「『고난의 년대』를 쓰게 된 동기와 경과」, 《문학과예술》, 1983. 1.

______, 「시대감과 주제사상―장편소설『범바위』를 수개하면서」, 《문학과예술》, 1982. 4.

______, 「『귀환병』의 독소를 론함」, 『아리랑』(10), 1957.

______, 「아주 맥맥하다」, 『연변일보』, 1957. 5. 24.

______, 「제아무리 떼질써도 추악한 면모는 감출 수 없다」, 『연변일보』, 1957. 9. 8.

______, 「타향살이」, 『흘러간 세월』, 흑룡강조선민족출판사, 1997,

리근전·김경훈 대담, 「력사를 통한 민족의 넋을」, 《문학과예술》, 1985. 3.

마정운, 「조선어문교수의 가치관 문제에 대하여」, 『중국조선어문』 4, 중국조선어문잡지사, 1996.

목 자, 「력사에서 인간을 파내고있는 리원길」, 《문학과예술》, 1990. 4.

서일권, 「리근전과 그의 문학」, 《아리랑》, 8기.

윤윤진, 「《뿌리찾기》와 『눈물젖은 두만강』」, 《장백산》, 1996. 5.

______, 「주체의식의 확립과 김학철의 후기창작」, 《천지》, 1997년 2월.

윤해연, 「『설야』의 예술적특색에 대하여」, 《문학과예술》, 1993. 5.

이해영, 「1940년대 延安 體驗 形象化 硏究」, 한국 한신대학교 석사학위논문, 2000.

______, 「『해란강아, 말하라』의 창작방법 연구」, 『한중인문학연구』 11, 2003.

______, 「1950-1960년대 중국 조선족 장편소설의 두 양상」, 『한중인문학연구』 13, 2004.

______, 「『해란강아, 말하라』의 형상화 원리」, 『조선의용군 최후의 분대장 김학철 2』, 연변인민출판사, 2005.

______, 「중국 조선족 소설의 지역성과 계층성」, 『중국 조선어문』, 2005, 4.

______, 「연변에서의 1920년대 시단」, 『만해학보』, 2005, 11.

임범송, 「변혁시대 민족문학의 현주소」, ≪문학과예술≫, 1999년 1기.

임윤덕, 「새시기 소설문학의 발전과 그 전망」, 『장백산』, 1993, 4.

임효원, 「해방초기 조선족문학예술활동정황－회고좌담회 발언요지」, ≪문학예술연구≫, 1981년 3기.

장정일, 「락천적이고 진취적인 생의 멜로디」, ≪문학과예술≫, 1987년 1월.

______, 「변두리문학의 모종 가능성」, ≪연변문학≫, 1999년 8기.

장학규, 「김학철작품의 문체론적특성」, ≪문학과예술≫, 1989년 6월.

전국권, 「중국조선족문학의 성격을 두고」, ≪문학과예술≫, 1995년 3기.

전성호, 「장편소설『눈물젖은 두만강』(상)이 이룩한 성취」, ≪장백산≫, 1995. 1.

정인갑, 「한민족공동체와 재중동포」, 『한민족공영체』 1999년 제7호.

정판룡, 「검은 태양의 이미지－최홍일의 중편소설 〈흑색의 태양〉」, ≪연변문학≫, 1999. 1.

______, 「교체시기 우리문화에 대한 사고」, ≪문학과예술≫, 1999년 1기.

______, 「리원길의 중편소설에 대하여」, ≪문학과예술≫, 1992. 6.

조성일, 「『몽당치마』의 매력은 어디에」, 『조선족 문학 개관』, 연변교육출판사, 2003.

______, 「새로운 력사시기의 조선족문학」, ≪문학과예술≫, 1986년 1기.

______, 「장편소설『고난의 년대』(상)의 사상 예술적특색」, ≪연변문예≫, 1983. 4.

______, 「조선족문학발전에 대한 거시적투시」, ≪문학과예술≫, 1986년 4기.

______, 「중국대지에 뿌리내린 배달민족의 전통문화－연변을 중심으로」, ≪문학과예술≫, 1992년 5기.

______, 「중국조선족당대문학개관」, ≪문학과예술≫, 1988년 3기.

______, 「중국조선족문학의 위상」, ≪종합신문≫, 1998, 1, 26.

조일남, 「『설야』가 말해주는 것」, ≪문학과예술≫, 1990. 4.

최미옥, 「김학철산문연구」, 중국 연변대학교 석사학위논문, 2000년.

현동언, 「50년대전반기 중국조선족소설의 심미적형태 및 그 영향」, ≪문학과예술≫, 1994년 1기.

______, 「당대소설의 심미적경향과 조선족소설」, ≪아리랑≫, 87. 28.

______, 「리원길소설의 민족적색채」, ≪문학과예술≫, 1985. 1.

______, 「사실주의소설의 심미적특징과 현대화문제」, ≪문학과예술≫, 1995년 3기.

______, 「생활에 대한 예술적탐구－리원길 단편소설의 창작특점」, ≪연변문예≫, 1984. 6.

______, 「세기교체시기 우리 소설문학」, ≪문학과예술≫, 1999년 3기.

______, 「중국조선족장편소설에 체현된 민족의식」, 『중국조선족문화연구』, 연변대학출판
       사, 1993.

(2) 단행본

강련숙 외, 『중국조선족문학논저・작품목록집』, 숭실대학교출판부, 1992.

김강일, 『중국조선족 사회의 문화우세와 발전전략』, 연변인민출판사, 2001.

김봉웅, 『작가의 시각과 사유』, 연변인민출판사, 1999.

남일성・방학철・임창길, 『중국조선어문교육사』, 동북조선민족교육출판사, 1995.

연변문학예술연구소 편, 『김학철론』, 흑룡강조선민족출판사, 1990.

오상순, 『중국조선족소설사』, 료녕민족출판사, 2000.

______, 『개혁개방과 중국조선족 소설문학』, 월인, 2001.

임범송・권철 주필, 『조선족문학연구』, 흑룡강조선민족출판사, 1989.

전성호, 『중국 조선족 문학예술사 연구』, 이회문화사, 1997.

정판룡, 『중국조선족과 21세기』, 흑룡강조선민족출판사, 1999.

______, 『정판룡문집』, 연변인민출판사, 1992.

______, 『정판룡문집 2』, 연변인민출판사, 1997.

조룡호, 『21세기로 매진하는 중국조선족 발전방략연구』, 료녕출판사, 1997.

조성일・권철, 『중국조선족문학사』, 연변인민출판사, 1990.

중국조선족교육사편찬위원회, 『중국조선족교육사』, 동북조선민족교육출판사, 1991.

중국작가협회연변분회 편, 『문학평론집』, 민족출판사, 1982.

최범수, 『흑룡강조선족교육사』, 동북조선민족교육출판사, 1993.

최삼룡, 『격변기의 문학선택』, 흑룡강조선민족출판사, 1999.

최상록, 『중국조선족교육의 현황과 전망』, 연변대학 출판사, 1994.

한준광 편, 『中國朝鮮族人物傳』, 연변인민출판사, 1990.

徐萬邦, 祁慶富, 『中國少數民族文化通論』, 中央民族大學出版社, 1996.

梁庭望, 張公瑾, 『中國少數民族文學槪論』, 中央民族大學出版社, 1998.

馬學良, 梁庭望, 張公瑾, 『中國少數民族文學史』(상, 하), 中央民族學院出版社, 1992.

馬學良, 梁庭望, 李云忠, 『中國少數民族文學比較硏究』, 中央民族大學出版社, 1997.

鄧敏文, 『中國多民族文學史論』, 社會科學文獻出版社, 1995.

吳重陽, 『中國當代民族文學槪觀』, 中央民族學院出版社, 1986.

云　峰, 『蒙漢文學關係史』, 新疆人民出版社, 1997.

2. 韓國

(1) 논문

김　령, 「중국 조선족의 교육발전에 대한 일고찰-1990년 인구 조사자료를 중심으로」, 대구효성카톨릭대학교 석사학위 논문, 1998.

김명인, 「어느 혁명적 낙관주의자의 초상」, 『창작과 비평』, 2002년 봄호.

김병민, 「재중 조선족 중·고등학교에서의 한국어권 문학교육에 대한 고찰-중·고등학교 조선어문 한국어권 문학과문에 대한 분석을 중심으로」, 『문학교육학』 6, 태학사, 2000.

김윤식, 「항일 빨치산문학의 기원」, 『실천문학』, 1988년 겨울.

김홍식, 「중국의 조선어문 교육과 그 정책의 변천에 관한 연구」, 성균관대학교 박사 논문, 1998.

우한용, 「채만식 문학의 민족문학적 성격과 세계성」, 연변대학교 창립 55주년 기념 국제학술대회 자료집:『조선-한국문화의 역사와 전통 - 언어·문학 분과 발표 논문집』, 2004.

유문선, 「『북간도』에 나타난 삶의 몇 가지 방식」, 연변대학교 창립 55주년 기념 국제학술대회 자료집:『조선-한국문화의 역사와 전통-언어·문학 분과 발표 논문집』, 2004.

이명숙, 「연변 동포작가 김학철 : 남북한 합작이 유배시킨 격정의 망명문학」, 『다리』 25, 1989.

(2) 단행본

강명구, 『소비대중문화와 포스트모더니즘』, 민음사, 1993.

고승제, 『한국이민사연구』, 서울, 장문각, 1973.

구인환·구창환, 『문학개론』, 삼지원, 1992.

구인환 외, 『문학교육론』(제4판), 삼지원, 2001.

권영민, 『서사양식과 담론의 근대성』, 서울대출판부, 1999.

______, 『한국 민족문학론 연구』, 민음사, 1989.

______, 『한국현대문학사(2)』, 민음사, 2002.

권 철, 『중국 조선족 문학 통사』, 이회문화사, 1997.

권태환, 『세계속의 한민족 중국』, 통일원, 1996.

김 현, 『문학사회학』, 민음사, 1985.

______, 『현대 비평의 양상』(전집11), 문학과지성사, 1991.

김 현·김주연 편, 『문학이란 무엇인가』, 문학과지성사, 1976.

김대행 외, 『문학교육원론』, 서울대출판부, 2000.

______, 『국어교과학의 지평』, 서울대출판부, 1996.

______, 『문학교육의 틀짜기』, 역락, 2000.

김동화, 『中國朝鮮族獨立運動史』, 서울: 느티나무, 1991

김상국 외, (중국 조선족)『역사·문화 산책』, 한림대학교 출판부, 2002.

김상환, 『예술가를 위한 형이상학』, 민음사, 2000.

김승찬 외, 『중국 조선족 문학의 전통과 변혁』, 부산대학교출판부, 1997.

김영모, 『중국 조선족사회 연구』, 韓國福祉政策研究所, 1992.

김윤식, 『염상섭연구』, 서울대학교출판부, 1999.

______, 『한국 근대문예비평사 연구』, 일지사, 1976.

______, 『한국문학과 문학교육』, 을유문화사, 1984.

______, 『한국문학의 근대성 비판』, 문예출판사, 1993.

______, 『한국현대문학비평사』, 서울대출판부, 1982.

______, 『한국현대문학비평사론』, 서울대출판부, 2000.

______, 『한국현대문학사』, 일지사, 1976.

______, 『한국현대현실주의소설연구』, 문학과지성사, 1990.

______, 『일제 말기 한국 작가의 일본어 글쓰기론』, 서울대학교출판부, 2003.

김윤식·김 현, 『한국문학사』, 민음사, 1976.

김종국 외, 『中國 朝鮮族史 硏究 1』, 서울대학교 출판부, 1996.

김현택 외, 『재외한인작가연구』, 고려대학교 한국학연구소, 2001.

목원대학교, 『中國朝鮮族文化 2』, 목원대학교 출판부, 1994.

박문일 외, 『中國 朝鮮族史 硏究 1』, 서울대학교 출판부, 1996.

백낙청, 『민족문학과 세계문학 Ⅰ』, 창작과비평사, 1978.

______, 『민족문학과 세계문학 Ⅱ』, 창작과비평사, 1985.

서일권 외, 『(중국조선족) 문학논저·작품목록집』, 숭실대학교 출판부, 1992.

손장권 외, 『中國朝鮮族의 社會發展과 韓·中關係의 位相』, 峨山社會福祉事業財團, 1995.

신용하, 『한국 민족 독립 운동사 연구』, 을유문화사, 1985.

연변대학 〈21세기로 달리는 중국조선족〉 총서편찬위원회, 『중국조선족 우열성 연구 2』, 집문당, 1995.

염인호, 『조선의용군의 독립운동』, 나남, 2001.

오양호, 『일제강점기 재만조선인문학연구』, 문예출판사, 1996.

______, 『한국문학과 간도』, 문예출판사, 1995.

외교안보연구원, 『中國 朝鮮族 社會와 韓國』, 외교안보연구원, 1997.

우한용 외, 『서사교육론』, 동아시아, 2001.

________, 『문학교육과 문화론』, 서울대출판부, 1998.

________, 『한국현대소설담론연구』, 삼지원, 1996.

윤여탁, 『시교육론Ⅱ』, 서울대출판부, 1998.

윤여탁·이은봉 편, 『시와 리얼리즘 논쟁』, 소명출판, 2001.

이정식·한홍구 엮음, 『한전별곡』, 거름. 1986.

이채진, 『중국안의 조선족—교육제도를 중심으로』, 청계출판, 1988.

임헌영, 『한국현대문학사상사』, 한길사, 1988.

전경수, 『문화의 이해』, 일지사, 1994.

전인영, 『中國朝鮮族의 政治社會化過程과 同化的 國民統合의 方向 26』, 집문당, 1996.

정신철, 『중국 조선족: 그들의 미래는…』, 신인간사, 2000.

진용선, 『중국 조선족의 아리랑 3』, 수문출판사, 2001.

채　훈, 『재만한국문학연구』, 깊은샘, 1990.

한국철학회, 『문화철학』, 철학과현실사, 1995.

한상복·권태환, 『중국 연변의 조선족 사회 구조와 변화』, 서울대 출판부, 1994.

현택수 편, 『문화와 권력부르디외 사회학의 이해』, 나남, 1998.

홍성민 편저, 『문화와 계급부르디외와 한국 사회』, 동문선, 2002.

________, 『문화와 아비투스』, 나남, 2000.

황송문, 『중국조선족 시문학의 변화양상 연구』, 국학자료원, 2003.

3. 외국문헌

Balchtim, M. M., 『도스토예프스키 시학』, 김근식 역, 정음사, 1989.

__________, 『장편소설과 민중언어』, 전승희 외 역, 창작과비평사, 1998.

Benjamin, W., 『발터 벤야민의 문예이론』, 박성완 역, 민음사, 1997.

Bleicher, Josef., 『현대 해석학』. 권순홍 역, 한마당, 1983.

__________, 『해석학적 상상력』, 이한우 역, 문예출판사, 1993.

Chatman, S., 『이야기와 談論』, 한용환 역, 고려원, 1990.

Eco, U. 외., 『해석이란 무엇인가』, 손유택 역, 열린책들, 1997.

Foucault, Michel., 『담론의 질서』, 이정우 역, 서강대출판부, 1998.

Goldmanm, L., 『문학 사회학 방법론』. 박영신 역. 현상과인식, 1984.

__________, 『숨은 신』. 송기형 외 역, 연구사, 1986.

__________, 『소설사회학을 위하여』, 조경숙 역, 청하, 1984.

Gribble, James., 『문학교육론』, 나병철 역, 문예출판사, 1993.

Hauser, A., 『문학과 예술의 사회사』 근세편 상, 반성완 역, 창작과비평사, 1997.

__________, 『문학과 예술의 사회사』 근세편 하, 염무웅·반성완 역, 창작과비평사,
    1997.

Hegel, G. W. F., 『헤겔 미학』 I III, 두행숙 역, 나남, 1996.

Lukács, G., 『소설의 이론』, 반성완 역, 심설당, 1989.

Macdonell, Diane., 『담론이란 무엇인가』, 임상훈 역, 한울, 2002.

May, C. E., 『단편소설의 이론』, 최상규 역, 예림, 1997.

Ricoeur, Paul., 『해석 이론』, 김윤성·조현범 역, 서광사, 1996.

Ricoeur, Paul., 『해석의 갈등』, 양명수, 아카넷, 2001.

Rosenthal, M. 외., 『창작방법론』, 홍면식 역, 과학과사상, 1990.

Scholes, Robert., 『문학이론과 문학교육』, 김상욱 역, 하우, 1995.

Warnke, Georgia., 『가다머 : 해석학, 전통 그리고 이성』, 이한우 역, 민음사, 1999.

Wellek, René & Austin Warren., 『문학의 이론』, 김병철 역, 을유문화사, 1982.

Williams, Raymond., 『이념과 문학』, 이일환 역, 문학과지성사, 1982.
今村仁司., 『근대성의 구조』, 이수정 역, 민음사, 1999.

▌ 저자 약력

이 해 영(李海英, haiyingli@hanmail.net)

중국 연변조선족자치주 도문 출생(1975년)

중국 연변제1고급중학교를 나와 중국 연변대학교 조문학부를 졸업하였다.

대학 졸업과 함께 1998년 8월부터 2005년 2월까지 한국에 유학하였으며 한국 한신대학교 대학원 국어국문과(문학석사)와 서울대학교 박사과정 국어교육과(교육학박사)를 졸업하였다.

2005년 3월부터 중국해양대학교 외국어대학 한국어과에 전임으로 취직하여 한국문학사와 한국문화, 기초한국어 등 교과목을 가르치고 있다.

[주요 논문]

「중국 조선족 소설 교육 내용 연구」

「1940년대 延安 體驗 形象化 硏究」

「『해란강아 말하라』의 창작방법 연구」

「1950-1960년대 중국 조선족 장편소설의 두 양상」

「『눈물젖은 두만강』의 탈이념성」

「중국 조선족 소설의 지역성과 계층성」

「연변에서의 1920년대 시단」

중국 조선족 사회사와 장편소설

인 쇄 2006년 7월 5일
발 행 2006년 7월 12일

지 은 이 이해영(李海英)
펴 낸 이 이대현
책임편집 이태곤
편   집 권분옥·박소정·이소희
제   작 안현진
펴 낸 곳 도서출판 **역락** / 서울 성동구 성수2가 3동 301-80
          (주)지시코 별관 3층(우133-835)
전   화 3409-2058(대표) 3409-2060(편집부) FAX 3409-2059
이 메 일 yk3888@kornet.net / youkrack@hanmail.net
홈페이지 www.youkrack.com
등   록 1999년 4월 19일 제303-2002-000014호

정   가 15,000원
I S B N 89-5556-485-6-93810

* 잘못된 책은 교환해 드립니다.